梅赛德斯先生三部曲

警戒解除

STEPHEN KING
END OF WATCH

〔美〕斯蒂芬·金 著

姚向辉 译

上海文艺出版社

图书在版编目(CIP)数据

警戒解除/(美)斯蒂芬·金著;姚向辉译.—上海:上海文艺出版社,2018
(梅赛德斯先生三部曲)
ISBN 978-7-5321-6924-5

Ⅰ.①警… Ⅱ.①斯… ②姚… Ⅲ.①长篇小说-美国-现代 Ⅳ.①I712.45

中国版本图书馆 CIP 数据核字(2018)第 247751 号

Stephen King
END OF WATCH
_____

Copyright © Stephen King, 2016
This edition arranged with The Lotts Agency Ltd.
Through Andrew Nurnberg Associations International Limited
Simplified Chinese edition Copyright ©
Shanghai 99 Readers' Culture Co., Ltd., 2018
All rights reserved.

著作权合同登记号　图字:09-2018-976

责任编辑:崔　莉
选题策划:张玉贞
封面设计:陈　晔

警戒解除
〔美〕斯蒂芬·金　著
姚向辉　译
上海文艺出版社出版、发行
地址:上海绍兴路74号
电子信箱:cslcm@public1.sta.net.cn
网址:www.slcm.com
新华书店经销　上海盛通时代印刷有限公司印刷
开本 890×1240　1/32　印张 12.875　字数 344,000
2019年2月第1版　2019年2月第1次印刷
ISBN 978-7-5321-6924-5/I·5527　定价:68.00元

目 录

2009 年 4 月 10 日　玛蒂娜·斯托弗 /1

Z / 2016 年 1 月 /11

 布莱迪 /97

黑皮白瓤 /111

 图书馆艾尔 /182

BADCONCERT.COM /193

 自杀王子 /283

头与皮 /301

余波 /391

 四天后 /393

 八个月后 /399

后记 /403

献给托马斯·哈里斯

给我一支枪
回到我的房间
我要拿上一支枪
一根或者两根管
你知道我宁可去死
也不想唱这种自杀布鲁斯
　　　　　　——"加拿大豕草"乐队

2009年4月10日
玛蒂娜·斯托弗

黎明前永远最黑暗。

罗伯·马丁想到了这个老掉牙的说法,他开着一辆救护车沿北马尔伯勒街驶向基地,也就是三号消防站。他觉得想出这个说法的人确实捕捉到了一些精髓,因为今天凌晨黑得像土拨鼠的屁眼,而且黎明时刻已经不远了。

倒不是说等到天亮能有多灿烂什么的,这种黎明应该叫宿醉未醒的黎明。大雾浓重,附近有个湖,不怎么大,但名叫大湖,你能闻到它的气味。冰冷的细雨纷纷扬扬地下了起来,更是增添了几分乐趣。罗伯将雨刷从间断打到慢速挡。前方不远处,一对醒目的金黄色拱门从黑暗中浮现出来。

"美国的黄金大奶!"副驾驶座上的杰森·拉普西斯喊道。过去十五年间,罗伯和许多急救员当过同事,杰斯·拉普西斯无疑是其中最优秀的:平安无事的时候容易相处,天下大乱的时候绝不惊慌,注意力非常集中。"该填填肚子了!上帝保佑资本主义!停车,快停车!"

"你确定?"罗伯问,"咱们刚上完一堂实物教学课,你也看见了吃那鬼东西的下场。"

他们刚从蜜糖高地的一幢超级豪宅出任务回来,一个名叫哈维·加兰的男人打电话给911,称他胸口剧痛。他们在富人多半称之为"宴会厅"的房间里找到了他,他躺在沙发上,身穿蓝色丝绸睡衣,模样仿佛一条搁浅的鲸鱼。他老婆趴在他身上,深信他随时都有可能咽气。

"麦当当,麦当当!"杰森念叨道。他在座位里上蹿下跳。为加兰先生测量生命体征(罗伯就在他身旁,拎着急救包、气管疏通工具和心脏急救设备)的职业高手消失得无影无踪。杰森的金发挡在眼睛前面起起落落,整个人像个发育过早的十四岁孩子。"快停车,求你了!"

罗伯驶向路旁。他自己也想吃个烤肠脆饼三明治,再来个样子酷似烤牛舌的薯饼也不错。

免下车窗口前排了几辆车。罗伯开到队伍末尾。

"再说那家伙也不是真的发了心脏病,"杰森说,"只是墨西哥菜吃得顶住了而已。甚至不肯去医院,对吧?"

确实如此。加兰先生使劲打了几个饱嗝,底下发出宛如长号吹响的一声轰鸣,他瘦比骷髅的妻子冲向厨房,他坐起来说他感觉好多了,对两人说不,他觉得他不需要去凯纳纪念医院。罗伯和杰森同样这么认为,尤其是听完加兰回忆昨晚在蒂华纳玫瑰餐厅都吃了什么之后。他的脉搏很有力,尽管血压偏高,但很可能已经高了好些年,况且此刻还很稳定。自动体外除颤器根本没从帆布包里取出来。

"我要两个麦满分和两个薯饼,"杰森大声说,"黑咖啡。不,等一等,还是三个薯饼吧。"

罗伯还在想加兰。"这次只是消化不良,但迟早会真的出事。心肌梗死。你估计他有多重?三百?三百五?"

"至少三百二十五[①],"杰森说,"你这是非要毁了我吃早饭的胃口吗?"

因为湖水潮气而起的浓雾笼罩着那一对金拱门,罗伯朝它挥舞手臂。"你要说美国出了什么问题,这个地方和类似的油脂魔窟就是其中的一半。身为一名医务人员,我相信你也肯定知道。你刚刚点了什么?那是足足九百大卡的热量啊,兄弟。麦满分里再加上烤肠,你就

---

① "三百""三百五""三百二十五",分别约为一百三十六公斤、一百五十八公斤、一百四十七公斤。

直奔一千三百而去了。"

"你打算点什么，健康医生？"

"烤肠脆饼三明治。两个吧。"

杰森猛拍他的肩膀。"我的好哥们！"

队伍向前移动。他们前面还有两辆车，这时候仪表盘电脑底下的无线电忽然响了。调度员平时总是冷淡、冷静而又冷漠，但今天这位听着像是喝多了红牛的暴躁型电台主持人。"所有救护车和消防车请注意，有一起MCI需要处理！重复一遍，MCI！所有救护车和消防车请注意，这是优先级最高的呼叫！"

MCI是大规模死伤事故（mass casualty incident）的缩写。罗伯和杰森对视一眼。飞机坠落，火车出轨，煤气爆炸，恐怖袭击。几乎肯定是四者之一。

"地点是马尔伯勒街的市民中心，重复一遍，马尔伯勒街的市民中心。我重复一遍，这是一起MCI，估计已有多人死伤。请当心。"

罗伯·马丁的胃部顿时收紧。假如是坠机、出轨或煤气爆炸现场，调度员不会对你说请当心。因此只可能是恐怖袭击了，而且多半还没结束。

调度员开始重复这段话。杰森打开警灯和警笛，罗伯猛打方向盘，福莱纳救护车拐上环绕餐厅的车道，擦了一下前面那辆车的后保险杠。他们离市民中心仅有九个街区，但假如基地分子正在用冲锋枪扫射，他们能用来还击的武器就只有体外除颤器了。

杰森抓起麦克风。"收到，调度员，这里是三号消防站的23号车，预计六分钟内到达。"

城市的其他角落也纷纷响起警笛声，根据声音判断，罗伯估计他们这辆救护车离现场最近。铸铁色的曙光悄悄爬上天空，他们刚从麦当劳驶上北马尔伯勒街，一辆灰色汽车陡然在灰色浓雾中显出身形，这是一辆大车身的轿车，引擎盖坑洼不平，进气格栅锈迹斑斑。强光大灯有一瞬间径直照着他们。罗伯急转弯，猛按双配置的空气喇叭。

那辆轿车——似乎是一辆梅赛德斯,不过他不敢确定——拐回它自己的车道上,很快就只剩下逐渐消失在浓雾中的车尾灯了。

"我的天,好险,"杰森说,"你大概没看清车牌吧?"

"没看清,"罗伯的心脏跳得太厉害,他能感觉到喉咙两侧的血管在怦怦搏动,"我只顾着救咱俩的小命了。哎,我说,市民中心怎么可能会有多人死伤呢?上帝他老人家都还没起床呢。市民中心应该还没开门。"

"有可能是大巴撞车。"

"不可能。大巴要到六点才开首班车。"

警笛。到处都是警笛声,像雷达屏幕上的光点一样逐渐汇集。一辆警车飞速超过他们,但就罗伯所知,他们依然赶在其他的救护车和消防车之前。

这就给了我们一个被恐怖分子炸成肉酱的好机会,他心想。算我们走运。

但工作就是工作,他拐上一道陡坡,前方就是市政部门楼群和世上最难看的市民中心礼堂,他搬家去城郊前,每年都来这儿投票。

"刹车!"杰森尖叫道,"我×,罗比,**快刹车!**"

几十个人从浓雾中跑向他们,坡度使得其中几个人的步伐几乎失控。有人在尖叫。一个男人摔倒在地,滚了一圈,爬起来继续奔跑,扯开的衬衫下摆在外衣底下翻飞。罗伯看见一个女人的长筒袜撕破了,小腿上血迹斑斑,只穿了一只鞋。他连忙急刹车,车头猛地一沉,没有固定住的物品飞了起来。药物、点滴瓶、注射器飞出没关紧的柜子(违反规定的行为),在半空中画出抛射线。他们没有用在加兰先生身上的担架撞在车厢内壁上。一副听诊器穿过传递东西的洞口,砸在挡风玻璃上,然后落在仪表盘中央。

"慢慢开,"杰森说,"以最慢速度。免得火上浇油。"

罗伯轻踩油门,继续爬坡,速度比走路快不了多少。人群越来越密集,似乎有几百人,有些在流血,大多数没有明显的外伤,但所有人都惊魂未定。杰森摇下车窗,探出脑袋。

"发生什么了?谁能告诉我发生什么了吗?"

一个男人停下脚步,他跑得满脸通红,气喘吁吁。"有一辆轿车。割草机似的犁过人群。他妈的疯子,擦着我过去。我不知道他碾死了多少个人。我们像猪一样挤在一起,因为他们立了些柱子,让大家好好排队。他绝对是存心的,被撞倒的人躺在地上就像……就像……天啊我看见至少死了四个。肯定还有更多的。"

男人继续向前走,肾上腺素的劲头已经过去,他的步伐变得沉重而缓慢。杰森解开安全带,探出半个身子,对着他的背影喊道:"看见是什么颜色了吗?撞人的那辆车?"

男人转过身,脸色惨白,表情憔悴。"灰色的,一辆灰色大型轿车。"

杰森坐回座位上,扭头看着罗伯。两个人都不需要说出来了:正是他们拐出麦当劳时猛打方向盘才躲过的那辆车,而车头上的斑斑污渍并不是铁锈。

"来吧,罗比。这些烂事咱们回头再慢慢琢磨。你先带咱们去现场,路上别撞到人,没问题吧?"

"没问题。"

罗伯开进停车场的时候,恐慌的浪潮已经开始平息。有些人步行离开,有些人在帮助被灰色轿车撞倒的人。有几个人,每个群体中都少不了的那种混球,正在用手机拍照或录视频。大概是想在视频分享(YouTube)上红一把吧。镀铬立柱连同**请勿跨越**的黄色警示带躺在人行道上。

超过他们的警车停在建筑物门前,不远处有个睡袋,一只苍白的纤瘦小手从里面伸出来。一个男人横躺在睡袋上,周围是一摊还在扩张的血泊。警察示意救护车向前开,警车顶上回旋转动的蓝色灯光中,他手臂的动作时断时续。

罗伯抓起移动数字终端跳下车,杰森绕过车身跑向车尾,拎着急救包和体外除颤器回来。天色越来越亮，罗伯看清了大礼堂正门上方飘拂的横幅：**上千职位保证供应！我们与我们的市民同在！拉尔夫·金斯勒市长。**

好吧，这就解释了为何如此之早就会聚集起这么大的一个人群。自从前年经济忽然发了心肌梗死，到处都不怎么景气，但这个湖畔小城的情况尤其糟糕，因为新千年还没开始，这儿的工作机会就已经在持续减少了。

罗伯和杰森走向淌血的睡袋，警察见状摇摇头。他脸色惨白。"那男人和睡袋里的两个人都死了。我猜是他的老婆和孩子。他大概想保护他们，"他的喉咙深处发出介于打嗝和反胃之间的声音，他用手捂住嘴，过了一会儿拿开手，指着一个方向说，"那个女人应该还有希望。"

他说的那位女士躺在地上，扭曲双腿与上半身之间的角度意味着严重创伤。她穿着一条考究的米色长裤，裆部被尿液染成了暗色。她的脸——剩下的半张脸——涂满了油污。她的部分鼻子和大半片上嘴唇被撕掉了，戴着漂亮牙冠的牙齿狰狞地裸露在外。她的上衣和半件翻领毛衣也被扯掉了。颈部和肩膀能看见大块大块的瘀伤。

那辆车他妈的从她身上碾了过去，罗伯心想。像压死花栗鼠似的碾了过去。他和杰森在她身旁跪下，两人戴上蓝色乳胶手套。她的手包扔在旁边，上面印着部分的轮胎痕迹。罗伯捡起手包放进救护车的车厢，心想轮胎印说不定能成为证据之类的东西。而且这位女士肯定还想要她的手包。

当然，前提是她能活下来。

"她停止呼吸了，但我能摸到脉搏，"杰森说，"非常微弱。你剪开她的毛衣。"

罗伯剪开毛衣，系带被扯得只剩下一缕的半个胸罩也跟着掉了下来。他拉开剩下的衣物，免得它们碍事，然后有节奏地挤压胸部，杰森开始清理气管。

"她能活过来吗?"警察问。

"不知道,"罗伯说,"她就交给我们了。还有问题需要你解决呢。要是其他救护车辆走我们刚才那条路上来,搞不好会撞死人的。"

"唉,哥们儿,到处都有受伤的人躺在地上。简直像战场。"

"尽量帮助你能帮助的吧。"

"她恢复呼吸了,"杰森说,"你听我说,罗比,咱们救她救到底吧。你用MDT[①]告诉凯纳医院,我们要送一个病人过去,可能颈椎断裂、脊柱受伤、内脏损伤、面部损伤,天晓得还有什么。情况危急。我会把她的体征数字告诉你的。"

罗伯用移动数字终端呼叫医院,杰森继续按压呼吸袋。凯纳医院的急救室立刻响应了呼叫,另一头的声音冷静而干脆。凯纳纪念医院是一级创伤救护中心,有时候也被称为总统级,时刻准备应付这样的情况。他们每年接受五次实况演练。

呼叫结束后,他量了一下血氧指标(不出所料,很低),然后从救护车上取来颈椎固定器和橙色脊椎矫正板。其他救护车辆陆续赶到,浓雾开始消散,他们看清了这场灾难的规模。

全都是一辆车造的孽,罗伯心想。谁能相信呢?

"好了,"杰森说,"就算情况不稳定,我们也只能做到这一步了。咱们抬她上车。"

两人小心翼翼地保持脊椎矫正板的水平,将她抬进救护车,放在轮床上绑好。颈椎固定器框住了她变形的苍白脸庞,她活像恐怖电影里邪教仪式上的女性祭品……不过电影角色总是年轻的性感姑娘,而这个女人似乎已有四十岁,甚至五十出头。对求职来说年纪太大了,但罗伯扫一眼就知道她再也不可能去找工作了。还有走路,假如她运气好得离奇,或许能逃过四肢瘫痪——前提是她能熬过眼前的危

[①] 移动数字终端的缩写。

难——但罗伯敢肯定她腰部以下再也不可能恢复生机了。

杰森跪在轮床旁,用透明的塑料面罩套住她的鼻子和嘴巴,打开床头氧气罐的开关。面罩内侧蒙上了雾气,这是个好兆头。

"然后呢?"罗伯问,意思是我们还有什么可做的吗?

"看看那堆飞出来的东西里有没有肾上腺素,没有就到我包里找。刚才的脉搏挺有力,但这会儿又弱下来了。然后你赶紧开车出发。她受的伤太重了,现在还活着也算个奇迹。"

罗伯在一盒打翻的绷带底下找到了一支肾上腺素,他递给杰森,然后关上车厢后门,跳上驾驶座,发动引擎。先到现场就等于先到医院。这位女士渺茫的生存机会能因此稍微增加一点儿。尽管清晨时分车流稀少,但开到拉尔夫·M.凯纳纪念医院依然需要十五分钟,他担心她撑不了那么长的时间。考虑到她受伤的严重程度,这样或许反而比较好。

但她活了下来。

那天下午三点,罗伯和杰森早就下班了,但他们的精神过于紧张,根本没有考虑过要回家,两人坐在三号消防站的整备室里看体育台,不过没开声音。他们一共跑了八趟,然而情况最糟糕的还是那位女士。

"玛蒂娜·斯托弗,她的名字,"杰森打破沉默,"还在手术中。你去吃饭的时候我打过电话。"

"知道她能熬过来的机会有多大吗?"

"不知道,但他们没有让她等死,这就说明了一些问题。她多半想找一份行政秘书的工作。我翻她的手包找证件——靠驾驶证知道了血型——结果发现了厚厚的一沓介绍信。她似乎很擅长她的工作。上一份工作在美国银行,她被裁员了。"

"要是她能活下来,你觉得会怎么样?只有腿部瘫痪?"

杰森望着电视,几个篮球运动员正在场上快速奔跑,他沉默了很长一段时间,然后说:"要是能活下来,她会四肢瘫痪。"

"确定?"

"百分之九十五。"

电视插播啤酒广告。年轻人在酒吧里跳舞,闹得沸反盈天。所有人都欣喜若狂。但对玛蒂娜·斯托弗来说,欢乐的时光已经结束。罗伯努力想象,假如她能熬过这场浩劫,她需要面对什么样的困难。坐在电动轮椅里,朝管子吹气以控制方向。鼻饲流质或静脉注射补充营养。呼吸机辅助呼吸。排泄在口袋里。生活在医学的晦暗地带之中。

"克里斯多夫·里弗过得也不算差,"杰森像是看穿了他的思想,"态度积极。好榜样。昂首挺胸。我记得,他好像还导了一部电影。"

"他当然昂首挺胸了,"罗伯说,"戴着颈椎固定器呢,从来不摘下来。再说他现在也死了。"

"她身穿她最好的衣服,"杰森说,"高级裤装,昂贵的毛衣,漂亮的外套。她想重新站起来。结果一个王八蛋忽然跳出来,夺走了她的一切。"

"警察抓住他了吗?"

"刚才问的时候还没有。等他落网,希望他们用铁丝穿过他的卵蛋把他吊起来。"

第二天晚上,这对搭档把一名中风患者送到凯纳纪念医院,然后过去看玛蒂娜·斯托弗的情况。她在重症监护室里,大脑活动越来越频繁,说明知觉很快就会恢复。等她醒来,旁边的人将不得不通知她一个坏消息:她从胸部以下瘫痪了。

罗伯·马丁很高兴扮演这个角色的人不是他。

媒体称之为"梅赛德斯杀手"的人依然没有落网。

/

Z
2016 年 1 月

1

比尔·霍奇斯的裤子口袋里响起玻璃破碎的声音,然后是一群男孩喜气洋洋地齐声大喊:"一个本垒打!"

霍奇斯龇牙咧嘴地跳了起来。斯塔莫斯医生是四位医生组成的小团体中的一员,今天又恰好是星期一,所以候诊室里坐满了人。所有人都扭头看他。霍奇斯觉得面颊发烫。"对不起,"他对整个房间的人说,"短信通知。"

"而且还非常响。"一位老妇人说,她白发稀疏,脖子上的肥肉耷拉着。她让霍奇斯觉得自己像个小孩,尽管他都快七十岁了,而她显然更懂使用手机的礼节。"你在这种公众场合应该调低音量,或者干脆设成静音。"

"一定,一定。"

老妇人低头继续看她的平装本小说(《五十度灰》,从书籍破破烂烂的样子来看,她已经不是第一次阅读了)。霍奇斯从口袋里掏出苹果手机。发信人是彼得·亨特利,他当警察时的老搭档。说起来难以想象,但彼得自己也站在退休的悬崖边上了。警察管退休叫警戒解除,但霍奇斯发现他不太可能停止警戒。他开了一家名叫"先到先得"的两人事务所。他自称独立调查员,几年前他惹了点儿麻烦,所以没法拿到私家侦探的执照。在这个城市里,你必须按规矩办事。不过,他事实上就是一名私家侦探,至少有时候是。

打给我,科密特。尽快。有要事。

科密特是霍奇斯的名字,但他告诉大多数人的是他的中名,这样能尽可能减少和青蛙有关的笑话。但彼得就喜欢叫他科密特。他觉得这么做很好笑。

霍奇斯考虑要不要直接把手机塞回口袋里（先静音，前提是他能找到办法设置**请勿打扰**）。他随时都有可能被叫进斯塔莫斯医生的办公室，再说他也想早点儿结束这场会面。他和他认识的绝大多数老人一样，很不喜欢医生的办公室。他总害怕他们会发现他出了什么问题，而且是真正严重的问题。另外，他知道他的前搭档为什么要找他。彼得盛大的退休派对就在下个月了，举办地点是城外机场旁边的雨树酒店。霍奇斯的退休派对同样是在那儿举办的，但这次他打算少喝几杯，甚至一口都不喝。他还在岗位上的时候有过酗酒的问题，那是他婚姻触礁的原因之一，但近来他似乎失去了对烈酒的兴趣。这也算一种解脱。他读过一本科幻小说，《月亮是个冷酷的情人》。月亮怎么样他不清楚，但他敢在法庭上作证，威士忌确实是个冷酷的情人，而且这鬼东西就是在地球上制造的。

他想了又想，考虑要不要回个短信，最后还是否定了这个念头，他站起身。所谓积习难改。

根据胸口的名牌，接待台里的女士名叫玛丽。她看上去顶多十七岁，对他露出啦啦队长的灿烂笑容。"他很快就能见你了，霍奇斯先生，我保证。今天稍微有点儿慢。星期一就是这个样子。"

"星期一，星期一，靠不住的星期一。"[①] 霍奇斯说。

她一脸茫然。

"我出去一分钟可好？必须回个电话。"

"没问题，"玛丽说，"站在门口别走远。他要是好了我就朝你挥手。"

"听起来不错。"出门的路上，霍奇斯在老妇人身旁停下。"书不错？"

她抬头看着他。"不，但很有劲儿。"

"别人也是这么说的。看过电影吗？"

[①] "妈妈和爸爸"乐队1966年发布的名曲《星期一》里的歌词。

她瞪着霍奇斯，既惊讶又感兴趣。"有电影？"

"对，你该找来看看。"

霍奇斯本人并没有看过，但霍莉·吉伯尼——他过去的助手，现在的搭档，从饱受折磨的童年开始就是个疯狂的影迷——企图拖他去看。两次。把他手机的短信通知铃声换成玻璃破碎加欢呼本垒打的就是她。她觉得很好玩。霍奇斯刚开始也觉得挺有意思，但现在只觉得烦得要死。他要上网查一查该怎么换掉。他已经发现了，网上什么都能查到。有些信息很有用，有些很有趣，有些很好玩。

而有些他妈的很可怕。

2

彼得的手机响了两下铃声,然后老搭档就对着他的耳朵说:"亨特利。"

霍奇斯说:"仔细听我说,因为以后你有可能要为此事作证。对,我会去你的派对。对,吃完饭我会评论几句,好玩但不粗俗,第一轮祝酒交给我。对,我明白你的前任和现任都会在场,但据我所知,还没人雇脱衣舞女。要是有人雇了,那只可能是哈尔·科里,一个白痴,你必须让——"

"比尔,闭嘴。不是派对的事情。"

霍奇斯立刻停下了。不是因为背景里纷乱交织的各种声音——警察的交谈声,尽管听不清他们在说什么,但他知道那是什么。让他停下的是彼得叫他比尔,这说明肯定出了什么严重的问题。霍奇斯的念头首先飞向了他的前妻科琳,然后是住在旧金山的女儿艾莉森,接下来是霍莉。天哪,要是霍莉出了什么事情……

"怎么了,彼得?"

"我在一个犯罪现场,似乎是谋杀加自杀。我希望你能过来看一看。假如你的跟班有空而且有好脸色,那就也带上她。我很不愿意承认,但我觉得她确实比你精明那么一丁点儿。"

不是和他有关的人。霍奇斯原本收紧了的胃部肌肉,像是在等待吸收重击的冲量,此刻松弛了下来。然而害得他不得不来见斯塔莫斯的持续性疼痛还在。"当然了。因为她比较年轻。一个人过了六十岁,脑细胞就开始几百万几百万地死亡,你再过两年就能自己体验这种现象了。说起来,你为什么要我这么一匹老马来你的凶案现场?"

"因为这很可能是我的最后一个案子了,因为这个案子将在报纸上炸得天花乱坠，还因为——你别膨胀——我确实重视你的意见。还有吉伯尼的。还因为你们都和这个案子有一些古怪的关联。多半是巧合，但我不敢肯定。"

"怎么个关联法？"

"对玛蒂娜·斯托弗这个名字有印象吗？"

刚开始的几秒钟并没有，但他很快就想到了。2009年一个大雾弥漫的清晨，名叫布莱迪·哈茨费尔德的疯子开着一辆偷来的梅赛德斯-奔驰车冲进市民中心找工作的人群。八人死亡，十五人重伤。在调查的过程中，K.威廉·霍奇斯警探和彼得·亨特利警探走访了当时在场的许多人，其中包括所有伤员。玛蒂娜·斯托弗是其中最难沟通的，不但因为她嘴部伤损，除了她母亲，谁也听不懂她的话，还因为她从胸部以下完全瘫痪了。后来，哈茨费尔德写匿名信给霍奇斯，提到她时说她是"支在木棍上的脑袋"。这个恶心的笑话就像有放射性的金矿，因为说出了真相而变得尤其残忍。

"一个四肢瘫痪的人似乎不可能杀人，彼得……又不是《犯罪心理》剧集里的故事。所以我猜——"

"对，杀人的是她母亲。她先杀了斯托弗，然后自杀。来不来？"

霍奇斯没有犹豫。"来。我顺路接上霍莉。地址给我。"

"山顶公路1601号。在里奇代尔。"

里奇代尔是市北的一个通勤城郊居住区，房价不如蜜糖高地昂贵，但依然是个好地方。

"我四十分钟后能到，只要霍莉在办公室。"

她肯定在。她每天早上八点都会坐在办公桌前，有时候七点就会到，一直待到霍奇斯嚷嚷着叫她快点儿回家，回家后她会随便凑合一顿晚饭，然后坐在电脑前看电影。霍莉·吉伯尼是先到先得事务所能挣钱的主要原因。她是计划天才，是电脑奇才，工作就是她的生命。好吧，还有霍奇斯和罗宾逊一家，尤其是杰罗姆和芭芭拉。有一次，杰罗姆和芭比的母亲说霍莉是罗宾逊家的荣誉成员，她笑得像是夏日下午的阳光。最近霍莉的笑容比以前多得太多了,但还不足以让霍奇斯满意。

"那就太好了,科密。谢谢。"

"尸体运走了吗?"

"我们说话这会儿已经送往停尸房了,不过伊兹的平板电脑里有全部照片。"他说的是伊莎贝拉·杰恩斯,霍奇斯退休后彼得的新搭档。

"好的。我带闪电泡芙给你。"

"这儿已经有一整个面包房了。顺便问一句,你在哪儿?"

"在哪儿不重要。我尽快过来找你。"

霍奇斯挂断电话,快步走向电梯。

3

斯塔莫斯医生八点四十五分约见的患者终于从里面的检查室走了出来。霍奇斯先生预约的是九点整，现在已经九点半了。可怜的老先生多半等得很不耐烦，接下来一整天都要赶时间了。玛丽朝走廊看了一眼，见到霍奇斯还在打电话。

她起身，朝斯塔莫斯的办公室里张望。医生坐在办公桌后面，面前是一个打开的病历夹。电脑打印的标签写着**科密特·威廉·霍奇斯**。医生仔细查看病历夹里的什么东西，揉搓太阳穴的样子像是正在犯头疼病。

"斯塔莫斯医生，我能叫霍奇斯先生进来了吗？"

医生吓了一跳，抬起头看着她，然后望向台钟。"喔，天哪，当然。星期一真是糟糕，对吧？"

"靠不住的星期一。"她说，转身离开。

"我爱我的工作，但我讨厌这种事。"斯塔莫斯说。

现在轮到玛丽吃惊了，她转身望着医生。

"没事。我在自言自语。叫他进来。再难也只能面对了。"

玛丽望向走廊，刚好看见走廊尽头的电梯门徐徐关闭。

4

霍奇斯在医疗中心旁边的停车库打电话给霍莉,车开到南马尔伯勒街他们办公室所在的特纳大厦时,她已经站在门口了,手提箱放在两只舒适的鞋子之间。霍莉·吉伯尼:年近五旬,身材瘦高,棕发总是向后挽成硬邦邦的发髻,今天上午她穿一件特大号的北面风雪衣,翻起的兜帽围着一张小脸。你会觉得这张脸平淡无奇,霍奇斯心想,直到你看见她的眼睛,一双充满智慧的美丽眼睛。但你很可能要到很久以后才能看清那双眼睛,因为霍莉·吉伯尼有个不与人对视的规矩。

霍奇斯把普锐斯停靠到路边,她钻进车里,脱掉手套,将双手凑到乘客座的暖气出口上。"怎么开了这么久才到?"

"十五分钟而已。我在市区的另一头。一路吃红灯。"

"十八分钟。"霍莉说,霍奇斯把车开回车流之中。"那是你开快车的反作用。假如你把速度控制在每小时二十英里,保证每个路口都是绿灯。时间间隔是定好的。我已经跟你说过好几次了。现在告诉我医生是怎么说的,体检结果是不是A?"

霍奇斯考虑了一下,他有两个选择:说真话和说假话搪塞。霍莉逼着他去看医生,因为他最近胃里一直不舒服。刚开始只是胀气,现在开始疼了。霍莉或许有她的性格问题,但唠叨起来非常厉害。就像狗见到了骨头,霍奇斯有时候会这么想。

"结果还没到。"不完全是假话,他对自己说,因为确实还没到我手里。

她怀疑地看着霍奇斯,霍奇斯开上跨城高速通道。霍奇斯很不喜欢被她这么瞪着看。

"我会记住的，"他说，"相信我。"

"我相信，"她说，"比尔，我相信。"

他不禁觉得更难受了。

她弯腰打开手提箱，取出平板电脑。"等你的时候我查了些资料。想听一听吗？"

"来吧。"

"玛蒂娜·斯托弗被布莱迪·哈茨费尔德弄残废的时候正好五十岁，所以今年她五十六。当然也有可能是五十七，但现在才一月，所以可能性不大，对吧？"

"确实如此。"

"市民中心事件发生的时候，她和母亲住在梧桐街的一幢屋子里。离布莱迪·哈茨费尔德和他母亲的住处不远，这么一想也算有点儿讽刺了。"

离汤姆·索伯斯一家也不远，霍奇斯心想。他和霍莉不久前办了一个和索伯斯一家有关系的案件，这个案件同样和本地报纸称之为梅赛德斯屠杀的惨案有关。各种各样的关联无所不在，其中最怪异的一个或许是被哈茨费尔德当作杀人凶器的那辆车就属于霍莉·吉伯尼的表姐。

"一位老妇人和她严重残疾的女儿怎么会从梧桐街一步登天去了里奇代尔呢？"

"保险。玛蒂娜·斯托弗投过巨额健康保险，不是一个两个，而是三个。她在保险方面堪称疯狂。"霍奇斯想到，只有霍莉会用赞许的语气这么说。"事后有过她的几篇报道，因为在幸存者中她的伤势最严重。她说她知道假如她没有在市民中心找到工作，那就只能想办法兑现那几张巨额保单了。她毕竟是个单身女性，还要养一个没工作的寡居母亲。"

"结果最后是母亲在照顾她。"

霍莉点点头。"非常怪异，非常可悲。但至少她在财务方面有一张安全网，这就是保险的目标了。母女两人甚至往前迈了一步。"

　　"是啊，"霍奇斯说，"但现在就干脆走出去了。"

　　霍莉对此无话可说。前方是通往里奇代尔的出口，霍奇斯向那开了过去。

5

彼得·亨特利长了些体重,肚子挺出了皮带扣,但伊莎贝拉·杰恩斯还是一如既往的帅气,她身穿蓝色的运动上衣和褪色的紧身牛仔裤,雾灰色的眼睛从霍奇斯移向霍莉,然后回到霍奇斯脸上。

"你瘦了。"她说,语气不知道是恭维还是责备。

"他胃里不舒服,所以做了些检查,"霍莉说,"报告应该今天出来,但——"

"小莉,咱们就别说这个了,"霍奇斯说,"这又不是医学咨询会。"

"你们两个越来越像结婚许多年的老夫妻了。"伊兹说。

霍莉淡然答道:"嫁给比尔会毁了我们的工作关系。"

彼得哈哈大笑,霍莉困惑地瞪了他一眼,他们走进室内。

这是一幢漂亮的科德角式房屋,尽管位于山顶,今天又很冷,室内却热得烤人。四个人在门厅里戴上乳胶手套和鞋套。仿佛又回到了从前,霍奇斯心想,就好像我从没离开过。

客厅的一面墙上挂着一幅大眼睛流浪儿的油画,另一面墙上挂着巨大的平板电视。电视前是一把安乐椅,安乐椅旁有一张咖啡桌。咖啡桌上,《OK!》之类的名流杂志和《内幕视点》之类的丑闻刊物精心摆成扇形。房间中央的地毯上有两道深沟。霍奇斯心想,这就是母女两人晚上看电视的地方。也可能从早到晚,母亲坐在安乐椅里,玛蒂娜坐在轮椅里。从印痕来看,轮椅能有一吨重。

"她母亲叫什么?"他问。

"简妮斯·埃勒顿。丈夫叫詹姆斯,二十年前去世了,根据……"彼得和霍奇斯一样老派,随身携带的是笔记簿而不是平板电脑。他翻开笔记簿查看。"根据伊冯娜·卡斯泰斯说的。她和另一名护工乔治娜·罗斯今天早晨六点刚过来到这里,结果发现了两具尸体。她们上班很早,因而会有一笔额外津贴。叫罗斯的女人没什么用——"

"她吓得都说胡话了,"伊兹说,"但卡斯泰斯挺好,脑子一直很清楚,发现尸体后立刻报警,六点四十我们就赶到现场了。"

"母亲多大年纪?"霍奇斯问。

"不知道确切数字,"彼得说,"但肯定年轻不到哪儿去。"

"她今年七十九,"霍莉说,"等彼得来接我的时候,我在网上看了一些新闻报道,市民中心屠杀案那年她七十三。"

"这么大年纪照顾一个四肢瘫痪的女儿真是难为她了。"霍奇斯说。

"但她很健康,"伊莎贝拉说,"至少卡斯泰斯是这么说的。强壮。而且不缺帮忙的用人。她们有钱雇人,是因为——"

"——因为保险金,"霍奇斯替她说完,"霍莉在路上告诉我了。"

伊兹瞥了霍莉一眼,但霍莉没有注意到,她在打量这个房间。清点物品。嗅闻气味。用手掌摸过母亲那把安乐椅的椅背。霍莉有情绪问题,脑筋死板得令人绝望,然而她对刺激源的感受性也是常人难以企及的。

"上午有两名护工,下午两名,晚上两名。一周七天。来自一家私人公司,名叫——"彼得说着又看了一眼笔记簿,"家庭助手。重活儿全交给他们。还有一位管家,南希·埃尔德森,但她似乎休假了。厨房日历上标着南希在烦恼瀑布。一条线连着今天、星期二和星期三。"

两个同样戴着手套和鞋套的男人沿着过道走向他们。估计是从玛蒂娜·斯托弗的卧室出来的,霍奇斯心想。两人都拎着取证箱。

"卧室和卫生间全检查完了。"其中一个男人说。

"有发现吗?"伊兹问。

"都在意料之中,"另一个男人说,"浴缸里有不少白发,那是老太太洗澡的地方,所以没什么好奇怪的。浴缸里还有粪便,但仅仅是微量而已。同样不出所料。"技师看见霍奇斯困惑的表情,补充道:"她穿纸尿裤。这位女士做过研究。"

"呃。"霍莉说。

前一位技师说:"有一把沐浴椅,但放在角落里,座位上搁着备用的毛巾。似乎从来没用过。"

"她们大概用海绵给她擦澡。"霍莉说。

她的脸色依然不好看,不知是因为想到了纸尿裤还是在浴缸里拉屎,但视线继续扫描每一个角落。她偶尔会提问或发表议论,但绝大多数时候总是保持沉默,因为其他人让她感到不安全,尤其是在封闭空间内。不过,霍奇斯很熟悉她,世上恐怕最熟悉她的就是他了,他看得出她处于高度戒备状态。

以后她会开口的,霍奇斯会仔细听她说。经过去年的索伯斯案件,他知道了听霍莉说话能带来多么大的好处。她能跳出框框思考,有时候甚至远得可怕,她的直觉敏锐得离奇。尽管她生性胆怯(上帝作证,她有她的理由),但也能变得非常勇敢。"梅赛德斯先生"布莱迪·哈茨费尔德如今躺在凯纳纪念医院的湖区创伤性脑损伤诊所里,霍莉就是原因。霍莉用装满轴承滚珠的袜子砸碎了哈茨费尔德的颅骨,没有让他制造出一起远远超过市民中心血案的灾难。现在他被送进了一个朦胧世界,脑损伤诊所的脑神经专家称之为"永久性的植物状态"。

"四肢瘫痪的病人可以冲澡,"霍莉补充道,"但很困难,因为他们身上接着各种各样的生命支持设备,所以他们主要用海绵擦澡。"

"咱们去厨房吧,那儿有太阳。"彼得说,他们走向厨房。

霍奇斯首先注意到的是洗碗机,上面只晾着一个盘子,这个盘子曾经盛过埃勒顿夫人的最后晚餐。厨台闪闪发亮,地板干净得可以放食物。霍奇斯能想象她楼上卧室里的床铺收拾得有多么整洁。她多半甚至用吸尘器清扫过地毯。纸尿裤也收拾过了。能安排的事情她全都安排妥当了。身为一个也认真考虑过自杀的人,霍奇斯能感到共鸣。

6

彼得、伊兹和霍奇斯在餐桌前坐下。霍莉走来走去，偶尔在伊莎贝拉背后停下，查看伊兹平板电脑上标着**埃勒顿/斯托弗**的一组照片，偶尔打开各个柜橱点点戳戳，她戴着手套的手指轻如飞蛾。

伊兹向众人展示那些照片，边解说边用手指扫过屏幕。

第一张照片上是两个中年女人。两人都身强力壮，肩宽体阔，身穿"家庭助手"公司的红色尼龙制服，其中一个——霍奇斯猜她是乔治娜·罗斯——哭着揪住了自己的肩膀，上臂压在胸口上。另一个，也就是伊冯娜·卡斯泰斯，显然是用更坚固的材料做成的。

"她们五点四十五到了这儿，"伊兹说，"她们有钥匙，自己开门进来，所以不需要敲门或按铃。卡斯泰斯说玛蒂娜有时候会睡到六点半。埃勒顿夫人总是已经起床了，她说过她五点左右起床，第一件事情就是煮咖啡，但今天她没有起来，也闻不到咖啡的香味。所以她们以为今天老太太总算肯睡懒觉了，对她有好处。她们轻手轻脚地穿过走廊去斯托弗的卧室，看她有没有起床。然后她们就发现了尸体。"

伊兹扫到下一张照片。霍奇斯以为霍莉会再次感叹，但她没有出声，而是仔细研究这张照片。斯托弗躺在床上，被单拉到膝盖以下。她的面部创伤始终没有修复，但剩下的半张脸显得颇为安详。她闭着眼睛，扭曲的双手合在一起。饲管从她瘦骨嶙峋的身体里伸出来。轮椅停在旁边，霍奇斯觉得它更像宇航员的太空舱。

"斯托弗的卧室有一股味道。但不是咖啡，而是烈酒。"

伊兹又扫了一下。斯托弗卧室床头柜的特写。药片整整齐齐地排成几列。有个研磨器，用来把药片碾成粉末，方便斯托弗服用。药片中央显得格格不入的是一瓶斯米诺三次蒸馏伏特加和一个塑料注射器。伏特加酒瓶是空的。

"老太太想做到万无一失，"彼得说，"斯米诺三次蒸馏是七十五度的烈酒。"

"我猜她希望女儿尽可能快地摆脱痛苦。"霍莉说。

"有见地。"伊兹说，但语气显然欠缺热情。她看不上霍莉，霍莉也看不上她。霍奇斯注意到了这一点，但不明白为什么。他们很少有机会见到伊莎贝拉，所以他也懒得问个究竟了。

"有研磨器的特写吗？"霍莉问。

"当然。"伊兹手指一扫，下一张照片上，药片研磨器大得像个飞碟。盖子上还有一层白色粉末。"要到本周末才会有确切结果，但我们猜应该是奥施康定。按照标签上写的，她的处方三周前刚更新过，但药瓶和伏特加瓶一样是空的。"

她拉回玛蒂娜·斯托弗的照片，她紧闭双眼，像祈祷似的合拢皮包骨头的双手。

"她母亲碾碎药片，用漏斗倒进酒瓶，然后把整瓶伏特加灌进玛蒂娜的饲管。见效速度比注射毒药还要快。"

伊兹又换了一张照片。这次霍莉发出了厌恶的叫声，但没有移开视线。

玛蒂娜配有残疾人设施的卫生间的第一张照片是个广角镜头，里面有极低的台子和水槽，极低的毛巾架和柜橱，淋浴和浴缸二合一的巨大洗浴空间。淋浴间的滑门关着，浴缸一览无余。简妮斯·埃勒顿躺在浴缸里，水淹到肩膀的高度。她身穿粉色的睡袍，霍奇斯以为睡袍会在她躺进水里时膨胀起来，但犯罪现场照片显示它紧紧地贴在她枯瘦的身体上。她头上套着一个塑料袋，用浴袍上的那种毛圈带子扎紧。袋口底下蜿蜒伸出一根长长的管子，另一端连着一个扔在瓷砖地面上的小喷罐。喷罐侧面的贴纸上是几个大笑的孩子。

"自杀套件，"彼得说，"多半是上网看资料学着做的。有很多网站告诉你该怎么自杀，甚至还有步骤详图。我们赶到的时候，浴缸里的水已经凉了,但她躺进去的时候应该是热的。"

"大概是想让自己舒服一点儿。"伊兹插嘴道,她换到下一张照片,尽管没有发出反感的声音,但厌恶还是让她短暂地皱起了眉头:简妮斯·埃勒顿的特写。她最后几次呼吸使得塑料袋的内壁蒙上了一层冷凝水,但霍奇斯能看见她的眼睛是闭着的。她看起来也走得很安详。

"喷罐里装的是氦气,"彼得说,"随便在哪个大型折扣商店都能买到。按理说是用来在小朋友的生日派对上充气球用的,但拿来自杀同样很好用,你只需要在头上套个塑料袋就行。眩晕之后是丧失方向感,这时候你就算改变主意很可能也摘不掉塑料袋了。接下来是失去知觉,然后是死亡。"

"回到上一张照片,"霍莉说,"能看见整个卫生间的那张。"

"啊哈,"彼得说,"华生医生似乎发现了什么。"

伊兹翻回上一张照片。霍奇斯凑过去,眯起眼睛查看——他的近距视力已经大不如前了。但他很快就看见了霍莉发现的东西。有一个插座上插着一根细细的灰色电源线,旁边是一支马克笔。有人——他估计是埃勒顿,因为她女儿能写字的时代早就一去不返了——用马克笔在台子上写了个巨大的字母:Z。

"你们怎么看?"彼得问。

霍奇斯想了想。"这是她的遗书,"他最后说,"Z 是字母表的最后一个字母。要是她会希腊语,说不定会写奥米茄。"

"我也这么认为,"伊兹说,"仔细想一想,还挺有格调的呢。"

"Z 也是佐罗的标记,"霍莉对他们说,"戴面具的墨西哥传奇英雄。有很多优秀的佐罗电影,安东尼·霍普金斯在其中一部里演唐·迭戈,但那部不怎么好看。"

"佐罗和案件有关系吗?"伊兹问,有礼貌地露出感兴趣的表情,但语气里暗藏刀锋。

"还有一部电视剧呢,"霍莉继续道,她看着照片,像是被催眠了,"沃尔特·迪斯尼制作的,那会儿还是黑白片的时代呢。埃勒顿夫人小时候肯定看过。"

"你的意思是她准备了结自己的时候,靠童年回忆麻痹自己?"能听得出彼得有点儿怀疑,因为霍奇斯也这么觉得。"大概有可能吧。"

"更像是胡扯淡。"伊兹翻白眼道。

霍莉毫不在意。"能让我看一眼卫生间吗?我什么都不会碰,哪怕戴着这东西。"她举起戴着手套的娇小双手。

"你随便看。"伊兹立刻答道。

换句话说,霍奇斯心想,滚远点儿,让大人好好说话。他不在乎伊兹用什么态度对待霍莉,反正怎么过去的都会怎么反弹回来,因此他觉得没有理由大惊小怪。另外,霍莉今天上午确实有点儿神叨叨的,各方面都不太对劲。霍奇斯猜想是因为那些照片。警方现场照里的死者看上去总是死得不能再死。

霍莉过去查看卫生间。霍奇斯向后靠了靠,十指交叉垫在脖子后面,胳膊肘向外展开。他不舒服的肠胃今天上午没怎么折磨他,也许是因为他从喝咖啡换成了喝茶。假如这个就是原因,那他就必须常备英式茶包了。妈的,买他几大盒。他确实受够了没完没了的胃痛。

"彼得,想说说叫我们来干什么吗?"

彼得挑起眉毛,假装无辜。"科密特,你这是什么意思?"

"你说这个案子会上报纸轰动一时是对的。大家都喜欢这种悲伤的肥皂剧,让他们觉得自己的生活还过得去——"

"愤世嫉俗,但确实如此。"伊兹叹息道。

"——但它和梅赛德斯屠杀案的关联实在普通得不能更普通了。"霍奇斯不确定这句话能不能反映他的想法,但听起来朗朗上口就行了,"这个案子就是个最简单的慈悲杀人案,一个老太太不忍心看女儿继续遭受折磨了。埃勒顿的最后一个念头多半是:亲爱的,我这就来陪你了,等我行走在天国的街道上,你将与我并肩齐行。"

伊兹对此嗤之以鼻,但彼得脸色苍白,显得心事重重。霍奇斯忽然想起来,很久以前,大概三十年前,彼得和妻子也失去了他们的第一个孩子，一个女孩，死于婴儿猝死综合征。

"确实是个惨剧，报纸会大张旗鼓地宣扬一两天，但每天在世界的某个角落总会发生类似的失去，说不定每个小时都有。因此请你告诉我，到底是什么事。"

"应该没什么。伊兹说没什么。"

"伊兹是这么说的。"她赞同道。

"伊兹大概觉得我临近终点，脑袋里的东西快要变成一团浆糊了。"

"伊兹不是这么认为的。伊兹只觉得你应该别再让那只名叫布莱迪·哈茨费尔德的蜜蜂在帽子里嗡嗡乱转了。"

她雾灰色的双眼望向霍奇斯。

"吉伯尼女士有神经性抽搐的毛病，联想能力也不可谓不怪异，但她在千钧一发之际阻止了哈茨费尔德的阴谋，所以我觉得她非常了不起。他变成植物人躺在了凯纳医院的脑创伤诊所里，估计会一直待到感染肺炎死去为止，因此也就替州政府省了好大一笔开销。他永远不会为他犯下的罪行出庭受审，这一点咱们都知道。你们没有因为市民中心的事情抓住他，但吉伯尼阻止了他在明戈演艺厅把两千个孩子炸上天。你们必须接受事实。就当自己赢了这一局，然后继续往前走吧。"

"哇，"彼得说，"这段话你憋了多久了？"

伊兹尽量按捺笑容，却怎么都忍不住。彼得也报以微笑，霍奇斯心想，这对搭档跟我和彼得一样出色。打破这个组合真是太可惜了。实在可惜。

"好一阵了，"伊兹说，"现在请你告诉他，"她转向霍奇斯，"至少不是《X档案》里的小灰人。"

"所以呢？"霍奇斯问。

"凯斯·弗雷斯和克丽丝塔·康垂曼，"彼得说，"哈茨费尔德发动袭击的那个四月十号清晨，两人都在市民中心。弗雷斯当时十九岁，失去了大半条胳膊，断了四根肋骨，内脏受伤。右眼也失去了七成视力。康垂曼当时二十一岁,断了几根肋骨和一条胳膊,脊椎受伤,忍着剧痛熬过了各种各样的治疗,我连想都不敢想。"

霍奇斯也不愿意去想,但他已经无数次地思考过了布莱迪·哈茨费尔德的受害者。他想的主要是那噩梦般的七十秒如何改变了那么多人好几年的生活……对玛蒂娜·斯托弗来说,她的人生被永远地改变了。

"两人都去一个名叫'恢复在你'的地方参加每周一次的心理治疗,认识后很快坠入爱河。他们逐渐恢复……虽说很慢……计划结婚。然后,去年二月的一天,两人一起自杀了。用一首朋克老歌的歌词说就是'他们吞了很多药片,他们死了'。"

霍奇斯不禁想到了斯托弗病床旁桌子上的研磨器。还残留着奥施康定粉末的研磨器。母亲将所有奥施康定碾碎溶在伏特加里,但那张桌子上肯定还有许多其他镇静止痛药物。她为什么非要费尽周折地用塑料袋和一罐氦气结束生命呢?她大可以先吞一把维柯丁,再吞一把安定片,然后闭上眼睛。

"弗雷斯和康垂曼属于每天都会见到的年轻自杀者,"伊兹说,"父母不看好他们的婚姻。希望他们等一等。他们不太可能私奔,对吧?弗雷斯几乎无法走路,两人都没有工作。他们的保险金足够支付每周的治疗费用和给各自家里买日用百货,但不是玛蒂娜·斯托弗的这种超豪华高额保险。简而言之,坏事发生了。你没法说这是巧合。严重受伤的人往往抑郁,抑郁症患者时常自杀。"

"他们在哪儿自杀的?"

"弗雷斯的卧室,"彼得说,"他父母带着他弟弟去了六旗游乐园做一日游。两个人吃药,爬进被窝,死在彼此的怀抱里,就像罗密欧与朱丽叶。"

"罗密欧与朱丽叶死在坟墓里,"霍莉回到厨房里,"在弗兰科·布鲁萨蒂的电影中,顺便说一句,这个版本无疑是最好的——"

"好了,明白了,我知道了,"彼得说,"坟墓,卧室,至少是押韵的。①"

霍莉拿着咖啡桌上的那本《内幕视点》，翻开的版面上是约翰尼·德普的照片，这张照片里的他看上去像是喝醉了、吸嗨了或者死了。难道她刚才一直在客厅里读丑闻小报？假如是这样，那她今天可就太不对劲了。

彼得问："霍莉，那辆梅赛德斯还在你手上吗？就是哈茨费尔德从你奥莉薇亚表姐那儿偷走的那辆。"

"不在了。"霍莉坐下，叠得整整齐齐的报纸搁在大腿上，膝盖端庄地并在一起，"去年十一月我用它换了辆普锐斯，和比尔那辆一样。它油耗太大，不够环保。再说我的心理医生也这么建议。她说时隔一年半，我早就祛除了它施加在我身上的魔咒，它已经不具备治疗价值了。你为什么对这个有兴趣？"

彼得向前俯身，双手扣在一起，放在张开的两膝之间。"哈茨费尔德能够上那辆梅赛德斯是因为他用一个电子小玩意儿打开了门锁。她的备用钥匙在手套箱里。他有可能知道这一点，也有可能市民中心血案只是一起偶然犯罪。我们永远也不可能知道真相了。"

而奥莉薇亚·特莱劳尼，霍奇斯心想，很像她的表妹霍莉：神经过敏，戒心很重，绝对不是什么社会动物。肯定不蠢，但你很难喜欢她。我们曾经确信她没锁梅赛德斯的车门，还把点火钥匙留在了车上。而某些逻辑思维无力影响的原始本能使得我们想要相信这就是答案。她是个讨厌鬼。我们看着她一遍又一遍否定指控，觉得这是个傲慢成性的女人拒绝为自己的疏忽承担责任。她手包里的钥匙，她向我们出示的那把钥匙？我们认为那只是她的备用钥匙。我们追着她不放，后来媒体搞到了她的名字，同样追着她不放。到了最后，她也开始相信她做了我们认为她做的事情：送了一个好机会给一个满脑子大规模屠杀的恶魔。我们谁也没有考虑过另一种可能性：一个电脑高

---

① 英文中 tomb 和 bedroom 两个单词押韵。

手能够自己拼凑出开锁的小玩意儿。奥莉薇亚·特莱劳尼本人也没想到。

"但追着她不放的不止我们。"

其他几个人一起扭头看他，霍奇斯这才意识到自己把想法说了出来。霍莉朝他微微点头，就好像两个人完全想到一块儿去了。假如真是这样，倒是也不足为奇。

霍奇斯说了下去："无论她怎么说她拔下了钥匙，锁好了车门，我们都不肯相信她，因此她后来自杀也有我们的一份责任，但哈茨费尔德带着蓄意犯罪的念头继续折磨她。你想说的就是这个，对吧？"

"对，"彼得说，"哈茨费尔德不满足于偷走她的梅赛德斯并用作杀人凶器。他钻进她的思想里，甚至对她的电脑做了手脚，安装了一个音频程序播放惨叫和指责声。然后，科密特，你被牵扯了进来。"

对。然后我被牵扯了进来。

霍奇斯收到一封哈茨费尔德写给他的恶毒匿名信，当时他处于人生的最低谷，单独住在一幢空荡荡的屋子里，睡眠极差，除了杰罗姆·罗宾逊不见其他任何人，那孩子替他清理草坪和做各种修缮杂事。折磨他的是职业警察退休后的共同恶疾：警戒解除抑郁症。

退休警察的自杀率高得出奇，布莱迪·哈茨费尔德在信中写道。那时候他们的交流方式还不是生活在二十一世纪的人们更喜爱的互联网。*你可千万别开始琢磨你的枪。但你已经在考虑了，对吧？*就好像哈茨费尔德闻到了霍奇斯的自杀念头，企图将他从悬崖边上推下去。这个伎俩在奥莉薇亚·特莱劳尼身上成功了，他爱上了这种感觉。

"我刚开始和你共事的时候，"彼得说，"你对我说重复性犯罪有点儿像土耳其地毯。还记得吗？"

"当然。"霍奇斯曾经向许多警察阐述过这套理论，但听得进去的人寥寥无几，从伊莎贝拉·杰恩斯的厌倦表情看，她无疑是听不进去的人之一。然而彼得听进去了。

"他们重复相同的模式，一遍又一遍。你说不要理会细微的差别，而是寻找底下的共同之处。因为连最狡诈的罪犯，就像专门在休息站杀女人的公路老乔，他们的大脑里也似乎有个开关卡在了重复档上。布莱迪·哈茨费尔德是个自杀的鉴赏家……"

"他是自杀的建构师。"霍莉说。她低着头在看报纸，眉头紧锁，脸色比平时还要苍白。重温与哈茨菲尔德有关的往事对霍奇斯来说很困难（至少他总算戒掉了去脑创伤诊所看那个龟孙子的习惯），但对霍莉来说就更是难上加难了。他希望她不会重蹈覆辙，重新开始抽烟，但就算她再捡起这个坏习惯，他也不会吃惊。

"叫什么随便你，但模式确实存在。老天在上，连他老妈都被他逼着自杀了。"

霍奇斯没有说话，彼得坚信黛博拉·哈茨费尔德发现（很可能出于意外）自己的儿子就是梅赛德斯杀手后自杀了，但霍奇斯对此始终有所怀疑。首先，他们没有找到哈茨费尔德夫人确实发现了真相的证据。其次，那女人摄入的是灭鼠毒药，死得肯定异常痛苦。有可能是布莱迪谋杀了他母亲，但霍奇斯也不怎么相信这种可能性。假如说哈茨费尔德曾经爱过什么人，那就只有他母亲了。霍奇斯认为灭鼠药有可能是为其他什么人准备的……甚至不是人类。根据验尸报告，毒药混在汉堡肉里，你要问狗在世上最喜欢什么，只怕就是一团搅碎的生肉了。

罗宾逊家有条狗，一条可爱的垂耳杂种狗。布莱迪肯定见过它许多次，因为他在监控霍奇斯的住处，杰罗姆来清理草坪的时候经常带着那条狗。灭鼠药很可能是为奥戴尔准备的。霍奇斯没有向罗宾逊家的任何一个人提过这种可能性，也没告诉过霍莉。唔，尽管多半只是胡思乱想，但在霍奇斯看来，既然彼得能认为布莱迪的母亲死于自杀，那么这个猜想也同样有可能成立。

伊兹张开嘴，但又闭上了，因为彼得抬起手拦住了她——他毕竟是搭档中比较资深的那一位，而且差距不止一两年。

"伊兹想说玛蒂娜·斯托弗死于谋杀，而非自杀，但我认为这个念头非常有可能来自玛蒂娜本人，也可能她和母亲仔细讨论过，最后得出一个双方都认可的结论。因此在我看来，两个人都死于自杀，尽管在官方报告里没法这么写。"

"我猜你已经确认过了市民中心案件其他幸存者的情况？"霍奇斯问。

"全都活着，除了杰拉德·斯坦斯伯瑞，他去年感恩节过后不久就去世了，"彼得说，"心脏病突发。他妻子说冠心病在他们家是遗传性的问题，他活得已经比他父亲和哥哥久了。伊兹说得对，这个案件没什么重要的，但我认为你和霍莉应该知道一下。"他轮流看了两个人一会儿。"你对退休没有什么不好的想法吧？"

"没有，"霍奇斯说，"最近没有。"

霍莉只是摇摇头，依然埋头于丑闻小报之中。

霍奇斯问："弗雷斯和康垂曼女士自杀后，没人在他卧室里发现神秘的字母 Z 吧？"

"当然没有。"伊兹回答道。

"据你们所知没有，"霍奇斯纠正她，"应该是这个意思吧？因为你们今天刚发现这个细节。"

"上帝啊，放过我们吧，"伊兹说，"太傻了。"她看看手表，站起身。

彼得也站起身来。霍莉坐在原处，依然盯着她拿来的那份《内幕视点》。霍奇斯同样没有起身，他暂时还不想起来。"你会重新看一遍弗雷斯和康垂曼案件的照片，对吧，彼得？过一遍，以防万一？"

"好的，"彼得说，"伊兹很可能说得对，我叫你们两个过来确实有点儿犯傻。"

"我很高兴你能想到我们。"

"还有……我依然没法原谅我们处理特莱劳尼夫人的方式，明白吗？"彼得看着霍奇斯，但霍奇斯能猜到他说话的对象其实是那个瘦削苍白、把垃圾小报摊在大腿上的女人。"我一次也没有怀疑过她会不会真的拔掉了钥匙。我拒绝考虑还存在其他的可能性。我向自己保证过，我绝对不会再犯这种错误了。"

"我理解。"霍奇斯说。

"有一点我认为我们所有人都会赞同，"伊兹说，"哈茨费尔德开车撞人、用炸药炸人和建构自杀的日子早就一去不返了。除非我们不小心掉进了一部名叫《布莱迪之子》的电影，否则我建议我们一起离开埃勒顿夫人的屋子，各自去过各自的生活。有人反对吗？"

没有。

7

上车之前,霍奇斯和霍莉在车道上站了一会儿,听凭一月的寒风吹过他们。刮的是从加拿大长驱直入而来的北风;没了平时从东边被污染的大湖飘来的难闻气味,今天的空气很清新。山顶公路的这一头房屋稀少,最近的一幢门前有个**待售**牌子。霍奇斯注意到房产经纪是汤姆·索伯斯,不禁微微一笑。汤姆在血案中同样严重受伤,但已经几乎完全恢复了。有些男人和女人的韧性总能让霍奇斯感到惊讶。虽说不至于让他对人类这种生物产生希望,但……

好吧,确实能够。

坐进车里,霍莉把叠得整整齐齐的《内幕视点》放在地上,系好安全带后重新捡了起来。彼得和伊莎贝拉都没有反对她拿走报纸。霍奇斯甚至不确定他们有没有注意到。他们为什么会留意呢?尽管法律条文将埃勒顿家归为犯罪现场,但在他们心中,事实并非如此。对,彼得确实有点儿不安,但霍奇斯认为那和警察的直觉没什么关系,而是一种准迷信的心理反应。

霍莉用我的简易警棍打哈茨费尔德的时候,他就应该当场死掉,霍奇斯心想,对我们所有人来说都会是一件好事。

"彼得回警局后会看一看弗雷斯和康垂曼自杀现场的照片,"他对霍莉说,"以防万一,仅此而已。但假如他发现某处画了一个 Z——护墙板上,镜子上,随便哪儿——我肯定会大吃一惊。"

霍莉没有回答。看上去她已魂游天外了。

"霍莉?能听见吗?"

她吓了一小跳。"能。我只是在想该怎么在烦恼瀑布找到南希·埃尔德森。我有那么多搜索程序,应该用不了太久就能找到,你必须和她谈一谈。要是有绝对必要，我现在也能打电话给陌生人了，你知道的——"

"对，你越来越会打电话了。"确实如此，但她打这种电话的时候，手边总是有一盒尼古丁口香糖以安抚心情。更不用说那满满一抽屉充当后援的夹心蛋糕了。

"但我没法去通知她说她的雇主——就我们所知，甚至是朋友——全都死了。这个电话只能你打。你擅长这种事情。"

霍奇斯心想，世上没有人真的擅长这种事情，但懒得把这句话说出口。"为什么？埃尔德森从上周五开始就应该出城去了。"

"她有资格知道，"霍莉说，"警方会联系死者的所有亲属，那是他们的工作，但警察不会打电话给管家。至少我猜不会。"

霍奇斯也这么认为，而且霍莉说得对——管家埃尔德森有资格知道，至少别让她回到家却发现大门被警察贴上了封条。然而不知为何，他觉得这并不是霍莉想找到南希·埃尔德森的唯一理由。

"你的朋友彼得和灰眼睛小姐几乎没有做任何事情，"霍莉说，"对，玛蒂娜·斯托弗的卧室里有采指纹的粉末，她的轮椅上和埃勒顿夫人自杀的卫生间里也有，但楼上埃勒顿夫人的卧室里没有。他们多半只上楼看了看，确定床底下或壁橱里没有藏尸体，然后就当已经完事了。"

"等一等。你去过楼上？"

"当然。总得有人仔细调查一下，那两个人肯定不愿意。就他们所关心的事情而言，他们完全知道这里发生了什么。彼得打电话给你只是因为神经过敏。"

神经过敏。对，就是这样。正是他想找但怎么也找不到的那个词。

"我也一样神经过敏，"霍莉就事论事地说，"但不等于我失去了我的智慧。整件事都不对劲。不对劲得厉害，你必须和管家谈一谈。要是你实在想不明白，我会告诉你该问她什么。"

"是卫生间台子上的Z字吗？要是你知道什么我不知道的事情，我希望你能直截了当告诉我。"

"不是我知道什么，而是我看见了什么。你在Z字旁边还看见了什么？"

"一支马克笔。"

她看他的眼神在说你不止这点儿本事。

霍奇斯使出一项警察的传统技能，这项技能在庭审作证时特别有用：他再次查看那张照片，不过这次是在自己的脑海里。"有一根电源线插在水槽旁边墙上的插座里。"

"对！刚开始我以为那是给电子书用的，埃勒顿夫人不拔电源是因为她的大部分时间都在家里的那个区域度过。这是个非常方便的充电地点，因为玛蒂娜卧室的所有插座很可能都被生命支持系统占用了。你是不是也这么认为？"

"对，应该就是这样。"

"然而Nook和Kindle我都有——"

你当然有了，他心想。

"——两者的电源线都不是这个样子。它们的电源线是黑色的，而这一根是灰色的。"

"有可能她弄丢了原装的充电线，在科技村买了一根换上。"布莱迪·哈茨费尔德以前的雇主折价电子城宣布破产之后，科技村差不多成了本市唯一的电子器材商场。

"不可能。电子书用的是爪式接口，而这个接口更宽，应该是给平板电脑用的。我的平板电脑也有这种接头，但卫生间这根线的尺寸太小了。它属于某种手持设备。所以我就上楼去找了。"

"你在楼上发现了……？"

"只有一台旧个人电脑，放在埃勒顿夫人卧室窗口的写字台上。我说的旧是真的旧，它还连着调制解调器呢。"

"啊，天哪，不！"霍奇斯惊呼，"千万别是调制解调器！"

"并不好笑,比尔。那两位女士已经死了。"

霍奇斯松开一只握方向盘的手,举起来打个表示和平的手势。"对不起,你继续。接下来你大概要说你打开了她的电脑吧。"

霍莉看起来有点困窘。"呃,对。但我这么做只是因为警察显然不打算深入调查这个案件。我不想窥探别人的隐私。"

霍奇斯可以和她讨论一下这个话题,但他没有开口。

"电脑没有登录密码,所以我看了看埃勒顿夫人的搜索历史。她访问过许许多多的零售网站,还有和瘫痪有关的大量医学网站。她似乎对干细胞研究非常感兴趣,这一点符合逻辑,因为她女儿的病情——"

"你不到十分钟就做了这么多事情?"

"我阅读很快。但你知道我没有发现什么吗?"

"应该是和自杀相关的任何材料吧。"

"对。那么,她是怎么知道氦气的这个用法的呢?还有,她怎么知道该把药片碾碎溶解在伏特加里,然后加进女儿的饲管呢?"

"呃,"霍奇斯说,"世界上存在一个古老而神秘的仪式,它的名字叫读书。你也许听说过它。"

"你在她们家客厅里看见了任何书籍吗?"

他重放客厅的画面,就像刚才回忆玛蒂娜·斯托弗的卫生间照片那样,霍莉说得对。客厅里有放零碎小饰品的架子,有大眼睛流浪儿的油画,有平板大电视。咖啡桌上有杂志,但摊开摆放的样子说明它们的用途主要是装饰,而不是阅读。另外,那些杂志可不是《大西洋月刊》之类的读物。

"没有,"他说,"客厅里没有书,但斯托弗卧室的照片里有几本。其中之一像是《圣经》。"他瞥了一眼霍莉大腿上的《内幕视点》。"报纸里面是什么,霍莉?你在藏什么?"

霍莉涨红脸蛋的时候,整个人会进入一级战备状态,鲜血涌向面部的样子颇为吓人。此刻的她就是这样。"我没有偷东西,"她说,"只是借用。我从不偷东西。比尔,从不!"

"你冷静一下。到底是什么?"

"卫生间那根电源线接的东西。"她展开报纸,一个深灰色屏幕的亮粉色小玩意儿出现在眼前。它比电子书大,比平板电脑小。"我回到楼下,坐在埃勒顿夫人的椅子里想了一会儿,然后把手伸进扶手和坐垫之间摸了一遍。我甚至没有存心去找它,只是自然而然地这么做了。"

这是霍莉诸多的自我安慰手段之一,霍奇斯心想。自从他第一次遇见她到现在,他见过了许多类似的场景,当时陪同她的是她过度保护的母亲和热爱社交到了咄咄逼人程度的舅舅。陪同?不,不完全是陪同。陪同意味着平等的关系。夏洛特·吉伯尼和亨利·西罗伊斯待对她更像一个暂时出院活动的精神病孩子。霍莉现在已经变了一个人,但以前那个霍莉的痕迹依然存在。霍奇斯对此没什么意见。说到底,毕竟每个人都会投下影子。

"这东西就在右边的缝隙里,是个战破天(Zappit)。"

这个名字在他记忆深处激起了微弱的回响,然而说到装有电脑芯片的各种小玩意儿,霍奇斯就远远落后于时代了。他总是搞得家里的电脑运转不灵,杰罗姆·罗宾逊离开后,霍莉经常去哈珀街霍奇斯家帮他摆脱困境。"是个什么?"

"战破天指挥官游戏机。我在网上见过它的广告,但不是最近。它预装了一百多个简单的电子游戏,例如俄罗斯方块、西蒙说和单词解谜。不是《侠盗飞车》那么复杂的游戏。请你告诉我,比尔,这东西为什么会在她们家里。住在这儿的两个女人,一个年近八十,另一个连开灯都做不到,更不用说玩电子游戏了。"

"好吧,确实有点儿奇怪。算不上怪得难以想象,但确实不正常。"

"它的电源线就插在字母 Z 旁边,"她说,"字母 Z 不是遗书,代表的不是结束,而是战破天。至少我是这么认为的。"

霍奇斯仔细考虑这个思路。

"有可能，"他再次想到他似乎在哪儿见过这个名词，但也有可能只是法国人所谓的"faux souvenir"——虚假记忆。他敢发誓它和布莱迪·哈茨费尔德有着某种联系，但他无法完全相信这个念头，因为今天他的脑子里几乎全是布莱迪。

我上次去看他是多久以前？六个月？八个月？不，还要更久。久得多。

上次去是彼得·索伯斯的事情结束后不久，那个案件牵涉一笔赃款和彼得发现的许多本笔记簿，它们被人埋在他家的后院里。那次去的时候，霍奇斯见到的布莱迪和先前差不多，一个处于植物人状态的年轻男人，身穿永远不会变脏的格子衬衫和牛仔裤。霍奇斯每次去脑创伤诊所都会看见他坐在217病房的一把椅子里，呆呆地望着马路对面的停车库，那次也不例外。

那天唯一的区别存在于217病房之外。护士长贝姬·赫尔明顿升职去了凯纳纪念医院的外科病房，因此关闭了霍奇斯获得有关布莱迪的传闻的渠道。继任的护士长是个铁石心肠的女人，一张脸长得像个攥紧的拳头。鲁丝·斯卡佩里拒绝了霍奇斯用五十美元换取布莱迪的点滴消息，威胁说他胆敢再提出用钱换取患者信息，她就要去举报他。"你甚至都不在他的访客名单上。"她说。

"我不需要他的信息，"霍奇斯是这么回答的，"我用得上的布莱迪·哈茨费尔德的信息我全都有了。我只想知道人们怎么说他。因为外面有些和他有关的传闻，你也知道。其中一些非常离奇。"

斯卡佩里用一个厌恶的表情回答他。"每家医院都有荒唐的小道消息，霍奇斯先生，而且总和著名的患者有关系。就哈茨费尔德先生而言，他是臭名昭著的患者。赫尔明顿护士从脑创伤诊所调去她现在的职位后不久，我召开了一次员工会议，命令所有人立刻停止传播有关哈茨费尔德先生的流言，假如有新的流言传到我的耳朵里，我会一直追查到源头，开除传播流言的那个人或那些人。至于你……"她用鼻孔看着霍奇斯，拳头似的那张脸皱得更厉害了，"我无法相信，一名曾经的警官,而且还是一名得过奖章的警官,居然会使出贿赂的伎俩。"

那场颇为耻辱的会面后不久,霍莉和杰罗姆·罗宾逊堵住他,上演了一幕微型的干涉戏码,他们对霍奇斯说,他没完没了探访布莱迪的行为必须停止了。杰罗姆那天显得尤其严肃,平时那些喜气洋洋的街头俚语消失得无影无踪。

"你在那个房间里除了伤害自己什么都做不了,"杰罗姆是这么说的,"我们甚至知道你在哪些日子去看了他,因为接下来两天你无论走到哪儿,脑袋上都顶着一朵乌云。"

"岂止两天,一个星期还差不多。"霍莉添油加醋道。她不肯看霍奇斯,绞手指的样子让霍奇斯想抓住她的手,命令她快点儿停下,免得折断骨头。但她的声音坚定而果断。"他已经不在他的身体里了,比尔,你必须接受这个事实。另外,假如他还在,每次见到你都会非常高兴。他看见他对你造成了什么影响,会打心底里觉得高兴。"

这句话说服了他,因为霍奇斯知道情况确实如此。于是他不再去医院了。这就像戒烟:刚开始很难,随着时间过去,逐渐变得容易。现在他几个星期都难得想起一次布莱迪和布莱迪犯下的可怖罪行。

他已经不在他的身体里了。

霍奇斯提醒自己记住这句话,他驾车返回市中心,让霍莉高速运转她的电脑,开始搜寻南希·埃尔德森的踪迹。山顶公路尽头那幢屋子里无论发生过什么——环环相扣的念头和对话、眼泪和承诺,全都结束于注入饲管的溶解药片和外壳印着欢笑儿童的那罐氦气之中——都和布莱迪·哈茨费尔德没有任何关系,因为霍莉真的把他的脑浆打了出来。即便霍奇斯偶尔有所疑惑,也是因为他无法忍耐布莱迪居然逃过了惩罚的事实,无法忍耐恶魔最终从他手里逃掉的结局。霍奇斯甚至没有捞到机会挥舞装满轴承滚珠的袜子,因为当时他正忙着犯心脏病呢。

然而，一缕游魂般的记忆：战破天。

他知道他肯定在哪儿听见过。

胃里传来一阵危险的绞痛，他想起了他没能看成的医生。他必须解决这个问题，但等到明天应该还来得及。他能猜到斯塔莫斯医生会说他有溃疡，这种消息晚一些知道也无妨。

8

霍莉的电话旁有一盒刚打开的尼古丁口香糖,但已经没必要倒出一颗塞进嘴里了。她拨通的第一个埃尔德森就是管家的弟妹,来自一家名叫先得公司的陌生人打电话找南希,她当然想知道原因。

"是遗产之类的什么事情吗?"她满怀希望地问。

"稍等,"霍莉说,"您别挂电话,我转给我老板。"霍奇斯不是她的老板,自从去年的彼得·索伯斯案件之后,霍奇斯把她变成了事务所的合伙人,但每次一紧张,霍莉就会投入这个借口的怀抱。

霍奇斯正在用电脑查询战破天游戏系统公司的情况,他接过电话,霍莉站在他的办公桌旁,咬着毛衣的领子。霍奇斯按住电话上的保留按钮,对霍莉说吃羊毛不利于健康,对她身上那件费尔岛毛衣更是不妙。然后他接通了和管家弟妹的通话。

"非常抱歉,我有个坏消息要通知南希。"他说,三言两语说明了情况。

"啊,天哪,"琳达·埃尔德森说(霍莉把这个名字写在了他的记事簿上),"她听见这个消息一定会大受打击,不仅因为这么一来她就没工作了。她从2012年前就为这两位女士服务,她非常喜欢她们。去年十一月感恩节她还和她们共进晚餐来着。你是警察吗?"

"退休了,"他说,"但我为办理此案的警方小组做事。他们请我联系埃尔德森夫人。"他觉得这个小小的谎言不会给自己惹来麻烦,因为彼得邀请他去犯罪现场就等于给他开了绿灯。"能告诉我该怎么联系她吗?"

"我给你她的手机号。她去烦恼瀑布参加星期六她哥哥的生日派对了。四十岁生日值得纪念一下,所以哈利的妻子搞得很隆重。她会待到下周三或周四,我记得——至少计划是这样的。我确定她听见这个消息肯定会回来。自从比尔去世后——比尔是我丈夫的哥哥——南希就一直一个人住,身边只有一只猫。埃勒顿夫人和斯托弗女士算是她的第二家庭。这个消息会让她心碎的。"

霍奇斯记下号码,立刻拨了过去。铃响一声,南希·埃尔德森就接了起来。霍奇斯亮明身份,然后将坏消息告诉了她。

她震惊得说不出话来,过了好一会儿,她开口道:"噢,不,不可能是真的。霍奇斯警探,你搞错了。"

他没有浪费时间纠正她的错误,因为她的回答很有意思。"为什么这么说?"

"因为她们过得很愉快。她们相处得非常好,一起看电视——她们喜欢用DVD放电影,喜欢烹饪节目,喜欢一帮女人清谈和访问名人嘉宾的节目。说出来你肯定不信,但那幢屋子里确实充满了笑声,"南希·埃尔德森犹豫片刻,然后说,"你确定你说的就是她们两位吗?简·埃勒顿和玛蒂·斯托弗?"

"非常抱歉,确实是。"

"可是……她已经接受了她的现状啊!玛蒂,我说的是她,玛蒂娜。她说过习惯于瘫痪在床比习惯于当老处女容易多了。她和我经常聊这个话题,一个人过日子。因为我失去了我的丈夫,你知道的。"

"所以从来没有过斯托弗先生?"

"不,有过,简妮斯曾经有过一段婚姻。非常短,我记得,但她说她绝对不后悔,因为那段婚姻给了她玛蒂娜。玛蒂[①]在出事之前不久有过男朋友,但他发了心脏病,当场死亡。玛蒂说他体型极好,一周三次去市中心的健身房运动。她说杀死他的就是健康。因为他的心脏过于强壮,结果碰到逆流干脆就炸了。"

霍奇斯,冠心病发作的幸存者,他心想,记得提醒自己:不去健

[①] 玛蒂娜的昵称。

身房。

"玛蒂说过,你爱的人去世后你一个人活下去,那才是最可怕的一种瘫痪。我对我的比尔并不存在这种感觉,但我明白她的意思。亨雷德牧师经常来探望她,玛蒂说他是她的灵性顾问,尽管他本人不这么做,但她和简每天都要礼拜和祈祷。每天正午。玛蒂正在考虑参加网上的会计课程——教育机构为她这种失能人士提供特别课程,你知道吗?"

"不知道。"霍奇斯说。他在记事簿上写道:**斯托弗计划在电脑上参加会计课程**,然后转过去让霍莉看。霍莉挑起了她的眉毛。

"当然了,偶尔也有眼泪和悲伤,但大多数时候她们过得很开心。至少……我说不准……"

"你想说什么,南希?"霍奇斯想也没想就对她直呼其名了,这是警察套近乎的老手法之一。

"喔,应该没什么。最近玛蒂似乎和以前一样快乐——她是个真正的开心果,我不得不说,你都没法相信她的精神有多么向上,她永远能看见事物中光明的一面——但简似乎有点儿孤僻,就好像她心里有什么负担似的。我以为是金钱方面的烦恼,或者只是圣诞节后的普通抑郁。我做梦也不会想到……"她抽了抽鼻子,"对不起,我得去擤一下。"

"没问题。"

霍莉抓起他的记事簿。她写的字很小——便秘型人格,他经常这么想——他不得不把记事簿拿到鼻尖前面才能看清:问她战破天!

耳畔传来鸣笛般的声音,埃尔德森在擤鼻子。"对不起。"

"没关系。南希,据你所知,埃勒顿夫人有没有一个手持式的电子游戏机?应该是粉红色的。"

"老天在上,你怎么会知道?"

"我什么都不知道,"霍奇斯真诚地说,"我只是个退休警探,面前是一组应该向你询问的问题。"

"她说那是一个男人给她的。他说游戏机是免费赠送的，只要她答应填一份问卷寄回公司就行。那东西比一本平装书稍微大一点儿。在家里到处乱放了一阵子——"

"什么时候的事情？"

"记不清了，但肯定是圣诞节前。我第一次看见的时候，它摆在客厅的咖啡桌上。就那么搁在那儿，折叠起来的问卷放在旁边，一直到圣诞节后——我知道是因为她们那棵小圣诞树没了——忽然某天我在厨房餐桌上看见了它。简说她开机只是想看看它是干什么的，发现游戏机里有纸牌游戏，而且有十几种，克朗代克、图片配对和金字塔都有。既然她已经开始玩了，于是就填了问卷寄回去。"

"她在玛蒂的卫生间给它充电，对吗？"

"对，因为那儿最方便。她有很大一部分时间在家里的那片区域度过，你明白的。"

"嗯哼。你说过埃勒顿夫人变得孤僻——"

"有点儿孤僻，"埃尔德森立刻纠正他，"大多数时候她和以前一样。也是个开心果，和玛蒂一样。"

"但她心里有事。"

"对，我这么认为。"

"心里有负担。"

"呃……"

"和她得到游戏机差不多是同一段时间？"

"你这么一说，似乎确实是的，但在一个粉红色的平板电脑上玩纸牌为什么会让她抑郁呢？"

"不知道。"霍奇斯说，在记事簿上写道：**抑郁**。他觉得从孤僻到抑郁是个巨大的跨越。

"通知她们的亲属了吗？"埃尔德森问，"本市没有，但我知道她们在俄亥俄有一些表亲，在堪萨斯也有。也可能是印第安纳。名字在她的号码簿里。"

"咱们谈话的时候,警察正在这么做呢。"霍奇斯说,不过晚些时候他会打电话给彼得确认一下。老搭档会觉得他很烦,但霍奇斯不在乎。南希·埃尔德森说出的每一个字都包含烦恼,他希望能够尽可能地安慰她。"能再问你一件事吗?"

"当然。"

"你有没有注意到任何人在她们家附近逗留?没有明显理由的任何人?"

霍莉拼命点头。

"你为什么会这么问?"埃尔德森听起来很震惊,"你不可能认为是某个外来者……"

"我什么都不认为,"霍奇斯平静地说,"我只是在替警方提问,因为过去这几年人员减少得很厉害。全市范围的经费削减。"

"我知道,真是糟糕。"

"所以他们把这组问题交给了我,这是其中的最后一个。"

"唔,没有任何人。否则我肯定会注意到,因为主屋和车库之间有一条通道。车库有暖气,所以食品储藏间和洗衣干衣机都在那里。我每天要从那条通道来来回回走无数次,一眼就能看见街道。很少有人会一直走到山顶公路的尽头,因为简和玛蒂的屋子是最后一幢。再过去就是回车道了。当然了,邮递员和UPS会过来,偶尔还有联邦快递,但除此之外,只要没人迷路,公路尽头的这块地方就完全属于我们。"

"所以没有任何人了。"

"对,先生,肯定没有。"

"包括把游戏机送给埃勒顿夫人的那个人?"

"对,他是在山脊食品店找上她的。那家店在山脚下,城市大道和山顶公路的路口。再走一英里,城市大道广场里有一家克罗格超市,尽管东西比较便宜,但简妮斯从来不去,因为她说你应该支持当地商业,因为……因为……"她发出响亮的抽泣声,"但她现在没法去任何地方买东西了，对吧？天哪，我还是不敢相信！简绝对不可能伤害玛蒂，哪怕世界毁灭都不可能。"

"确实令人非常悲哀。"霍奇斯说。

"我明天就回来，"埃尔德森在自言自语，而不是对霍奇斯说话，"她的亲戚估计要过一阵才能到，必须有人安排好所有事情。"

管家的最后一个任务，霍奇斯心想，觉得这个念头既令人感动又让人畏惧。

"谢谢你花时间回答我的问题，南希。我就不耽搁你的——"

"当然了，还有那位老先生。"埃尔德森说。

"你说的是哪位老先生？"

"我在1588号外面见过他几次。他总是靠路边停车，然后站在人行道上看着那幢屋子。就在马路对面，朝山下走几步就到。你也许没有注意到，但它正在找买家。"

霍奇斯注意到了，但没有说出来。他不想打断对方的话。

"有一次他走到草坪上，隔着观景窗看屋里——应该是上一场大暴雪之前。我猜他在橱窗购物，"她发出带着哭腔的轻轻笑声，"但我母亲会说这叫橱窗许愿，因为他怎么看都不像买得起这种豪宅的人。"

"是吗？"

"肯定。他穿得像个工人——你知道的，绿色长裤，迪凯思那种——风雪衣贴着胶带纸。他的车看起来非常旧，有些地方都露出底漆了。我去世的丈夫说那叫穷鬼之光。"

"你不会凑巧认识那是一辆什么车吧？"他在记事簿上翻出一页白纸，写道：**找到上一场大暴雪的日期**。霍莉看完点点头。

"不认识，对不起，我不懂车型。我连颜色都没记住，只记得车身上露出了底漆。霍奇斯先生，你确定没搞错什么事情吗？"她几乎在恳求他。

"我也希望我能说我搞错了，南希，但我做不到。你帮了我们很大一个忙。"

她怀疑地说："是吗？"

霍奇斯把他、霍莉和办公室的号码留给她，说要是想起了什么他们没谈到的事情就打过来。他提醒她说媒体或许会有兴趣报道，因为玛蒂娜是在2009年的市民中心血案中致残的，他说只要她不愿意，就没有任何义务要对记者或电视台开口。

挂断电话的时候，南希·埃尔德森又哭了起来。

9

他带霍莉去一个街区外的熊猫花园吃午饭。时间很早,整个餐厅几乎只有他们两个人。霍莉不吃肉,点了全素炒面。霍奇斯爱吃灯影牛肉丝,但他的胃最近没法消化这东西,所以只好点了麻辣羊肉。两个人都用筷子,霍莉是因为她很会用,霍奇斯是因为用筷子吃得比较慢,能够减轻饭后胃里的灼烧感。

她说:"上一场大暴雪是十二月十九号。气象报告说政府广场积雪十一英寸,布兰森公园十三英寸。不算特别厉害,但今年冬天唯一的另一场雪只下了四英寸。"

"圣诞节前六天。根据埃尔德森的回忆,有人在那个时间前后给了简妮斯·埃勒顿一台战破天。"

"给她游戏机的会不会就是窥探那幢屋子的男人?"

霍奇斯夹起一块西蓝花。这东西据说对身体有好处,但和所有蔬菜一样难吃。"那个男人的风雪衣是用胶带纸贴起来的,我不认为埃勒顿会接受他给的任何东西。我不排除这个可能性,但确实不太可能。"

"好好吃饭,比尔。要是我吃得比你快,别人会觉得我像头猪的。"

霍奇斯低头吃饭,但他最近食欲很差,哪怕胃里不难受的时候也一样。一口菜卡在了喉咙口,他用茶水送了下去。也许是个好主意,因为茶似乎对身体有好处。他想到他还没看到的体检结果,忽然意识到他的问题有可能比溃疡严重,溃疡实际上是最乐观的情形。溃疡有药可治,另一些疾病就没有了。

盘子的中央露了出来(可是,该死,盘子边缘还剩下那么多食物），他放下筷子，说："你在找南希·埃尔德森的时候，我发现了一些东西。"

"说来听听。"

"我在读有关战破天的材料。真是有意思，这种电脑产品公司常常突然崛起，然后迅速消失。它们就像六月的蒲公英。指挥官游戏机没能垄断市场。太简单，太贵，太多更有玩头的竞品了。战破天公司的股票一落千丈，被一家名叫日升解决方案的公司并购。两年前，这家公司宣布破产，从此没了声音。这意味着市场上早就没有战破天了，免费赠送指挥官游戏机的那家伙肯定在搞什么歪门邪道。"

霍莉立刻看见了这条线索的前途。"所以附带的问卷就是一张废纸，只是为了增加一点儿……那个什么来着？……可信度。但送游戏机的人并没有尝试从她手上骗钱，对吧？"

"对。至少就我们所知，没有。"

"这里肯定有什么名堂，比尔。你打算打电话给亨特利警探和灰眼睛小姐吗？"

霍奇斯刚夹起盘子里最小的一块羊肉，这下有理由扔回去了。"霍莉，你为什么不喜欢她？"

"呃，她觉得我是个疯子，"霍莉平静地说，"就是这样。"

"我确定她并不……"

"不，她就是这么认为的。她多半还认为我很危险，因为我在此时此地演唱会上把布莱迪·哈茨费尔德打了个脑浆涂地。但我不在乎。再来一次我还是会打他。一千次也一样！"

他按住霍莉的手。攥在她拳头里的筷子颤抖得像是调音叉。"我知道你会的，而且每次都有正当的理由。你救了上千条生命，这还是最保守的估计了。"

她把手从霍奇斯的手底下抽出来，一粒一粒地夹起米饭。"嗯，我能接受她认为我是个疯子。从小到大一直有人觉得我是疯子，从我父母开始，所以我没问题。但情况不止是这样。伊莎贝拉只看得见她想看见的东西,假如一个人能看见更多的东西——至少会去寻找更多的东西——她就不喜欢这个人了。她对你也有同样的感觉,比尔。她嫉妒你。还有彼得。"

霍奇斯没有说话。他从未考虑过这种可能性。

霍莉放下筷子。"你没有回答我的问题。你打算把我们目前了解的情况告诉他们吗?"

"现在还不行。我要先去办一件事,今天下午你能帮我看着办公室吗?"

霍莉微笑,低头看着剩下的炒面。"那还用说?"

10

不止比尔·霍奇斯一个人从见面第一眼就不喜欢贝姬·赫尔明顿的接替者。脑创伤诊所的护士和勤杂工管这里叫"铁桶",也就是"脑壳铁桶"①里的"铁桶",鲁丝·斯卡佩里来了没多久就有了"变态护士"的绰号。她上任三个月,三名护士由于各种小纰漏被调走,一名勤杂工在备品库房里抽烟被辞退。她禁止员工穿漂亮制服,因为它们"太令人分心"和"太有暗示性"。

但医生喜欢她。他们觉得她手脚麻利、业务熟练。对待患者她也同样手脚麻利、业务熟练,但她性情冷淡,举手投足之间总带着一丝轻蔑。患者受伤再严重,她也不允许员工将他们称为"植物人""肉墩子"或"白纸",至少在她耳力所及范围内绝对不行,然而她无论做什么都态度倨傲。

"她很清楚她在干什么,"斯卡佩里入职后不久,一名护士在休息室里对另一名护士说,"这一点毫无疑问,但她身上少点儿什么。"

另一名护士是个三十岁的前辈,见过不少世面。她思忖片刻,然后说出了两个字……这个词语非常恰当:"慈悲"。

斯卡佩里陪同神经外科的主任菲利克斯·巴比纽查房时,绝对不会露出半分冷漠或轻蔑,不过就算她有所表露,他恐怕也不会注意到。有些其他的医生注意到了,但很少有人在乎;护士这种生物过于渺小,哪怕是护士长也不例外,他们的所作所为不值得天神屈尊降下视线。

就好像斯卡佩里觉得,无论脑创伤诊所的患者有什么毛病,他们

---

① Brain Bucket,头盔的俗称。

都必须为自己当前的情况承担部分责任，只要他们愿意付出努力，就肯定可以恢复一些机能。然而，她尽心尽责地完成工作，大体而言完成得很好，远比她受欢迎的贝姬·赫尔明顿恐怕不如她。要是有人对她这么说，斯卡佩里大概会说她上班不是为了讨人喜欢，而是为了照顾病人。

然而，铁桶里还是有一个长期病人是她厌恶的。这个患者名叫布莱迪·哈茨费尔德。厌恶的原因不是她有朋友或亲戚在市民中心受伤或遇害，而是因为她认为他在装病。逃避他活该接受的惩罚。她尽量避开他，让其他员工照顾他，因为仅仅见到他就足以让她一整天义愤填膺，这个邪恶的畜生居然轻而易举地骗过了司法体系。她避开他还有另一个原因：她不怎么放心自己一个人待在他的病房里。有两次她做了一些事情——被发现就会害得她被开除的那种事情。然而，一月初的这个下午，霍奇斯和霍莉即将结束午餐的时候，就好像有一根看不见的钢缆拉着她，她鬼使神差地走进了217病房。今天上午她不得不来一次这个房间，因为巴比纽医生坚持要她陪同查房，而布莱迪是他的明星病人。他惊叹于布莱迪的恢复程度。

"他本来绝对不可能从昏迷中醒来了。"她刚来铁桶后不久，巴比纽这么对她说。他平时冰凉得像一条死鱼，但提到布莱迪就会眉飞色舞。"可你看他现在的样子！他能短距离行走——当然得有人搀扶，我向你保证——他能自己吃东西，他能通过语言或符号对简单问题做出反应。"

他还想用叉子把自己的眼睛抠出来，鲁丝·斯卡佩里想这么补充（但没有说出口），他的语言反应在她听来只是"哇——哇"和"咕——咕"。还有排泄的问题。给他穿上纸尿裤，他就使劲忍着。脱掉，他就尿在床上，比钟表还准时。只要找到机会就在床上拉屎。就好像他知道似的。她相信他真的知道。

他还知道一件事情——这一点毫无疑问——那就是斯卡佩里不喜欢他。今天上午，巴比纽医生检查完毕，去病房里的卫生间洗手，布莱迪抬起头看着她，举起一只手放在胸口，颤颤巍巍地把这只手握成一个松垮垮的拳头，然后从拳头里慢慢地伸出中指。

刚开始斯卡佩里几乎无法理解她看见的景象：布莱迪·哈茨费尔德在对她竖中指。然后，就在她听见卫生间里流水声停止的那一瞬间，她的制服前襟的两颗纽扣突然崩飞，露出了 Playtex 超舒适肩带式胸罩的中央部位。她一直不相信有关这个人渣的种种传闻，她拒绝相信，但此刻……

他朝她微笑。狞笑。

此刻她走向 217 病房，舒缓的音乐从天花板扬声器里飘出来。她身穿总是放在更衣室柜子里的粉色备用制服，但她不太喜欢这个颜色。她左顾右盼，确定没有人注意到她，假装在看布莱迪的情况表，免得自己看漏了某双窥探的眼睛，然后开门溜了进去。布莱迪坐在窗口的椅子上，他平时总是待在这儿。他身穿牛仔裤和四件格子衬衫中的一件，头发梳得整整齐齐，面颊像婴儿似的光滑，胸前口袋上别着一枚小徽章：**芭芭拉护士给我刮的脸！**

他活得就像唐纳德·特朗普，鲁丝·斯卡佩里心想。他杀了八个人，天晓得重伤了多少人，还企图在一场摇滚乐演唱会上杀死几千个小女孩，此刻却安然无恙地坐在窗口看风景，有一组人员服侍他，有人给他端饭，有人给他洗衣服，有人给他刮脸。每周享受三次全身按摩、四次水疗，他还能躺在热浴缸里消磨时间。

活得就像唐纳德·特朗普？哈。更像是中东沙漠产油国的酋长。

假如她告诉巴比纽他对她竖中指？

哦，不，他会说。哦，不，斯卡佩里护士。你看见的只是无意识的肌肉抽搐。他依然无法完成能够形成这么一个手势的思维过程。然而即便他能做到，又为什么要对你打那种手势呢？

"因为你不喜欢我，"她说着弯下腰，双手放在粉色裙子包裹的膝盖后面，"对吧，哈茨费尔德先生？咱们倒是扯平了，因为我也不喜欢你。"

他没有望向她，也没有表现出听见她说话的任何征兆，只是望着窗外马路对面的停车库。但他肯定听见了，她确定他肯定听见了，他拒绝承认反而更加让她生气。她说话的时候，别人应该好好听着。

"而我认为今天上午你用某种意识控制方法崩掉了我制服上的扣子，对不对？"

毫无反应。

"我很清楚。我一直想换掉那件衣服。胸口有点儿太紧了。你也许能骗过一些更轻信的员工，哈茨费尔德先生，但不可能骗过我。你只能坐在这儿，找到机会就把床上弄得恶心不堪。"

毫无反应。

她瞥了一眼房门，确定门关紧了，然后从膝盖后面拿出左手。"你伤害了那么多人，有些人到今天还在受苦。你喜不喜欢这种事？很喜欢，对不对？有多喜欢呢？咱们来看一看好吗？"

她先隔着他的衬衫轻轻抚摸一个乳头的柔软边缘，然后用拇指和食指捏住乳头。她的指甲很短，但还是尽可能掐进他的肉里。她朝一个方向拧到头，然后换个方向再拧。

"这是痛苦，哈茨费尔德先生。你喜欢吗？"

他的脸上和平时一样毫无表情，这就使得她更加生气了。她继续凑近他，两人的鼻尖几乎贴在一起。她的脸比平时更像一个拳头了，蓝眼睛在镜片背后鼓了起来，嘴角冒出小小的几颗白沫。

"我可以这么拧你的睾丸，"她压低声音说，"也许我就该怎么做。"

对，她也许就该这么做。他反正不可能告诉巴比纽医生。他的词汇量顶多只有五十个，能听懂他勉强挤出来的那些声音的人寥寥无几。"我还想要些玉米"从他嘴里出来是"吾艾想尿尼"，听起来像西部老电影里的假印第安人说台词。他只有一句话能说清楚，那就是"我要妈妈"，斯卡佩里多次对他说你母亲已经死了，从中得到了莫大的乐趣。

她来回拧他的乳头。顺时针，然后逆时针。用她最大的力量掐他，她这双手属于一名护士，也就是说她的力气很大。

"你觉得巴比纽医生是你的宠物，但你弄反了。你是他的宠物。他的宠物豚鼠。他以为我不知道他在你身上试验药物，但我知道。他说那是维生素。维生素个屁。这儿发生的一切我都知道得一清二楚。他以为他能让你恢复原状，但这种事绝对不可能发生。你损坏得太严重了。但就算他做到了呢？他必须出庭受审，在监狱里关到死。韦恩斯维尔州立监狱里可没有热浴缸。"

她捏住他的乳头，用力大得手腕上青筋暴起，但他依然毫无有所感觉的迹象——只是望着停车库，面无表情。要是继续拧下去，其他护士肯定会发现瘀伤和肿胀，记录会出现在情况表上。

她松开手，向后退开，气喘吁吁，窗口收到最顶上的软百叶帘忽然发出骨头碰撞般的咔哒响声，她吓了一跳，在房间里看了一圈。等她转回来，哈茨费尔德不再望着停车库，而是直勾勾地看着她。视线清澈，眼神清醒。斯卡佩里觉得恐惧像火花般炸开，连忙后退一步。

"我可以报告巴比纽，"她说，"但医生就喜欢扭曲事实，尤其是他们和护士看法不同的时候，哪怕这个护士是护士长呢。再说我为什么要报告？就让他随便拿你做实验好了。哈茨费尔德先生，韦恩斯维尔对你都算太舒服了。也许他给你吃的某种药会弄死你。你活该有这样的下场。"

走廊里传来送餐推车的辘辘声；有人今天午饭吃得比较晚。鲁丝·斯卡佩里猛地惊起，就像刚从梦中醒来似的，她一直退到门口，视线从哈茨费尔德转向现已毫无声息的百叶帘，然后又回到哈茨费尔德身上。

"我就留着你自己胡思乱想吧，但临走前有句话我要告诉你。你再朝我竖中指，下次就轮到睾丸了。"

布莱迪的一只手从膝头移向胸口。手在颤抖，但那是因为运动控制方面的问题；他每周下楼十次在理疗室接受康复治疗，肌肉已经恢复了一定的收缩能力。

斯卡佩里不敢相信自己的眼睛,她眼睁睁地看着一根中指竖起来,然后朝她倾斜。

恶毒的狞笑也随之浮现。

"你是个怪物,"她用低沉的嗓音说,"一个变态。"

但她没有再次靠近他。她忽然恼怒地发现,她很害怕靠近他后有可能发生的事情。

11

霍奇斯找汤姆·索伯斯帮忙,汤姆非常乐意送他一个人情,尽管这意味着要调整好几个下午的约定。他欠霍奇斯的太多了,带霍奇斯去里奇代尔看一幢空置的房屋算不了什么;这位前警察及其伙伴霍莉和杰罗姆毕竟拯救了他的儿子和女儿的生命。很可能还有他妻子的生命。

他看着别在手中文件夹里的纸条,念出上面的数字,按键关闭门厅的警报系统。他领着霍奇斯走过楼下的一个个房间,脚步的回声轻轻回荡,汤姆忍不住开始背介绍词。对,从市中心过来确实很远,这一点无法否认,但言下之意是你既能享受市政府的服务——供水、绿化、垃圾清理、学校大巴、通勤大巴——又可以远离城市的喧嚣。"有线电视已经装好了,建筑水平远远高于法律规定。"他说。

"好得很,但我并不想买。"

汤姆好奇地看着他。"那你来干什么?"

霍奇斯觉得没有理由不告诉他。"我想知道有没有人利用这里监视马路对面的屋子。上周末那里发生了一起谋杀-自杀案。"

"1601号?天哪,比尔,太可怕了。"

确实可怕,霍奇斯心想,我猜你已经在琢磨该找谁谈才能当上那幢屋子的销售经纪人了。

当然了,霍奇斯不会因此对这位老兄有什么看法,市民中心血案已经让他在地狱里走了一趟。

他们爬上二楼,霍奇斯评论道:"你似乎已经甩掉拐杖了嘛。"

"有些晚上还需要用,尤其是下雨的时候,"汤姆说,"科学家说关节遇到潮湿天气会疼得更厉害是胡扯,但我可以向你保证,这个老说法确实千真万确。来，这间是主卧室，你看得出它的角度恰好对着早晨的阳光。卫生间宽敞而又舒适——淋浴头带脉冲喷射功能——沿着走廊向前走就到……"

是的，一幢高级住宅，霍奇斯知道在里奇代尔就应该是这个样子，不过，室内找不到任何近期有人活动的迹象。

"看够了吗？"汤姆问。

"嗯，应该够了。你有没有注意到任何地方不对劲？"

"完全没有。警报系统很厉害，要是有人曾经闯进来——"

"是啊，"霍奇斯说，"对不起，大冷天拖着你跑到这儿来。"

"胡说什么。我本来就要出城转转。再说能见到你总是一件好事。"两人从厨房门走出屋子，汤姆重新锁门。"但你看上去瘦得可怕。"

"唔，有句话怎么说的来着——一个人不可能太瘦或者太有钱。"

汤姆在市民中心受伤后，有段时间不但太瘦而且太穷，他听见这句老话，只能挤出一个义务性的笑容，迈步绕向房屋前侧。霍奇斯跟着他走了几步，然后忽然停下。

"能去车库看看吗？"

"当然，但车库里什么都没有。"

"一眼就好。"

"不放过任何一个犄角旮旯是吧？明白了，让我找一下是哪把钥匙。"

但他并不需要钥匙，因为车库门开了一条两英寸的狭缝。两个男人看着门锁四周劈裂的木板，谁也不说话。最后，汤姆打破沉默："呃，这个有意思了。"

"这么说，警报系统没有覆盖车库了？"

"你猜对了。车库里没有需要保护的东西。"

霍奇斯走进车库，光面木板墙壁和浇筑水泥地面围出了一块四四方方的空间。水泥地上能看见靴子留下的脚印。霍奇斯看见了自己吐出的白气，还看见了另外一样东西。左侧的升降门前放着一把椅子。有人曾坐在那里向外看。

霍奇斯最近经常觉得中腹部左侧的不适感在逐渐扩张，难受的感觉将触手一直伸到了腰背部，但这种疼痛到现在已经差不多变成了老朋友，此刻又暂时被兴奋挤到了一边去。

有人曾坐在这儿窥伺 1601 号，他心想。要是我有农场，我都敢拿我的农场打赌。

他走到车库前侧，坐在偷窥者曾经坐过的位置上。升降门的中部有三扇水平排列的窗户，最右边一扇上的灰尘擦得干干净净。视角正对 1601 号的客厅窗户。

"喂，比尔，"汤姆说，"椅子底下有东西。"

霍奇斯弯腰去看，尽管弯腰让他肚子里疼得火烧火燎。他看见了一个黑色圆盘，直径大约三英寸。他捏着边缘捡起圆盘，看见上面有三个烫金的模压文字：视得乐。

"相机镜头盖？"汤姆问。

"望远镜上的。经费特别充足的警察部门才用得起视得乐双筒望远镜。"

拿着一副视得乐的好望远镜（就霍奇斯所知，视得乐的望远镜就没有不好的），偷窥者就像坐在埃勒顿·斯托弗家的客厅里一样，只要百叶窗是拉起来的就行……他和霍莉今天上午去的时候，百叶窗就是拉起来的。妈的，要是两位女士在看 CNN，偷窥者都能看见屏幕底下滚动播报的新闻。

霍奇斯没有证物袋，但外衣口袋里有一包面巾纸。他取出两张，小心翼翼地包好镜头盖，然后把它放进外衣内袋。他从椅子上站起身（又是一阵刺痛，今天下午痛得厉害），却又看见了一样东西。有人在两扇升降门之间的木板上刻了一个字母，大概是用小折刀刻的。

这是一个字母 Z。

12

就快回到车道上的时候,新的痛苦找上了霍奇斯:左膝背后传来一阵撕裂性的剧痛。感觉就像被捅了一刀。他惨叫一声,既因为疼痛,也因为猝不及防,他弯下腰,揉搓那团抽痛的筋肉,想让剧痛尽快过去。至少是稍微减轻一些。

汤姆在他身旁弯下腰,因此两人都没看见一辆古老的雪佛兰沿着山顶公路缓缓驶来。它的蓝色油漆已经褪色,有几块红色底漆裸露在外。开车的老先生继续放慢车速,方便他仔细打量他们两人。雪佛兰忽然加速,尾气管吐出一团蓝色尾气,开过埃勒顿和斯托弗的住处,开向公路尽头的回车道。

"怎么了?"汤姆问,"哪儿不舒服?"

"抽筋了。"霍奇斯咬牙道。

"揉一揉。"

尽管剧痛难忍,但霍奇斯还是隔着垂下来的头发好笑地看着他。"你以为我这是在干什么?"

"让我来。"

汤姆·索伯斯,六年前参加某场求职大会后就成了理疗科的常客,他推开霍奇斯的手,脱掉一只手套,手指重重地按进了霍奇斯的肌肉里。

"啊!天哪!太他妈疼了!"

"我知道,"汤姆说,"叫也没用。你尽量把体重放在不痛的那条腿上。"

霍奇斯按他说的做。裸露着几块暗红色底漆的马里布轿车慢吞吞地开回来,这次朝着下山的方向驶去。司机再次长时间地打量他们,然后加速离开。

"开始过去了,"霍奇斯说,"感谢上帝给我小恩小惠。"确实没那么疼了,但他的胃里仿佛着了火,腰背部像是扭伤了。

汤姆关切地看着他。"你确定你没事吗?"

"是啊。只是扭了筋而已。"

"也可能是深部静脉血栓。你已经不年轻了,比尔。你应该去看医生。要是你和我在一起的时候出点什么事,彼得永远也不会原谅我的。他妹妹也是。我们家欠你的太多了。"

"我注意着呢,明天约了医生,"霍奇斯说,"走,咱们回去吧。我快冻死了。"

他瘸着走了两三步,膝盖后侧的疼痛完全消失,他又能够正常走路了。至少比汤姆正常。2009年4月,汤姆·索伯斯和布莱迪·哈茨费尔德打了个照面,在他的余生中就只能一瘸一拐地走路了。

13

霍奇斯回到家的时候,胃里已经舒服多了,但他疲惫得无以复加。他最近特别容易疲倦,他对自己说这是因为食欲太差,但另一方面也在琢磨究竟是什么问题。从里奇代尔回来的路上,他听见了两次玻璃破碎和孩童欢呼本垒打的声音,但他开车时从来不看手机,小部分原因是这么做很危险(更不用说违反本州的法律了),大部分原因是拒绝成为手机的奴隶。

另外,他不需要读心术也知道这两条短信有一条来自谁。他把外衣挂进门厅的衣橱,摸了一下外衣内袋,以确定镜头盖还好好地躺在里面,然后他才取出手机。

第一条短信来自霍莉:**咱们应该找彼得和伊莎贝拉谈谈,不过先给我打个电话。我有个疑问。**

另一条的发信人不是霍莉,内容是:**斯塔莫斯医生需要和你面谈,情况紧急。时间已经定好,明天上午九点。请务必前来!**

霍奇斯看了一眼手表,尽管这一天感觉比一个月还要长,然而这会儿才四点一刻。他打给斯塔莫斯的办公室,接电话的是玛丽。她叽叽喳喳的,像个啦啦队长,但听他报上自己的名字,玛丽的声音顿时变得非常严肃。他不知道检查出了什么结果,但肯定不是好事。正如鲍勃·迪伦所说,你不需要气象员,也知道风朝哪个方向吹。

他讨价还价,把九点推到九点半,因为他想先找霍莉、彼得和伊莎贝拉坐下来谈一谈。他不愿考虑见完斯塔莫斯医生就立刻住院的可能性,但他是个现实主义者,腿部突然剧痛吓得他险些失禁。

玛丽让他等一等。霍奇斯听了一会儿"年轻流氓"乐队[①]唱歌

[①] The Young Rascals,成立于1966年的美国摇滚乐队。

（现在他们也是一帮老流氓了，他心想），然后玛丽回来了。"九点半也可以，霍奇斯先生，但斯塔莫斯医生要我强调一下，你这次绝对不能再失约了。"

"有多严重？"他忍不住问道。

"我没有你的病历，"玛丽答道，"但要我说，无论出了什么问题，你都必须尽快开始解决。你说对不对？"

"对，"霍奇斯沉重地说，"我肯定会赶到的。谢谢你。"

他挂断电话，盯着手机。屏幕上是女儿七岁时的照片，女儿笑得非常灿烂，高高地站在秋千上，秋千是他们还住在自由人大道时他亲手在后院搭的。那时候他们还是一家人。现在艾丽已经三十六岁，离婚，接受心理治疗，刚结束一段痛苦的关系，对方跟她说了一个和创世记一样古老的故事：我很快就会离开她，但目前时机不对。

霍奇斯放下电话，撩起衬衫。身体左侧的剧痛再次消退成了隐痛，这一点很好，但他非常不喜欢看见自己胸骨以下鼓起的肿包。就好像他刚刚饱餐一顿似的，而事实上他午饭只吃了一半，早餐仅仅是一个百吉饼。

"你这是怎么了？"他问他肿胀的胃部，"明天去见医生之前，能给我一条线索吗？"

他知道只要打开电脑上 Web MD 网站查一查，他想要多少线索就会得到多少线索，但他最近越来越觉得互联网自助诊断是个给傻瓜准备的游戏。他没有开电脑，而是打给了霍莉。霍莉想知道他去1588号有没有查到什么有意思的事情。

"就像《欢笑会》主持人的口头禅：非常有意思。不过在我开始说之前，你先说说你的疑问。"

"你觉得彼得能不能查到玛蒂娜·斯托弗有没有买电脑？看看她的信用卡记录之类的东西？因为她母亲那台电脑是个老古董。假如买过，就证明她确实想接受线上教育。假如她是认真的，那么……"

"那么她与母亲协同自杀的可能性就猛降了一大截。"

"对。"

"但依然无法排除她母亲自己决定要这么做的可能性。她可以趁斯托弗睡觉的时候把药片和伏特加灌进饲管,然后躺进浴缸结束她的生命。"

"但南希·埃尔德森说……"

"说她们过得很高兴,对,我知道。我只是想说存在这个可能性而已,并不真的相信。"

"你听上去很疲倦。"

"从早忙到晚,累了而已。吃点儿东西就会精神起来。"但他这辈子从没像现在这样毫无食欲。

"多吃点儿。你太瘦了。不过先说说你在空置的屋子里发现了什么。"

"不是在屋子里,而是在车库里。"

他从头到尾说了一遍,霍莉没有打断他,直到他说完她也没开口。霍莉有时候会忘记自己在打电话,霍奇斯只好提醒了她一下。

"你怎么看?"

"我说不准。我是说,我真的说不准。就是……里里外外都很奇怪。你不觉得吗?还是我想多了?因为有时候我会过度反应。有时候我确实会。"

你自己倒是也知道,霍奇斯心想,但这次他觉得霍莉并没有过度反应,他对霍莉这么说了。

霍莉答道:"你说过假如一个人身穿破风雪衣和工作裤,简妮斯·埃勒顿肯定不会接受他给的任何东西。"

"没错,我说过。"

"所以这就意味着……"

现在轮到他保持沉默,听她梳理头绪了。

"这就意味着案件里存在两个男人。两个。一个在简妮斯·埃勒顿购物时给了她游戏机和假问卷,另一个隔着马路监视她们家。而且用望远镜！很贵的高级望远镜！这两个人未必是同谋，但……"

他静静等待。面露微笑。霍莉把思考机器挂上十挡的时候，他几乎能听见齿轮在她的脑门里呼呼飞转。

"比尔，你还在吗？"

"当然，等你说下去呢。"

"好吧，他们似乎肯定是同谋。至少在我看来。他们和两个女人的死亡肯定有什么关系。我说完了，你高兴了？"

"对，霍莉，很高兴。明天我约了医生九点半见面……"

"检查结果出来了？"

"对。我想先约彼得和伊莎贝拉谈一谈。八点半你可以吗？"

"可以。"

"咱们把所有事情都告诉他们，埃尔德森说的话，你找到的游戏机，1588号的车库。看看他们怎么想。你觉得呢？"

"我没问题，但她什么都不会想。"

"你说不定也会犯错。"

"是是是，明天的天空说不定会变成绿底红点。现在你去做饭吃吧。"

霍奇斯保证说他一定好好吃饭，然后边看下午新闻边热了一罐鸡汤。他差不多吃完了，但每吃一勺都要停好一会儿，他边吃边给自己打气：你能做到，你能做到。

洗碗的时候，左腹部的疼痛又回来了，触手再次绕向腰背部，似乎随着每一次心跳起伏不定。他的胃部抽成一团。他想跑进卫生间，但为时已晚，他趴在水槽上，闭着眼睛呕吐。他没有睁开眼睛，摸索着打开水龙头，开到最大冲掉呕吐物。他不想看见他吐出来了什么，因为他的嘴里和喉咙口都能尝到血腥味。

哎呀，他心想，我有麻烦了。

我有大麻烦了。

14

晚上八点。

门铃响起的时候,鲁丝·斯卡佩里正在看一个愚蠢的真人秀,所谓节目只是找个借口让年轻男女只穿一点儿衣服跑来跑去罢了。她没有直接去开门,而是趿拉着拖鞋走进厨房,打开连接着门廊摄像头的监视器。她居住的街区很安全,但冒险并没有任何好处;她过世的母亲喜欢说的几句话之一是:人渣走千里。

她吃惊而不安地认出了站在门口的男人。男人身穿显然很昂贵的格子呢大衣,软呢帽的帽带上插着一根羽毛。帽子底下,精心打理的银发夸张地顺着太阳穴拉出弧线。他一只手拎着一个薄型公文箱。这个男人是菲利克斯·巴比纽医生,神经外科的主任,湖区脑损伤诊所的老大。

门铃再次响起,她跑过去请医生进来,心想他不可能知道今天下午我干了什么,因为病房的门关紧了,也没有人看见我进去。放松。肯定是别的事情。或许是工会纠纷。

但他从来没有和她讨论过工会事务,尽管她担任护士联合工会的官员已有五年。要是她不穿护士制服,巴比纽医生在路上和她擦肩而过也未必认得她是谁。想到这儿,她意识到自己此刻穿的是旧家居服和更旧的拖鞋(鞋面上是邦妮兔!),但现在换衣服已经来不及了。还好头发上没插发卷。

他应该先打个电话的,她心想,但接下来的念头非常令人不安:也许他就想打我一个猝不及防。

"晚上好,巴比纽医生。快请进,外面太冷了。真抱歉,我只能穿着家居服迎接你,但我没想到会有人来。"

他走进门厅就站住不动了。她不得不绕过他去关门。在近处而不是在监视器上看见他,她觉得两人在外貌不整方面倒是扯平了。她身穿家居服和旧拖鞋,没错,但他面颊上全是灰白色的胡须碴。巴比纽医生(大家连做梦都不敢叫他菲利克斯医生)称得上时尚楷模,看他脖子上那条开司米围巾就知道,但今晚他需要刮脸了——非常需要,而且他眼睛底下有两个紫色的眼袋。

"我帮你脱掉大衣吧。"她说。

医生把手提箱放在两只鞋之间的地方,解开大衣的纽扣,脱下来连同奢华的围巾一起递给她。她晚饭吃的是千层面,当时觉得很美味,此刻似乎直往下沉,带着胃囊掉进了无底深渊。

"您想要……"

"咱们去客厅。"他说,从她身旁径直走过去,就好像他是这里的主人。鲁丝·斯卡佩里连忙追上去。

巴比纽拿起安乐椅扶手上的遥控器,对准电视按下静音。年轻男女继续跑来跑去,但没有了主持人毫无意义的喋喋不休。斯卡佩里已经不止是不安了,此刻她很害怕。她担心她的工作,担心她辛辛苦苦获得的职位,但同时也为自己担心。他眼睛里的眼神不能称之为眼神,只是一片虚无而已。

"您想喝点儿什么吗?软饮料还是……"

"听我说,斯卡佩里护士。你给我听仔细了,假如你还想保住你的职位。"

"我……我……"

"否则你不但会职位不保,还会丢掉工作。"巴比纽把手提箱放在安乐椅上,解开精致的金色搭扣。搭扣弹开时发出了轻微的两声雷霆。"今天你对一名精神失能的患者犯下了侵犯行为,这种行为足以构成性侵,你随后的行为在法律上会被称为恶意恐吓。"

"我不是……我没有……你听我解释……"

她几乎听不见自己在说什么。要是不立刻坐下,她害怕自己会昏过去，但医生的公文箱放在她最喜欢的座位上。她走向客厅另一侧的沙发，小腿在咖啡桌上磕了一下，重得足以碰翻咖啡桌。她感觉一股鲜血顺着脚踝流了下来，但没有低头去看。要是看了，她会当场昏厥。

"你拧了哈茨费尔德先生的乳头，然后威胁要对他的睾丸做同样的事情。"

"他对我做下流的手势！"斯卡佩里忽然爆发了，"对我竖中指！"

"我会确保你再也不能在护士行业做下去了。"他说，望向公文箱的里面，她几乎晕倒在沙发里。公文箱侧面印着他的姓名缩写。当然还是烫金的。他开最新款的宝马，理一次发大概要五十美元，甚至更贵。他是个专横傲慢、独断专行的上司，此刻威胁要因为一次小小的失足毁掉她的一辈子。一个微不足道的小错误。

就算地板忽然裂开吞了她，她也不会在乎，但她的视力却好得离奇。她似乎能看见帽带上那支长羽的每一根细毛、他充血双眼里的每一条猩红色纹路、他面颊和下巴上每一团难看的灰白色胡须碴。要是不染，她心想，他的头发大概也是这种鼠灰色吧。

"我……"眼泪开始涌出——热泪顺着冰冷的面颊汩汩而下，"我……求你了，巴比纽医生。"她不知道他是怎么知道的，这并不重要，重要的是他确实知道。"我再也不会这么做了。求求你，我求求你。"

巴比纽医生懒得回答她。

15

塞尔玛·巴尔德斯是在铁桶值三点到十一点班的四名护士之一,她随随便便敲了一下217病房的门(随便是因为住客从不应声),然后走了进去。布莱迪坐在窗口的椅子上凝视黑暗。床头灯亮着,给他的头发涂上一层金色高光。他还戴着**芭芭拉护士给我刮的脸**的徽章。

她正想问他需不需要她帮他上床休息(他无法解开衬衫和裤子的纽扣,但解开纽扣后自己能颤颤巍巍地脱掉衣物),转念一想又停下了。巴比纽医生在哈茨费尔德的情况表上贴了一张字条,而且是用红墨水写的,语气不容置疑:"不得打扰处于半清醒状态下的患者。在这种时候,他的大脑有可能正在自我'重启',进步虽小,但积累的结果会非常可观。以半小时间隔重复查房。<u>请勿忽视本命令</u>。"

塞尔玛心想哈茨费尔德在重启个屁,他早就进了植物人乐园,但她和铁桶的所有护士一样,有点儿害怕巴比纽医生,知道他有个随时冒出来查岗的习惯,哪怕是在夜深人静的凌晨时分,而此刻才刚过晚上八点。

从她上次查房到现在的某个时候,哈茨费尔德自己站起来朝床头桌走了三步,他的游戏玩具就放在那张小桌上。玩那些预装游戏需要一定的手部灵巧性,他没有这个能力,但可以打开电源。他喜欢拿着游戏机放在大腿上看演示画面。有时候他能一口气看一个小时甚至更久,抻着脖子看,就像一个人在为重要考试努力学习。他最喜欢的是鱼洞的演示画面,此刻正在看它。伴奏音乐是她小时候听过的一首歌:在海边,在海边,在那美丽的大海边……

她走向哈茨费尔德,想说:"你确实很喜欢这个,对吧?"但请勿忽视本命令这几个加了下划线的红字跳进脑海,她没有开口,而是低头望向五英寸长三英寸宽的屏幕。她明白了他为什么喜欢它；五彩缤纷的小鱼出现、停顿，然后尾巴轻轻一甩就游走了，这个画面确实美丽而引人入胜。有些小鱼是红色的……有些是蓝色的……有些是黄色的……噢，有一条漂亮的粉红色——

"别看了。"

布莱迪的声音粗糙刺耳，仿佛极少打开的一扇门的门轴，字和字之间存在明显的停顿，但发音异常清晰。完全不像他平时口齿不清的嘟囔。塞尔玛向后一跳，就好像他不是在对她说话，而是冷不防摸了她一把。战破天屏幕上闪过一道蓝光，鱼儿暂时消失，但立刻又回来了。塞尔玛低头望向上下颠倒别在制服上的手表，发现已经八点二十了。天哪，她难道傻站在这儿看了差不多二十分钟？

"出去。"

布莱迪依然望着屏幕，小鱼游来游去，游来游去。塞尔玛勉强剥开视线，但费了不少力气。

"过一阵再回来。"停顿。"等我结束。"停顿。"观看。"

塞尔玛按他说的做，她回到走廊里，觉得原本的自我又回来了。他对她说话，哦，了不起。他喜欢看鱼洞的演示画面，就像某些男人喜欢看比基尼女郎打排球？还是一样，哦，了不起。真正的问题是为什么会有人让孩子玩这种游戏机。它们对发育未完全的大脑没好处，对吧？但换句话说，孩子反正从早到晚都在电脑上玩游戏，所以他们大概是免疫的。管他的，她有很多事要做。就让哈茨费尔德坐在椅子上盯着玩具看吧。

说到底，他又没有在伤害任何人。

16

菲利克斯·巴比纽从腰部向前俯身，身体僵硬得像是老科幻电影里的机器人。他从公文箱里取出一个粉红色的扁平小玩意儿，它有点儿像一本电子书，灰色的屏幕明灭闪烁。

"这里有个数字，我希望你能找出来，"他说，"一个九位数的数字。要是你能找到这个数字，斯卡佩里护士，今天的事情就还是你我之间的秘密。"

她的第一个念头是"你肯定疯了"，但她不能这么说，此刻她的整个人生就攥在他手上："可我不会啊！我完全不懂这些电子小玩意！我连手机都不太会用！"

"胡扯。你是一名外科护士，大家都抢着要你。因为你的双手够灵活。"

这倒是真的，但她已经有十年没进过凯纳医院的手术室了，以前也只是负责递剪刀、牵引器和海绵而已。医院问她愿不愿意去上显微外科的六周进修班，院方支付七成学费，但她没有兴趣。当然这只是个借口，实际上她担心自己会无法通过考试。不过医生说得对，她状态好的时候手脚确实很麻利。

巴比纽揿下小装置顶部的按钮。她抻着脖子去看。屏幕亮起，**欢迎来到战破天！**这几个字逐渐浮现，随后出现的是个充满各种按钮的屏幕。应该是不同的游戏。他的手指在屏幕上扫了一次、两次，然后命令她在他旁边站好。她有些犹豫，医生露出微笑。他本来也许是想让她放心，但她反而更害怕了。因为他的眼睛里空无一物，没有任何人类的表情。

"过来，护士。我不会咬你的。"

他当然不会。但万一他扑上来呢？

想归想，她还是走到了能看见屏幕的地方，五彩缤纷的小鱼在屏幕上游来游去。它们轻轻甩动尾巴，激起串串气泡。隐约熟悉的音乐在耳畔响起。

"看见这个游戏了吗？它叫鱼洞。"

"看、看见了。"她心想：他真的疯了。过度操劳害得他精神崩溃了。

"点击屏幕底部，游戏就会正式开始，音乐也会改变，但我不要你那么做。你只需要盯着演示画面看。寻找粉红色的小鱼。它们很少出现，而且动作极快，所以你必须仔细看着。你不能把视线从屏幕上移开。"

"巴比纽医生，你没事吧？"

声音是她的声音，但似乎是从远方飘来的。他没有回答，只是盯着屏幕。斯卡佩里也看着屏幕。这些小鱼很好玩。还有那首小曲，有点催眠效果。屏幕上蓝光一闪。她使劲眨眼，小鱼又回来了。游来游去。摆动它们翻动的尾巴，咕噜咕噜地激起气泡。

"看见粉红色的小鱼你就点屏幕，会有一个数字浮现出来。九条粉红色的小鱼，九个数字。然后你就算过关了，咱们就当这件事从没发生过。听懂了吗？"

她想问数字是应该写下来还是记在心里，但不敢开口，所以只是说懂了。

"很好，"他把游戏机递给她，"九条鱼，九个数字。记住，只点粉红色的。"

斯卡佩里盯着屏幕，小鱼游来游去：红色和绿色，绿色和蓝色，蓝色和黄色。鱼儿从长方形小屏幕的左侧游出画面，又从右侧游进画面。鱼儿从屏幕右侧游出画面，又从左侧游进画面。

左，右。

右，左。

有的高，有的低。

但粉红色的在哪儿？她必须点粉红色小鱼，等她点完九条，这件事就算是过去了。

她从眼角看见巴比纽重新扣好公文箱的搭扣。他拎起公文箱，走出房间。他要走了。无所谓。她必须点粉色小鱼，然后整件事就过去了。屏幕上蓝光一闪，然后鱼儿又回来了。它们从左游到右，从右游到左。音乐继续演奏：在海边，在海边，在那美丽的大海边，你和我，你和我，噢我们将过得多么快乐。

一条粉红色的！她点了一下！数字 11 出现！还有八条！

前门轻轻关上的时候，她点了第二条粉色小鱼，巴比纽医生发动轿车的时候，她点了第三条。她站在客厅中央，嘴唇分开，像是在等待接吻，她低头盯着屏幕。色彩变幻，在她的面颊和额头上跃动。她睁大眼睛，眨也不眨。第四条粉色小鱼游进视野，这条小鱼游得很慢，像是在欢迎她的指尖，但她一动不动地呆站在那儿。

"哈啰，斯卡佩里护士。"

她抬起头，看见布莱迪·哈茨费尔德坐在她的安乐椅里。他的身体边缘像幽灵似的微微闪光，但毫无疑问就是他。他身穿下午她去他病房时的那些衣物：牛仔裤和格子衬衫。衬衫上还是别着那个徽章：**芭芭拉护士给我刮的脸！**但铁桶的所有人看惯了的空洞眼神不见了。他盯着她，视线里饱含兴趣。她想起弟弟看着蚂蚁农场的样子，那会儿他们还小，还住在宾夕法尼亚州的赫尔希。

他肯定是鬼魂，因为小鱼在他眼睛里游来游去。

"他会举报你的，"哈茨费尔德说，"你别做梦了，对你不利的不仅仅是他的证词。他在我的房间里安装了保姆摄像头，方便他监控我的情况。研究我。摄像头装的是超广角镜头，所以他能看见整个房间。也就是所谓的鱼眼镜头。"

他微微一笑，表示他知道这是个双关语。一条红色小鱼游过他的右眼，消失片刻，出现在他的左眼里。斯卡佩里心想，他的大脑里装满了小鱼。我在看他的思想。

"摄像头连着录像机。他会向董事会出示你虐待我的录像。其实并不怎么疼,我对疼痛的感觉和从前不一样了,但他会称之为虐待。但事情不会就此结束。他会把视频放上,还有脸书,还有恶医曝光网站。这段录像会病毒传播。你会出名的。凌虐护士。谁会为你辩护呢?谁会站在你这一边呢?谁也不会。因为没有人喜欢你。大家都认为你是个烂人。你觉得呢?你认为你是个烂人吗?"

这个念头完全占据了她的注意力,因此她觉得自己确实是。你威胁要拧一个脑损伤患者的睾丸,那么你肯定是个烂人。她当时到底在想什么?

"说出来。"他俯身,微笑。

小鱼游动。蓝光闪烁。音乐持续。

"说出来,你这个下三滥的臭婊子。"

"我是个烂人。"鲁丝·斯卡佩里在她家客厅说,房间里除了她空无一人。她低头盯着战破天指挥官的屏幕。

"你给我发自肺腑地说。"

"我是个烂人。我是个下三滥的臭婊子。"

"巴比纽医生会怎么做?"

"把视频放上 YouTube,放上脸书,放上恶医曝光网站。告诉所有人。"

"你会被逮捕。"

"我会被逮捕。"

"你的照片会被登在报纸上。"

"当然会。"

"你会进监狱。"

"我会进监狱。"

"谁会替你辩护?"

"不会有任何人。"

17

　　布莱迪坐在铁桶的 217 病房里,低头盯着鱼洞的演示画面。他的面容警醒而生动。他在所有人面前藏起这张脸,只有菲利克斯·巴比纽除外,而巴比纽医生早就不是个问题了。巴比纽医生已经几乎不存在了。最近他主要是 Z 医生。

　　"斯卡佩里护士,"布莱迪说,"咱们去厨房。"

　　她抵抗起来,但没有持续太久。

18

霍奇斯企图从疼痛底下游过去，继续再睡一会儿，但疼痛揪着他不放，直到他不得不浮出水面，睁开眼睛。他摸索着转过床头闹钟，发现此刻才凌晨两点。一个不适合醒来的时刻，也许是最不适合的时刻。他退休后经受过失眠的折磨，他将凌晨两点视为自杀时刻，这会儿仔细想来，埃勒顿夫人大概就是在此刻自杀的。凌晨两点，黎明似乎永远不会到来的时刻。

他下床，慢吞吞地走到卫生间，从药柜里取出超值包装的大瓶健乐仙①，他存心不去看镜子里的自己。他咕咚咕咚喝了四大口，等着看胃部会接纳药物还是会像对鸡汤那样撅下弹出按钮。

药物留在了胃里，疼痛逐渐消退。有时候健乐仙确实见效。但不是每次都管用。

他考虑要不要回去睡觉，但害怕躺平后抽痛会卷土重来。他拖着脚走进办公室，打开电脑。他知道此刻最不该做的就是根据症状查找可能的病因，但他再也按捺不住了。电脑壁纸出现在屏幕上（艾丽小时候的另一张照片）。他的鼠标移向屏幕底部，想要打开火狐浏览器，但忽然愣住了。工具栏上有了变化。在代表文字短消息的气球图标和代表FaceTime的相机图标之间，蓝雨伞图标的右上角多了一个红色的1。

"黛比的蓝雨伞网站有一条新留言，"他说，"活见鬼了。"

差不多六年前，还是个孩子的杰罗姆·罗宾逊在这台电脑上下载了蓝雨伞应用。布莱迪·哈茨费尔德，也就是梅赛德斯先生，想和没

---

① 胃部抗酸药。

能抓住他的警察聊一聊，霍奇斯尽管已经退休了，却也非常愿意和他谈一谈。因为梅赛德斯先生这种人渣（谢天谢地，他这样的人并不常见），你只要能让他开口，他们离被抓住就只差一步顶多两步了。傲慢的罪犯尤其如此，而哈茨费尔德堪称傲慢的化身。

这个聊天网站以安全和据称无法追踪而闻名，服务器设在东欧最偏僻最黑暗的某个角落里，两人各有各的原因要使用它来交流。霍奇斯想刺激市民中心血案的凶手，迫使他犯错，暴露身份。梅赛德斯先生想刺激霍奇斯自杀。他毕竟已经在奥莉薇亚·特莱劳尼身上成功了一次。

你现在过着什么样的生活？他在和霍奇斯的第一次交流中写道，那次交流是通过普通邮件完成的。"狩猎的刺激"一去不返，你现在过着什么样的生活？然后：想和我取得联系吗？试试"黛比的蓝雨伞下"网站。我甚至帮你注册了用户名：科密特青蛙19（**kermitfrog 19**）。

在杰罗姆·罗宾逊和霍莉·吉伯尼的大力帮助下，霍奇斯终于找到了布莱迪，霍莉把他打得昏迷不醒。杰罗姆和霍莉的奖赏是本市十年的免费公共服务，霍奇斯是一台心脏起搏器。有些痛苦和损失是霍奇斯不想去回忆的，哪怕是多年以后的今天，但你不得不说，对于这座城市，尤其是对于那晚在明戈演艺中心看演唱会的观众，事情算是一个好结局。

从2010年到今天之间的某一天，蓝雨伞图标从屏幕底部的工具条上消失了。就算霍奇斯曾经琢磨过那个图标去了哪儿（他不记得自己有没有琢磨过了），多半也认为是杰罗姆或霍莉某次来修复害得他对无力抵抗的苹果电脑大发雷霆的问题时把它扔进了垃圾筒。事实上，杰罗姆或霍莉只是把它塞进了应用文件夹，蓝雨伞没有消失，只是在视线外待了这么多年。妈的，搞不好是他自己拖进去的，只是后来忘记了而已。过了六十五岁，人生拐过第三个弯，顺着终点直道向前奔跑，记忆的齿轮时不时就会犯点儿小差错。

他将鼠标放在蓝雨伞图标上，犹豫片刻，然后点了下去。桌面顿时消失，取而代之的是一对年轻男女坐在魔毯上，底下是一望无际的茫茫大海。银色的细雨悄然洒落，但在蓝雨伞的保护下，年轻男女安全而干燥。

唉，这个画面唤醒了什么样的记忆啊。

他在用户名和密码框里各输一遍 **kermitfrog19**——他以前是不是这么做的？哈茨费尔德的指示是不是这样？他记不清了，但有个办法能搞清楚。他按下回车键。

电脑运转了一两秒（感觉却久得多），然后，啊哈，他进去了。他看见的文字让他皱起了眉头。布莱迪·哈茨费尔德的化名是**梅赛杀手**，也就是梅赛德斯杀手的简称——霍奇斯毫不费力地记起了这一点——但今天找他的另有其人。他不该因此感到吃惊的，因为霍莉把哈茨费尔德的脑子打成了一锅糨糊，但不知为何，他还是吃了一惊。

Z 小子想和你聊天！
你想和 Z 小子聊天吗？
是，否

霍奇斯点击**是**，片刻之后，一条消息出现在屏幕上。消息只有一句话，还不到十个字，但霍奇斯读了一遍又一遍，感觉既害怕又兴奋。他撞到了某些事情。他不知道究竟是什么事情，但感觉是什么大事。

Z 小子：他和你的事还没完呢。

霍奇斯盯着这行字，眉头紧皱。最后，他俯身向前，输入文字：

科密特青蛙 19：谁和我的事还没完？你是谁？

没有回答。

19

霍奇斯和霍莉与彼得和伊莎贝拉在戴维餐厅碰头,这是个油腻腻的小馆子,离名叫星巴克的晨间疯人院只隔一个街区。吃早餐的人潮已经退去,他们可以随便挑选餐桌,他们选了最里面的一张。厨房里的收音机在播放"坏手指"乐队的歌曲,几个女招待笑得很开心。

"我只有半个小时,"霍奇斯说,"然后必须去见医生。"

彼得凑近他,露出关切的表情。"希望没什么大事。"

"没事。我觉得很好。"今天早晨他确实觉得挺好,就像回到了四十五岁。电脑上收到的那条消息,尽管神秘而凶险,却似乎是比健乐仙更好的药物。"听我们说说我们发现的情况。霍莉,他们会想要证物 A 和证物 B 的。你给他们。"

霍莉拎着她的格子呢小手提包来参加会议。她从包里(颇不情愿地)取出战破天指挥官游戏机和 1588 号车库里发现的镜头盖。两样东西都装在塑料袋里,不过镜头盖还裹了一层面巾纸。

"你们两个这是在搞什么名堂?"彼得问。他想说得像是在开玩笑,但霍奇斯听得出声音里也有一丝责备。

"调查。"霍莉说,尽管平时她最不喜欢与人对视,但还是瞪了一眼伊兹·杰恩斯,像是在说"听懂了吗"?

"解释一下。"伊兹说。

霍奇斯开始解释,霍莉坐在他旁边,眼睛向下看,碰也不碰她那杯无咖啡因咖啡(她只喝这东西)。但她的下巴在动,霍奇斯知道她又在嚼尼古丁口香糖了。

等霍奇斯说完,伊兹说:"难以置信。"她戳了戳装着游戏机的塑料袋。"你就直接拿走了?裹在报纸里,就像在鱼市买了一块三文鱼,然后大摇大摆带出了那幢屋子。"

座位上的霍莉似乎缩小了一圈。她的双手攥成拳头放在大腿上，用力之大，指节都变成了白色。

霍奇斯通常还算喜欢伊莎贝拉，尽管有一次她险些在审讯室里把他逼进死角（这件事发生在梅赛德斯先生案件期间，当时他深陷非法调查的泥潭），但此刻他不怎么喜欢她了。他不可能喜欢吓得霍莉这么蜷缩成一团的一个人。

"讲点儿道理好不好，伊兹？你想想清楚。要是霍莉没有发现那东西——她能发现也是纯属意外——它到今天也还在那儿呢。你们并不会搜查那幢屋子。"

"你们肯定也不会打电话给管家。"霍莉说，虽然她依然没有抬头，但声音硬如钢筋。霍奇斯很高兴能听见这个语气。

"我们会及时联系那位埃尔德森女士的。"伊兹说，但雾灰色的眼睛向左侧闪了一下。这是典型的说谎迹象，霍奇斯看在眼里，心里清楚她和彼得甚至没讨论过管家的事情，尽管他们到最后应该还是会联系她的。彼得·亨特利属于以勤补拙的那种人，然而这种人往往非常仔细，这一点你必须承认。

"就算那东西上有任何指纹，"伊兹说，"现在也没有了。和指纹说再见吧。"

霍莉低声嘟囔了一句什么，霍奇斯想起他刚认识她的时候（当时他完全低估了她），曾经在心里叫她"嘟囔霍莉"。

伊兹俯身向前，灰色的眼睛忽然没有了任何雾气。"你说我什么？"

"她说你很傻，"霍奇斯说，很清楚霍莉说的其实是蠢，"她说得对。那东西被塞进了椅子扶手和坐垫之间的缝隙，就算有指纹也会被抹掉，你自己也知道。再说了，你们真的会搜查那幢屋子吗？"

"也许，"伊莎贝拉说，音调阴沉，"取决于法医怎么说。"

但法医只去过玛蒂娜·斯托弗的卧室和卫生间。包括伊兹在内，所有人都知道这一点，霍奇斯没有必要抓住这一点不放。

"悠着点儿，"彼得对伊莎贝拉说，"是我请科密特和霍莉去现场的，你也同意了。"

"但那时候我不知道他们会带走……"

她的声音小了下去。霍奇斯饶有兴致地等着听她接下来会怎么说。她会说一件证物吗？能证明什么的证物？证明死者对纸牌、愤怒小鸟和青蛙过河上瘾？

"带走埃勒顿夫人的一件财产。"她毫无底气地说。

"好的，现在到你手上了，"霍奇斯说，"咱们能继续下去了吗？比方说讨论一下在超市截住她的那个男人，声称公司需要听取用户对一件早已停产的产品的看法？"

"还有监视她们的那个男人，"霍莉依然没有抬起眼睛，"这个人在马路对面用望远镜监视她们。"

霍奇斯的老搭档戳了戳装镜头盖的塑料袋。"我会让人在这东西上取指纹的，但我不抱太大的希望。你知道大家都是怎么拆装镜头盖的。"

"是啊，"霍奇斯说，"捏边缘。而且车库里很冷。我都能看见自己哈出的白气了。那家伙很可能戴着手套。"

"超市那男人非常有可能在搞什么短期骗局，"伊兹说，"感觉很像。也许一个星期后他打电话，说什么她接受了这个过时的游戏机，就有义务买一台更昂贵的时兴型号了，她说你有本事去告我好了。也可能他会尝试利用问卷答案黑进她的电脑。"

"她那台电脑不可能，"霍莉说，"老得像文物似的。"

"你仔仔细细看了一圈是吧？"伊兹说，"你调查的时候有没有打开药柜看一遍？"

霍奇斯无法继续忍受了。"她做的是你应该做的事情，伊莎贝拉，你自己也清楚。"

伊兹涨红了面颊。"我们叫你们来是出于礼貌，就这么简单，真希望我们没打过那个电话。你们俩永远这么麻烦。"

"够了。"彼得说。

但伊兹已经坐了起来,视线在霍奇斯的面庞和低着头的霍莉的头顶之间扫射。"这两个神秘人——就算他们真的存在好了——与那幢屋子里发生的事情毫无关系。一个很可能想骗钱,另一个只是个偷窥狂。"

霍奇斯知道他应该保持友善——给和平一个机会,等等,等等——但他真的做不到。"有一个变态想到能偷看八十岁老太太脱衣服就垂涎三尺,还喜欢看护工用海绵给瘫痪病人擦澡。是啊,非常合理。"

"看着我的嘴唇,"伊兹说,"母亲杀死女儿,然后自杀。甚至留下了算是遗书的文字——Z,代表结束。案情不可能更简单了。"

Z 小子,霍奇斯心想。这次躲在黛比那顶蓝雨伞下的人自称 Z 小子。

霍莉忽然抬起头。"车库里也有一个 Z。刻在两道门之间的木板上。比尔看见了。战破天的第一个字母也是 Z,你知道的。"

"对,"伊兹说,"肯尼迪和林肯里都有一个'肯',所以杀死他们的是同一个人。"

霍奇斯看了一眼手表,发现他剩下的时间不多了。他觉得他们也该走了。这次会面除了惹恼霍莉和激怒伊兹,没有达到任何目标。事实上也不可能,因为他不愿告诉彼得和伊莎贝拉今天凌晨他打开自己的电脑看见了什么。这条情报或许能让调查提高一个级别,但此刻他还不想告诉别人,等他自己稍微调查一下再说。他不愿意认为彼得或许会搞砸这条线索,但……

但确实有可能。因为做事仔细是算无遗策的低档替代品。而伊兹呢?她不愿打开麻烦罐的盖子,直面诸如难解字母和神秘人的各种低俗小说桥段。尤其是埃勒顿家双重命案已经登上了今天的头版头条,玛蒂娜·斯托弗致残的前后经过也被翻了出来。尤其是伊兹眼巴巴地想沿着警局官阶的扶梯向上再爬一级,现在只等她目前的搭档顺利退休了。

"总而言之,"彼得说,"这个案件会归为谋杀-自杀,所以我们只能放手了。我们必须放手,科密特。我要退休了,会扔给伊兹一大堆未结案件,而她暂时不会有新的搭档,因为该死的经费削减。这东西"——他指着两个塑料袋——"挺有意思,但没有改变既定事实的性质。除非你们觉得有某位犯罪大师导演了这一幕戏?这个人开一辆老掉牙的破车,用胶带纸补外套?"

"不,我不这么认为。"霍奇斯想起了霍莉昨天说布莱迪·哈茨费尔德的一句话。她用了"建构"这个词。"我认为你说得对。谋杀-自杀。"

霍莉瞥了他一眼,眼神既受伤又惊讶,随后又垂下眼睛。

"不过你能为我做一件事情吗?"

"只要我能做到。"彼得说。

"我试过那台游戏机,但屏幕始终是暗的。多半是电池坏了。我不想打开电池仓,因为那块面板上很可能有指纹,值得查一查。"

"我会让他们在面板上取指纹的,但我不认为——"

"对,我也不认为。我真正希望的是你们找一个电脑高手点亮它,检查里面的所有游戏应用。看有没有任何不对劲的地方。"

"好的。"彼得说,在座位里动了一下,伊兹猛翻白眼。霍奇斯不敢确定,但他估计彼得在桌子底下踢了她一脚。

"我得走了,"霍奇斯说,伸手去拿钱包,"昨天没见到医生,今天不能再错过了。"

"我们请客,"伊兹说,"您交给我们这么多宝贵的证物,我们至少应该请你们吃顿饭。"

霍莉低声嘟囔了一句什么。尽管耳力已经饱经霍莉的磨练,但这次霍奇斯也不敢确定了,但他觉得霍莉说的似乎是臭娘们。

20

来到人行道上，霍莉戴上一顶不够时尚但格外可爱的格子呢猎帽，拉下来盖住耳朵，然后把双手插进大衣口袋。她不肯看霍奇斯，径直走向一个街区外的办公室。霍奇斯的车停在餐厅门口，但他还是追了上去。

"霍莉。"

"你也看见她什么德性了。"她走得更快了，依然不肯看他。

他腹部的疼痛慢慢爬了回来，他走得上气不接下气。"霍莉，等一等，我跟不上了。"

她转过身，他惊恐地看见她的眼睛里噙满泪水。

"这个案子没那么简单！要复杂得多得多得多！但他们只会把它塞到地毯底下，他们甚至不敢说真正的原因是让彼得好好享受他的退休派对，免得这个案子悬在他头顶上，就像你退休的时候梅赛德斯杀手悬在你头顶上那样，否则报纸拿住这一点就会大做文章，你知道这个案子没那么简单，我知道你知道，我知道你必须去取检查报告，我希望你去取，因为我太担心你了，但那两个可怜的女人……我只是不认为……她们应该……应该死得这么不明不白！"

她终于停下了，浑身颤抖。面颊上的眼泪已经开始结冰。霍奇斯转过她的脸，逼着她看自己，知道别人这么做她肯定会退开——是的，哪怕是杰罗姆·罗宾逊，而她很喜欢杰罗姆，他们两人曾一起在奥莉薇亚·特莱劳尼的电脑上找到了布莱迪安装的幽灵程序，正是这个程序最终将她推下悬崖，导致她服药自尽，她从那天起就接受了杰罗姆这个人。

"霍莉，这个案子还没有结束。事实上，我认为咱们才刚刚开始。"

她直视霍奇斯的脸,这是她不会对别人做的另一件事。"什么意思?"

"有新线索冒了出来,但我不想告诉彼得和伊兹。我不知道该怎么看待它。这会儿没时间告诉你了,等我看完医生回来,一五一十全说给你听。"

"好的,没问题。你快去吧。虽说我不相信上帝,但我会为你的检查结果祈祷的。祈祷一下总归没有坏处,对吧?"

"对。"

他飞快地拥抱了一下她(霍莉无法忍受长时间的拥抱),转身走向他的轿车,再次想到霍莉昨天说的话:布莱迪·哈茨费尔德是自杀的建构师。一个贴切的短语,来自一个闲暇时写诗的女人(但霍奇斯从来没有读到过,以后恐怕也不会读到),但布莱迪听见了恐怕会嗤之以鼻,觉得这个名号将他矮化了一英里。布莱迪会认为他是自杀的王公。

霍奇斯钻进普锐斯轿车(霍莉用唠叨逼着他买下这辆车),驶向斯塔莫斯医生的办公室。他也为自己祈祷了几句:希望只是溃疡。哪怕是需要动手术缝合的开放流血型溃疡。

只是溃疡而已。

千万别是比溃疡更糟糕的东西。

21

今天他不需要在候诊室等待了。尽管他早到了五分钟,候诊室和星期一一样人满为患,但他都还没找到机会坐下,啦啦队长接待员玛丽就示意他进去了。

贝琳达·简森,斯塔莫斯的护士,他每年来体检时总是笑嘻嘻地迎接他,但今天上午她却没有微笑,霍奇斯踏上磅秤,想起他今年的体检有点儿迟了。晚了四个月。好吧,其实更接近五个月。

老式磅秤的指针停在了一百六十五磅上。他2009年从警局退休时接受了强制性的离队体检,当时他重二百三十磅。贝琳达测他的血压,把某样东西插进他的耳朵里取当前体温,然后领着他穿过检查室,直接走到走廊尽头斯塔莫斯医生的办公室门前。她用指节轻轻敲门,斯塔莫斯的声音随即响起:"请进。"她扔下霍奇斯,转身就走。贝琳达平时很健谈,装了一肚子她那些暴躁孩子和傲慢丈夫的故事,但今天几乎一个字也没说。

肯定不是好事,霍奇斯心想,但也许并不太糟糕。求你了上帝,千万别太糟糕。再活十年,这个要求应该不过分吧?十年不行的话,五年?

文德尔·斯塔莫斯五十来岁,发际线正在迅速后退,有一副宽肩细腰的好体格,是个退役后依然保持身材的职业运动员。他严肃地望着霍奇斯,请霍奇斯坐下。霍奇斯听话地坐下。

"多糟糕?"

"很糟糕,"斯塔莫斯医生说,然后连忙补充道,"但并非毫无希望。"

"别兜圈子了,直话直说吧。"

"胰腺癌,很抱歉,我们发现的时候已经……呃……已经比较迟了。你的肝脏也被波及了。"

霍奇斯发现他在努力克制想要大笑的冲动，这种冲动强烈得令人惊愕。不，不止是大笑，他甚至想仰天狂笑，像海蒂那该死的祖父一样唱约德尔小调。他觉得这是因为斯塔莫斯说情况糟糕但并非毫无希望。他不禁想起了一个老笑话。医生对患者说有好消息和坏消息，问患者想先听哪个？先说坏消息吧，患者说。好的，医生说，你有个无法做手术的脑瘤。患者痛哭流涕，问这种坏消息后面能跟着什么样的好消息？医生凑近他，露出自信的笑容，说，我在和我的接待员睡觉，她漂亮极了。

"我希望你立刻去见消化内科医生。我已经在联系了。这方面附近最优秀的医生在凯纳，名叫亨利·叶。他会给你介绍一个优秀的肿瘤科医生。我猜他会从化疗和放疗开始。对患者来说很难熬，让人虚弱不堪，但比仅仅五年前都好得太多……"

"够了。"霍奇斯说。谢天谢地，大笑的冲动已经过去。

斯塔莫斯停下了，在一束灿烂的一月阳光中看着他。霍奇斯心想，要是没有奇迹，这将是我能见到的最后一个一月了。哇。

"机会有多大？别哄我开心。有一件火烧火燎的急事等着我去办，很可能是一件大事，所以我必须知道。"

斯塔莫斯叹息道："非常小，很抱歉。胰腺癌实在太他妈难治了。"

"我还有多久？"

"认真治疗？大概一年。甚至两年。好转也并非绝对不可——"

"我需要想一想。"霍奇斯说。

"做出这种令人痛苦的诊断之后，我不得不完成告知患者的任务，所以你这句话我已经听过许多遍了，比尔，今天我要把我对这些患者说过的话再对你重复一遍。假如你站在一幢着火大楼的屋顶上，直升飞机忽然出现，扔下绳梯，你难道会在爬上去之前说你需要想一想吗？"

霍奇斯沉思片刻，想大笑的冲动又回来了。他能克制住大笑，但忍不住还是露出了微笑。这是一个灿烂而迷人的微笑。"会的，"他说，"假如这架直升飞机的油箱里只剩下两加仑汽油了。"

22

鲁丝·斯卡佩里二十三岁,以后那些年逐渐包裹她的硬壳还没有长出来的时候,她和一个男人有过一段短暂而崎岖的孽缘,这个男人不怎么诚实,拥有一家保龄球馆。她怀孕了,生下一个女儿,她给女儿起名叫辛西娅。事情发生在爱达荷州的达文波特,她的老家,她正在卡普兰大学朝着注册护士的目标努力。她惊愕地发现自己变成了孩子妈,更惊愕地发现辛西娅的父亲是个腹部松弛的四十岁老男人,毛发浓密的胳膊上还有个**为活而爱,为爱而活**的文身。就算他说要娶她(但他并没有),她也会内心颤抖着拒绝。她的旺达姨妈帮她抚养孩子。

辛西娅·斯卡佩里·罗宾逊如今居住在圣弗朗西斯科,她有个好丈夫(没有文身)和两个孩子,比较大的那个是一名高中优等生。她的家庭氛围很温暖。辛西娅非常努力地营造出这样的效果,因为她姨妈家的气氛(她基本上在那里长大,她母亲也在那里长出了令人生畏的硬壳)永远冷冰冰的,充满了揭疮疤和通常以你忘了怎样怎样开头的苛责。那里的情感氛围还不至于降到冰点以下,但很少高于零上八度。辛西娅上高中之后,她开始对母亲直呼其名。鲁丝·斯卡佩里没有反对她这么做,事实上她还稍微松了一口气呢。她为了工作而错过了女儿的婚礼,但送了一件结婚礼物。那是一台收音机时钟。最近辛西娅和母亲一个月打一两次电话,偶尔写电子邮件。约什在学校里很高,进了足球队,得到的回信简明扼要:算他厉害。辛西娅从不想念母亲,因为没有什么值得想念的。

今天早晨她七点起床,为丈夫和两个孩子做早餐,送汉克出门上班,送孩子去学校,然后冲洗盘子,把盘子放进洗碗机,打开电源。

接下来她去洗衣房，把脏衣服放进洗衣机，打开电源。她做这些晨间家务的时候一次也没有想过你绝对不能忘记如何如何，但内心深处这个念头依然在运转，而且将一直运转下去。童年时播撒的种子总是扎根最深。

九点半，她给自己煮了第二杯咖啡，打开电视（她很少看电视，只是充当背景），她打开笔记本电脑，看有没有除了亚马逊和城市生活网之外的其他邮件。今天早晨有一封母亲的邮件，发信时间是昨晚十点四十四分，也就是西海岸时间八点四十四分。邮件标题让她皱起了眉头，标题只有三个字：**对不起**。

她打开邮件阅读，心跳开始加速。

我是个烂人。我是个下三滥的臭婊子。不会有任何人为我辩护。这是我必须做的。我爱你。

我爱你。上次她母亲对她说我爱你是什么时候？辛西娅——她每天至少要对两个孩子说四遍——完全想不起来了。她抓起厨台上正在充电的电话，她先拨打母亲的手机，然后拨打家里的座机。两个号码都只有鲁丝·斯卡佩里毫无废话的简短提示："请留言。我有时间了就打给你。"辛西娅请母亲立刻打给她，但她非常害怕母亲不会打给她。现在不会，过一阵不会，也许永远不会了。

她咬着嘴唇在阳光灿烂的厨房里绕了两圈，再次拿起手机，找到凯纳纪念医院的号码打了过去。电话被转到脑创伤诊所，等待的时候她继续踱来踱去。电话终于接通，接电话的护士说他叫斯蒂夫·哈尔珀。不，哈尔珀告诉她，斯卡佩里护士还没到，这倒是稀奇事。她值的早班从八点开始，中西部现在是十二点四十分。

"打她家里的电话试试看，"哈尔珀建议道，"她有可能生病了，不过不打电话来说一声就不太像她了。"

你连个皮毛都不知道，辛西娅心想。然而话也说回来，哈尔珀成长的环境不会用你忘了如何如何当口头禅。

她道谢（无论多么心烦意乱，应有的礼数都不能忘记），挂断，然后打电话给两千英里外的一个警察局。她介绍自己的身份,尽可能冷静地说明情况。

"我母亲住在塔南鲍姆街298号。她叫鲁丝·斯卡佩里,是凯纳医院脑创伤诊所的护士长。今天上午我收到一封电子邮件,让我觉得……"

觉得她严重抑郁?不,这么说恐怕不足以让警察跑一趟。另外,这也不是她的真实想法。她深吸一口气。

"让我觉得她有可能在考虑自杀。"

23

编号为 CPC54 的警车开上塔南鲍姆街 298 号的车道。警员阿玛瑞利斯·罗萨里奥和杰森·拉沃蒂——他们的外号是托蒂和马尔登,因为这个警车编号也出现在一部老警匪肥皂剧里——下车,走向那幢屋子的大门。罗萨里奥按门铃。无人应门,拉沃蒂敲门,敲得又重又响。还是没人应门。出于侥幸心理,他试着转了一下门把手,门开了。两人互视一眼。这个街区治安不错,但依然属于市区,市区很少有人会不锁门。

罗萨里奥把脑袋伸进门里。"斯卡佩里夫人?我是罗萨里奥警官。你在就朝我们吼一嗓子!"

悄无声息。

她的搭档跟着喊道:"我是拉沃蒂警官,夫人。你女儿很担心你。你还好吧?"

还是没有声音。拉沃蒂耸耸肩,指着打开的门说:"女士优先。"

罗萨里奥走进室内,想也没想就解开了佩枪皮套的搭扣。拉沃蒂紧随其后。客厅空无一人,电视开着,但静音了。

"托蒂,托蒂,我不喜欢这样,"罗萨里奥说,"你闻到了吗?"

拉沃蒂闻到了。血腥味。他们在厨房里找到了源头,鲁丝·斯卡佩里躺在地上,身旁是一把翻倒的椅子。她双臂展开,像是想阻止自己跌倒。他们看见了她割出的深深刀口,长的几条从前臂几乎延伸到肘弯,短的几条横过手腕。鲜血溅在容易清洁的瓷砖地上,桌上还有更多的血液,她显然是坐在桌边自残的。原本插在烤炉旁木墩上的切肉刀此刻摆在旋转餐盘上,置身于椒盐瓶和陶瓷餐巾纸盒之间,整齐得堪称怪诞。血液呈黑色,已经凝结。拉沃蒂估计她至少死了十二个小时。

"估计电视上没啥好看的。"他说。

罗萨里奥凶恶地瞪了他一眼,朝尸体移动了半条腿的距离,但还没有近得让制服沾上血液,这身制服前天才从干洗店拿回来。"她在失去意识前画了点什么,"她说,"看见她右手旁边的瓷砖地了吗?用她自己的血画的。你觉得那是什么?一个2?"

拉沃蒂凑近了仔细查看,双手撑着膝盖。"难说,"他说,"不是2就是Z。"

布莱迪

"我儿子是天才,"黛博拉·哈茨费尔德经常对朋友说,然后带着胜利者的笑容补充道,"既然是事实,那我就不算在吹牛了。"

这是她开始酗酒之前,那时候她还有朋友。她还有过另外一个儿子,弗兰奇,但弗兰奇不是天才。弗兰奇是脑损伤的受害者。四岁时的一天晚上,他从地下室的楼梯摔了下去,折断颈部而死。总之,黛博拉和布莱迪是这么告诉警察的。实际上的情况不太一样。稍微复杂一点儿。

布莱迪喜欢发明东西,有一天他发明了一样能让他和母亲成为富豪的东西,能让他们走上名叫"宽裕舒适"的金光大道。黛博拉确定如此,动不动就对他这么说。布莱迪深信不疑。

他的大多数课程只勉强得到了 B 和 C,但电脑科学初级和进阶却全是 A。他从城北高中毕业时,哈茨费尔德家的屋子里塞满了各种各样的电子玩意儿,其中一些(例如布莱迪用来从中西部视界公司偷接有线电视的蓝盒子)非常不合法。他在地下室有个工作室,黛博拉很少进去,那就是他的发明作坊。

怀疑一点儿一点儿浮上心头。还有怨恨,怀疑的孪生兄弟。无论他的造物有多么卓越,却没有一个是挣钱货。加利福尼亚有些人(例如斯蒂夫·乔布斯)只是在车库里鼓捣一阵,就创造了难以想象的财富,同时改变了世界,但布莱迪搞出来的东西却不可能达到那个级别。

举例来说,他设计的罗拉。这是一台电脑驱动的真空吸尘器,能够自行工作,在万向轮上转动,遇到障碍物就改变前进方向。看起来肯定能成功,对吧?直到某天布莱迪在蕾丝巷一家高级家用电器商店的橱窗里见到鲁姆巴真空吸尘器为止。有人抢先了他一步。他不禁想到了吃屎都赶不上热乎的这个说法。他推开这个念头，但有时候夜深人静他睡不着，或者被他的偏头痛毛病折磨，这个念头就会再次钻进他的脑海。

但他的两样发明——都是微不足道的小东西——给市民中心大屠杀打开方便之门。两件东西都从电视遥控器改装而来，他称之为一号物品和二号物品。一号能够将交通灯从红变成绿或从绿变成红。二号比较复杂，能够捕捉并储存汽车电子钥匙发出的信号，布莱迪可以在浑然不觉的车主离开后打开车锁。刚开始他将二号物品用作盗窃工具，打开车门，在车上寻找现金和值钱物品。然后，开一辆重型轿车冲撞人群的念头（还有刺杀总统或当红电影明星的幻想）在脑海里逐渐成形，他用二号物品打开了奥莉薇亚·特莱劳尼夫人的梅赛德斯，发现她的手套箱里有一把备用钥匙。

他没动那辆车，但记住了备用钥匙的存在，希望以后能派上用场。没过多久，就像统辖宇宙的黑暗塔向他发来启示，他在报纸上读到消息：四月十日将有一场求职大会在市民中心召开。

预计会有数以千计的人员参加。

布莱迪在折价电子城当上赛博巡警后，能够用低廉的价格买到各种电脑产品，于是他在地下室作坊里布置了七台小品牌的笔记本电脑。他基本上只用其中的一台，但他喜欢它们装点房间的样子：仿佛来自科幻电影或《星际迷航》剧集的画面。他还安装了语音激活的控制系统，苹果公司过了好几年才把名叫 Siri 的音控程序捧成明星。

还是那句话：吃屎都赶不上热乎的。

不过，就此而言，是错过了几十亿美元。

你活成这个鸟样，为什么不想杀他一个血流成河？

可惜他在市民中心只杀了八个人（受伤的不算，其中有几个彻底成了残废），但那场摇滚演唱会本来能弄死几千个的。他会被载入史册。然而就在他揿下按钮，把无数轴承滚珠以喷气推进的速度炸向四面八方,打烂几百个前青春期的尖叫女孩(还有她们超重和宠溺成性的老妈)的身体和脑袋,有人忽然关了他的灯。

那段记忆似乎被彻底抹掉了,但他不需要回忆也知道是谁干的。有可能做到这件事的只有一个人:科密特·威廉·霍奇斯。霍奇斯应该像特莱劳尼夫人一样自杀,这是他为霍奇斯安排的计划,但老东西不知怎的不但没有自杀,而且还逃过了布莱迪在他车上安装的炸弹。退休的老警察出现在演唱会上,赶在布莱迪得到不朽名声之前几秒钟打昏了他。

轰隆,轰隆,灯灭了。

天使,天使,下来了。

巧合是个狡诈的臭娘们,将布莱迪送往凯纳纪念医院的正是三号消防站的23号车。那天罗伯·马丁不在——当时他在环游阿富汗,美国政府承担全部费用——但救护员杰森·拉普西斯在车上,23号车风驰电掣地赶往医院,他尽量挽救布莱迪的生命。假如就布莱迪能不能活下去开个盘口,拉普西斯会赌他活不下去。这个年轻男人在剧烈抽搐,心率达到了175,血压时而极高时而极低。但23号车抵达凯纳医院的时候,他依然还在生者的土地上。

为他做检查的艾莫里·温斯顿医生是急救病房的老手,老员工将医院的这个区域称为周六夜刀枪俱乐部。温斯顿逮住一个正在急诊室和护士闲聊的医科生,命令他对刚送进来的患者做个快速预检。学生说这个病人反射减弱,左侧瞳孔散大固定,右侧巴彬斯基征阳性。

"言下之意?"温斯顿问。

"意思是这个人受到了无法逆转的脑损伤,"学生说,"成植物人了。"

"非常好,你这个医生似乎已经可以出山了。预后?"

"到明早就会死。"学生答道。

"估计差不多,"温斯顿说,"我也希望如此,因为他永远也不可能恢复回来了。不过还是要给他做个 CAT 扫描。"

"为什么?"

"因为这是流程,孩子。还因为我很好奇,想趁他活着看看他的损伤究竟有多严重。"

七小时后他依然活着,在优秀的菲利克斯·巴比纽医生的协助下,安努·辛哈医生完成了开颅手术,清除了一个巨大的血肿,这个肿块严重挤压布莱迪的大脑,造成的损伤一分钟比一分钟更大,数以百万计地扼杀特化细胞。手术结束后,巴比纽转向辛哈,伸出还戴着沾满鲜血的手套的手。

"实在,"他说,"太了不起了。"

辛哈握住巴比纽的手,却露出了不赞成的苦笑。"例行公事而已,"他说,"做过上千次了。好吧……几百次总是有的。真正了不起的是这名患者的体质。我都不敢相信他居然熬过了手术。他那倒霉的脑子受到的损伤……"辛哈摇摇头。"啧啧啧。"

"你知道他企图干什么,对吧?"

"对,有人告诉我。大规模恐怖主义活动。他也许能多活一阵,但永远不会为他的罪行出庭受审了,他要是死了,这个世界也不会有什么损失。"

正是因为这个念头,巴比纽医生才开始偷偷喂布莱迪(不算完全脑死亡,但也差不多了)吃一种试验性药物,他管这种药叫"脑百灵"(但只是在心里叫,事实上它只有一个六位数的编号),同时还有常规性的吸氧、利尿剂、抗癫痫药物和类固醇。试验性药物 649558 在动物实验中显示了良好的效果,但由于纠缠不清的各种官僚规定,人体试验还要好几年才能开始。研发药物的是个玻利维亚神经生物学实验室,麻烦程度就又增加了几级。人体试验开始的时候(假如真能开始的话),巴比纽多半已经依从老婆的意愿,在佛罗里达某个大门紧闭的高级社区生活了。而且无聊得想哭。

这是个好机会,趁他还能积极参与神经外科研究的时候看到结果。假如效果良好，不难想象诺贝尔医学奖就在前方向他招手了。再说只要在人体试验获得批准前他守口如瓶，整件事就不会有任何风险。实验对象反正是个永远不可能苏醒的嗜血人渣。就算奇迹发生，他真的醒了，顶多也只能拥有晚期阿尔兹海默症患者的那种朦胧意识。当然了，即便如此，这样的结果已经非常了不起了。

你能够帮助未来罹患脑部疾病的其他人，哈茨费尔德先生，他对昏迷中的患者说。做一丁点儿的善事，而不是一大盆的恶行。要是在你身上造成了什么副作用？比方说脑活动彻底停止（你本来也差不多了），或者甚至死去，而没有呈现出任何脑功能恢复的迹象？

也不算什么重大损失嘛。对你来说不算，对你的家人来说更加不算，因为你已经没有家人了。

对世界来说同样不算；世界会兴高采烈地送你滚蛋。

他在电脑上打开名为**哈茨费尔德脑百灵试验**的文件。试验共计九次，分布于从 2010 至 2011 年间的十四个月之中。巴比纽没有看到任何变化。喂这个人类小白鼠喝蒸馏水大概也能得到相同的结果。

他放弃了。

人类小白鼠在黑暗中度过了十五个月，残缺不全的灵魂在第十六个月的某个时刻记起了他的名字。他是布莱迪·威尔逊·哈茨费尔德。刚开始除了名字什么都没有。没有过去，没有现在，没有姓名这十一个字以外的任何东西。但就在他放弃努力、随波逐流前不久，另一个词出现了。这个词是控制。它曾经拥有某种重要的意义，但他不知道究竟是什么意义。

他躺在病房里的床上，甘油润湿的嘴唇忽然动了，他大声说出这个词语。他单独一个人，要再过三个星期才会有护士目睹布莱迪睁开眼睛要妈妈。

"控……制。"

灯亮了。就像他站在从厨房到地下室的楼梯顶上，用语音命令打开星际迷航风电脑工作室的照明灯那样。

这就是他所在的地方：榆树街的地下室里，房间看上去和他上次离开时毫无区别。用另一个词语能够激活另一项功能，此刻既然他来到了这儿，也就记起了这个词。因为它是个绝妙的好词。

"混乱。"

在脑海里，他的声音仿佛雷霆，就像摩西站在西奈山上。在病床上，这只是沙哑的一声轻叹。但它完成了任务，因为摆成一排的笔记本电脑同时点亮。所有屏幕上都出现了数字20，然后变成19，然后18……

这是什么？老天在上，这到底是什么？

有一个惊恐的瞬间，他完全想不起来。他只知道假如面前这七个屏幕倒数到零，电脑就会彻底锁死。他会失去它们，失去这个房间，失去他此刻好不容易拥有的一丝意识。他会被活埋在自己脑袋里的黑暗……

正是这个词！没错，就是它！

"黑暗！"

他用最大音量吼出这个词——至少在脑海里是这样。在外部世界中，依然只是很久不使用的声带挤出的一声沙哑耳语。他的脉搏、出汗和血压同时开始升高。用不了多久，护士长贝姬·赫尔明顿就会注意到并过来查看，急归急，但还没到要跑的地步。

布莱迪的地下室作坊里，电脑倒计时在14停下，每块屏幕上各出现了一张图片。曾几何时，这些电脑（如今作为证物A到G存放在一间宽敞的警方证据储藏室里）在启动时展示的是电影《日落黄沙》的剧照，但现在却是布莱迪人生的一幅幅快照。

屏幕1：他弟弟弗兰奇，吃苹果呛住，大脑受损，后来从地下室台阶摔了下去（他哥哥的脚有所帮助）。

屏幕2：黛博拉本人。她身穿紧身的白色睡袍，布莱迪立刻回忆起来了。她管我叫她的小蜜糖，他心想，她亲吻我的时候，嘴唇总是有点儿潮湿,而我会勃起。我小时候管那个叫小棒子。有时候我在浴缸里的时候,她会用温暖的湿毛巾包住它揉搓,问我感觉好不好。

屏幕3:一号物品和二号物品,他的发明,确实很好用。

屏幕4:特莱劳尼夫人的灰色梅赛德斯轿车,引擎盖凹凸不平,进气格栅滴着鲜血。

屏幕5:一把轮椅。有几秒钟他想不起来其中的相关性,但记忆很快就跳进了脑海。此时此地演唱会的那天晚上,他就是靠这把轮椅混进了明戈演艺中心。没有人会担心一个坐轮椅的可怜残废。

屏幕6:一个英俊少年正在微笑。布莱迪不记得他叫什么,至少此刻还不记得,但他知道这个年轻人是谁:退休老警察的黑鬼小工。

屏幕7:霍奇斯本人,戴着一顶软呢帽,帽檐俏皮地拉下来盖住一只眼睛,笑容可掬。逮住你了,布莱迪,这个笑容在说。用老子的警棍打得你人事不省,你看你这会儿在哪儿?躺在病床上,你啥时候能再爬起来走路?我看这辈子没希望了。

××的霍奇斯,毁了我的一切。

这七张图片就像骨骼,布莱迪围绕它们重建人格。随着工程的推进,地下室(永远是他的避难所,他的碉堡,用来抵抗一个愚蠢而冷漠的世界)墙壁逐渐变得稀薄。他听见其他的声音穿透墙壁,意识到有些声音属于护士,有些属于医生,有些(很可能)属于执法部门的人员,前来确认他有没有装病。这个问题的答案既肯定又否定。真实情况就像弗兰奇的死因,也很复杂。

刚开始他只在确定自己单独一人时才睁开眼睛,而且很少这么做。病房里没什么可看的。他迟早会完全醒来,但即便如此,他依然不希望别人知道他拥有思考能力,事实上他的头脑一天比一天清晰。别人要是知道了,就会把他送上法庭。

布莱迪不想出庭受审。

尤其是他还有事情想完成的时候。

布莱迪对诺尔玛·威尔默护士开口说话的一周前,他在半夜睁开眼睛,看着挂在床边点滴架上的一瓶生理盐水。出于无聊,他抬起手想去推一推点滴瓶,要是能把它碰到地上去就更好了。他没有能够做到,但点滴瓶在钩子上前后晃动起来,他忽然意识到他的双手都还放在床单上没有动过,只有手指稍微转动了一下,理疗虽然能够延缓肌肉萎缩,但无法完全阻止它的发生,大脑几乎停摆、长时间卧床的患者尤其如此。

那是我做的吗?

他再次抬起胳膊,他的双手依然没怎么动弹(尽管左手,他的优势手,开始微微颤抖),但他觉得手掌碰到了点滴瓶,又让它动了起来。

他心想,有意思,然后睡着了。自从霍奇斯(或者他那个黑鬼小工)把他送上这张该死的病床以后,他第一次睡了个踏踏实实的好觉。

接下来的几天夜里——深夜,他确定不会有人来和看见他之后——布莱迪开始用他的幽灵手做实验。他时常想起高中同学亨利·"铁钩"·克罗斯比。亨利在车祸中失去了右手,装了一只假手——假得很明显,所以他总是戴一只手套——但有时候他不装假手,而是装上铁钩来学校。亨利声称用铁钩更容易拿东西,而且还有一项额外奖励,铁钩能吓唬女孩,他会偷偷地从女孩背后摸上去,用铁钩爱抚她们的小腿或胳膊。有一次他告诉布莱迪,尽管这只手失去了已有七年,但他偶尔还是会感觉到它在痒或刺痛,就好像它只是被压麻了,这会儿刚刚醒过来。他给布莱迪看残肢:粉红色的表面很光滑。"每次感觉到这种刺痒,我就敢发誓我能用它挠头。"他说。

布莱迪现在完全理解了"铁钩"·克罗斯比的感受……然而他,布莱迪,确实能用这只幽灵手挠头。他尝试过。他还发现他能晃动护士每晚都会放下的软百叶帘。窗户离床太远,他够不到,但用幽灵手他就能碰到了。有人在床边小桌上放了花瓶和几枝塑料花(他后来发现是贝姬·赫尔明顿护士长,整个医院只有她以一定的慈爱对待他),他能前后滑动这个花瓶,易如反掌。

一番挣扎之后——他的记忆充满黑洞——他想起了这种现象的名称:心灵致动。通过集中注意力在物体上移动它们的能力。不过,真正的集中精神会让他头痛欲裂,他的意识和这件事似乎没什么关系。起作用的是他的手,他的优势左手,尽管肉体的那只手平放在床上,五指瘫软,根本没有动过。

非常有意思。他确定巴比纽,也就是最经常来看他的那个医生(应该用过去时,近来他似乎在逐渐失去兴趣),肯定会兴奋得蹿到月亮上去,但布莱迪只打算让自己知道这项能力的存在。

以后说不定会用得上,但他不怎么相信。会拧别人的耳朵也是一项能力,但不属于拥有实用价值的能力。是的,他能推动点滴架上的盐水瓶,能晃动百叶帘,能碰翻照片,能让毯子掀起涟漪,就像有条大鱼在毯子底下游动。有时候他会趁护士在病房里的时候做这些事情,因为他们惊愕的反应非常好玩。然而,他新获得的能力似乎只有这点本事了。他尝试过打开挂在病床上方的电视,却没有成功,他也尝试过打开通往病房卫生间的门,同样没有成功。他能握住镀铬的门把手(手指包住门把手的时候,他能感觉到它的冰冷和坚硬),但门太沉重,而幽灵手太无力。至少目前还做不到。他觉得只要勤加锻炼,这只手就会越来越有力。

他必须醒来,他心想,哪怕只是为了搞点儿阿司匹林治头疼和吃些真正的食物呢。就连医院自制的蛋奶冻都算得上一顿盛宴了。我很快就能做到。甚至就是明天。

但他没有做到。因为第二天,布莱迪发现心灵致动并不是他从朦胧之地带回来的唯一一种新能力。

大多数下午来检查他的生命体征和大多数晚上送他上床睡觉（说上床睡觉其实不太确切，因为他总是躺在床上）的是个名叫萨蒂·麦克唐纳的年轻女护士。她深色头发，有一份不施粉黛的清纯美感。布莱迪半睁着眼睛观察她，他刚恢复知觉时还置身于自己的地下室作坊里，但自从打穿那个房间的墙壁后，他就总是这么观察他这个病房的所有访客。

她似乎很害怕他，但他慢慢意识到他并不特殊，因为麦克唐纳护士害怕每一个人。她属于喜欢踮着脚尖小跑而不是正常走路的那种女人。要是她在 217 病房履行职责时有人走进来（比方说贝姬·赫尔明顿护士长），萨蒂就会蜷缩得恨不得融入背景。巴比纽医生更是吓得她惊恐万状。每次她和巴比纽医生一起待在他的病房里，布莱迪就几乎能尝到她的畏惧。

他渐渐意识到，这种说法并不夸张。

布莱迪满脑子蛋奶冻睡着后的第二天下午三点一刻，萨蒂·麦克唐纳走进 217 病房，查看床头上方的监控器，拿起挂在床脚的写字板，记下几个数字。接下来，她应该查看点滴架上的盐水瓶，然后去壁橱里拿要更换的枕头。她会用一只手抬起他的上半身——她个头不大，但手臂很有力——用新送来的枕头换掉现在的枕头。这本来是勤杂工的活儿，但布莱迪大致能猜到，麦克唐纳处于医院内权势等级的最底层。简而言之，她是图腾柱底部的一名低级护士。

他早就想好了，今天等她换好枕头，在两个人的脸最接近的时刻，他要睁开眼睛对她说话。她会被吓一跳，而布莱迪就喜欢吓唬别人。他的人生发生了翻天覆地的变化，但这一点没有改变。她说不定甚至会尖叫，有一次他让毯子掀起涟漪的时候，另一个护士就尖叫了。

然而，麦克唐纳在走向壁橱的路上忽然折向了窗口。窗外只有停车库，没有什么值得看的，她却在窗口站了一分钟……然后两分钟……三分钟。为什么？一面砖墙他妈有什么好看的？

但外面不止是砖块，布莱迪和她一起向外看，意识到了这一点。每一层都有一块狭长的开阔空间，汽车驶上斜坡时，挡风玻璃会短暂地反射阳光。

一次闪光。又一次闪光。又一次闪光。

我的天，布莱迪心想。我才是应该处于昏迷状态的病人，对吧？她简直像是犯了什么癫——

等一等。他妈的给我等一等。

和她一起向外看？我躺在病床上，怎么能和她一起向外看呢？

一辆锈迹斑斑的皮卡经过。背后是一辆捷豹轿车，估计属于某位有钱的医生，布莱迪意识到他并没有和她一起看，而是从她体内向外看。就好像别人在开车，你在乘客座上看风景。

是的，萨蒂·麦克唐纳犯了癫痫，情况轻微，她自己多半都不知道。引发癫痫的是那些闪光，车辆经过时挡风玻璃上的闪光。只要斜坡上的车流中断，或者阳光稍微改变一下角度，她就会从恍惚中挣脱，继续履行她的职责。癫痫过去之后，她自己都不会知道自己犯过病。

然而布莱迪知道。

他知道是因为他在她的身体里。

他继续深入，发觉他能看见她的念头。太有意思了。他真的能看见念头来回穿梭、时此时彼、时高时低，偶尔交错碰撞，它们处在一种深绿色的介质之中，那是（也许是，他必须好好思考一下，非常仔细地研究一下，然后才能确定）她的核心意识。萨蒂这个存在的基石。他想继续深入，看清仿佛小鱼般游来游去的念头，但我的天，它们游得太快了！不过……

有个念头和她在公寓房间里吃的松饼有关。

有个念头和她在宠物店橱窗里看见的一只猫有关：黑猫，嘴巴是可爱的白色。

有个念头和……石块有关？是石块吗？

有个念头和她父亲有关，那条鱼是红色的，愤怒的颜色。或者羞耻。或者两者兼有。

她从窗口转过身，走向壁橱，布莱迪有一瞬间感觉到了天旋地转的眩晕感。那一刻过去了，他又回到了自己的身体里，通过自己的眼睛向外看。她将他弹了出来，甚至不知道他曾经来过。

她抬起布莱迪的上半身，将两个枕套刚洗过的泡沫枕头垫在他的头部底下，布莱迪保持眼神呆滞、半睁半闭。他到最后也没有说话。

他需要认真思考一下这个新发现。

接下来几天，布莱迪多次尝试进入造访他病房的其他人。他只有一次取得了一定程度的成功，对象是个年轻的勤杂工，进病房是为了拖地。这个年轻人不是先天白痴（他母亲对这种人的用语是唐氏患者），但也不是门萨俱乐部的候选人。他低头看着拖布在毛毡地面上留下的水痕，望着每一条水痕的明亮反光逐渐消失，这就打开了足够布莱迪进入的缺口。布莱迪只待了一会儿，而且没什么意思。年轻人在琢磨食堂今晚有没有玉米饼——好了不起哦。

然后又是眩晕，天旋地转的感觉。年轻人把他吐了出来，就像他是一粒西瓜子，钟摆般拖地的动作连一次都没有停下。

偶尔还有其他人走进他的房间，但他一次也没有成功过，这个失败比脸上发痒而没法挠更加让他恼火。布莱迪盘点过自身的情况，得出的结论令人沮丧。他永远抽痛的脑袋底下是瘦如骷髅的身体。他能动，他没瘫痪，但肌肉已经萎缩，朝一个方向滑动一条腿两三英寸需要耗费可怕的力气。但另一方面，置身于麦克唐纳护士的脑海之中，感觉就像坐上了飞毯。

但他能进去只是因为麦克唐纳发作了某种形式的癫痫。不严重，仅仅足以短暂地打开一条门缝。其他人似乎天生拥有防御能力。他待在勤杂工身体里的时间甚至不超过几秒钟，而假如那个吃屎货是个侏儒，他应该叫糊涂虫①才对。

他不禁想起一个笑话。陌生人来到纽约，问一个颓废青年："该怎么去卡内基音乐厅？"垮掉的青年答道："练习，朋友，练习。"

这就是我需要做的，布莱迪心想。练习，变得更强大。因为科密特·威廉·霍奇斯还逍遥自在地活着呢，退休老警探以为他赢了。难以容忍，实在难以容忍。

就这样，2011年11月中一个被雨水浸透的夜晚，布莱迪睁开眼睛，说他头疼，要妈妈。没有人尖叫。那天晚上萨蒂·麦克唐纳休息，当班的诺尔玛·威尔默护士是用更坚韧的材料制成的。不过她还是轻轻地惊叫了一声，跑去看巴比纽医生是不是还在医生休息室。

布莱迪心想，我的余生从**此刻**开始。

布莱迪心想，**练习**，朋友，练习。

---

① Dopey，《白雪公主与七个小矮人》动画里的角色，从不说话。

黑皮白瓤

1

尽管霍奇斯已经让霍莉正式成为了先到先得公司的全职合伙人，事务所也有一间空余的办公室（小归小，但有街景可看），她却依然选择将接待区当作基地。差一刻十一点，霍奇斯走进事务所的时候，她就坐在前台的座位上，眼睛盯着电脑屏幕。虽说她动作飞快，把什么东西扫进了写字台放腿空间上方的宽阔抽屉里，但霍奇斯的嗅觉器官仍旧状态良好（不像底下某个失灵的身体部件），他确凿无疑地闻到了夹心蛋糕咬开一半的草莓香味。

"你这是在干什么，霍莉莓莉？"

"你别学杰罗姆，你知道我讨厌他这么叫我。你再叫我一次霍莉莓莉，我就去探望我母亲一个星期。她总叫我去看看她。"

说得跟真的似的，霍奇斯心想。你才受不了她呢，再说你爱死了这个口味，亲爱的朋友。像海洛因成瘾者一样戒不掉。

"对不起，对不起。"他在霍莉背后弯下腰，看见屏幕上是《彭博商业周刊》2014年4月的一篇文章，标题是《战破天被破》。"对，这家公司搞砸了，已经关门歇业。我好像昨天就告诉你了。"

"是的，有意思的——至少对我来说有意思的是存货去向。"

"什么意思？"

"几千台没卖掉的游戏机，甚至几万台。我想知道它们的下落。"

"找到了吗？"

"还没有。"

"说不定漂洋过海送给了某国的穷孩子，连同我小时候不肯吃的所有蔬菜。"

"饥饿的孩子可不是玩笑。"她说，显得非常严肃。

"对,绝对不是。"

霍奇斯直起腰。回家的路上,他用斯塔莫斯开的药方买了止痛药——强效,但他很快就要吃更强的了——此刻他感觉几乎像个正常人了。胃里甚至有一丝微弱的饥饿感,这是个令人愉快的改变。"有可能被销毁了。没卖掉的平装本小说好像就是这个下场。"

"那要销毁的库存就太多了,"她说,"再说那些机器装满了游戏,运转良好。系列最高级的型号是指挥官,甚至能上无线网络。现在告诉我检查结果怎么样。"

霍奇斯挤出一个微笑,他希望这个笑容既得体又快乐。"其实还是个好消息呢。溃疡,但很小。我必须吃一堆药片,同时注意饮食。斯塔莫斯医生说只要我照他说的做,它就会自行痊愈。"

霍莉对他绽放灿烂的笑容,霍奇斯为自己没有半分真话的谎言而感到高兴。当然了,另一方面也让他觉得自己像一坨塞在旧鞋里的狗屎。

"谢天谢地!你会听他的话,对吧?"

"那还用说。"继续扯淡,全世界的寡淡食物加起来也治不了折磨他的病痛。霍奇斯不喜欢放弃,若是情形有所不同,无论击败胰腺癌的可能性是多么微乎其微,这会儿他都已经坐在消化内科专家亨利·叶的办公室里了。然而,他在蓝雨伞网站收到的留言改变了他的主意。

"啊,那就好。因为我不知道离了你我会怎么样,比尔,我真的不知道。"

"霍莉——"

"实话实说,我知道。我就只能回家了。回家对我只有坏处。"

那还用说,霍奇斯心想。第一次见到你,你来这座城市参加伊丽莎白姑妈的葬礼,你母亲领着你走来走去,就像牵着绳子遛一条杂种狗。这么做,霍莉,那么做,霍莉,老天在上,别做任何让人难为情的事情。

"来，告诉我，"她说，"告诉我有什么新消息。告诉我，告诉我，快告诉我！"

"给我十五分钟，我一五一十地告诉你。现在你先查一查那些指挥官游戏的下落。也许并不重要，但也许很重要。"

"好的。比尔，你的检查结果真是个好消息。"

"是啊。"

他走进他的办公室。霍莉转动座椅，朝他的方向看了几秒钟，因为他在办公室里的时候极少关门。不过，极少不等于从不。她重新转向电脑。

2

"他和你的事还没完。"

霍莉用柔和的声音重复道。她把吃到一半的全素汉堡放在纸盘子里。霍奇斯已经吃完了他的汉堡,边吃边说。他没有提到半夜被痛醒,在他叙述的版本里,他起来上网乱逛是因为失眠。

"没错,留言就是这么说的。"

"发信人叫Z小子。"

"嗯。听着像是某个超级英雄的跟班,对吧?'请看Z字侠和Z小子的大冒险,他们打击犯罪,保护哥谭市的街道!'"

"那是蝙蝠侠和罗宾。在哥谭市维持治安的是他们。"

"我知道,我看《蝙蝠侠》漫画的时候你还没出生呢。我只是那么一说。"

她拿起全素汉堡,咬了一片生菜,然后又放下了。"你上次去看布莱迪·哈茨费尔德是什么时候?"

正中靶心,霍奇斯敬佩地心想。这就是我的霍莉。

"索伯斯一家的案子刚结束我去看了他一趟,后来晚些时候又去了一趟。仲夏,应该就是那个时候。然后你和杰罗姆关心我,说我必须停下了。于是我就没再去过。"

"我们叫你别去是为了你好。"

"我知道,霍莉。你好好吃你的三明治。"

她咬了一口,擦掉嘴角的蛋黄酱,问最后一次去的时候,哈茨费尔德看上去怎么样。

"老样子……基本上。只是坐在那儿,望着窗外的停车库。我说话,我提问,他一言不发。他的脑损伤算是学院奖级别的,这一点毫无疑问。但医院里流传着他的故事。说他拥有某种心灵能力。说他能打开和关上卫生间的水龙头，有时候还会吓唬医护人员。我本来以为是胡扯淡，但贝姬·赫尔明顿还是护士长那会儿，她说她亲眼见过几件怪事——百叶帘哗啦啦乱响，电视自己打开，点滴架上的盐水瓶前后晃动。她属于我会称之为可信证人的那种人。我知道你很难相信……"

"没那么难。心灵致动，也称为意志致动，是一种有案可查的现象。你去看他的时候没有见到类似的事情吗？"

"呃……"他停下，回忆片刻，"我倒数第二次去的时候确实发生了一件事情。他床边小桌上有张照片，他和他母亲搂在一起，两人面颊紧贴。在什么地方度假。榆树街他们家里有一张更大的。你也许还记得。"

"我当然记得。我在他们家里看见的东西我全都记得清清楚楚，包括他电脑上母亲的清凉照片，"她在娇小的胸部前抱起双臂，噘起嘴表示厌恶，"那是一种非常不正常的关系。"

"那还用说。不知道他到底有没有和她发生过性关系——"

"够了！"

"——但我认为他很可能有这个意愿，至少她激发了他的性幻想。总而言之，我拿起那张照片，说了一些她的坏话，尝试惹怒他，想看看能不能刺激他做出反应。因为他就在我面前，霍莉，我的意思是他整个人都在，应该为他的行为负责。我当时很确定，现在就更确定了。他坐在那儿一动不动，但脑子里还是那只人形毒蜂，在市民中心杀了那么多人，企图在明戈演艺中心屠杀更多的人。"

"他还用黛比的蓝雨伞网站和你交谈，别忘了这个。"

"经过昨天夜里，我恐怕想忘也忘不了。"

"接下来发生了什么？"

"有一瞬间，他不再呆呆地望着窗外的停车库了。他的眼睛……在眼眶里转动，然后盯着我。我后脖颈上的每一根汗毛都竖了起来，我觉得空气……我说不清……像是通了电。"他强迫自己说下去。感觉就像推着一块大石头爬上陡峭的山坡。"我当警察时逮捕过一些恶劣的罪犯,其中有一些坏到了骨子里——有个母亲杀死她三岁的孩子,为了一笔微不足道的保险金——但他们一旦落网,我就再也不会在他们身上感觉到邪恶的存在。然而那天我感觉到了,霍莉。真的感觉到了。我在布莱迪·哈茨费尔德的身上感觉到了。"

"我相信你。"她的声音轻得仿佛耳语。

"另外,他有一台战破天。这就是我想建立的联系——假如这是一个共同点,而且并非出于巧合。有一个男人,我不知道他姓什么,大家都叫他图书馆艾尔,他曾经到处做活动,赠送战破天、Kindle 和平装本小说。我不知道艾尔是员工还是志愿者。妈的,甚至有可能只是个勤杂工,顺便挣点儿外快。我觉得我之所以没有立刻想起来,是因为你在埃勒顿家发现的战破天是粉红色的,而布莱迪病房里的是蓝色的。"

"简妮斯·埃勒顿和她女儿的事情怎么可能和布莱迪·哈茨费尔德扯上关系?除非……有人在他病房外见过心灵致动现象吗?医院里有这种传闻吗?"

"没有,但就在索伯斯案件快结束的时候,脑外伤诊所的一名护士自杀了。就在哈茨费尔德病房那条走廊上的浴室里割腕而死。她叫萨蒂·麦克唐纳。"

"你认为……"

她又开始玩三明治,撕碎生菜叶,扔在盘子里。等他开口。

"继续说,霍莉。我不会替你说的。"

"你认为布莱迪通过某种手段教唆她自杀?我不觉得存在这种可能性。"

"我也不觉得,但我们知道布莱迪有多么迷恋自杀。"

"这个萨蒂·麦克唐纳……她会不会凑巧也有一台战破天?"

"天晓得。"

"怎么……她是怎么……"

这次他直接说出了答案。"用她在一间手术室偷来的手术刀。法医助手告诉我的。我送了她一张德玛西奥的礼物卡,就是那家意大利餐厅。"

霍莉继续撕生菜,盘子里的东西越来越像小矮妖生日派对上的碎花纸,霍华德看得有点要发疯,但他无法阻止霍莉。她在积蓄勇气,说出她想说的话。最后她终于开口了。"你要去见哈茨费尔德。"

"嗯,是的。"

"你真的认为你能从他那儿得到任何线索?你以前并没有成功过。"

"现在我知道得更多了。"但说真的,他到底知道什么?他甚至不确定他在怀疑什么。然而,也许哈茨费尔德并不是人形毒蜂,而是一只蜘蛛,铁桶的217病房是蛛网的中心,他在那里偷偷织网。

也许一切仅仅是巧合。也许肿瘤已经转移到我的大脑,激起了许多疑神疑鬼的念头。

彼得肯定会这么想,他的搭档(很难不叫她灰眼睛小姐,这个外号已经在他脑海里扎了根)会大声说出来。

他站起身。"晚去不如早去。"

她把三明治扔在撕得乱七八糟的生菜叶上,抬起手抓住霍奇斯的胳膊。"当心点儿。"

"我会的。"

"保护好你的思想。我知道这话听起来有多疯狂,但我就是个疯子——至少有时候是——所以我可以随便说。要是你有任何念头想……呃,伤害自己……打电话给我。立刻打给我。"

"好的。"

她抱起手臂,抓住肩膀——她的老习惯,烦躁时就会这么做,他最近见到的次数越来越少了。"真希望杰罗姆也在。"杰罗姆·罗宾逊在亚利桑那,他休学一个学期,加入"仁爱之家"①,为穷人建造房屋。有一次霍奇斯说他这么做是为了粉饰简历,霍莉怒斥他,说杰罗姆这么做是因为他为人好。这一点霍奇斯不得不同意,杰罗姆为人确实好。

"我不会有事的。很可能只是我胡思乱想。我们就像小孩,担心街角的空屋闹鬼。要是我去告诉彼得,他会把咱俩都送进精神病院。"

霍莉,她确实进过精神病院(两次),相信有些空屋真的闹鬼。她松开一侧肩膀,用没有戒指的玲珑小手揪住霍奇斯的胳膊,这次抓的是他的大衣袖口。"你到地方了给我打个电话,离开了再给我打一次。别忘了,因为我担心你,但我不能打给你,因为——"

"因为铁桶里不准用手机,对,我知道。我会打给你的,霍莉,另一方面,我有两件事要你做,"他看见霍莉飞快地去拿记事簿,他摇头道,"不,不需要写下来。很简单。首先,上易买网或能买到已经退出销售渠道的物品的其他网站,买一台战破天指挥官游戏机。能做到吗?"

"很容易。还有一件呢?"

"日升公司并购了战破天,然后宣告破产。破产过程中必须有人担任受托人。受托人招募律师、会计和清算师,压榨出这家公司的最后一分钱。给我找到他的名字,今天或明天我打电话给他。我想知道没卖掉的游戏机的下落,因为有人在两家公司退出市场很久后送了一台给简妮斯·埃勒顿。"

她的精神头顿时上来了。"这个主意真他喵的天才!"

不是天才,只是警察的例行工作,他心想。我得了晚期癌症不假,但我还记得如何完成任务,也算一件奇事。

而且是好的那种奇事。

---

① 国际慈善房屋组织,以"世上人人得以安居"为理念。

3

霍奇斯离开特纳大厦走向公共汽车站（坐五路穿城比取车自己开过去更快也更轻松），他深深沉浸在思绪之中。他在思考他该如何接近布莱迪，该如何撬开他的嘴。他当警察时是审讯室里的帝王，因此肯定能找到办法。以前他去看布莱迪只是为了刺激他，确认他对布莱迪在假装痴呆的直觉猜想。现在他有了一些真正的问题，他必须找到办法让布莱迪吐出答案。

我必须撩拨这只蜘蛛，他心想。

他努力策划即将到来的遭遇战，但他刚得到的确诊和随之而来不可避免的恐惧不时干扰思路。他为自己的生命担忧，没错。但他担忧的还有接下来会承受多少痛苦和该如何通知应该知道此事的亲友。科琳和艾丽会感到震惊，但大体而言都还好。罗宾逊一家也一样，但他知道杰罗姆和小妹芭芭拉（现在不怎么小了，再过几个月就满十六岁了）会觉得难以接受。他主要担心的是霍莉。尽管霍莉刚才在办公室里那么说，但她并不是疯子，然而她非常脆弱。极其脆弱。她曾经精神崩溃过两次，一次在高中，一次在二十多岁的时候。她现在比以前坚强了，但她过去这几年最重要的精神支柱就是他和两人合力经营的这家小事务所。要是这两者都没了，她会变得岌岌可危。这件事上他无法自欺欺人。

我不会允许她再次崩溃，霍奇斯心想。他低着头向前走，两只手插在口袋里，吐出一团团白气。我不会让这种事发生。

他深陷于自己的思绪之中，两天内第三次没有看见那辆露出底漆的雪佛兰马里布轿车。车停在公司所在大楼的马路对面，霍莉正在办公室里搜寻日升公司的破产托管人。一个老人站在车旁边的人行道上，他身穿用胶带纸打补丁的旧军用风雪衣。他望着霍奇斯登上公共汽车，然后从大衣口袋里掏出手机，打了一个电话。

4

霍莉望着老板（碰巧也是全世界她最爱的一个人）走向路口的公共汽车站。他看上去那么瘦弱，六年前那个魁梧男人只剩下了一道影子。他走路时一只手紧贴身体。他最近总是这么做，霍莉觉得他自己都没有意识到。

只是一个小溃疡，他说。她很愿意相信这个说法，非常愿意相信他，但她不确定自己是否真的相信。

公共汽车来了，比尔上车。霍莉站在窗口，目送公共汽车开走，她咬着指甲，特别想抽烟。她有尼古丁口香糖，有很多，但有时候只有一支香烟才管用。

别浪费时间了，她对自己说。既然你想当一个坏到家的偷窥狂，那就没有比现在更好的时机了。

于是她走进霍奇斯的办公室。

他的电脑屏幕暗着，但他只有在晚上回家时才关机；霍莉只需要刷新屏幕就行。就要动手的时候，键盘旁边的黄色拍纸簿吸引了她的视线。霍奇斯的手边总有一个拍纸簿，上面永远满是笔记和涂鸦。他就是这么思考的。

这张纸最顶上是一句歌词，自从她第一次在收音机里听见，就引起了她极大的共鸣：所有孤独的人儿。他在歌词底下画了一条线，然后是她熟悉的几个人名。

奥莉薇亚·特莱劳尼（孀居）

玛蒂娜·斯托弗（未婚，管家称她"老处女"）

简妮斯·埃勒顿（孀居）

南希·埃尔德森（孀居）

还有其他名字。其中当然有她；她也是个老处女。彼得·亨特利，离婚。还有霍奇斯本人，同样离婚。

单身人群自杀的可能性高两倍。离婚人群，四倍。

"布莱迪·哈茨费尔德热衷于自杀，"她喃喃道，"这是他的癖好。"

这些名字底下是一句画圈的笔记，她不明白这句话的意思：访客名单？什么访客？

她随便揿了一个按键，比尔的电脑屏幕亮了，各种文件乱七八糟地扔在桌面上。她经常为此责备霍奇斯，说这么做等于出门不锁大门，还把值钱东西全放在餐厅桌子上，还留了个牌子写着"请随便偷"，他每次都说以后一定改，却只说不做。当然了，就算他真的锁屏，对霍莉来说也毫无区别，因为霍莉有他的密码。他自己给她的。免得他遇到什么意外，他说。现在霍莉担心坏事真的发生了。

看一眼屏幕就足以知道绝对不是溃疡了。她看见一个新建立的文件夹，标题非常吓人。霍莉点击一下。最顶上恐怖的哥特字体文字足以证明这份文件是科密特·威廉·霍奇斯的最新版遗嘱。她立刻关闭了文件。她绝对不想翻看他的遗产清单。知道有这么一份文件存在和他今天刚刚更新过它就足够了。实际上已经太多了。

她站在电脑前，抱着肩膀，咬住嘴唇。下一步比窥探更加恶劣，那是追根问底，是信息盗窃。

你已经走到这一步了，别放弃。

"是的，我必须知道。"霍莉悄声说，点击打开邮箱的邮票图标，对自己说也许是虚惊一场。然而事实上并不是。收到最后这封信的时候，他们大概正在讨论今天凌晨他在黛比的蓝雨伞网站收到的新消息。邮件来自他去看的医生。斯塔莫斯，医生的名字。她打开邮件开始阅读：随信附上你最新的检查结果，供你存档。

霍莉用邮件里的密码打开附件，她坐在比尔的座位上，附身凑近屏幕，双手攥紧放在大腿上。附件一共有八页，才翻到第二页，她已经哭了。

5

霍奇斯刚坐进五路汽车尾部的座位,大衣口袋里就响起了奥莱利夫人家客厅窗户破碎和男童高喊本垒打的声音。一个身穿商务正装的男人放下《华尔街日报》,不满地瞪着霍奇斯。

"对不起,对不起,"霍奇斯说,"一直想换掉来着。"

"应该列在优先办理事项里。"商人说,重新抬起报纸。

发信人是他的老搭档。又是他。霍奇斯打给他,强烈的似曾相识感①浮上心头。

"彼得,"他说,"为什么总发短信?我已经不在你的快速拨号名单里了吗?"

"估计霍莉多半设置过你的手机,换了个什么让人发疯的铃声,"彼得说,"她就喜欢这样给人惊喜。另外我猜你肯定把铃声调到了最响,你个耳背的老杂种。"

"短信通知的铃声调到了最响,"霍奇斯说,"要是有人打电话,手机只会贴着我的腿来一发迷你高潮。"

"那就换掉通知铃声。"

几个小时前,他得知自己只有几个月可活了,此刻却在和朋友讨论手机音量。

"一定会记住换的。你还是先说说找我干什么吧。"

"电脑鉴证科有个家伙见到那台游戏机就像苍蝇见了大便。他爱死它了,说它是文物。你能相信吗?那东西仅仅是五年前生产的,现在已经算文物了。"

---

① 原文为捷克语 déjá vu。

"世界正在加速前进。"

"这倒是的。总而言之,那台战破天已经完蛋了。小伙子给它换上新电池,屏幕上冒出五六道亮蓝色的闪光,然后就死机了。"

"出了什么问题?"

"从技术角度说,有可能是病毒,那东西能连无线网,很可能因此下载了病毒,但技术人员说更可能是芯片故障或电路烧坏了。重点在于,这条线索没有任何意义。埃勒顿不可能使用它。"

"那她为什么把它的充电线插在女儿的卫生间里?"

彼得沉默了好一会儿,然后他说:"好吧,也许游戏机刚开始能用,然后芯片坏了。总之就是打不开了。"

它能用,运行得很好,霍奇斯心想。她在厨房餐桌边玩纸牌。各种各样的纸牌游戏,克朗代克、金字塔和图片配对都有。假如你找南希·埃尔德森谈过,彼得我亲爱的,那么你也肯定知道。联系管家大概还在你的待办事项清单上。

"好吧,"霍奇斯说,"谢谢你告诉我最新情况。"

"也是最后一次告诉你了,科密特。自从你退休以后,我和我的新搭档配合得相当成功,我希望她能来参加我的退休派对,而不是坐在办公桌前生闷气,琢磨我为什么更喜欢你而不是她。"

霍奇斯可以问下去,但还有两站就要到医院了。另外,他发现他想和彼得还有伊兹分道扬镳,按照他自己的办法追查此时。彼得反应太慢,伊兹存心拖后腿。霍奇斯想以最快速度奔跑,因为他的胰腺出了大问题。

"我听见了,"他说,"再次表示感谢。"

"结案了?"

"句号。"

他的视线朝左上方闪了一下。

6

霍奇斯把苹果手机塞回大衣口袋里,离此处十九个街区的地方属于另一个世界。一个不太好的世界。杰罗姆·罗宾逊的妹妹就在那儿,而且遇到了麻烦。

芭芭拉身穿礼拜堂山脊中学的制服(灰色羊毛大衣,灰色裙子,白色长筒袜,红色围巾包裹脖子),模样既漂亮又得体,她沿着马丁·路德·金大道向南走,戴着手套的手里拿着一台黄色的战破天指挥官游戏机。鱼洞游戏的小鱼在屏幕上游来游去,不过在中午那明亮而冷冽的阳光中几乎看不清楚。

马丁·路德·金大道是下城区的两条主干道之一,尽管居民以黑人为主,而芭芭拉也是一名黑人(肤色更接近牛奶咖啡的颜色),但她从来没来过这儿,这个事实让她觉得自己既愚蠢又无用。这些人是她的同族,就她所知,他们的祖先很可能在同一个种植园里拖过驳船、扛过麻包,而她却连一次也没来过这儿。提醒她不要来的不但有她父母,也有她的哥哥。

"下城区的人啊,他们喝完啤酒会连酒瓶一块儿吃下去,"他曾经这么对她说,"不适合你这样的姑娘。"

我这样的姑娘,她心想。我这么一个上层中产阶级的好女孩,上私立好中学,交往白人家庭的好姑娘,有很多循规蹈矩的好衣服,父母还给我零花钱。天哪,我甚至有银行卡!只要我愿意,随时都能在自动柜员机上提六十美元!了不起吧!

她走得像是在梦游,感觉也像在做梦,因为身边的一切都那么奇怪,而这里离家还不到两英里,她家是一幢舒适的科德角式房屋,附带的车库能停两辆车,贷款已经还清。她走过兑换支票的小店,走过摆满吉他、收音机、闪闪发亮的珍珠柄直把剃刀的当铺。她走过酒吧,尽管酒吧关着门抵御一月的寒风,但啤酒的气味还是渗了出来。她走过散发着油脂香味的破墙开洞苍蝇馆子。有的店按片卖披萨饼,有的店卖中国菜外卖。有个窗洞里竖着一块牌子,上面写着:**油炸玉米球和圆白菜,就像你老妈的拿手菜。**

我老妈才不做呢,芭芭拉心想。我都不知道圆白菜是什么。菠菜?卷心菜?

似乎每个路口都有几个穿短袖长衫和宽松牛仔裤的男青年在消磨时间,有些围着锈迹斑斑的篝火铁桶取暖,有些踢沙包,有些穿着超大的运动鞋跳舞,尽管寒风凛冽,却敞着上衣。他们对伙伴喊唷,朝路过的车辆打招呼,假如一辆车停下,他们就把玻璃纸小包递进打开的车窗。她沿着马丁·路德·金大道走了一个又一个街区(九个,十个,也许十二个,她忘了数),每个路口都像个免下车小店,但卖的不是汉堡包或玉米卷,而是毒品。

她经过瑟瑟发抖的女人,她们身穿热裤、假皮毛短上衣和亮晶晶的皮靴,头上戴着五颜六色的古怪假发。她经过木板钉住窗户的空置建筑物。她经过剥得只剩下轮轴、遍布帮派标记的车辆。她经过用脏绷带裹着一只眼睛的女人,女人抓着一个吱哇乱叫的幼儿的胳膊拖着他走。她经过一个坐在毯子上的男人,他就着酒瓶喝酒,伸出灰色的舌头朝她甩动。这是一个贫穷而绝望的地方,它一直就在这儿,她从来没有为它做过任何事情。没有做过任何事情?不,甚至从来没有想到过它。她只知道做家庭作业;只知道晚上和好朋友打电话发短信;只知道更新脸书状态,担心她的肤色。她是最典型的少年寄生虫,和父母在高级餐馆吃饭,而她的兄弟姐妹就在离她舒适的城郊住宅不到两英里的地方,喝酒吸毒以麻痹他们可怕的神经。她为自己柔顺地披在肩膀上的头发感到羞耻。她为自己干净的白色长筒袜感到羞耻。她为自己的肤色感到羞耻,因为她的肤色和他们的一模一样。

"嘿,黑皮白瓤!"马路对面有人喊道,"你来这儿干什么?这儿和你有什么关系?"

黑皮白瓤。

一部电视剧的名字,他们在家看过,看得哈哈大笑,但这就是她的身份。不是黑人,而是黑皮白瓤。在白人社区过着白人的生活。她能这么做是因为她父母挣了很多钱,住得起所有人都发疯般地摒弃偏见的社区,这儿的居民听见孩子互骂智障都会倒退三步。她能过美好的白人生活是因为她对任何人都不构成威胁,她不是黑皮惹祸精。她过自己的小日子,跟朋友聊男孩和音乐和男孩和衣服和男孩和大家都喜欢的电视剧和她们看见哪个女孩和哪个男孩一起逛桦山购物中心了。

她是黑皮白瓤,这个词语等于一无是处,她不配活下去。

"也许你该结束自己的生命。让行动成为你的声明。"

这个念头是个声音,在她听来拥有某种启迪的逻辑。艾米丽·迪金森说过她的诗歌是她写给世界的信,但世界从不回信,她们在学校里读过这段文字,然而芭芭拉自己从没写过信。她写过很多愚蠢的论文、读书报告和电子邮件,但没写过任何有意义的东西。

"也许现在你该这么做了。"

不是她的声音,而是一个朋友的声音。

她在一家塔罗算命店门口停下。她看着脏兮兮的橱窗,在倒影里见到身旁有个人:白人,孩子气的微笑面容,倒下来的金发盖住额头。她环顾四周,但身边空无一人。那只是她的想象。她又低头望向游戏机的屏幕。算命店门口雨篷的阴影中,游来游去的鱼儿重新变得明亮而清晰。小鱼来来回回地游,偶尔被一道明亮的蓝光全部抹掉。芭芭拉扭头望向来路,看见一辆闪闪发亮的黑色皮卡沿着马路驶近,车开得很快,在车道间摆来摆去。这辆车装着特大号的轮胎,学校里的男孩称之为大脚怪或黑帮大车。

"假如你想做些什么,放手去做才最正确。"

就好像真的有人站在她身旁。一个理解她的人。这个声音说得对。芭芭拉以前从没考虑过自杀，但此时此刻，自杀的念头显得无比合理。

"你甚至不需要留遗书。"她的朋友说。她又在橱窗里看见了他的倒影，仿佛幽灵。"你来到这里自杀的事实就将是你写给世界的一封信。"

没错。

"现在你太了解自己，已经无法继续活下去了，"她的朋友指出这一点，她的视线重新回到游来游去的小鱼上，"你知道得太多了，而且全都是坏事，"那个声音急忙补充道，"但这并不是在说你是个糟糕的人。"

她心想，不，不糟糕，只是毫无用处。

黑皮白瓤。

皮卡越来越近。黑帮大车。杰罗姆·罗宾逊的妹妹走向马路，准备迎接它，渴望的笑容点亮了她的脸蛋。

7

菲利克斯·巴比纽医生身穿价值上千美元的正装，外面的白大褂在背后飘飞，他大步流星地走过铁桶的走廊，但他前所未有地需要刮脸，平时总是异常优雅的白发今天凌乱蓬松。他没有理会聚在前台激动地小声交谈的一群护士。

威尔默护士走向他："巴比纽医生，你有没有听说……"

他甚至没有看她，诺尔玛连忙让到一旁，否则就会被他撞倒。她惊诧地望着医生的背影。

巴比纽掏出总是装在白大褂口袋里的**请勿打扰**红色牌子，挂在217病房的门把手上，然后开门进去。布莱迪·哈茨费尔德没有抬起头。他的注意力集中在膝头的游戏机上，小鱼在屏幕上游来游去。没有伴奏音乐，他关掉了声音。

通常来说，菲利克斯·巴比纽走进病房就会消失，取而代之的是Z医生。但今天并非如此。Z医生毕竟只是另一个布莱迪，是布莱迪投射出的一个意识，而今天布莱迪太忙，顾不上他。

企图在"此时此地"演唱会期间炸掉明戈演艺中心的那段记忆依然混乱，但自从醒来之后，有一个细节始终非常清晰：他在世界变暗前见到的最后一张脸。芭芭拉·罗宾逊，霍奇斯那个黑鬼小工的妹妹。她隔着过道几乎坐在布莱迪的正对面。这会儿她就在他眼前，与一条小鱼同在，这条小鱼穿梭于两个人的游戏机屏幕上。布莱迪已经做掉了斯卡佩里，虐待成性的臭婊子居然敢拧他的奶头。这会儿他要解决罗宾逊家的小婊子。她的死亡能伤害她的哥哥，但这并不是最重要的。她的死亡能在老警探的胸口插上一刀，这才是最重要的。

这也是最美味的享受。

他安慰她，说她不是个糟糕的人。这么说能帮助她采取行动。有什么东西沿着马丁·路德·金大道开过来了，他无法确定那是一辆什么车，因为她内心深处依然在抗拒他，但他知道那东西很大，大得足以完成任务。

"布莱迪，听我说。Z小子打电话了。"Z小子的真名是布鲁克斯，但布莱迪已经不愿意再这么叫他了。"他像你指示的那样一直在监视。那个警察……退休警察，总之就是他——"

"闭嘴。"他没有抬起头，头发倒下来盖住眉毛。在强烈的阳光中，他显得更接近二十而不是三十岁。

巴比纽习惯于发号施令，还没有完全领悟他现在的从属地位，没有理睬布莱迪的命令。"霍奇斯昨天在山顶公路，先去了埃勒顿家，然后在马路对面的屋子里打探，就是——"

"我叫你闭嘴！"

"布鲁克斯看见他上了五路公共汽车，也就是说他很可能要来这儿！要是他来，就说明他知道了！"

布莱迪抬起头看了一瞬间，两眼放光，然后低头继续盯着屏幕。假如他此刻放手，允许这个受过高等教育的白痴分散他的注意力——

不，他不允许这种事发生。他想伤害霍奇斯，他想伤害霍奇斯的黑鬼小工，这两个人都属于他，这就是伤害他们的办法。另外，这不仅仅是复仇。她是参加了那场演唱会的第一个实验对象，而且她和更容易控制的其他那些人不一样。但他已经控制住了她，现在需要的只是再给他十秒钟，现在他看清了驶向她的是什么东西。一辆皮卡。一辆黑色大皮卡。

嘿，宝贝儿，布莱迪·哈茨费尔德心想，你的顺风车来了。

8

芭芭拉站在路旁,望着皮卡驶近,默默计算时间,但就在她弯曲膝盖的那一刻,两只手从背后抓住了她。

"喂,姑娘,怎么着?"

她使劲挣扎,但抓住她肩膀的双手很强壮,皮卡呼啸而过,鬼脸杀手①的歌声震耳欲聋。她猛地转身,挣脱了那两只手,出现在眼前的是个男孩,他瘦骨嶙峋,年龄和她差不多,身穿托德亨特中学的字母夹克衫。他很高,估计有六英尺半,所以她必须抬头看他。他棕色的鬈发像一顶头盔,留着山羊胡,脖子上挂着一条细金链。他在微笑,绿眼睛里饱含笑意。

"美人儿——这既是事实也是恭维——你不是这附近的人,对吧?穿成这样肯定不是,喂,你老妈没说过在这个街区别乱穿马路吗?"

"你走开!"她不害怕,她很愤怒。

他放声大笑。"还很凶!我就喜欢凶巴巴的姑娘。来一条还是来一口?"

"我不要你的任何东西!"

她的朋友已经离开了,很可能是因为厌恶。不能怪我,她心想。要怪就怪这个男孩。一个鄙俗小人。

鄙俗小人!假如有什么假白人的词汇表,那这个词肯定排在第一位。她觉得面颊发热,垂下视线,去看战破天屏幕上的小鱼。小鱼能够安慰她,向来可以。想一想,那男人把游戏机给她的时候,她险些顺手扔掉!在她发现那条鱼之前!小鱼总能迷得她神魂颠倒,有时候

---

① 鬼脸杀手(Ghostface Killah),美国著名饶舌歌手。

还会带来她的朋友。但她才看了一眼，游戏机就消失了。嗖的一声！消失了！鄙俗小人用他修长的手指抓着游戏机，瞪大双眼盯着屏幕，完全被迷住了。

"哇，这东西够老派！"

"是我的！"芭芭拉喊道，"还给我！"

马路对面，一个女人哈哈大笑，用沙哑的声音喊道："妹子，你跟他说！叫他低下那条长脖子！"

芭芭拉伸手去抓游戏机。高个子把它举过头顶，笑嘻嘻地看着她。

"还给我，我说了！别这么混蛋！"

看戏的人越来越多，高个子开始为观众表演。他向左急转，向右踏步，多半是他在篮球场上喜欢做的动作，宠溺的笑容始终挂在脸上。他的绿眼睛闪闪发亮，神采飞舞。托德亨特中学的所有女生大概都爱上了那双眼睛，芭芭拉不再考虑自杀和黑皮白瓤还有她是一袋无意识的社会垃圾。此刻她都快气疯了，高个子这么帅气让她更加愤怒。她是礼拜堂山脊中学足球队的成员，她瞄准高个子的小腿，使出了她踢点球的绝技。

他疼得惨叫（然而就连这一声惨叫都含着笑意，她于是更生气了，因为那一脚真的很用力），弯腰去揉痛处，结果双手降到了她的高度。芭芭拉抢过矩形的黄色宝物，猛然转身，裙摆都飘了起来，她跑向马路。

"宝贝儿当心！"声音沙哑的女人喊道。

芭芭拉听见尖锐的刹车声，闻到橡胶燃烧的气味。她扭头向左看，发现一辆平板卡车冲向自己，司机猛踩刹车，车头朝左偏转。隔着肮脏的挡风玻璃，她只看见惊骇的眼睛和大张的嘴巴。她举起双手，战破天飞了出去。此时此刻，芭芭拉·罗宾逊最不想要的东西忽然变成了死亡，然而她已经在马路上了，一切都来不及了。

她心想，我的顺风车来了。

9

布莱迪关掉战破天,抬头望向巴比纽,笑得非常灿烂。"搞定她了。"他说。他的声音很清楚,找不到一丝口齿不清的迹象。"给霍奇斯和上哈佛的小黑奴一点儿颜色看看。"

巴比纽很清楚所谓的她是谁,他觉得自己应该在乎,但他并不在乎。他只在乎自己的屁股。他怎么会允许布莱迪把他拖进这个泥潭?他从什么时候起丧失了选择的能力?

"我来找你就是因为霍奇斯。我确定他正在来这儿的路上,来见你。"

"霍奇斯来过这儿很多趟了,"布莱迪说,虽说退休老警探有段时间没来过了,"他连我装紧张症那一关都没看穿过。"

"他开始拼凑起线索了。他不蠢,你自己说的。Z小子还是布鲁克斯的时候霍奇斯认识他吗?他来看你的时候肯定在这儿见过他。"

"谁知道呢?"布莱迪耗尽了精神,心满意足。此刻他真正想要的是回味罗宾逊家小妞的死亡,然后打个瞌睡。有很多事情需要做,许多大事等着他去做,但这会儿他需要休息。

"他不能看见你这个样子,"巴比纽说,"你脸色红润,浑身是汗,看着像是刚跑完环城马拉松。"

"那就别让他进来,你能做到的。你是医生,他和社保部门的秃鹫没什么区别。如今他见到一辆车违反停车时间规定都没资格开罚单。"布莱迪在想黑鬼小工听见坏消息会是个什么反应。杰罗姆。他会哭吗?会跪倒在地吗?会撕破衣服,捶打胸口吗?

他会责怪霍奇斯吗?不太可能,但要是责怪就好了。就再好不过了。

"好吧,"巴比纽说,"对,你说得对,我能做到。"他对自己说,也对应该是小白鼠的病人说。结果完全是个笑话,对吧?"至少暂时可以。但他在警察局肯定有朋友,你知道的。很可能有很多朋友。"

"我不怕他们,我也不怕他。我只是不想见他,至少暂时不想,"布莱迪微笑道,"等他知道那姑娘的事情。然后我就想见一见他了。现在你给我出去。"

巴比纽终于明白了到底谁说了算,他转身走出布莱迪的病房。和平时一样,他本人非常愿意离开。因为每次变成Z医生后变回巴比纽,剩下的巴比纽都会更少一点儿。

10

塔尼亚·罗宾逊在二十分钟里第四次拨打女儿的手机,同样第四次听见了芭芭拉欢快的声讯留言提示音。

"别管我其他的留言,"塔尼亚在滴声后说,"我还是很生气,但这会儿更多的是担心,担心得要死。打电话给我。我需要知道你好不好。"

她把手机扔在写字台上,在办公室狭小的空间内踱来踱去。她考虑要不要打电话给丈夫,最后决定不打。暂时不打。他得知芭芭拉逃学会像核弹一样爆炸,他会胡思乱想女儿正在干什么。罗西夫人,礼拜堂山脊的就学管理员,打电话给她,问芭芭拉是不是生病了待在家里。芭芭拉从不旷课,但坏行为总有第一次,对青少年来说尤其如此。然而芭芭拉绝对不可能一个人逃学,塔尼亚向罗西夫人求证后得知,芭芭拉的好朋友今天全都到校了。

从那以后,她的思绪就转向了更凶险的念头,一个画面不断骚扰她:跨城高速路上方有个公告牌,警方用来发布安珀警报[①]。她总是看见**芭芭拉·罗宾逊**出现在那个公告牌上,名字明灭不定,就像某个恐怖电影院的灯光招牌。

电话铃声响起,《欢乐颂》的头几个音符,她扑向手机,心想:感谢上帝,感谢上帝,我要关她的禁闭,一直到这个学期……

但屏幕上不是女儿的笑脸,而是来电者的身份:**市警察局总机**。恐惧搅得她胃里天翻地覆,她的括约肌不由得松开了。有一瞬间,她甚至无法接电话,因为她的大拇指僵住了。她总算按下接听按钮,音

---

① 安珀警报,主要用于美国和加拿大,是当确认发生儿童绑架案件时,通过各种媒体向社会大众传播的一种警戒告知。

乐戛然而止。办公室里的一切都变得过于明亮，尤其是写字台上的全家福照片。电话仿佛飘到了耳边。

"哈啰？"

她仔细听着。

"对，就是她。"

她听了一会儿，没拿电话的手捂住嘴巴，堵死了想冒出来的天晓得什么声音。她听见自己问："你确定是我女儿吗？芭芭拉·罗塞林·罗宾逊？"

打电话通知她的警察说是的。他确定。他们在马路上发现了她的证件。他没说他们擦掉鲜血才看清上面的姓名。

11

霍奇斯走出连接凯纳纪念医院主楼和湖区创伤性脑损伤诊所的天桥，立刻意识到出了什么事情。脑损伤诊所的所有墙壁都漆成安抚人心的粉色，没日没夜地播放柔和的轻音乐。但今天有所不同，平时的模式被打破了，几乎没人做正经事。午餐推车乱七八糟地停在一旁，堆满了已经凝成团状的某种面条，它们曾经是食堂想象中的所谓中餐。护士三三两两聚在一起，压低声音交谈。有个护士似乎在哭。两个实习生在饮水机旁边交头接耳。一名勤杂工在打手机，从理论上说这种行为会导致停职，但霍奇斯估计他不会有事，因为根本没人在意他。

至少哪儿都看不见鲁丝·斯卡佩里，这就加大了他能见到哈茨费尔德的可能性。坐在护士台里的是诺尔玛·威尔默和贝姬·赫尔明顿，在霍奇斯停止去217病房探视之前，诺尔玛是他有关布莱迪的所有情报的来源。坏消息是哈茨费尔德的主治医生也在护士台。尽管老天能作证霍奇斯付出了多少努力，但他始终没有能够和他搭上关系。

他溜达到饮水机旁，希望巴比纽没有看见他，很快就会离开去看PET扫描结果或之类的东西，留下威尔默一个人供他接近。他喝了一口水（直起腰的时候龇牙咧嘴，用一只手按住身体侧面），然后对两个实习生说："出什么事了吗？这儿似乎有点儿闹哄哄的。"

两人犹豫着对视一眼。

"不能谈论此事，"实习生一号说。他的青春痘还没褪干净，整个人看上去只有十七岁。霍奇斯想到他要协助比挑肉刺更复杂的外科手术就不寒而栗。

"是哪个患者吗？哈茨费尔德？我这么问只是因为我曾经是警察，

把他送到这儿来有我的一份责任。"

"霍奇斯,"实习生二号说,"你叫霍奇斯对不对?"

"对,正是在下。"

"你抓住了他,对吧?"

霍奇斯立刻点头称是,尽管假如只有他一个人,布莱迪会在明戈演艺中心带走比市民中心多无数倍的生命。不,阻止布莱迪引爆他那些自制塑胶炸药的是霍莉和杰罗姆·罗宾逊。

两名实习生交换了一个眼神,一号说:"哈茨费尔德和从前一样,还是那个植物人。出事的是铁钳护士。"

实习生二号给了他一胳膊肘。"别说死者的坏话。难说你对面的人嘴巴严不严。"

霍奇斯用大拇指划过嘴唇,假装封死他危险的嘴唇。

实习生一号似乎有些慌张。"我指的是斯卡佩里护士长。她昨晚自杀了。"

霍奇斯脑袋里的警灯全都亮了起来,从昨天到现在,他第一次忘记了自己命不久矣的事实。"你确定?"

"割开了双臂和两侧手腕,流血至死,"二号说,"至少我是这么听说的。"

"她有没有留下遗书?"

两人都不知道。

霍奇斯走向护士台。巴比纽还在原处,和威尔默核对各种文件(威尔默手忙脚乱,因为她显然得到了火线提拔),但霍奇斯等不及了。这是哈茨费尔德造的孽。他不知道布莱迪是怎么做到的,但这件事上写满了布莱迪的名字。该死的自杀王子。

他险些对威尔默护士直呼其名,但本能让他在最后一刻悬崖勒马。"威尔默护士,我是比尔·霍奇斯。"这件事她知道得很清楚。"市民中心案件和明戈演艺厅的事情都是我负责调查的,我需要见一见哈茨费尔德先生。"

她张开嘴，但巴比纽抢先开口道："不可能。就算哈茨费尔德先生允许会客——根据地检署的命令，他没有这个权利——我们也不会允许你见他。他需要平静的环境。你先前的每一次来访都破坏了他的休息。"

"这就新鲜了，"霍奇斯淡然道，"每次我来见他，他都只是坐在那儿。一碗麦片的反应都比他丰富。"

诺尔玛·威尔默的脑袋来回摇动，就像正在观看网球比赛。

"你没看到你离开后我们看见的景象，"巴比纽遍布胡须碴的面颊变得越来越红。他的眼睛底下有两团黑圈。霍奇斯想起主日学校《耶稣与我同在》课本里的卡通画，那是很久以前了，当时的轿车还有尾鳍，女孩还穿翻边短袜。布莱迪的医生和卡通画里的男人一模一样，但霍奇斯觉得他不太可能手淫成瘾。另一方面，他记得贝姬说过，神经科医生总是比患者更加疯狂。

"那会是什么呢？"霍奇斯问，"精神力量的小小发泄？我离开后东西总会往地上掉？比方说，卫生间里的马桶自己冲水？"

"荒唐。你离开后留下的是一片精神废墟，霍奇斯先生。他尽管大脑受伤，但依然知道你执迷于他，而且怀有恶意。我要你立刻离开。这里发生了一起悲剧，许多患者受到了刺激。"

霍奇斯看见威尔默略微瞪大了眼睛，明白患者即便有认知能力（铁桶的大多数患者都没有）也不可能知道护士长结束了自己的生命。

"我只有几个问题想问他，然后我就不烦你了。"

巴比纽向前俯身。金丝边眼镜背后的双眼布满血丝。"你给我听清楚了，霍奇斯先生。第一，哈茨费尔德先生没有回答你的问题的能力。假如他能回答问题，早就被带上法庭接受审判了。第二，你不具备官方身份。第三，要是你不立刻离开，我就叫保安送你出门了。"

霍奇斯说："不好意思，请允许我问一句，你没事吧？"

巴比纽抽身后退，像是挨了霍奇斯一拳。"滚出去！"

聚集成群的医护人员停止交谈，环顾四周。

"懂了，"霍奇斯说，"我这就走，没问题。"

天桥入口旁有个零食角，实习生二号靠在墙上，双手插在口袋里。"哎呀呀，亲爱的，"他说，"你被教训了。"

"似乎是的。"霍奇斯研究着自动售货机里的物品。他没找到不会让胃肠火烧火燎的零食，不过也无所谓，他并不饿。

"年轻人，"他说，没有转身，"不知道你想不想挣五十块？只需要你做一件很简单的小事，不会给你招惹任何麻烦。"

实习生二号，一个似乎会在不太遥远的未来长大成人的小伙子，走过来也站在自动售货机前。"什么小事？"

霍奇斯的记事本就塞在裤子后袋里，他还是一级警探时就有这个习惯了。他写下三个字——打给我——然后加上他的手机号码。"等史矛革展开翅膀飞走，你去把纸条交给诺尔玛·威尔默。"

实习生二号接过纸条，塞进制服胸袋，脸上露出了期待的表情。霍奇斯取出钱包。花五十块传递一张纸条好像有点儿多，但他发现癌症晚期至少有一个好处：你再也不需要在乎开销了。

12

亚利桑那炽热的阳光下,杰罗姆·罗宾逊正在努力保持肩膀上的木板的平衡,这时候手机响了。他们建造的房屋(头两幢已经搭好了框架)位于凤凰城南郊一个低收入但体面的居住区。他把木板横放在身旁的独轮推车上,取出腰带上的手机,心想肯定是工头赫克托·阿隆索。今天早晨,一名工人(事实上,一名女工人)不小心绊倒,摔在一堆钢筋上,折断了锁骨,脸上严重擦伤。阿隆索送她去圣路加医院看急诊,指派杰罗姆暂时担任工头。

出现在屏幕上的不是阿隆索的名字,而是霍莉·吉伯尼的大头照。照片是他亲自拍的,捕捉到了她脸上难得一见的笑容。

"嘿,霍莉,怎么样?我过几分钟打给你吧,今天上午这儿忙死了,不过……"

"我需要你回来一趟。"霍莉说。她的声音很冷静,但杰罗姆很熟悉她,在短短一句话里感觉到强烈的情绪即将决堤。其中首当其冲的是恐惧。霍莉仍旧是个非常容易害怕的人。杰罗姆的母亲(非常喜爱霍莉),曾经说过恐惧是霍莉的默认设置之一。

"回家?为什么?出什么事了?"恐惧也突然攥住了他,"是我爸爸吗?我妈妈?是芭比?"

"是比尔,"她说,"他得癌症了。非常严重的癌症。胰腺癌。不接受治疗就会死,就算接受也很可能会死,但治疗可以争取一些时间,他对我说只是小溃疡,因为……因为……"她断断续续地长吸一口气,杰罗姆不由心痛。"因为布莱迪·该死的哈茨费尔德!"

杰罗姆不明白布莱迪·哈茨费尔德怎么可能和比尔那恐怖的诊断结果扯上关系,但他知道他此刻看见了什么:麻烦。建筑场地的远端，一辆水泥卡车发出倒车的哗哗声，两个戴安全头盔的年轻人（和杰罗姆一样的大学生志愿者）正在朝不同的方向打信号。灾难即将降临。

"霍莉，给我五分钟，我马上打给你。"

"但你会回来的，对吧？说你会回来的。因为我觉得我一个人没法说服他，而他必须立刻接受治疗！"

"五分钟。"他说，挂断电话。各种各样的念头转得飞快，他担心摩擦力会点燃大脑，而烈日更是火上浇油。比尔？癌症？一方面感觉似乎不太可能，另一方面又感觉完全有可能。杰罗姆和霍莉协助霍奇斯办彼得·索伯斯案件那会儿，他体魄强健，但他很快就要满七十岁了，杰罗姆最近一次见到他是十月来亚利桑那之前，比尔看上去不怎么好。太瘦，太苍白。但赫克托不回来，杰罗姆就哪儿都不能去。否则就会像是把精神病院交给病友管理。他熟悉凤凰城的医院，那里的急诊室总是二十四小时超负荷运转，他估计会卡在那儿直到下班时间。

他跑向水泥卡车，用尽力量高喊："停下！我的天，快停下！"

他命令两个笨蛋志愿者闭嘴，水泥卡车停下时离一条新挖的排水沟还不到三英尺，他弯腰喘气，这时候手机又响了。

霍莉，我爱你，杰罗姆心想，从腰带上拔出手机，但有时候你真的逼得我想发疯。

但这次他在屏幕上看见的不是霍莉，而是他母亲。

塔尼亚在哭。"你必须回家。"她说。杰罗姆立刻想到了他祖父的口头禅：祸不单行。

终究还是芭比出事了。

13

霍奇斯在医院的大堂里走向门口,这时候手机忽然开始振动:诺尔玛·威尔默。

"他走了?"霍奇斯问。

诺尔玛都不需要问他说的是谁。"对。他看过了他的明星患者,可以放松精神继续查房了。"

"很抱歉听见斯卡佩里护士的坏消息。"这是真的。他不在乎那个女人,但依然觉得抱歉。

"我也是。她管理护士队伍就像布莱船长管邦蒂号①,但想到任何人……做那种事我还是很不舒服。你听见消息,第一反应是不,不会是她,绝对不可能。这特别让人震惊。第二反应是唉,对,也完全说得通。她没结过婚,没有亲近的朋友——至少据我所知没有——生活中只有工作,而工作中每一个人都讨厌她。"

"所有孤独的人儿啊。"霍奇斯叹道,来到寒冷的室外,拐弯走向公共汽车站。他用一只手系上大衣的纽扣,然后按摩身体的侧面。

"是啊,孤单的人儿那么多。霍奇斯先生,你有什么事要找我?"

"我有几个问题,能见面喝一杯吗?"

一段漫长的沉默。霍奇斯以为她会说不行,但最后她说:"你的问题不会给巴比纽医生带来麻烦吧?"

"诺尔玛,任何事情都是有可能的。"

"那就好,不过我觉得我欠你一个人情。你没有让他知道咱们早在贝姬·赫尔明顿带队的时候就认识。里维尔大道有个小酒馆。名字很逗,

---

① 布莱船长,名著《叛舰喋血记》中的角色,性格过于强硬,最终激起哗变。

黑羊巴巴,大部分员工喝酒的地方都离医院更近。你能找到那儿吗?"

"能。"

"我五点下班,咱们五点半那儿见。我需要喝一杯又好又冰的伏特加马丁尼。"

"保证等着你呢。"

"别指望我能带你去见哈茨费尔德,否则我会丢掉工作的。巴比纽向来很紧张,但最近他完全是个怪物。我想和他聊几句鲁丝,但他径直从我身边走了过去。不过他就算知道了恐怕也不会在乎。"

"你实在爱死他了,对吧?"

她大笑道:"你这么说就欠我两杯了。"

"两杯就两杯。"

他正要把手机放回大衣口袋里,手机忽然又开始振动。他看见来电者是塔尼亚·罗宾逊,思绪立刻飞向正在亚利桑那盖房子的杰罗姆。建筑场地有可能发生各种各样的意外。

他接听电话。塔尼亚在哭,刚开始他很难听懂她到底在说什么,只听清了吉姆在匹兹堡,她想等了解更多情况后再打给他。霍奇斯站在路边,抬起手捂住另一只耳朵,挡住喧嚣的车声。

"慢点儿说。塔尼亚,你慢点儿说。是杰罗姆吗?是杰罗姆出什么事了吗?"

"不,杰罗姆很好。我刚给他打过电话。是芭芭拉,她在下城区——"

"老天在上,她去下城区干什么?今天不用上学的吗?"

"我不知道!我只知道有个男孩把她推到马路中间,一辆卡车撞上了她!救护车送她去凯纳纪念医院了。我正在赶过去!"

"你在开车?"

"对,这有什么关系——"

"挂掉电话,塔尼亚。开慢点儿。我就在凯纳医院。我去急诊室等你。"

他挂断电话,转身又走向医院,步履蹒跚地小跑起来。他心想,这个鬼地方就像黑手党。每次我想出去,就会被它拽回来。

14

一辆闪着警灯的救护车刚倒进急诊室的一个停车口,霍奇斯走了过去,掏出他一直放在钱包里的警官证。急救员和急诊医生从车尾拉出轮床,他亮出证件,用大拇指遮住红色的**退休**章。从法律上说,冒充执法人员是一项轻罪,因此他很少使用这个小伎俩,但此刻是非常有必要。

芭芭拉打了镇静剂,但意识清楚。她看见霍奇斯,紧紧地抓住他的手。"比尔?你怎么这么快就来了?我老妈打电话给你的?"

"对。你怎么样?"

"我没事。他们给我用了止痛药。我……他们说我断了一条腿。今年的篮球赛季我是没法打了,不过我猜反正也无所谓,因为老妈肯定会关我禁闭,直到我,呃,二十五岁。"泪水开始涌出她的双眼。

霍奇斯没法和她待太多时间,因此她为什么会去马丁·路德·金大道这种有时候一周会发生四起汽车枪击案的地方之类的问题就只能等一等了,此刻他有更重要的疑惑需要解答。

"芭比,把你推到卡车前面的那小子,你知道他叫什么吗?"

她瞪大了眼睛。

"或者你看清楚了他吗?能描述一下他的外貌吗?"

"推……?啊,不,比尔!不,你弄错了!"

"警官,我们得走了,"急救员说,"你可以等会儿再盘问她。"

"等一等!"芭芭拉喊道,挣扎着想坐起来。急诊医生轻轻地按住她,芭芭拉疼得龇牙咧嘴,但那一声喊叫让霍奇斯放下了心。她的声音清晰而有力。

"究竟是怎么一回事?"

"我跑到街上以后他才推了我一把!他把我从车前面推开了!他应该是救了我一命,我很高兴。"她哭得很凶,但霍奇斯不认为那是因为断腿的疼痛。"说到底,我并不想死。我不知道我到底出了什么问题!"

"我们真的要送她去检查室了,头儿,"急救员说,"她需要拍X光片。"

"别让我妈难为那个男孩!"芭芭拉喊道,急救人员推着轮床穿过双开门,"他很高!绿眼睛,山羊胡!他上托德亨特——"

她被推远了,双开门来回摆动。

霍奇斯走到室外,只有在室外他打手机才不会挨骂,他打给塔尼亚。"我不知道你在哪儿,但请你放慢车速,别闯红灯。救护车刚送她到医院,她很清醒。只断了一条腿。"

"就这样?感谢上帝!有内伤吗?"

"那就只有医生才说得清了,但她看上去很有精神。我猜卡车只是擦了她一下。"

"我得打给杰罗姆。我估计我吓得他魂不附体了。还有吉姆,他也应该知道一下。"

"等你到医院了再打给他们。现在你给我把电话挂了。"

"比尔,你可以打给他们。"

"不,塔尼亚,我不行。我还要打给其他人。"

他站在医院外,吐出丝丝缕缕的白气,耳垂冻得开始失去感觉了。他要找的这个其他人不是彼得,因为彼得这会儿对他有点儿生气,伊兹·杰恩斯就更是如此了。他考虑着他的其他选择,但只想到了一个人:卡桑德拉·肖恩。彼得休假的时候,霍奇斯和她搭档过几次,有一次是彼得因为个人原因毫无解释地休了六个月假期。当时彼得刚离婚不久,霍奇斯猜他去了某个戒酒中心,但他从来没问过,彼得也没有主动坦白。

他没有凯西的手机号码,于是打给警探部请总机转,希望她没有去现场。他运气不错。只听了不到十秒钟的《狗探麦高飞》,耳畔就响起了她的声音。

"请问是凯西·肖恩,肉毒杆菌女王吗?"

"比利·霍奇斯,你个老婊子!我还以为你死了呢!"

用不了多久了,凯西,他心想。

"我很喜欢和你扯淡,宝贝儿,但我需要你帮我个忙。罢工大道的分局还没关门吧?"

"没。不过明年就在议事日程上了。完全合情合理。下城区的犯罪怎么办?什么犯罪,对吧?"

"是的,毕竟那是全城最安全的地方。他们很可能抓了个年轻人,要是我听见的消息没错,他实际上应该得到一枚奖章。"

"有名字吗?"

"不知道,但我知道他的长相。高个子,绿眼睛,山羊胡,"他复述芭芭拉的原话,然后又说,"他很可能穿托德亨特高中的夹克衫。警官逮捕他多半是因为他把一个姑娘推到了一辆卡车前面。实际上他是把那姑娘推开了,所以她没有被压成肉酱,而只是被蹭了一下。"

"你确认这是事实吗?"

"确认。"这不完全是真话,但他选择相信芭芭拉,"搞清楚他叫什么,然后请警察让他稍微等一等,可以吗?我想找他聊聊。"

"应该没什么问题。"

"多谢了,凯西。我欠你个人情。"

他挂断电话,看看手表。要是他想在去见诺尔玛之前先找托德亨特中学那小子聊聊,那么时间就很紧了,靠公共汽车恐怕会来不及。

芭芭拉说的一句话回荡在他脑海里:说到底,我并不想死。我不知道我到底出了什么问题!

他打给霍莉。

15

她站在办公室附近的一家 7-11 便利店门外,一只手拿着一包云斯顿香烟,用另一只手玩手机。她已经差不多五个月没抽过烟了,一个新纪录,现在她并不想再次开戒,过去这五年她用尽方法修补自己的人生,在比尔电脑上看见的东西却又在她的生命中央撕出了一个大洞。比尔·霍奇斯是她的试金石,是她衡量自己与世界互动能力的标准。换句话说,是她衡量自己精神健全程度的标准。想象失去他以后的生活就像站在摩天大楼的顶上,望着六十层楼底下的人行道。

她正要撕开烟盒外的玻璃纸,电话忽然响了。她把云斯顿塞进手包,然后又掏了出来。电话是他打来的。

霍莉没有说哈啰。她对杰罗姆说过她没法一个人和霍奇斯谈她发现的事情,但此时此刻(站在冷风呼啸的市区人行道上,身穿冬季大衣瑟瑟发抖),她别无选择。心里的话脱口而出:"我看了你的电脑,我知道乱翻别人电脑很下贱,但我不觉得抱歉。我必须看,因为我认为你说只是个小愧疚是在骗我,你要是想开除我就尽管开除好了,我不在乎,但你必须让医生治疗你身上的毛病。"

电话的另一头陷入沉默。她想问他还在不在,但她的嘴巴像是冻住了,心脏跳得异常剧烈,全身上下都能感觉到自己的脉搏。

最后,他说:"霍莉,我认为这东西是治不好的。"

"至少让他们试一试!"

"我爱你,"他说,霍莉听见了他声音中的沉重,那是听天由命的放弃,"你知道的,对吧?"

"别傻了,我当然知道。"她开始哭泣。

"我肯定会试一试接受治疗。但在住院之前,我还需要几天时间。

另外，这会儿我需要你。你能过来接我吗？"

"好的。"她哭得更凶了，因为她知道他说需要她是一句实话。被需要是一件好事。也许是最好的事。"你在哪儿？"

他告诉了她，然后说："还有一件事。"

"什么？"

"我没法开除你，霍莉。你不是雇员，而是我的合伙人。千万要记住这一点。"

"比尔？"

"什么？"

"我没抽烟。"

"非常好，霍莉。现在快来接我吧。我在大厅里等你，外面能冻死人。"

"我会以最快速度来接你，同时还会遵守限速规定。"

她快步走向路口她停车的地方，路上把没拆开的烟盒扔进了垃圾筒。

16

去罢工大道警察局的路上,霍奇斯大致讲了讲他造访铁桶的过程,从鲁丝·斯卡佩里自杀的消息说起,到芭芭拉被推走前那句奇怪的话结束。

"我知道你在想什么,"霍莉说,"因为我也在这么想:所有线索都指向布莱迪·哈茨费尔德。"

"自杀王子。"等霍莉的时候,霍奇斯又吃了两粒止痛药,这会儿感觉挺不错,"这是我给他起的外号。有点儿道理,你说呢?"

"应该吧。但你对我说过一句话。"她在方向盘前坐得笔直,眼神扫来扫去,普锐斯驶向下城区的深处。她急转弯躲开被遗弃在马路中央的一辆购物车。"你说过巧合不等于预谋,还记得吗?"

"记得。"这是他最喜欢的警句。他有好几条类似的名言。

"你说过假如一起案件实际上只是一堆纠缠成团的巧合,你按预谋调查到天荒地老也不会有任何结果。假如你——我们——在接下来两天内找不到切实的证据,那你就必须放手,开始接受治疗。你必须向我保证。"

"说不定会花稍微长一点儿——"

她打断他:"杰罗姆会回来,他会帮忙,就像以前。"

一部老侦探小说的标题闪过霍奇斯的脑海,《特伦特的最后一案》,他不禁微笑。霍莉从眼角看见了他的笑容,以为那是默许,于是松了一口气,报以微笑。

"四天。"他说。

"三天,不能更多了。因为你晚一天对身体里的坏东西采取行动,成功的可能性就会小一点儿,而这个可能性本来就很小。所以你就别装可怜讨价还价了,比尔,你太擅长耍这种花招了。"

"好吧,"他说,"三天。只要杰罗姆肯帮忙。"

霍莉说:"他会的。咱们尽量把三天变成两天。"

17

罢工大道分局仿佛一座中世纪城堡，而所在国家的王权已经崩溃，混乱取得了统治。窗口安装了粗壮的栏杆，铁丝网和水泥路障保护着停车场。监控摄像头指着每一个方向，覆盖了所有能够接近分局的角度，即便如此，灰色石板建筑物的外墙依然涂满了帮派符号，悬在正门上的圆球之一早就被打碎了。

霍奇斯和霍莉掏空衣袋，连同霍莉的手包一起放进塑料托盘，但金属探测门仍旧对霍奇斯的金属表带发出了谴责的滴滴声。霍莉坐在大堂的一条长凳上（大堂里也有好几个监控探头），打开平板电脑。霍奇斯向接待台说明来意，没过多久，出来了一位头发花白、身材瘦削的警探，他有点儿像《火线》里的莱斯特·弗雷蒙，《火线》是唯一不会让霍奇斯看得反胃的警察剧集。

"杰克·希金斯，"警探说着伸出手，"就像那位名作家，除了我不是白人。"

霍奇斯和他握手，向他介绍霍莉，霍莉朝他挥挥手，和平时一样嘟囔了一声哈啰，然后又聚精会神地看平板电脑去了。

"我似乎记得你，"霍奇斯说，"你在马尔伯勒街分局干过，对不对？你还穿制服的时候？"

"很久以前了，我还年轻粗鲁的时候。我也记得你。在麦卡伦公园杀了两个女人的凶手是你逮住的。"

"那是集体的功劳，希金斯警探。"

"叫我杰克。凯西·肖恩打过电话。你要找的人在一间会谈室里，他叫德瑞斯·内维尔，"希金斯拼出他的名字，"我们本来也要释放他了。事故有好几个目击者，都证实了他的说法——他在逗那女孩玩，她生气了，转身跑到街上。内维尔看见卡车，跑上去推开她，基本上算是做到了。另外，那附近差不多每个人都认识那小子。他是托德亨特篮球队的明星，很可能会被招进某所第一级别的大学。成绩非常好，荣誉学生。"

"今天学校不放假，好成绩先生为什么会大中午地走在那条街上？"

"啊哈，他们学校例外，供热系统又出问题了。今年冬天第三次，这才刚到一月。市长说下城区一切都好，工作机会大把，经济欣欣向荣，人们欢歌笑语。我们要等他争取下个任期的时候才会再次见到他，而且还是坐在他那辆防弹 SUV 车里。"

"那个内维尔小子受伤了吗？"

"手掌碰破皮，没别的伤了。马路对面的一位女士离事故现场最近，她说他推开那姑娘，然后——请允许我引用原话——'像一只牛逼大鸟似的从她头顶上飞过去。'"

"他知道他想走就能走吗？"

"知道，他主动提出愿意留下。想知道那姑娘好不好？来吧，你和他稍微聊两句，我们就送他滚蛋了，除非你觉得有什么理由要扣下他。"

霍奇斯微笑道："我只是想确认一下罗宾逊小姐的情况。让我问他几个问题，我们就都不打扰你了。"

18

这间会谈室很狭小,热得令人窒息,头顶上的暖气管道隆隆作响。不过,这里大概已经是他们最好的会谈室了,房间里有一张小沙发,没有盘问嫌疑犯的那种台子,没有固定手铐用的螺栓像钢铁指节似的立在台面上。沙发上用胶带纸补了几道破口,霍奇斯不禁想起南希·埃尔德森说她在山顶公路见过一个用胶带纸补大衣的男人。

德瑞斯·内维尔坐在沙发上。他穿着卡其裤和白衬衫,看上去既整洁又正派,只有山羊胡和金项链透出真正的街头风格。他的中学夹克衫叠起来放在沙发扶手上。霍奇斯和希金斯走进房间,他站了起来,伸出一只手,他手指修长,这只手怎么看都像是为了打篮球而生的,掌心涂着杀菌的黄色碘伏。

霍奇斯小心翼翼地和他握手,避开擦伤的部位,自我介绍后他说:"内维尔先生,你绝对没有任何麻烦。事实上,芭芭拉·罗宾逊请我替她道谢,确定你一切都好。她和她全家都是我的多年好友。"

"她没事吧?"

"断了一条腿。"霍奇斯说,拉过一把椅子坐下。他不自觉地抬起手压住身体侧面。"情况本来有可能糟糕得多。我敢说明年她就会回到足球场上。坐,你请坐。"

内维尔坐下,膝盖几乎碰到了下巴。"从某种程度上说,都是我的错。我不该逗她玩的,但她实在太漂亮了。不过……咱没瞎。"他停顿片刻,纠正自己。"我没瞎。她用了什么?你知道吗?"

霍奇斯皱起眉头。芭芭拉有可能吸毒的念头从没进入过他的脑海,虽说他应该考虑到这种可能性,她毕竟正值青春期,青春期本来就是喜欢尝试的年纪。然而,他每个月要和罗宾逊一家共进晚餐三四次，他从未在她身上见到过疑似吸毒的迹象。当然，或许他和她过于亲密了，所以看不见。也可能是他老了。

"你为什么会觉得她用了什么东西？"

"首先，因为她出现在那地方。她身穿礼拜堂山脊中学的制服。我知道，因为我们每年和他们打两次比赛——而且打得他们落花流水。另外，她似乎迷迷糊糊的。站在占星老妈那家算命店门口的路边，看着像是要往车流中间走。"他耸耸肩，"所以我上去搭讪，取笑她乱穿马路。她生气了，像幻影猫似的冲我发火。我觉得她特别可爱，然后……"他看了一眼希金斯，然后望向霍奇斯，"然后我就犯错了，我和你们实话实说，可以吗？"

"说吧。"霍奇斯答道。

"嗯，好的——我抢过她的游戏机。只是开玩笑，真的。举过我的头顶。我根本没打算抢走。然后她踢了我一脚——这姑娘的腿上可真有劲——把它抢了回去。那时候她绝对不像是吸嗨了。"

"那像是什么，德瑞斯？"他自然而然地直呼男孩的名字。

"噢，哥们，她气疯了！但也有点儿害怕。就好像她忽然发现了自己在什么地方，她在一条她这种女孩——穿私立中学校服的女孩——绝对不会来的街道上，尤其还是一个人来。马丁·路德·金大道？懂吗，我说真的，别开玩笑了。"他俯身向前，十指相扣放在大腿上，表情诚恳，"她不知道我在逗她玩，明白我的意思了吗？她似乎突然惊恐发作了，懂吗？"

"懂了。"霍奇斯说，尽管他听上去在和对方交谈（至少他希望如此），但此刻他放在了自动驾驶挡，脑子里全是内维尔刚才说的一句话：我抢过她的游戏机。他的部分大脑认为它不可能与埃勒顿和斯托弗有关，但大部分大脑认为肯定有关系，完全对得上。"肯定让你觉得很难过吧？"

内维尔朝天花板举起擦伤的手掌，用这个意味深长的手势说你还能怎么办呢？"那地方就是这样，哥们。那是下城区。她不再像是踩在九号云上,看清了自己到底在哪儿。我?我正在以最快速度脱身。趁我还有机会。去打第一级别的校队,保持现在的好成绩,就算咱——我——不够好,打不了职业赛,等我退役至少能找份好工作。然后我会把我们全家都接走。反正就算我、我老妈和两个弟弟。我能走到现在这一步,唯一的原因就是我老妈。她从来不让俺们几个在泥里打滚。"他想到自己刚才说了什么,忍不住哈哈大笑,"她要是听见我说'俺',肯定会抽我耳光。"

霍奇斯心想,这孩子好得都不像真的了,但他确实有这么好。霍奇斯颇为确定,他不愿去想要是德瑞斯·内维尔今天待在学校里,杰罗姆的妹妹究竟会出什么事情。

希金斯说:"你戏弄那姑娘当然不对,但我不得不说你后来做了好事。以后你有念头想恶作剧的时候,能不能想一想今天险些发生了什么?"

"能,先生,我保证。"

希金斯举起一只手。内维尔没有和他击掌,而是轻轻地拍了一下,脸上露出讽刺的笑容。他是个好孩子,但这儿依然是下城区,希金斯依然是条子。

希金斯站起身。"可以结束了吗,霍奇斯警探?"

霍奇斯点点头,感谢希金斯用他以前的头衔称呼他,但他还没问完。"马上就好。德瑞斯,那是一台什么样的游戏机?"

"老式的,"毫不犹豫,"就像'游戏小子'①,我弟弟有过一台——我老妈在大甩卖的摊子上买的——但那姑娘的游戏机和游戏小子还不太一样。外壳是亮黄色,这个我看清楚了。绝对不是你想象中小姑娘会喜欢的颜色。反正我不认识那个型号。"

"你有没有看见游戏机的屏幕?"

---

① 游戏小子(Game Boy),是 1898 年由日本任天堂公司创制的一款电子游戏机,曾一度风靡全球。

"瞥见了一眼。好多小鱼游来游去。"

"谢了，德瑞斯。你有多确定她当时吸嗨了？从一到十，十是完全肯定。"

"呃，大概五吧。不过我觉得我走到她背后的时候她是十，因为她那样子就像要往马路中央走，而且当时有一辆大皮卡正在开过来，比后来撞上她那辆平板卡车大得多。我看不像可卡因、病毒或者苯丙胺，而是某种比较温和的，比方说摇头丸或者大麻。"

"但你开始戏弄她以后呢？你抢走游戏机以后？"

德瑞斯·内维尔翻个白眼。"哥们，她醒得那叫一个快。"

"好了，"霍奇斯说，"全都清楚了。谢谢你。"

希金斯跟着说了声谢谢，和霍奇斯一起走向门口。

"霍奇斯警探？"内维尔也站了起来，霍奇斯得仰着脖子才能直视他，"你说我能不能写个号码给你，你替我交给她？"

霍奇斯想了想，掏出胸袋里的钢笔，递给救了芭芭拉·罗宾逊一命的高个子男孩。

19

霍莉开车回马尔伯勒南路。霍奇斯在路上把他和德瑞斯·内维尔的谈话内容说给霍莉听。

霍奇斯说完,霍莉说:"要是在电影里,他们会坠入爱河。"听上去满怀希望。

"人生不是电影,霍……霍莉。"他在最后一刻拦住了自己叫她霍莉莓莉。今天不适合耍嘴皮子。

"我知道,"她说,"所以我才喜欢看电影。"

"说起来,你不会凑巧知道战破天游戏机有没有黄色的版本吧?"

和以往一样,霍莉对各种琐碎事实信手拈来。"战破天有十种外壳颜色,对,黄色就是其中之一。"

"所以你的想法和我一样吗?芭芭拉的事情和山顶公路那两位女士的案件有联系?"

"我不知道我该怎么想。我希望咱们能和杰罗姆一起坐下来,就像彼得·索伯斯惹上麻烦那次一样。坐下来,仔细讨论。"

"要是杰罗姆今晚能回来,要是芭芭拉确实没事,也许咱们明天可以谈一谈。"

"明天是你的第二天,"她说着在他们租用的停车场外靠边停车,"三天里的第二天。"

"霍莉——"

"不行!"她恶狠狠地吼道,"你给我闭嘴!你保证过的!"她把排挡打到停车挡,转身瞪着霍奇斯,"你认为哈茨费尔德在装病,对不对?"

"是的。一开始睁开眼睛要妈妈的时候不一定在装病,但我认为后来他恢复了很多,甚至有可能完全恢复了。他假装紧张症的症状,是为了逃避审判。不过你会觉得巴比纽应该知道。他们肯定会给他做检查,大脑扫描什么的——"

"这你就别管了。要是他能思考,要是他发现你因为他而耽误治疗和死去,你认为他会怎么想?"

霍奇斯无法回答,霍莉替他说出答案。

"他会高兴高兴很高兴!他会乐得飞上天!"

"好吧,"霍奇斯说,"我听你的。今天剩下的时间和明后两天。但现在请暂时忘记我的病情。假如他有办法能超出病房施加影响力……那就太吓人了。"

"我知道。而且没有人会相信我们。这一点也很吓人。但没有什么比你快死了的事实更加吓人。"

这句话让霍奇斯想拥抱她,但此刻她脸上挂着她许多个排斥拥抱的表情之一,于是霍奇斯只好低头看表。"我有个约会,我可不想让女士等我。"

"我去医院。就算见不到芭芭拉,也能陪一陪塔尼亚,她这会儿大概很需要朋友。"

"好主意。不过在你走之前,先跟我说说你搜寻日升公司破产托管人的结果。"

"他叫托德·施耐德,是一家律师所的六个名字之一。他们的办公室在纽约。你和内维尔先生谈话的时候我找到了他。"

"你用平板电脑就找到了?"

"对。"

"霍莉,你是天才。"

"不,只是打开电脑搜索而已。聪明的是你,首先想到这个点子。要是你愿意,我可以给他打个电话。"她在用表情说她有多么害怕这个念头。

"不需要打电话找他。你打给他的办公室,看能不能帮我约个时间和他谈谈。明天上午尽早。"

她微笑道："好的。"笑容随即消失。她指着霍奇斯的腹部说："疼吗？"

"稍微有点儿痛。"这倒是真话，"比心脏病发作差远了。"这也是真话，但只是暂时的。"要是能见到芭芭拉，替我问好。"

"好的。"

霍莉目送他过马路走向普锐斯，看见他翻起衣领后，左手立刻按住身体侧面。这一幕让她想哭，或者愤怒地号叫。人生有时候真的很不公平。她从高中起就知道这是事实，那会儿所有人都拿她开玩笑，然而此刻它依然让她震惊。不该如此，但确实如此。

20

霍奇斯驾车穿过城市，边开边摆弄收音机，想找点儿像样的硬摇滚，发现"诀窍"乐队正在 BAM-100 频道高唱《我的夏罗娜》，他调高音量。这首歌结束，节目主持人插进来，说有一场大风暴从落基山脉向东移动。

霍奇斯没有在意。他在想布莱迪，想他第一次看见战破天游戏机的情形。图书馆艾尔四处分发。艾尔姓什么来着？他不记得了，而且本来也未必知道。

他来到那家有个好玩名字的酒吧，看见诺尔玛·威尔默坐在最里面的一张桌子前，远离吧台前让人发疯的一群商务精英，那帮男人鬼哭狼嚎，互拍肩膀，争相灌酒。诺尔玛脱掉护士制服，换上了深绿色套装和低跟鞋。她面前已经摆了一杯酒。

"应该我请客的。"霍奇斯在她对面坐下。

"别担心，"她说，"我记账的，你买单。"

"乐意之至。"

"要是有人看见我和你交谈，回去报告巴比纽，他没法开除我，也不能让我转岗，但他能让我活得很痛苦。当然了，我也能让他过得不太自在。"

"真的？"

"真的。我认为他在拿你的老朋友布莱迪·哈茨费尔德做实验，给他吃天晓得什么成分的药片，还给他打针。他说是维生素。"

霍奇斯惊讶地望着她："这种事发生多久了？"

"好几年了。这正是贝姬·赫尔明顿调走的原因之一。要是巴比纽给他吃错了维生素，害得他一命呜呼，她可不想待在核爆地的风口浪尖上。"

女招待来了。霍奇斯要了一杯加樱桃的可乐。

诺尔玛嗤之以鼻:"可乐?真的假的?喝点儿成年人的饮料吧。"

"烈酒这东西呢,宝贝儿,我洒掉的都比你喝过的多,"霍奇斯说,"巴比纽到底在搞什么名堂?"

她耸耸肩。"不知道。但拿全世界都不在乎的人做实验的医生肯定不止他一个。听说过塔斯基吉梅毒实验吗?美国政府把四百个黑人当小白鼠用。据我所知,实验持续进行了四十年,里面没有一个人开车去撞无辜人群。"她朝霍奇斯露出坏笑,"调查一下巴比纽,给他找点儿麻烦,就问你敢不敢吧?"

"我感兴趣的是哈茨费尔德,但根据你说的情况,假如巴比纽遇到了一些连带损伤,我也不会太吃惊。"

"连带损伤万岁。"前四个字听起来像是年代损失,霍奇斯推断出这不是她的第一杯酒。说到底,他毕竟是一名训练有素的调查员。

女招待端来他的可乐,诺尔玛喝光剩下的酒,举起杯子。"再来一杯,这位好先生付账,所以请给我双份。"女招待接过酒杯离开。诺尔玛的视线回到霍奇斯身上。"你说你有问题。来,趁我还能回答,快点问吧。我的嘴巴已经有点麻,很快就不会说人话了。"

"布莱迪·哈茨费尔德的访客名单上都有谁?"

诺尔玛皱眉道:"访客名单?开什么玩笑?谁说他有访客名单的?"

"已故的鲁丝·斯卡佩里。她顶替贝姬担任护士长后不久说的。我给了她五十块,买她听说的所有传闻——我和贝姬就是这个价钱——她那样子活像我对着她的鞋子撒尿。然后她说,'你甚至都不在他的访客名单上。'"

"啊哈。"

"然后今天巴比纽说——"

"地检署什么的屁话。我听见了,比尔,我就在旁边。"

女招待把又一杯酒放在诺尔玛面前,霍奇斯知道他有话必须快说,否则诺尔玛就会开始从她在岗位上如何不受待见到生活中如何悲哀和缺乏爱情唠叨个没完没了了。护士喝酒往往会全情投入。他们在这方面很像警察。

"自从我第一次来,你就在铁桶工作——"

"还要久得多。十二年了,"她举起杯子敬酒,一口气喝掉一半,"今天我被提拔成了护士长,至少暂时如此。责任翻倍,但毫无疑问,工资还是那一丁点儿。"

"最近见过地检署的人吗?"

"没有。刚开始拎着公文包的人成群结队地来,还有各路宠物医生,急着想宣告那个狗娘养的尚有行为能力,但他们看见他流着口水捡调羹的样子就没兴趣了。杀了几次回马枪,只是为了确认,每次来的公文包都少几个,最近一个都没有了。就他们关心的内容来说,他完全是个植物人。噼啪噗,噼啪砰,已经没魂儿了。"

"所以他们不关心。"他们为什么要关心?除了没新闻可报的时候偶尔拿他出来回顾一下,大众对布莱迪·哈茨费尔德的兴趣早已熄灭。永远有新的牺牲品供大众把玩。

"你也知道他们不关心。"一缕头发垂下来遮住她的眼睛。她吹开头发。"你来看他那么多次,有人试过阻止你吗?"

没有,霍奇斯心想,但他已经有一年半没来过了。"假如有一份访客名单——"

"那肯定是巴比纽定的,而不是地检署。地检官见了梅赛德斯杀手就像蜜獾见了蜂窝,比尔,他根本不在乎这些。"

"什么?"

"当我没说。"

"既然你升到了护士长,能不能帮我查一下是不是真有一份名单?"

她考虑片刻,然后说:"肯定不在电脑里,要是在电脑里就容易查了，不过斯卡佩里在护士台的抽屉里锁了几个文件夹。她特别喜欢记录谁不听话谁是乖孩子。假如我找到什么东西，对你来说值不值二十块？"

"五十，假如你能明天打电话给我，"霍奇斯不确定她到明天还记不记得今天交谈的内容，"时间是关键。"

"就算这份名单真的存在，说不定也只是某人在炫耀权威，你明白的。巴比纽对哈茨费尔德的事情基本上守口如瓶。"

"但你会查的，对吧？"

"当然，有何不可？我知道她把上锁抽屉的钥匙藏在哪儿。妈的，那层楼几乎每一个护士都知道。还是很难接受铁钳护士自杀的消息啊。"

霍奇斯点点头。

"他可以移动物品，你知道，不需要触碰。"诺尔玛没有看他，而是忙着用杯底在桌上画圈，就像在绘制奥林匹克运动会的标记。

"哈茨费尔德？"

"我们还能在说谁？对，就是他。他做这种事吓唬护士，"她抬起头，"我喝醉了，所以我要说一些我清醒时绝对不会说的话。我希望他死在巴比纽手上。给他一针真正的毒药，彻底送他上路。因为他让我害怕。"她停顿片刻，然后又说，"他让我们所有人害怕。"

21

霍莉找到托德·施耐德的个人助理时,他正准备关门下班。助理说施耐德先生明天上午八点半到九点之间应该有空,然后就要开一整天会了。

霍莉挂断电话,走进狭小的卫生间,洗脸补妆,锁好办公室的大门,驾车驶向凯纳纪念医院,刚巧赶上傍晚交通最繁忙的时段。她到医院时已是晚间六点,天完全黑了。接待台的女人在电脑上查了查,说芭芭拉·罗宾逊在 B 楼的 528 病房。

"是特护病房吗?"霍莉问。

"不是的,女士。"

"那就好。"霍莉说,转身走向电梯,听着自己低跟鞋咔哒咔哒的脚步声。

电梯门在五楼打开,她第一眼就看见了芭芭拉的父母等在那儿。塔尼亚拿着手机,看霍莉的眼神像是见了鬼。吉姆·罗宾逊嘟囔着说我的天。

霍莉不禁畏缩。"怎么了?为什么这么看着我?出什么事了?"

"没什么,"塔尼亚说,"只是我打算到了大堂——"

电梯门开始关闭。吉姆伸出胳膊,电梯门重新打开。霍莉连忙出来。

"——就打电话给你。"塔尼亚说完,指了指墙上的牌子。牌子上是个用红线贯穿的手机。

"我?为什么?我以为只是断了一条腿啊。不对,我的意思是说,我知道断一条腿很严重,当然很严重,但——"

"她醒了,她很好。"吉姆说,但他和塔尼亚交换了一个眼神,言下之意是实情并非完全如此。"断面很干净，没什么大不了的，但医生发现她的后脑勺有个大肿包，决定留她观察一个晚上，以防有什么问题。给她接腿的医生说他有百分之九十九确定她到明早什么事情都不会有。"

"他们做了毒理筛查，"塔尼亚说，"体内没有任何违禁药物。我并不吃惊，但还是松了一口气。"

"那么到底哪儿不对？"

"哪儿都不对。"塔尼亚只是答道。她显得比霍莉上次见到时老了十岁。"希尔达·卡弗的母亲开车送芭比和希尔达上学，这个星期轮到她，她说芭芭拉在车上一切正常——比平时稍微安静一些，但除此之外都挺好。芭芭拉对希尔达说她需要上厕所，然后希尔达就再也没有见过她了。她说芭比肯定是走体育馆边门溜掉的。学生就管它们叫溜号门。"

"芭芭拉怎么说？"

"她什么都不肯说。"她的声音在颤抖，吉姆抬起手臂搂住她，"但她说她愿意告诉你，所以我才打电话给你。她说只有你能明白。"

22

霍莉慢慢走向位于走廊尽头的528病房。她低着头，大脑全速运转，险些撞上一个男人，这个男人推着一辆小车，小车里堆着翻卷了角的平装本书籍和屏幕底下贴着**凯纳医院财产**字样的Kindle。

"对不起，"霍莉说，"忘了看路。"

"没关系。"图书馆艾尔说，继续向前走。她没有看见他停下脚步扭头望着她，她正在积蓄勇气，准备迎接即将到来的对话。这场对话很可能会情感外溢，而情感外溢的场面总是让她惊恐。她爱芭芭拉，这是一项优势。

另外，她很好奇。

她敲敲门，门虚掩着，里面没有声音，她探头进去。"芭芭拉？是我，霍莉。我能进来吗？"

芭芭拉挤出无力的微笑，放下她正在读的《饥饿游戏》。大概是推车送书的男人给她的，霍莉心想。她半坐在床上，身穿粉红色睡衣，而不是病号服。霍莉估计睡衣是她母亲送来的，床头柜上的ThinkPad电脑应该也是。粉红色上衣给芭芭拉增添了几分活泼气息，但她依然显得有点茫然。霍莉猜想医生留芭芭拉过夜大概另有原因。她只能想到一个理由，她应该觉得这个想法很可笑，但还是无法打消心里的念头。

"霍莉！你怎么这么快就来了？"

"我本来就要来看你，"霍莉走进病房，随手关上门，"朋友进了医院当然要来看，咱们是朋友。我在电梯口碰见你父母，他们说你要和我谈谈。"

"对。"

"芭芭拉，有什么我能为你做的？"

"呃……我能问个问题吗？很私人的问题。"

"行啊。"霍莉在床边的椅子上坐下。动作小心翼翼，像是担心椅子会通电。

"我知道你有段时间不太好。你明白我什么意思，你年轻那会儿。为比尔工作之前。"

"对。"霍莉说。床头上方的灯没开，只开着床头柜上的灯。灯光包裹着两个人，给了她们一块小小的私人空间。"非常不好的一些时间。"

"你有没有尝试过自杀？"芭芭拉紧张地轻声笑了笑，"我说过了，非常私人的问题。"

"两次，"霍莉毫不犹豫地答道，她觉得自己冷静得出奇，"第一次，我和你差不多年龄。因为学校里的其他孩子对我很不好，给我起难听的外号。我忍受不下去了。但那次自杀我不是非常认真，只是吞了一把阿司匹林和抗充血药。"

"第二次尝试更认真吗？"

这个问题很难回答，霍莉仔细想了想。"既是也不是。我和老板发生了一些纠葛，现在人们管这种事叫性骚扰。那时候大家并不当它是一回事。我二十多岁。吃了效力更强的药，但还是不足以完成任务，我有一部分意识也知道。我当时精神很不稳定，但并不傻，不傻的那部分意识想活下去。有一个原因是我知道马丁·西科塞斯还会继续拍电影，而我想看那些电影。马丁·西科塞斯是在世的最伟大的导演。他拍长篇电影就像写小说。大多数电影只像短篇小说。"

"你老板，呃，攻击了你？"

"我不想谈那件事，而且也不重要。"霍莉更不想抬起头，但提醒自己正在和芭芭拉交谈，她逼着自己抬起头。因为尽管霍莉有各种各样的毛病和怪癖，芭芭拉却始终是她的朋友，而现在芭芭拉遇到了麻烦。"原因从来都不重要，因为自杀违反了所有的人类本能，因而是非理性的行为。"

或许只有一些特定的情形例外,她心想。某些无药可救的晚期病人。但霍奇斯还不算晚期。

我不会允许他走到那一步。

"我明白你的意思。"芭芭拉说。她在枕头上左右摇头,台灯照得泪痕闪闪发亮。"我知道。"

"所以你才会去下城区吗?为了杀死自己?"

芭芭拉闭上眼睛,从睫毛之间挤出了泪水。"我觉得不是。至少刚开始不是。我去那儿是因为那个声音叫我去。我的朋友,"她停下来思考片刻,"但看起来他并不是我的朋友。朋友不会要我去杀死自己,对吧?"

霍莉抓住芭芭拉的手。人与人之间的触碰对她来说向来很困难,但今晚并非如此。或许因为她觉得两人正安全地待在只属于她们的秘密地点。或许因为说话的是芭芭拉。或许两者都是原因。"你说的是哪个朋友?"

芭芭拉说:"有小鱼的那个朋友。游戏里的那个朋友。"

23

推着图书小车穿过医院大堂、从正在等霍莉的罗宾逊夫妇身旁走过的是艾尔·布鲁克斯,乘另一部电梯去连接主楼和脑外伤诊所的天桥的是艾尔。向护士台里的雷纳护士说哈啰的是艾尔,这位老资格的护士也对他说哈啰,没有从电脑屏幕上抬起头来。推着小车穿过走廊的还是艾尔,然而当他把小车留在走廊里,自己走进217病房后,艾尔·布鲁克斯就消失了,取而代之的是Z小子。

布莱迪坐在椅子里,战破天放在大腿上。他没有从屏幕上抬起头。Z小子从宽大的灰色外衣的左侧口袋里掏出他的战破天打开。他点击鱼洞图标,启动屏幕上的小鱼开始游动:红的、黄的、金色的,偶尔有一条粉色的飞快游过。配乐叮当作响。屏幕时不时释放出一道明亮的闪光,将他的面颊染成蓝色,眼睛变成两个蓝色空洞。

他们就这么待了近五分钟,一个坐着,一个站着,两人都盯着游来游去的小鱼,听着叮叮当当的旋律。病房窗前的百叶窗不断地哗啦哗啦作响。床上的被单时而拉到底,时而又盖回去。Z小子点了一两次头表示明白。最后,布莱迪松开手,放下了游戏机。游戏机落在他残废的腿上,滑到两腿之间,最后掉在了地上。他张开嘴巴,眼皮耷拉到半睁半闭的状态。格子衫里胸口的起落变得难以觉察。

Z小子的肩膀陡然挺直。他抖了抖身体,关掉手里的游戏机,塞回原先的那个口袋。他从右侧口袋里掏出苹果手机。某个电脑能力超乎寻常的人用几个顶尖安全外设改装过这台手机,内置的全球卫星定位系统也关闭了。联系人目录里没有人名,只有几个缩写。Z小子点击FL。

铃响两次,FL接起电话,用假俄国口音说:"这里是战破维奇特工,同志。我在等待你的命令。"

"你开这种烂玩笑是要付出代价的。"

沉默。然后:"好的,明白了。不开玩笑。"

"我们向前推进。"

"等我拿到剩下的钱,我们就向前推进。"

"你今晚就会拿到,你会立刻开始做事。"

"收到,"FL说,"下次给我找些难度大一点儿的事情做。"

不会有下一次了,Z小子心想。

"别搞砸了。"

"不会的。但不看见绿票子我是不会动手的。"

"你会看见的。"

Z小子挂断电话,把手机扔进衣袋,转身离开布莱迪的房间。他按来时的路线返回,经过护士台时雷纳护士依然沉浸在电脑之中。他把推车留在零食角,穿过天桥去主楼。他走路时脚步轻快,这种步伐属于一个年轻得多的人。

一两个小时后,雷纳或另外某个护士会发现布莱迪·哈茨费尔德瘫坐在椅子里,也可能趴在地上的战破天游戏机上。不会引起太多关注,他曾经多次滑入完全无意识的状态,每次都会重新醒来。

巴比纽医生说这是重启过程的组成部分,哈茨费尔德每次恢复意识,情况都会变得更好一点儿。咱们的小子越来越好了,巴比纽说。看着他你也许不会相信,但咱们的小子真的越来越好了。

你知道的连一半都不到,占据了图书馆艾尔的意识心想,你知道的连他妈的一半都不到,但你慢慢开始明白了,巴医生,对不对?

晚知道总比永远不知道强。

24

"在路上朝我嚷嚷的人错了,"芭芭拉说,"我相信了他,因为那个声音要我相信他,但他确实错了。"

霍莉想知道游戏里那个声音的详细情况,但芭芭拉还没有准备好谈论它。于是霍莉问朝她嚷嚷的是谁,他都喊了什么。

"他叫我黑皮白瓤,就像那部电视剧。剧很好笑,但在街上就是骂人话了。很……"

"我知道那部剧,我知道有些人怎么使用那个词。"

"但我不是黑皮白瓤。一个黑皮肤的人不可能是,不可能真的是。哪怕他们住在冬青弄这种好街道的好房子里。我们完全是黑人,从来都是。你以为我不知道别人在学校怎么看我和议论我吗?"

"你当然知道。"霍莉说,她有的是被看和被议论的经验;她在高中时的绰号是"嘀咕嘀咕"。

"老师会谈论性别平等、种族平等。他们有什么零容忍原则,他们说到做到——至少我猜大部分人是认真的——但下课换教室的时候你在走廊里转一圈,很容易就能把黑人、华裔转学生和穆斯林姑娘全挑出来,因为我们加起来也就二十几个,怎么看都像不小心混进盐瓶的几粒胡椒。"

她的火气越来越大,声音饱含愤慨,但同时也很疲惫。

"有人邀请我参加派对,但也有很多派对不邀请我,只有两个人约过我。其中一个是白人,我们走进电影院,所有人都瞪我们,有人朝我们的后脑勺扔爆米花。电影院里的种族平等大概只存在到关灯前吧。有一次我踢足球?我沿着边线一路带球,想找个好角度射门,一个穿高尔夫球衫的白种老爸对女儿喊:**防住那个黑鬼!** 我假装没听见。那女孩都笑成一朵花了。我想撞翻她，就当着她老爸的面，但我没有那么做。我忍住了。还有一次，我刚进中学的时候，我把英语课本放在露天看台上，自己去吃午饭，我回来的时候，有人在课本上留了张字条，上面写着'黑猪的妞儿'。这个我也忍住了。一般来说会连着好几天没什么事，甚至几个星期，然后就有苦水要我吞了。老妈老爸应该也一样，我知道。杰罗姆在哈佛或许不太一样，但我估计有时候他也只能吞苦水。"

霍莉紧紧握住她的手，没有说话。

"我不是黑皮白瓤，但那个声音说我是，仅仅因为我没有在廉租屋长大，老爸不是虐待狂，老妈没有毒瘾。因为我从来不吃甘蓝菜叶，甚至不知道那是什么。因为我说猪排而不说猪扒。因为下城区的百姓很穷苦，而我们在冬青巷过得挺舒服。我有提款卡，上好学校，杰罗姆去了哈佛，但是……但是，你要明白……霍莉，你要明白，我根本……"

"你在这些事情上没有选择权，"霍莉说，"你出生在哪儿就是哪儿，出生是什么人就是什么人，我也一样。我们每个人都一样。十六岁之前，别人除了会叫你换衣服，不会要你改变其他任何东西。"

"对！我知道我不该觉得羞耻，但那个声音让我感到羞耻，让我觉得我是毫无用处的寄生虫，就这样它也没有放过我。它仿佛在我脑海里留下了一道黏液痕迹。因为我从来没来过下城区，这儿确实很可怕，与他们相比，我确实是个黑皮白瓤，我担心那个声音会永远纠缠我，我的生活会被毁掉。"

"你必须掐死它。"霍莉的语气冷淡、超然而确定。

芭芭拉惊讶地望着她。

霍莉点点头："对，你必须掐住这个声音的喉咙，直到它咽气才松开。要是你不照顾好自己，就不可能好起来。要是你不好起来，就不可能改变其他事情。"

芭芭拉说："我不可能回到学校里假装下城区不存在。假如我想活下去,那就必须做些什么。也许我确实还年轻,但我必须做些什么。"

"考虑过做义工吗?"

"我不知道该怎么考虑。我不知道有没有事情能让我这样的孩子做。但我会搞清楚的。假如那意味着回到这里,我父母肯定会不高兴。你必须帮我说服他们。霍莉,我知道这是给你出难题,但我求你了。你必须告诉他们,我必须关掉那个声音。就算我不能立刻掐死它,至少也能让它安静下来。"

"好的,"霍莉说,尽管她想一想就心惊胆战,"我会的。"一个点子跃入脑海,她顿时有了精神:"你应该和把你推开的那孩子聊一聊。"

"我不知道去哪儿找他。"

"比尔会帮你找的,"霍莉说,"现在跟我说说那台游戏机。"

"碎了。卡车压过去,我看见它变成碎片,我很高兴。每次闭上眼睛我都会看见那些小鱼,尤其是粉红色的那条,还能听见那首小曲。"她哼出配乐的旋律,但没有勾起霍莉的任何记忆。

护士推着药片小车走进病房。她问芭芭拉的疼痛级别有多高,霍莉觉得羞愧,因为她居然忘了问,而这件事是那么重要。就某些方面而言,她是个没心没肺的坏人。

"我不知道,"芭芭拉说,"五,大概?"

护士打开塑料药品托盘,拿出小纸杯递给芭芭拉,里面有两粒药片。"特制的五级药片。你会睡得像个婴儿。香甜得我最后必须来检查你的瞳孔。"

芭芭拉喝了一口水,吞下药片。护士对霍莉说她差不多该走了,让"咱们的姑娘"休息一下。

"马上就走。"霍莉说,等护士离开,她凑近芭芭拉,表情严肃,双眼炯炯有神。"那台游戏机。芭比,你是怎么得到它的?"

"一个男人给我的,我和希尔达·卡佛逛桦街购物中心的时候。"

"什么时候的事情?"

"圣诞节之前,但不会太久。我记得是因为我还没找到给杰罗姆的礼物,我已经有点儿着急了。我在香蕉共和国看见一件漂亮的运动上衣,但太贵了,再说他要盖房子一直到五月。盖房子的时候可没什么机会穿运动上衣,对吧?"

"我看也是。"

"总而言之,我和希尔达正在吃午饭,一个男人走过来。我们不该和陌生人说话,但我们毕竟不是小孩子了,再说那是个美食广场,周围都是人。还有,他看上去很和蔼。"

最坏的坏人总是很和蔼,霍莉心想。

"他穿一身超高级的正装,肯定值一大笔钱,拎着一个手提箱。他说他叫迈隆·扎基姆,为一家叫日升解决方案的公司工作。他给我们他的名片,然后拿出两台游戏机——他的手提箱里装满了游戏机——说只要填一份问卷寄回公司,他就送我们一人一台游戏机。地址印在问卷上,名片上也有。"

"你还记得那个地址吗?"

"不记得,名片我也扔掉了。再说也只是个邮箱号码。"

"纽约的?"

芭芭拉想了想,说:"不。就在本市。"

"所以你们收下了游戏机。"

"对。我没告诉老妈,因为她会唠唠叨叨教训我们,说我们不该和那男人交谈。我填了问卷寄回去。希尔达没有,因为她的战破天是坏的。开机后屏幕上闪过一道蓝光,然后就死了,所以她随手就扔掉了。我记得她说免费赠送的东西还能指望什么?"芭芭拉嗤嗤笑道,"语气像极了她母亲。"

"但你这台能运行。"

"对。虽然是个老古董,但也算……你明白的,也算好玩,傻乎乎的好玩。刚开始,真希望我的游戏机也是坏的,这样我就不会听见那个声音了。"她的眼皮耷拉下去,然后又缓缓地睁开,她微笑道,"哇!感觉就好像我在逐渐飘远。"

"先别飘走。能形容一下那个男人吗?"

"白人,白发。老年人。"

"很老还是稍微有点儿老?"

芭芭拉的眼神变得呆滞:"比我爸爸老,不如爷爷老。"

"六十来岁?六十五左右?"

"嗯,应该吧。比尔的年纪,差不多,"她忽然睁开眼睛,"啊,你猜怎么着?我想起一件事了。我觉得有点儿奇怪,希尔达也是。"

"什么事?"

"他说他叫迈隆·扎基姆,名片印着迈隆·扎基姆,但手提箱上的姓名缩写不是 MZ。"

"还记得手提箱上印着什么吗?"

"不……对不起……"她越飘越远了。

"醒来以后首先回忆一下这件事,可以吗?到时候你的脑子会很清楚,这件事也许非常重要。"

"好的……"

"真希望希尔达没扔掉她那台。"霍莉说。她没有得到回答,也知道芭比不会回答她;她经常自言自语。芭芭拉的呼吸变得深沉而缓慢。霍莉开始系外衣的纽扣。

"戴娜有一台,"芭芭拉用梦呓般的声音说,"她那台能开机。她在上面玩《小鸡过马路》……还有《植物大战僵尸》……她还下载了《分歧者》三部曲,但她说全乱成了一锅粥。"

霍莉停下了系纽扣的动作。她认识戴娜·斯科特,在罗宾逊家见过她很多次,一起玩桌游,一起看电视,戴娜经常在罗宾逊家吃晚饭,她和芭芭拉的所有朋友一样,疯狂迷恋杰罗姆。

"是同一个人送给她的吗?"

芭芭拉没有回答。霍莉咬住嘴唇,她不想逼问芭芭拉,但不得不这么做，她抓住芭芭拉的肩膀摇了摇，又问了一遍。

"不，"芭芭拉用同样遥远的声音说，"从网站上得到的。"

"什么网站，芭芭拉？"

唯一的回应就是鼾声。芭芭拉睡着了。

25

霍莉知道罗宾逊夫妇会在大堂等她，于是飞快地钻进礼品店，躲在一排泰迪熊后面（霍莉是个经验丰富的躲藏者），打电话给比尔。她问霍奇斯认不认识芭芭拉的朋友戴娜·斯科特。

"当然，"他说，"她的朋友我基本上都认识——当然，仅限来过她家的。你也一样。"

"我认为你应该去见一见她。"

"你说今晚？"

"我说立刻。她有一台战破天，"霍莉深吸一口气，"这东西非常危险。"她无法鼓起勇气说出她越来越相信的一件事：这些游戏机是自杀机器。

26

217病房，在玛薇丝·雷纳的监督下，勤杂工诺姆·理查德和凯利·佩尔汉姆将布莱迪抬回床上。诺姆捡起地上的战破天游戏机，盯着屏幕上游来游去的小鱼。

"他为什么不能像其他植物人一样，感染肺炎死掉？"凯利问。

"祸害遗千年。"玛薇丝说，看见诺姆低头盯着小鱼游来游去，双眼圆睁，嘴巴张开。

"醒一醒，天涯知音，"她说，抢过诺姆手里的游戏机，按住电源键关机，扔进布莱迪床头柜的顶层抽屉，"咱们还有很多事情要做完才能休息呢。"

"啥？"诺姆看着双手，像是以为战破天还在手里。

凯利问雷纳护士要不要给哈茨费尔德量血压。"血氧有点儿低。"他说。

玛薇丝思考了片刻，然后说："让他去死。"

他们离开病房。

27

蜜糖高地，全城最好的地段，一辆破得露出底漆的旧雪佛兰马里布轿车悄悄驶向丁香公路旁一道紧闭的铁门。铸铁大门上有两个涡卷装饰的精美字母，那是芭芭拉·罗宾逊没有能够记住的姓名缩写：FB。Z 小子从驾驶座上钻出车门，旧风雪衣（背后和左袖各有一道破口，用胶带纸马马虎虎地贴住）在风中翻飞。他在小键盘上输入正确的密码，大门向内徐徐打开。他回到车里，从座位底下取出两样东西。一样是个截断瓶颈的塑料汽水瓶，里面填满了钢丝绒，另一样是一把点三二口径的左轮手枪。Z 小子将枪管插进自制消音器（布莱迪·哈茨费尔德的另一件发明），握住枪放在大腿上。他用另一只手驾驶马里布开上平滑的弧形车道。

前方，门廊上的运动感应灯亮了。

背后，铸铁大门无声无息地关闭。

图书馆艾尔

布莱迪没过多久就意识到他作为肉体存在的时代已经基本结束了。古话说得好,他生下来愚蠢,但不可能一直愚蠢下去。

对,他接受了理疗——巴比纽医生的命令,布莱迪几乎不可能抵抗——但治疗的效果毕竟有限。他最终能够在患者称之为"折磨公路"的走廊里蹒跚行走三十英尺左右,但离不开复健督导员厄苏拉·哈博的搀扶,那个体壮如牛的男人婆纳粹统治着复健病房。

"再走一步,哈茨费尔德先生。"哈博会这么请求他,等他好不容易迈出这一步,臭娘们会请他再走一步,然后再走一步。等布莱迪终于得到允许,可以瘫坐在轮椅里,浑身颤抖,大汗浸透了衣服,他会想象自己把泡过汽油的抹布塞进哈博的下体,然后点起熊熊大火。

"干得好!"她会大喊,"哈茨费尔德先生,干得好!"

要是他能呜哩呜噜地发出和谢谢你稍微沾点儿边的声音,她会环顾四周,对恰好在旁边听见的其他人露出骄傲的笑容。看!我的宠物猴子会说话!

他能说话(比他们所知道的更能说,也说得更好),他能沿着折磨公路蹒跚行走十码左右。状态好的时候,他吃完一整个奶黄冻都不怎么会弄脏衣服前襟。但他没法自己穿衣服、自己绑鞋带、自己擦屁股,甚至无法使用遥控器(让他回想起美好往日的1号和2号物品)看电视。他能抓起遥控器,但运动控制功能的恢复水平离操作小按钮还远着呢。假如他好不容易按下了电源键,结果往往是盯着空无一物的屏幕和**正在搜索信号**的提示信息。这件事让他恼火(2012年初,所有事情都让他恼火),但他从不表现出来。愤怒的人因为某个原因而愤怒,植物人不该有理由做任何事情。

有时候地检署的律师会来看他。巴比纽拒绝接受这种探访，对律师说他们在拖他的后腿，因此有损于他们自己的长远利益，但他的抗议毫无用处。

有时候警察会和地检署的律师一起来，有一次一个警察单独来找他。一个肥胖的混球，头发推成小平头，举止得意扬扬。布莱迪坐在椅子里，肥猪坐在布莱迪的床上。肥猪对布莱迪说他侄女也在演唱会现场。"才十三岁，爱死了那个乐队。"他笑嘻嘻地说。他笑嘻嘻地隔着他肥硕的大肚皮弯下腰，一拳打在布莱迪的卵蛋上。

"我侄女送你的小礼物，"肥猪说，"感觉到了吗？朋友，希望你感觉到了。"

布莱迪确实感觉到了，但不如肥猪所希望的那么强烈，因为他从腰到膝盖之间的感觉已经变得麻木。他估计是大脑里控制那些部位的线路烧坏了。通常来说这当然是坏消息，但假如你必须用宝贝蛋蛋迎接右勾拳，那就无疑是好消息了。他坐在那儿，面无表情，下巴上挂着一丝口水。他记住了肥猪的名字，莫莱蒂。这个名字上了他的黑名单。

布莱迪有个很长的黑名单。

他对萨蒂·麦克唐纳有着微弱的控制力，因为他第一次进入他人大脑就是纯属偶然地闯进了她的头脑。（他对白痴勤杂工的控制力更强一些，但造访那里就好比去下城区度假。）布莱迪有好几次成功地驱使她走向窗口，也就是她第一次发作癫痫的地方。平时她只会朝窗外看一眼，然后继续做她的事情，这让布莱迪觉得很棘手，但2012年6月份的一天，她的迷你癫痫再次发作。布莱迪发现他又在通过她的眼睛向外看，但这次他不满足于仅仅坐在乘客座上看风景了。这次他想掌握方向盘。

萨蒂抬起手，爱抚自己的胸部，揉搓乳房。布莱迪觉得萨蒂的两腿之间微微麻痒。他让她发情了。有意思，但没什么用处。

他想让她转身，让她走出房间，沿着走廊向前走，去饮水机倒一杯水。只属于他一个人的有机轮椅。但万一有人搭话怎么办？他该说什么？要是萨蒂离开闪烁的阳光，重新控制住身体，嚷嚷哈茨费尔德钻进了她的脑袋怎么办？大家会觉得她疯了，会强迫她休假。这么一来，布莱迪就没法再使用她了。

因此他没有这么做，而是钻进她脑海的更深处，望着念头像小鱼似的来回闪动。现在看见的念头更清晰了，但绝大多数都很无聊。

但是，有一个……红色的那个……

他刚想到它，它就进入了视野，因为他让她想到了这个念头。

一条红色的大鱼。

一条鱼爸爸。

布莱迪伸手抓住它，轻而易举。他的身体近乎一堆废物，但在萨蒂的脑海里，他比芭蕾舞演员还要敏捷。鱼爸爸在她六到十一岁之间频繁地猥亵她，最后甚至强奸了她。萨蒂告诉了学校里的一名教师，她父亲终于被捕。他假释出狱后自杀身亡。

出于自娱自乐的目的，布莱迪向萨蒂·麦克唐纳脑海里的水族箱释放自己的鱼儿：小小的河豚毒鱼，她的意识和潜意识之间的朦胧地带里本来就有一些念头，布莱迪释放的念头只是对那些念头稍作夸张而已。

比方说：她引诱了她父亲。

比方说：她对他的关注乐在其中。

比方说：她要为他的死亡负责。

比方说：从这个角度来看，她父亲的死根本不是自杀。从这个角度来看，是她杀死了他。

萨蒂剧烈抽搐，抬起双手抱住脑袋，从窗前转过身。布莱迪被她弹出脑海，他感到一瞬间的眩晕，天旋地转。她望着布莱迪，脸色苍白，表情惊愕。

"我好像失去了一两秒钟的知觉，"她说，虚弱地笑着说，"但你不会说出去的,布莱迪,对不对?"

当然不会,从那以后,他发现他越来越容易进入她的脑海了。不再需要等到她望着马路对面挡风玻璃上的闪烁阳光,只需要走进他的病房就行。她日益消瘦。还算有几分的姿色逐渐消失。有时候制服脏兮兮的,有时候长筒袜被扯破了。布莱迪继续植入他的训令:你引诱了他,你乐在其中,你要负责,你不配活下去。

妈的,实在太好玩了。

医院时常收到捐赠物资,2012年9月,它收到了十几台战破天游戏机,来自生产厂家或某个慈善团体。行政部门将它们放进无教派礼拜堂隔壁的小图书馆。一名勤杂工拆开包装,研究一番后认为这些游戏机既愚蠢又过时,于是把它们塞进最里面的一个架子上。11月,图书馆艾尔·布鲁克斯在那里发现了这个宝藏,拿了一台占为己有。

艾尔很喜欢玩其中的几个游戏,比方说你要让陷阱哈利躲过地缝和毒蛇的那个,但他最喜欢的还是鱼洞。不是游戏本身——游戏很无聊——而是演示画面。其他人听说了也许会哈哈大笑,但对艾尔来说这并不是笑话。要是有什么事情惹艾尔生气(他哥哥朝他吼叫,因为他忘记把垃圾拿出去,错过了星期四早晨的垃圾车;或者他住在俄克拉荷马市的女儿打电话来发牢骚),缓缓游动的小鱼和轻松悦耳的配乐总是能安慰他。有时候他会忘记时间的流逝。太有意思了。

2012年离2013年不远的某个晚上,艾尔有了个灵感。217病房的哈茨费尔德无法阅读,对书籍和音乐CD也没有表现出任何兴趣。要是有人给他戴上耳机,他会扒拉个没完,直到最终扯掉耳机,就好像他觉得耳机束缚了他似的。他同样无法操作游戏机屏幕下方的小按钮,但他可以看一看鱼洞的演示画面。也许他会喜欢它,或者喜欢另外某个游戏的演示画面。假如他喜欢,或许其他某些患者(不得不夸奖艾尔一句,他们在艾尔心中从来不是植物人)也会喜欢,那会是一件好事,因为铁桶有几个脑损伤患者偶尔会有暴力行为。假如演示画面能够安抚他们，医生、护士和勤杂工（甚至看门人）就都能稍微清闲一点了。

他甚至有可能得到奖赏。美梦未必会成真，但一个人总得做梦嘛。

2012年12月初的某天下午，他走进217病房，唯一一个经常来看哈茨费尔德的人刚离开不久。那是个名叫霍奇斯的退休警察，他是抓捕哈茨费尔德的关键人物，不过砸烂哈茨费尔德的脑壳并造成脑损伤的并不是他。

霍奇斯的探访总会激怒哈茨费尔德。他离开后，217病房的东西会掉在地上，卫生间的水龙头会时开时关，卫生间的门有时候会猛然打开或恶狠狠地关闭。护士见过这些景象，很确定始作俑者就是哈茨费尔德，但巴比纽医生对此嗤之以鼻。他宣称这正是困住部分女性心智的歇斯底里狂想（虽说铁桶里有好几个男医生）。艾尔知道这些传闻是真实的，因为他亲眼见过好几次，而他不认为自己是个容易歇斯底里的人，而是恰恰相反。

他印象深刻的一次是他经过哈茨费尔德的病房时听见里面有异响，他打开门，看见百叶窗在疯狂地扭来扭去跳舞。那是霍奇斯的一次探访后不久，情形持续了近三十秒，百叶窗才重新平静下来。

尽管他尽量善待比尔·霍奇斯——他尽量善待遇到的每一个人——但艾尔并不喜欢他。那家伙对哈茨费尔德的现状幸灾乐祸，得意扬扬。艾尔知道哈茨费尔德是个坏人，杀死了许多无辜平民，但做坏事的那个人已经不复存在，留下的这个空壳还有什么重要的呢？就算他能掀动百叶窗，能打开关上水龙头，那又如何呢？这种事情伤害不了任何人。

"哈啰，哈茨费尔德先生，"十二月的那个晚上，艾尔说，"我带了件礼物给你。希望你能看一看。"

他打开战破天，点击屏幕，调出鱼洞游戏的演示画面。小鱼开始游动，配乐开始演奏。艾尔一如既往地觉得很平静，他花了几秒钟享受这种感觉。但还没等他把屏幕转给哈茨费尔德看，他就已经推着小车走在医院另一头的 A 楼里了。

战破天消失了。

这件事应该让他惊恐，然而却没有。他觉得完全合情合理。他有点儿累，似乎难以收束他散乱的思绪，但除此之外他都挺好。还挺高兴。他低头望向左手，看见他在手背上画了个大大的 Z 字，用的是他总是放在外衣口袋里的那支笔。

Z 代表 Z 小子，他心想，笑了起来。

布莱迪甚至不需要下决心跳进图书馆艾尔的脑袋；老东西低头盯着手里的游戏机才看没几秒钟，布莱迪就进去了。他在图书馆老头的脑袋里也没有闯入者的感觉。因为现在这就是布莱迪的身体，就好比他去赫兹租一辆车，只要他愿意开，那就是他的车。

图书馆老头的核心意识依然存于某处，但仅仅是一种令人舒心的背景噪音，就像冷天里地窖锅炉的运行声响。艾尔·布鲁克斯的所有记忆和他储存的所有知识都在他眼前一览无余。后者的数量着实不少，因为五十八岁从全勤岗位上退休前，这位老兄是个电工，外号不是图书馆艾尔，而是火花布鲁克斯。假如布莱迪想重接电路，现在倒是可以轻而易举地做到了，不过他也明白，等他返回自己的躯体，大概就会失去这种能力。

想到自己的躯体，他有些惊慌，他弯腰端详瘫坐在轮椅上的男人。眼睛半开半闭，只有白眼球露在外面。舌头耷拉在一侧嘴角。布莱迪伸出一只苍老粗糙的手，按住布莱迪的胸口，感觉到它在缓慢起伏。所以他还活着，但是上帝啊，他看上去太糟糕了，皮包骨头的一副骷髅。霍奇斯害得他变成这个模样。

他离开病房，在医院里乱逛，心情只能用欣喜若狂来形容。他对每一个人微笑，他忍不住。在萨蒂·麦克唐纳的体内时，他时刻担心会弄出乱子。现在虽然也担心，但并不是特别担心。现在的情况要好得多。图书馆艾尔对他来说就像一只最合适的手套。他从安娜·科里身旁走过，她是 A 楼的领班头目，布莱迪问她丈夫的放疗情况怎么样。她说总体而言还不错，谢谢他的问候。

大堂里，他把推车停在男厕所外，进去坐在马桶上研究战破天。他看见游动的小鱼就明白刚才发生了什么。创造这个游戏的白痴同时（纯属意外地）创造出了一种催眠效应。不是每个人都会受到影响，但布莱迪认为还是会有很多人会被催眠，不仅仅是萨蒂·麦克唐纳那种容易发作轻度癫痫的人。

他在地下控制室里读过不少材料，知道家用机和大型机上都有游戏能在正常人身上诱发癫痫或轻度催眠状态，因此制造商不得不在指导手册里加印一份警告（用最小的字号）：请勿长时间玩游戏机，请与屏幕保持三英尺以上的距离，有癫痫病史者请勿使用。

这个效应并不局限于电子游戏。至少有一集《口袋妖怪》动画被禁，因为数以千计的儿童投诉说在观看后头痛、视线模糊、恶心和癫痫发作。罪魁祸首据信是一个导弹齐射场景，导致画面频闪。小鱼游动和悦耳配乐的某种组合也有同样的效果。战破天游戏机的制造商还没有被投诉信淹死，布莱迪觉得很惊讶。他后来发现确实有人投诉，但数量不多。他认为其中有两部分原因。首先，愚蠢的鱼洞游戏本身没有这个效果。其次，基本上没有人购买战破天游戏机。用电脑业的黑话说，它是块砖头。

占据了图书馆艾尔躯体的男人推着小车回到 217 病房，把游戏机放在床头的小桌上——游戏机还需要他更多的研究和思考。然后布莱迪（不无悔恨地）离开了图书馆艾尔·布鲁克斯的身体。片刻的眩晕过后，他不再从上向下看，而是从下向上看了。他很好奇，想知道接下来会发生什么。

刚开始图书馆艾尔只是站在那儿，仅仅是一件人形的家具。布莱迪向他伸出隐形的左手，拍拍他的面颊。然后将自己的意识伸向艾尔的脑海,以为会发现他被拒之门外,就像麦克唐纳护士从恍惚状态中醒来后那样。

但那扇门是敞开的。

艾尔的核心意识已经回归,但比原先少了一些。布莱迪估计他的存在杀死了一部分艾尔的意识。那又怎样?人们过量饮酒也会杀死脑细胞,而脑细胞这东西有的是备用的。对艾尔来说也是一样。至少现在如此。

布莱迪看见他在艾尔手背上画的 Z 字——不为什么,至少因为他能做到——他没有开口,直接在艾尔脑海里说:"嘿,你,Z 小子。忙你的吧。出去。往 A 楼走。不要和任何人说这件事,可以吗?"

"说哪件事?"艾尔一脸困惑地问。

布莱迪尽可能地点点头,尽可能地微笑。他已经开始期待下一次进入艾尔身体了。确实是一具衰老的躯壳不假,但至少能正常运转。

"这就对了,"他对 Z 小子说,"说哪件事?"

2012 年变成 2013 年。布莱迪对继续增强心灵致动的力量丧失了兴趣。既然有了艾尔,再研究那个就没多少意义了。每次进入艾尔的脑海,他的掌控力就会强大几分,同时也控制得更加得心应手。操作艾尔就像操作军方的无人机在阿富汗监视缠头佬……然后瞅准机会把他们的头目炸成碎肉。

带劲,说真的。

有一次他让 Z 小子向退休老警探展示战破天游戏机,希望鱼洞的演示画面能够迷住霍奇斯。要是能够进入霍奇斯的脑海就太美妙了。布莱迪会在第一时间找支铅笔,挖出退休老警探的眼珠子。可惜霍奇斯只是瞥了一眼屏幕就把游戏机还给了图书馆艾尔。

几天以后,布莱迪再次出击,这次的猎物是德尼丝·伍兹,一名助理理疗师,每周来两次他的病房,帮他活动手臂和双腿。她接过了 Z 小子给她的游戏机,看小鱼游动的时间比霍奇斯略长一些。有什么事情发生了，但还远远不够。尝试进入她的脑海就像使劲推一张结实的橡胶膜：橡胶膜有所松动，足以让她窥见她喂坐在婴儿椅里的儿子吃炒蛋，但随即又将他弹了出来。

她把游戏机还给 Z 小子，说："你说得对，小鱼是很好看。不过现在你还是去发书吧，让我帮布莱迪活动一下他生锈的膝关节，你说好不好？"

原来如此。他无法像进入艾尔那样立刻进入其他人的头脑，布莱迪只是略作思考就明白了原因。艾尔预习过鱼洞的演示画面，将战破天拿给布莱迪之前，他已经欣赏了几十次。这是个至关重要的区别，他失望得无以复加。按照布莱迪的想象，他将拥有几十架无人机，他可以任意挑选一架进驻，但这只是痴心妄想，除非他能想出办法改装战破天，增强催眠效果——究竟有没有办法呢？

布莱迪从小到大最喜欢改装各种各样的电子小玩意儿——比方说 1 号和 2 号物品——因此他相信肯定有办法。战破天能上无线网络，而无线网络是骇客的好朋友。比方说，假如他能用程序控制闪光？某种频闪，就像影响了孩童大脑的《数码宝贝》被禁集里的导弹齐射场景？

频闪还能实现另一个目标。布莱迪上过一门名叫《计算未来》的社区大学课程（过后不久他就永远辍学了），班级作业是阅读中情局的一份长篇报告。报告撰写于 1995 年，911 后不久解密，题为《阈下知觉的操控可行性》，阐述了如何用程序控制电脑以极快的速度发送信息，大脑不会将其识别为信息，而是会当作自己产生的念头。要是他能将信息植入闪光会怎么样？比方说，**现在睡吧，一切都好**，或者仅仅一个**放松**。布莱迪认为这种信息加上演示画面原先的催眠能力，效果将颇为惊人。当然了，他也有可能弄错，但他愿意用他的右手（本来也没什么用处了）来搞清楚究竟行不行。

然而，他觉得他永远也不可能知道答案，因为他面临着两个似乎难以逾越的障碍。一个是让别人盯着演示画面看足够长的时间，否则催眠效应就无法起作用。另一个难题更加基础：老天在上，他该怎改装物品？他接触不到电脑，而就算能接触到，那又有什么意义呢？他甚至没法自己绑他妈的鞋带！他考虑能不能利用Z小子，但立刻就放弃了这个念头。艾尔·布鲁克斯和他哥哥全家住在一起，要是艾尔突然表现出超凡脱俗的电脑知识和技能，肯定会引起怀疑。尤其是他们对越来越古怪和心不在焉的艾尔已经有所怀疑了。布莱迪觉得他们认为艾尔正在遭受痴呆症的折磨——事实上虽不中亦不远矣。

看起来，Z小子的备用脑细胞即将耗尽。

布莱迪心情低落。他再次来到了那个无比熟悉的关口，聪明的点子迎面撞上灰色的现实。罗拉真空吸尘器是这样，电脑辅助的倒车装置是这样，可编程的电视遥控器也是这样（它应该能够革命化地提升居家安全）。他无与伦比的灵感到头来总是毫无产出。

不过，他手头还是有一架人形无人机。霍奇斯特别让他恼怒的一次探访过后，布莱迪决定启动这架无人机，以此改善一下他的心情。于是Z小子去了离医院一两个街区的网吧，在电脑上搜索五分钟后（能够再次坐在电脑屏幕前，布莱迪开心得要命），他找到了安东尼·莫莱蒂（又名碎卵肥猪）的住所地址。布莱迪走出网吧，带着Z小子进了一家军需品商店，买了一把猎刀。

第二天，莫莱蒂走出家门，赫然看见一条死狗躺在门垫上。狗的喉咙被割断。他的挡风玻璃上用狗血写着**接下来轮到你的老婆和孩子**。

做这件事（以及能够做这件事）让布莱迪快乐了起来。复仇是个婊子，他心想，而我就是那个婊子。

他有时候幻想让Z小子去找霍奇斯，朝霍奇斯的肚子开枪。站在退休警探的旁边，看着他颤抖呻吟，生命从指间逐渐流逝，那种感觉会是多么美妙！

好归好，但布莱迪会失去他的无人机，艾尔一旦落网，警察就会盯上他。另外还有一点，更重要的一点：这么做远远不够。霍奇斯欠他的可不止肚子上吃一粒子弹和十到十五分钟的痛苦。差得远了。霍奇斯必须活下去,在无处可逃的困境中呼吸名为愧疚的毒气。直到他终于不堪忍受,结束自己的生命。

这本来就是他最初的计划,多么美好的往日时光啊。

然而他做不到,布莱迪心想。我找不到办法实现梦想。我有 Z 小子——但要是按照现在的情况发展下去,他很快就要住进养老院了——我可以用幽灵手拨动百叶窗。就这么多了。我只有这么大的本事。

然而,2013 年夏天,一道光束照进了他所困居的黑暗地带。有人来看他。真正的访客,不是霍奇斯,也不是地检署的正装男人,来确定他有没有魔术般地康复,足以出庭为十几条不同的重罪接受审判,清单第一条就是市民中心的八桩蓄意杀人。

有人随便敲了一下门,贝姬·赫尔明顿伸头进来。"布莱迪?有位年轻女士想见你。说她曾经是你的同事,带了些东西给你。你愿意见她吗?"

布莱迪只能想到一个年轻女人有可能来看他。他想说不,但好奇心已经跟着恶意一起回来了(两者或许本来就是一体两面)。他勉强点了点头,费了不少力气撩开遮住眼睛的头发。

访客提心吊胆地走进病房,就好像担心地板下埋着地雷似的。她身穿长裙。布莱迪从没见过她穿裙子,甚至觉得她连一条都没有。但她的头发仍然剪成贴近头皮的平头发型,和他们当年在赛博巡警当同事时一模一样,她的胸前仍然平坦得像是搓衣板。他记得某个脱口秀艺人的笑话:既然没奶子也无所谓,那卡梅伦·迪亚兹就能混到天长地久了。不过,她稍微用粉底遮了遮痘印(神奇),甚至抹了点儿口红(更神奇了)。她一只手拿着一个礼物包装的盒子。

"嘿,哥们,"弗雷迪·林克莱特用奇特的羞怯语气说,"你怎么样?"

这就打开了各种各样的可能性。

布莱迪尽其所能地绽放笑容。

/

BADCONCERT.COM

1

科拉·巴比纽用带姓名缩写的毛巾擦拭脖颈，看着地下健身室的监视器皱起眉头。跑步机上的六英里才跑到四英里，她讨厌被打断，而且那个怪胎又来了。

门铃叮叮咚咚响个不停，她很希望头顶上能传来丈夫的脚步声，但什么也没有等到。监视器上，身穿破风雪衣的老男人站在门口一动不动，他很像站在十字路口的那种流浪汉，手里只缺一块写着**太饿了，失业老兵，请帮帮我**的牌子。

"该死的！"她嘟囔道，暂停了跑步机。她爬楼梯上楼，打开通往后走廊的门，喊道，"菲利克斯！是你的怪人朋友！叫艾尔的那个！"

没有回应。他又一头扎进书房了，多半在看他深深迷恋的那个什么游戏机。刚开始几次她在乡村俱乐部向朋友描述菲利克斯奇怪的新癖好时只是在说笑。但现在似乎不怎么好玩了。他今年六十三岁，对儿童电脑游戏来说他年纪太大，对健忘来说又不够大，她越来越怀疑会不会是阿兹海默症提早发动了攻势。她还想过菲利克斯的怪人朋友会不会是毒贩子，但那家伙对贩毒来说似乎太老了。另外，要是她丈夫想嗑药，他大可以自给自足；按照他的说法，凯纳医院有一半医生至少有一半时间靠嗑药吊命。

门铃叮咚响。

"我的天。"她说，大步流星地走过去开门，怒火随着每一步越烧越旺。她身材高大而瘦削，常年锻炼将女性体态消除得接近湮灭。打高尔夫球晒黑的肤色到了寒冬腊月依然明显，只是变成了黯淡的浅黄色，让人觉得她在遭受慢性肝病的折磨。

她打开门。一月夜晚的寒风扑面而来，冷却了她汗津津的面庞和手臂。"我很想知道你是哪位,"她说,"还有你和我丈夫在搞什么勾当。我想知道这些应该不过分吧?"

"一点儿也不,巴比纽夫人,"他说,"有时候我是艾尔,有时候我是Z小子。今晚我是布莱迪,哎呀我的天,能出来走走真是再好不过了,哪怕是在这么寒冷的一个晚上呢。"

她低头看着他的手问:"罐子里是什么?"

"解决你所有烦恼的东西。"穿破风雪衣的男人说,发闷的砰然枪声随即响起。汽水瓶的瓶底炸成碎片,一起飞出来的还有烧黑的钢丝,它们像乳草绒毛似的浮在空中。

科拉觉得有东西击中了她干瘪左乳的下沿,心想,这个狗娘养的怪人居然敢打我。她想吸气,却发现她做不到,奇怪地觉得胸部不听指挥了,暖意在田径裤的弹性裤腰上方蓄积。她低头去看,继续吸那一口至关重要的气,看见一块湿斑在蓝色尼龙布料上逐渐扩散。

她抬起眼睛,望向门口的老家伙。他拿着剩下的半个瓶子,就好像那是什么礼物,因为晚上八点不告而来的赔罪小礼物。剩下的钢丝绒从瓶底露出来,仿佛一朵烧黑的干燥花。她总算吸了一口气,但进入肺部的东西以液体为主。她使劲咳嗽,鲜血喷溅而出。

穿风雪衣的男人走进她家,随手关上背后的门。他扔下瓶子,从她身旁走过。她踉跄后退,撞翻了衣帽架旁小桌上的装饰性花瓶,终于不支倒地。花瓶在硬木地板上像炸弹似的摔得粉碎。她又吸了一口气,但依然全是液体——我要淹死了,她心想,淹死在我家门厅里——又咳嗽着喷出鲜血。

"科拉?"巴比纽在屋子深处的某个地方喊道,听起来像是刚刚睡醒,"科拉,你没事吧?"

布莱迪抬起图书馆艾尔的脚,小心翼翼地放下图书馆艾尔沉重的黑色工装靴,压在科拉·巴比纽瘦骨嶙峋的脖子上。更多的鲜血从她嘴里喷出来,光照过度的面颊已被染红。他用力向下压。她身体里传来骨骼折断的咔嚓声响。她的眼睛向外鼓起……鼓起……眼神变得呆滞。

"真够顽强的。"布莱迪说,语气接近怜爱。

一扇门开了。有人穿着拖鞋跑动,巴比纽出现了。他在休·海夫纳式的丝绸睡裤外套了一件浴袍,平时引以为傲的银发蓬乱不堪,面颊上的胡须碴已经快长成大胡子了。他拿着一个绿色的战破天游戏机,里面传来鱼洞的配乐:在海边,在海边,在那美丽的大海边。他盯着躺在门厅里的妻子。

"她不需要再运动了。"布莱迪用同样的怜爱语气说。

"你干了什么?"巴比纽尖叫道,就好像事实还不够明显似的。他跑向科拉,想在她身旁跪下,但布莱迪从他腋下抱住他,拖着他后退。图书馆艾尔当然不是查尔斯·阿特拉斯,但比 217 病房里的衰弱身躯强壮得多。

"没时间管那个了,"布莱迪说,"罗宾逊家的小妞还活着,因此我们需要改变计划。"

巴比纽盯着他,努力收拾思绪,但怎么都集中不了精神。他曾经敏锐的头脑已经变得迟钝。凶手就是这个人。

"看着小鱼,"布莱迪说,"你看你的,我看我的。咱们的心情都会变好。"

"不。"巴比纽说。他想看小鱼,他随时随地都想看,但他不敢看。布莱迪想把他的思想灌进巴比纽的脑海,就好像那是某种怪异的液体,每经历一次这种事情,他原本的自我就会减少一些。

"听我的,"布莱迪说,"今晚你必须变成 Z 医生。"

"我拒绝!"

"你没资格拒绝。这一点越来越清楚了。很快警察就会来找你。也可能是霍奇斯,那样的话就更加糟糕。他不会向你宣告权利,只会用自制警棍揍你。因为他是个凶狠的龟孙子。也因为你说得对。他知道了。"

"我不要……我不能……"巴比纽望向妻子。天哪,她的眼睛。她突出的眼睛。"警察绝对不会相信……我是个备受尊敬的医生!我们结婚已经三十五年了!"

"霍奇斯会的。霍奇斯要是咬住什么东西,就会变成怀亚特·他妈的厄普。他会让罗宾逊家的小姐看你的照片。小姐看见了会说哇,对,就是这个人在购物中心给我游戏机的。既然你给了她一台战破天,那就有可能也给了简妮斯·埃勒顿一台。啊哈!然后还有斯卡佩里。"

巴比纽瞪着他,努力消化这场灾祸。

"然后还有你喂我吃的药。霍奇斯很可能已经知道了,因为他思路敏捷,懂得怎么行贿,而铁桶的大部分护士都知道。这是个公开的秘密,因为你根本没打算隐藏。"布莱迪摇了摇图书馆艾尔的脑袋,"你太自大了。"

"维生素!"巴比纽只挤出了这三个字。

"连警察都不会相信,他们会扣留你的文件,搜查你的电脑,"布莱迪望向科拉·巴比纽躺在地上的尸体,"当然了,还有你的妻子。你打算怎么解释她的横死?"

"你怎么没在他们送你进医院前死掉,"巴比纽说,音调越来越高,最终变成哀叫,"或者死在手术台上。你是个弗兰肯斯坦!"

"别搞混了怪物和怪物的创造者。"布莱迪说,虽说他并不怎么认可巴比纽的创造才能。巴医生的试验性药物或许和他的新能力有一定的关系,但和他的恢复几乎没有或完全没有关系。他很确定那是他自己的成就,是纯粹意志力的体现。"另一方面,咱们还要去找一个人呢,迟到就不太好了。"

"找那个男女人。"应该有个专门用语的,巴比纽曾经知道,但现在已经忘记了。连同那个人的名字。他也忘记了自己晚餐吃了什么。每次布莱迪进入他的脑海,离开时候都会带走一点巴比纽的东西。他的记忆。他的知识。他的自我。

"说得好,男女人。或者,考虑到她的性取向,学名应该是 Ruggus munchus。"

"不,"哀叫变成了耳语,"我要待在这儿。"

布莱迪举起枪，枪管从自制消音器的残骸里露了出来。"假如你认为我真的需要你，那你就犯下了这辈子最大的错误。而且也是最后一个错误。"

巴比纽没有说话。他在做噩梦，很快就会醒来。

"快点儿，否则明天管家就会看见你的尸体躺在你妻子的旁边，一场入户抢劫的不幸受害者。我希望能够让Z医生结束今天的事情，你的身体比布鲁克斯年轻十岁，而且体形不错，但该做的事情我一样还是会做。另外，留下你面对科密特·霍奇斯就太不仁慈了。他是个凶恶的家伙，菲利克斯，你不知道他有多坏。"

巴比纽望向身穿破风雪衣的老男人，见到哈茨费尔德用图书馆艾尔水汪汪的蓝眼睛看着他。巴比纽颤抖的嘴唇被唾沫打湿，眼睛里含着泪水。他的满头白发乱糟糟地立着，布莱迪觉得他很像爱因斯坦吐舌照片里的大物理学家。

"我怎么会落到这步田地？"他呻吟道。

"每一个人都是这么落进每一个处境的，"布莱迪和蔼地说，"一步一个脚印。"

"你为什么非要去找那个姑娘？"巴比纽忽然脱口而出。

"那是个错误。"布莱迪说。承认错误比说实话容易，真相是他等不及了。他希望黑鬼小工的妹妹尽快死掉，免得其他人遮住了她的重要性。"现在别浪费时间了，给我看小鱼。你知道你想看的。"

他确实想看。可怕就可怕在这儿。尽管巴比纽已经知道了那么多，但他还是想看。

他看小鱼。

他听配乐。

过了一会儿，他走进卧室穿衣服，打开保险箱取现金。离开前他去了一趟卫生间，药橱里存货丰富，他妻子和他都储备了许多药物。

他坐进巴比纽的宝马，暂时扔下老旧的马里布。他也离开了图书馆艾尔的身体，老家伙躺在沙发上酣然入睡。

2

就在科拉·巴比纽这辈子最后一次打开住处正门的时候,霍奇斯刚好在斯科特家的客厅里落座,这幢屋子位于百善弄,离罗宾逊家居住的冬青巷只有一个街区。他在下车前吃了两粒止痛药,大体而言此刻感觉还凑合。

戴娜·斯科特坐在沙发上,父母坐在她的两旁。她今晚看上去比十五岁的年纪要大一些,因为她刚在城北高中参加彩排回来,校园戏剧俱乐部排练的《异想天开》很快就要上演了。安琪·斯科特告诉霍奇斯说她扮演路易莎,一个真正的好角色。(戴娜听了直翻白眼。)霍奇斯坐在他们对面的懒人沙发里,这张沙发和他自己客厅里的那张几乎一模一样。从深陷的座位可以推断出,懒人沙发应该是卡尔·斯科特每晚的栖身之处。

沙发前的咖啡桌上摆着一台鲜绿色的战破天游戏机。戴娜立刻就从楼上的卧室里拿了下来,因此霍奇斯进一步推断出,它没有在壁橱里被埋在运动器材底下,也没有躺在床底下积灰,更没有扔在学校锁柜里遭到遗忘。不,它就在她触手可及的某个地方。也就是说老古董归老古董,但她经常拿起来玩。

"我来找你是出于芭芭拉·罗宾逊的请求,"他对他们说,"今天她被一辆卡车撞了——"

"我的天!"戴娜说,伸手捂住嘴。

"她没事,"霍奇斯说,"只是断了一条腿。医生留她住院观察一夜,明天回家,估计下周就能到校了。要是现在的年轻人还喜欢这么玩的话,你可以在她的石膏模具上签字。"

安琪搂住女儿的肩膀,问:"这和戴娜的游戏机有什么关系?"

"是这样的,芭芭拉有一台,害得她短暂休克。"根据霍莉在路上向霍奇斯描述的情况,这并不是谎言,"她当时正在过马路,忽然有一段时间失去了意识,然后就出事了。还好一个男孩及时推开她,否则结果会可怕得多。"

"天哪。"卡尔说。

霍奇斯俯身望着戴娜:"我不知道有多少台这种玩具有缺陷,但根据芭比的遭遇和已知的另外两起事件,至少有一部分是有问题的。"

"就当给你上了一课,"卡尔对女儿说,"下次有人免费送你东西,你千万要多个心眼。"

这句话又引来了一个青春少女的完美白眼。

"我好奇的是,"霍奇斯说,"你们的游戏机到底是怎么来的。这是个谜团,因为战破天公司并没有卖出多少台。这种游戏机市场惨败,公司被另一家公司并购,另外那家公司在两年前的四月宣告破产。通常来说,游戏机会被清仓出售,填补财务窟窿……"

"或者销毁,"卡尔说,"没卖掉的平装本小说就是这个下场,你知道吧。"

"这个我确实知道,"霍奇斯说,"所以请你告诉我,戴娜,你这台是从哪儿来的?"

"我上了那个网站,"她说,"我没有惹什么麻烦吧?我是说,我说不准,但老爸经常说不懂法不是借口。"

"你没有任何麻烦,"霍奇斯向她保证,"你说的是什么网站?"

"网址是 badconcert.com。我在彩排的时候接到老妈的电话,她说你要来找我谈一谈,我就打开手机查了一下,但网站已经没了。我猜是他们手头的存货已经送完了。"

"也可能是他们发现那些东西很危险,没有提醒任何人就收摊走人了。"安琪·斯科特说,表情冷冽。

"话也说回来,它引发的休克能有多严重?"卡尔问,"戴娜从楼上拿下来以后,我打开后盖看了一眼。里面只有四节 AA 充电电池。"

"这方面我不熟悉。"霍奇斯说。尽管吃了药,但胃里还是疼了起来。不过出问题的并不是胃部,而是旁边仅仅六英寸长的另一个器官。与诺尔玛·威尔莫分开后,他研究了一下胰腺癌患者的存活率。只有百分之六活到了五年以上。恐怕不是什么激动人心的好消息。"我连重设手机的短信通知铃声都不会,每次一响都会吓住无辜的旁观者。"

"这个我可以代劳,"戴娜说,"易如反掌。我手机设的是《疯狂青蛙》。"

"先跟我说说那个网站。"

"有一条推特,明白吧?学校里的某个人告诉了我。很多社交媒体网站都转载了。脸书……品趣志(Pinterest)……谷歌加(Google Plus)……你知道我在说什么吧?"

霍奇斯不知道,但还是点点头。

"我不记得那条推特具体怎么说了,不过应该八九不离十。因为一条顶多只能有一百四十个字符。你知道的,对吧?"

"当然。"霍奇斯说,尽管他连推特是什么都不太清楚。他的左手想溜上去按住痛处,但被他按在了原处。

"那条推特大致是说……"戴娜闭上眼睛。有点像演戏,但她毕竟刚从戏剧俱乐部的彩排现场回来,"'坏消息,有个疯子害得此时此地演唱会取消了。想听好消息吗?甚至得到免费的礼物?请上 badconcert.com。'"她睁开眼睛,"未必百分之百准确,但就是这个意思。"

"我懂了,"他把网址写在记事簿上,"于是你上了那个网站……"

"当然。很多孩子都上了。还挺好玩的。有个短视频,先是'此时此地'乐队唱几年前的热门金曲《游乐场之吻》,二十几秒过后变成轰隆一声,鸭子叫似的声音说:'该死,演出取消了。'"

"我觉得一点儿也不好玩,"安琪说,"你们那么多人险些遇难。"

"肯定还有其他的内容吧?"霍奇斯说。

"当然。网站说现场有两千个孩子,许多人是第一次来看演出,一辈子只有一次的快乐被毁掉了。呃,网站上用的不是毁这个字。"

"亲爱的，这种遗漏我们自己能补上。"卡尔说。

"然后它说，演唱会的赞助机构收到了一批战破天游戏机，他们想免费赠送出去。为了弥补演唱会给大家造成的伤害。"

"尽管事情已经过去了快六年？"安琪露出不敢相信的表情。

"是啊。仔细想来，确实有点儿奇怪。"

"但你没有仔细想。"卡尔说。

戴娜耸耸肩，噘着嘴说："我想了，但似乎没什么不对的。"

"著名的遗言台词。"她父亲说。

"所以你就……？"霍奇斯问，"写邮件报上姓名和地址，然后这东西……"他指着战破天，"就寄来了？"

"比这个稍微复杂一点，"戴娜说，"你必须，呃，证明你确实在场。于是我去找芭比的母亲。你认识的，塔尼亚。"

"为什么？"

"因为她有照片。我好像也拍了，但找不到了。"

"她的房间。"安琪说，这次轮到她翻白眼了。

霍奇斯的侧腹部开始缓缓抽痛。"戴娜，什么照片？"

"哦，是塔尼亚——她不介意我们这么叫她——她带我们去看演唱会，对吧？有芭比、我、希尔顿、卡佛和贝茨。"

"贝茨是？"

"贝茨·德维特，"安琪说，"我们几个妈妈抽签决定谁带姑娘们去。塔尼亚输了。她开金妮·卡佛的面包车，因为那辆车最大。"

霍奇斯点头表示明白了。

"总而言之，我们到现场后，"戴娜说，"塔尼亚给我们拍照。我们非要拍照不可。听起来好像很傻，但那时候我们还小。我现在爱听'门多萨线①'和'拉维纳特②'，但那会儿'此时此地'对我们来说还

---

① 门多萨线（Mendoza Line），二十世纪九十年代末成立的二人摇滚音乐组合。
② 拉维纳特（Raveonettes），来自丹麦的二人另类摇滚组合。

很了不起，尤其是主唱凯姆。塔尼亚用我们的手机拍照，也可能用的是她的手机拍的，我记不清了。不过她把照片发给了我们每一个人，只是我的照片找不到了。"

"你必须发照片到网站以证明你在场。"

"对，通过电子邮件。我担心照片只拍到我们站在卡佛夫人的面包车前，不足以充当证据，但有两张照片的背景里出现了明戈演艺中心和人们在排队。我以为这还不够，因为照片里看不见乐队的名字，但事实上够了，一周后我通过邮局收到了战破天，装在一个带软垫的大信封里寄来的。"

"有回邮地址吗？"

"嗯哼。我不记得邮箱号码了，但名字是日升解决方案。他们大概是巡演的赞助商吧。"

有可能，霍奇斯心想，公司当时还没有破产，但他觉得可能性不大。"邮件是从本市寄来的吗？"

"我不记得了。"

"我确定是的，"安琪说，"把信封从地上捡起来扔进垃圾箱的是我。我是这户人家的女仆，对吧？"她瞪了女儿一眼。

"对——不——起。"戴娜说。

霍奇斯在记事簿里写道：日升公司总部在纽约，但邮件寄自本地。

"戴娜，这些事情是什么时候发生的？"

"我听说那条推特和上那个网站是去年。我记不清楚了，应该是感恩节假期前。我好像说过了，邮件来得飞快。我非常惊讶。"

"所以它在你手上已经两个月左右了。"

"对。"

"没有过休克？"

"没有，完全没有。"

"有没有过你正在玩某个游戏——比方说鱼洞——结果就好像忘记了周围环境的存在？"

斯科特夫妇露出惊恐的表情，戴娜只是宽容地对他笑了笑。"你是说就像被催眠？厄尼米尼，奇力比尼？"

"我不知道你在说什么，不过大致就是这个意思。"

"没有，"戴娜喜滋滋地说，"再说鱼洞游戏傻乎乎的。那是给小孩子玩的。你用小键盘旁边的操纵杆控制渔夫老乔撒网，对吧？抓到鱼就得分。但太简单了。我偶尔打开它只有一个原因，就是想看看粉色小鱼上是不是还有数字。"

"数字？"

"对。随游戏机寄来的信里有解释。我贴在记事板上了，因为我很想赢那辆小绵羊。想看看吗？"

"那是当然。"

她蹦蹦跳跳地上楼去拿，霍奇斯问能不能用一下卫生间。他走进卫生间，解开衬衫的纽扣，查看抽痛不已的左侧腹。看上去有点儿肿，摸起来有点儿烫，不过他觉得这两点恐怕只是他的想象。他冲马桶，又吃了两粒白色药片。可以了吗？他问他抽痛的身体，你能不能消停一会儿，让我做完正经事？

戴娜基本上擦干净了舞台化妆，霍奇斯现在很容易能想象她和另外三个女孩这辈子第一次去看演唱会的样子，她们九岁或者十岁，兴奋得像微波炉里的爆米花。她把随游戏机寄来的那封信递给霍奇斯。

信纸顶端是一轮初升的太阳，**日升解决方案**几个字排成弧形围绕太阳，没什么出乎意料的地方，但不太像霍奇斯见过的其他企业徽标。看上去出奇的稚嫩，就好像原稿是纯粹手绘的。这是一封制式信件，女孩的名字嵌在里面，给人以更私人的感觉。如今这个年纪的姑娘恐怕不会被糊弄住了，霍奇斯心想，连保险公司和追救护车的律师都会寄定制化的广告信了。

亲爱的戴娜·斯科特！

祝贺你！我们希望你喜欢这台战破天游戏机，它预装了65

个有挑战性的好玩游戏。游戏机有内置的无线网络功能，你可以打开你喜欢的网站，作为日升读者群的一名会员下载书籍！你收到这份免费礼物是为了补偿你错失的那场演出，不过我们当然希望你能将玩这台绝妙好机的体验告诉亲友。还有一点！请留意查看鱼洞游戏的演示画面，不停点击那些粉红色的小鱼，因为有朝一日——只有到了那天你才会知道！——你点击它们，它们会变成数字！假如你点击小鱼得到的数字加起来等于以下的某个数字，你就会赢得一份大奖！但数字只会显示很短的一段时间，所以记得经常查看！更多的乐趣在 zeetheend.com 网站等着你，你可以在那里与"战破天俱乐部"的其他成员保持联系，假如幸运落在你的头上，你也可以在这个网站上要求领奖！感谢日升解决方案的全体同仁，尤其是战破天游戏机的研发队伍！

底下是个难以辨认的签名，和鬼画符差不了多少。再往下：
为戴娜·斯科特准备的幸运数字：

1034=25 美元的 Deb 礼物券
1781=40 美元的 Atom Arcade 礼品卡
1946=50 美元的 Carmike Cinemas 礼品卡
7459= 波浪牌 50cc 小绵羊助动车（大奖）

"你居然相信这些胡扯？"卡尔·斯科特问。

尽管他是笑着问女儿的，但戴娜还是气哭了。"好吧，我很傻，你枪毙我好了。"

卡尔拥抱她，亲吻她的鬓角。"知道吗？换了我在你这个年纪，也会照单全收的。"

"戴娜，你有没有经常查看粉色小鱼？"霍奇斯问。

"有，每天一两次。实际上这比游戏本身还难，因为粉色小鱼游得很快。你必须集中精神。"

当然了，必须集中精神，霍奇斯心想。他越来越不喜欢这东西了。"但没见过数字，对吧？"

"一直没见过。"

"我能带走吗？"他指着战破天问。他想说他以后会还给她，但没有开口。他觉得他肯定不会还给她。"还有那封信？"

"有一个条件。"她说。

疼痛开始减退，霍奇斯露出笑容。"说吧，小姑娘。"

"经常看一眼粉色小鱼，要是有我的数字出现，我就能得到奖赏。"

"说定了。"霍奇斯心想，确实有人想奖赏你，戴娜，但奖品恐怕不是小绵羊或电影院的礼品卡。他拿起游戏机和信，站起身。"谢谢你们肯花时间见我。"

"别这么客气，"卡尔说，"等你搞清楚这到底是怎么一回事，能告诉我们一声吗？"

"我保证，"霍奇斯说，"戴娜，我还有个问题，也许听起来很傻，但你记住我快七十岁了。"

她微笑道："学校里的莫顿先生说没有傻问题——"

"只有你不敢问的问题，没错。我也一直这么认为，所以你听好了。城北高中的学生都知道这件事，对吧？免费的游戏机、会变数字的小鱼，还有奖品？"

"不止我们学校，其他学校也一样。推特、脸书、品趣志、Yik Yak[①]……你知道消息传得有多快。"

"只要你在演唱会现场，而且能够证明这一点，你就有资格领到一台游戏机。"

---

① Yik Yak，一种新型的匿名社交网络，在美国大学校园广为流行。

"嗯哼。"

"贝茨·德维特呢？她有吗？"

戴娜皱眉道："没有，这个就有意思了，因为她还留着那天晚上的照片呢，而且寄了一张给网站。但我是立刻寄出的，她却不是，她的拖延症很厉害，所以估计游戏机已经送完了。就是兔子打盹儿、输掉赛跑那种事。"

霍奇斯再次感谢斯科特一家肯花时间见他，祝戴娜排戏成功，然后顺着人行道走向他的轿车。他坐进驾驶座，车里冷得能看见他的白气。疼痛再次冒头：剧烈地抽痛，四次。他咬紧牙关，等待剧痛过去，说服自己相信新出现的疼痛显得更加剧烈纯粹是心理作用，因为他现在知道他的身体出了什么问题，但这个解释实在没什么说服力。两天时间忽然变得非常漫长，但他必须等到两天以后再去接受治疗。只能这样，因为一个可怕的念头正在心里慢慢浮现。彼得·亨特利不会相信，伊兹·杰恩斯多半会认为应该叫救护车送他去最近的疯人院。霍奇斯自己都不怎么相信，但碎片正在拼合起来，尽管逐渐成形的画面堪称疯狂，却符合某种恐怖的逻辑。

他启动普锐斯，准备回家，他打算在家里打电话给霍莉，请她查一查日升公司有没有赞助"此时此地"演出。然后他会坐下看电视。等他懒得假装他对节目感兴趣了，就洗漱上床，辗转反侧等待天亮。

但他对鲜绿色的战破天充满了好奇。

太好奇了，根本无法等待。从百善弄到哈珀街的半路上，他开进一条商业街，在已经打烊的干洗店门口停车，打开游戏机的电源。明亮的白色一闪而过，红色的 Z 字随即出现，慢慢拉近变大，直到 Z 字的斜线染红了整个屏幕。片刻之后，屏幕再次变成白色，文字出现：**欢迎来到战破天！我们爱玩！按任意键开始，或滑动解锁！**

霍奇斯用手指扫过屏幕，整齐排列的游戏图标随即出现。有些是街机游戏的移植版，艾丽小时候他曾在游戏厅看她玩这些游戏：太空入侵者、大金刚、吃豆人，黄色小恶魔的大老板：吃豆小姐。还有简妮斯·埃勒顿迷恋的各种纸牌游戏和霍奇斯闻所未闻的许多其他游戏。他的手指再次扫动,他看见了,就在《单词解谜》和《芭比时尚秀》之间:鱼洞。他深吸一口气,点击图标。

想一想鱼洞,屏幕上的文字说。小小的等待圆环转了十秒钟左右(感觉更久),演示画面出现了。小鱼或者游来游去,或者原地转圈,或者对角穿梭,从嘴里和鱼鳍后冒出气泡。水的顶上是绿色的,越向下越蓝。轻松的伴奏音乐同时响起,但霍奇斯不知道那是什么歌。他望着画面,等着看他能感觉到什么——此刻似乎以困倦为主。

小鱼有红色、绿色、蓝色、金色和黄色的。它们应该是热带鱼,但肯定不是霍奇斯看 Xbos 和 PlayStation 广告见到的那种超真实热带鱼。屏幕上的小鱼只是卡通画,而且还是很粗糙的卡通画。难怪战破天一败涂地,他心想,不过,是的,对,小鱼游动的样子确实有点催眠,它们时而单独出现,时而成双成对,偶尔有五六条汇集成色彩缤纷的一群。

啊哈,中奖了,来了一条粉红色的。他点击屏幕,但粉色小鱼游得有点快,他一下子点空了。霍奇斯低声骂道:"该死!"他抬起头,盯着干洗店黑洞洞的橱窗看了几秒钟,因为他真的觉得有点眩晕。他用没拿游戏机的手拍了拍左脸,然后右脸,再次低头看游戏机。屏幕上的小鱼更多了,它们来回穿梭,编织复杂的图案。

又来了一条粉色的,这次他成功点中了,没有让它摇头摆尾地从屏幕左侧游出去。它眨眨眼(像是在说,好的,比尔,这次你逮住我了),但没有数字出现。他等待,盯着屏幕,又一条粉色小鱼出现,他再次点中。还是没有数字,仅仅是一条在现实中没有原型的粉色小鱼。

配乐变得更响和更慢了。霍奇斯心想,它确实有某种催眠效应。并不强烈,而且多半是个巧合,但毋庸置疑地存在。

他按住电源按钮。屏幕上出现**谢谢使用,下次再见**然后就熄灭了。他望向仪表盘上的时钟,惊愕地发现他居然盯着战破天看了十几分钟。感觉像是两三分钟，顶多五分钟。戴娜没提到看鱼洞演示画面时会丢失时间，但他也没有问，对吧？另一方面，他除了两粒强效止痛药，在刚才发生的事情里说不定扮演了重要的角色。要是真的发生了什么，这个可能性更大。

但没见到数字。

粉色小鱼只是粉色小鱼而已。

霍奇斯把游戏机连同手机一起塞进大衣口袋，开车回家。

3

弗雷迪·林克莱特，在世人发现布莱迪·哈茨费尔德是个魔鬼之前，她和布莱迪曾经是修理电脑的同事，此刻她坐在家里厨房的台子前，用一根手指旋转一个银色酒壶，等待拎着漂亮手提箱的那个男人。

他自称Z医生，但弗雷迪不是傻瓜。她看见了手提箱上的姓名缩写，知道它代表的那个名字：菲利克斯·巴比纽，凯纳纪念医院的神经内科主任。

他知道她知道吗？她估计他知道，但并不在乎。然而有一点很奇怪，非常奇怪。他六十多岁，身居高位，闻名遐迩，但他总让弗雷迪想起一个更年轻的男人。事实上，也就是巴比纽医生最著名（或者最恶名昭彰）的病人。

酒壶转了一圈又一圈。壶身上蚀刻着GH与FL，**永远**这几个字。唉，永远只持续了两年左右，格洛丽亚·霍利斯离开她已经有段时间了。巴比纽——或者如他自称的，Z医生，就像漫画书里的大反派——就是部分原因。

"他很吓人，"格洛丽亚说，"更老的那个家伙也吓人。那些钱更吓人。太多了。我不知道他们把你拉进了什么事，弗雷德，但迟早会炸得你满脸开花，我不想成为连带伤害的一部分。"

当然，也因为格洛丽亚有别人了，一个比瘦骨嶙峋、地包天、满脸痘疤的弗雷迪好看的人，但她不想讨论这方面的原因，算了，别提了。

酒壶转了一圈又一圈。

事情刚开始似乎非常简单，她怎么可能拒绝送上门的钞票？她在折价电子城当赛博巡警的时候几乎没有积蓄,商场关门后她做自由职业挣的钱也仅够她不至于流落街头。要是她有前老板安东尼·弗罗比舍所谓的"人际技能",情况肯定会大不相同,但那个方面一向不是她的长处。自称 Z 小子的老家伙(我的天,这个代号太像漫画人物了)提出请她办事时,感觉就像上帝开恩赐下了礼物。她那会儿住在南城的破烂廉租楼里,那部分城区又称"山里人天堂",加上他已经给她的钱,她的房租都还短一个月呢。你说她该怎么做?拒绝五千块现金?朋友,现实点儿。

酒壶转了一圈又一圈。

Z 医生迟到了,说不定根本不会来了,这样倒是最好。

她记得老家伙如何打量廉租房里的两个房间,她的大部分东西都塞在纸拎袋里(你很容易就能想象出她在穿城高速的天桥下睡觉而这些口袋围在她四周的景象)。"你需要一个更大的地方。"他说。

"是啊,就像加州的农民需要雨水。"弗雷迪记得她打开他递过来的信封。记得她拨弄厚厚一沓五十块,发出的声音是多么令人安心。"好是很好,但等我还完我欠的钱,也剩下不了多少。"大部分债主她都能糊弄过去,但老家伙不需要知道这个。

"还会有更多的钱,我老板会安排一套公寓给你住,会请你在那儿接收一些送来的物资。"

这句话敲响了警钟。"要是你在说毒品,咱们就忘了这件事吧。"尽管非常痛心,但她还是把塞满现金的信封还给了他。

他把信封推了回来,咧咧嘴表示不屑。"不是毒品。让你接收的物资连违法的边儿都不会沾。"

于是她来到了这里,靠近湖畔的一套公寓。这套公寓仅仅位于六楼,所以没什么湖景可看,房间也不是什么宫殿。差得远了,尤其是冬天。你从更高更新的摩天大楼之间只能看到一丝湖景,风却能左盘右绕准确找到你,了不起,一月份,寒风刺骨。她把暖气开到了八十度,但仍旧穿了三件衬衫,工装裤里还有一条秋裤。话虽如此,山里人天堂已经在后视镜里了,这就是个进步,但老问题依然存在:这样就够了吗?

银色酒壶转了一圈又一圈。GH 和 FL,永远。但没有任何东西是永远的。

门铃响了,她跳了起来。她拿起酒壶——拥有格洛丽亚的美好往日留下的纪念品——走向内部电话。她按捺住再次使用俄国间谍口音的冲动。不管他自称巴比纽医生还是 Z 医生,这位老兄都有点儿吓人。不是山里人天堂冰毒贩子的那种吓人,而是另一种吓人。还是直话直说,早完早了吧,顺便向基督祈祷,就算这档子事情炸得她满脸花,她也千万别惹上大麻烦。

"请问是著名的 Z 医生吗?"

"当然是我。"

"你迟到了。"

"弗雷迪,我打扰你做什么重要的事情了吗?"

不,没什么重要的。最近她做的事情没有一件是重要的。

"你带钱了吗?"

"当然。"声音很不耐烦。拉她入伙做这些肮脏勾当的老家伙说话也这么不耐烦。他和 Z 医生的外形迥然不同,但语气很像,像得足以让她怀疑他们是不是兄弟。然而他们说话也像另一个人,她以前的老同事。实际上是梅赛德斯先生的那个人。

弗雷迪最不愿回想的莫过于她为 Z 医生完成的那些骇客任务了。她按下内线电话旁的开门按钮。

她走向公寓门去迎接他,喝了一口威士忌壮胆。她把酒壶塞进中间一件衬衫的胸袋,然后从最里面一件衬衫的口袋里掏出薄荷糖。她不认为 Z 医生闻到她嘴里有酒味会说什么,但她在折价电子城工作的时候,每次偷喝一口酒之后总会吃一块薄荷糖,所谓积习难改就是这个意思。她从最外面一件衬衫的口袋里掏出一包万宝路,叼了一根点上。抽烟能进一步地掩盖酒味,也能进一步地镇定心神,要是他不喜欢吸二手烟，那就去死好了。

"这家伙让你住进一套漂亮的高级公寓，在过去十八个月内给了你近三万美元，"格洛丽亚曾经对她说，"付了这么多钱，要你做的事情随便找个上点儿档次的骇客睡着了也都能做，这是你自己说的。那么，为什么要找你？为什么给你这么多？"

又是弗雷迪不愿深思的事情。

所有事情都始于布莱迪和母亲的合影。折价电子城的员工得知桦山商场分店即将关门后不久，她在杂物室里捡到了那张照片。世人发现布莱迪就是臭名昭著的梅赛德斯杀手，安东尼·"东尼斯"。弗罗比舍肯定把照片从布莱迪的小隔间里拿出来，扔进了杂物室。弗雷迪对布莱迪没什么感情（不过他们曾经就性别身份这个话题有过几次意味深长的谈话）。纯粹出于冲动，她把照片包成礼物送到医院。后来她又去看过几次布莱迪，纯粹出于好奇，外加她对布莱迪的反应的一丁点自豪。布莱迪微笑了。

"他对你做出了反应，"弗雷迪某次探访过后，新来的护士长斯卡佩里说，"太不寻常了。"

到斯卡佩里接替贝姬·赫尔明顿的时候，弗雷迪已经知道继老家伙之后给她现金的神秘人Z医生实际上就是菲利克斯·巴比纽医生了。这件事她同样没有思考。从特雷霍特通过UPS寄来的纸箱陆续送到时，她依然没有多想。还有骇客任务。她成了不去深思的专家，因为一旦开始思考，某些联系就会变得显而易见，而且起因全都是那张该死的照片。弗雷迪真希望她当时克制住了冲动，但她母亲有句老话说得好：来不及总是来得太早。

她听见他沿着走廊而来的脚步声。她在他按门铃前打开门，问题脱口而出，连她都不知道自己会真的问出口。

"Z医生，你说实话——你是不是布莱迪？"

4

霍奇斯刚进家门,还没脱掉大衣,手机就响了。"哎,霍莉。"

"你还好吧?"

他能预见到自己会接到她的许多个电话,每次都是同一句开场白。唉,总比"狗娘养的你怎么还不死"要好。"嗯,我挺好。"

"再过一天你就要开始接受治疗了。一旦开始就绝对不能停下。无论医生怎么说,你都必须照着做。"

"你就别担心了。咱们说好的。"

"等你的癌症好了,我就不担心了。"

别这样,霍莉,他心想,他闭上眼睛,因为泪水突如其来地刺痛了他。别这样,别这样,别这样。

"杰罗姆今晚就回来了。他从飞机上打电话问芭芭拉怎么样,我把她的话复述了一遍。他十一点落地。还好他起飞得及时,因为暴风雨就要来了。据说会很严重。我提议我帮他租辆车,就和你出城办事的时候一样,现在非常容易了,因为我们有企业账户——"

"你游说了很久,直到我答应。相信我,我记得。"

"但他不需要用车。他父亲去接他。他们明早八点去看芭芭拉,要是医生点头就接她回家。杰罗姆说他十点到咱们办公室,没问题吧?"

"听着很好。"霍奇斯说,擦了擦眼睛。他不知道杰罗姆能帮上多大的忙,但他知道他很愿意见到那个小伙子。"看看他能不能从芭芭拉那儿再问出点和那个该死的小玩具——"

"我已经请他去问了。你拿到戴娜的游戏机了吗?"

"拿到了,而且试了试。没错,鱼洞的演示画面确实有蹊跷。盯着看一会儿就让人想睡觉。我估计纯粹出于偶然，估计也不会有太多的孩子受到影响，因为他们肯定会立刻进入游戏。"

他说了说戴娜提供的其他情况。

霍莉说："所以戴娜得到战破天的方式与芭芭拉和埃勒顿夫人不一样。"

"对。"

"别忘了希尔达·卡佛。自称迈隆·扎基姆的人也给了她一台。但她的开不了机。芭比说她那台闪过一道蓝光就死机了。你看见蓝光了吗？"

"没有。"霍奇斯打开空荡荡的冰箱，寻找胃部或许愿意接受的食物，最后选中了一盒香蕉口味的酸奶。"演示画面里有粉色小鱼，我确实点中了几条——相信我，很不容易——但没有数字出现。"

"我敢打赌，埃勒顿夫人的游戏机有。"

霍奇斯也这么认为。现在总结规律有点儿为时过早，但他倾向于认为只有拎手提箱的迈隆·扎基姆送出的游戏机里才有数字小鱼。霍奇斯还认为有人在拿字母 Z 玩文字游戏；另一方面，除了对自杀的病态兴趣，游戏也是布莱迪·哈茨费尔德犯罪手法的一部分。然而，真是该死，布莱迪被困在凯纳纪念医院的病房里。假如布莱迪·哈茨费尔德有几个狗腿子在帮他犯罪——他越来越觉得这就是真相了——他是怎么操控他们的呢？反过来说，他们又为什么要接受他的操控呢？

"霍莉，我需要你用电脑帮我查点儿东西。不是什么大事，只是有个人字还缺一撇。"

"你尽管说。"

"我想知道日升解决方案有没有赞助 2010 年的'此时此地'巡演，也就是哈茨费尔德企图在明戈演艺中心引爆炸弹的那一场。或者'此时此地'乐队的任何一场巡演。"

"交给我了。吃过晚饭了吗？"

"正在吃。"

"很好。在吃什么?"

"牛排,炸土豆丝,还有色拉,"霍奇斯看着眼前的酸奶,心情既厌恶又听天由命,"甜点是上顿饭吃剩下的苹果馅饼。"

"微波炉里热一下,加一勺香草冰激凌。好吃极了!"

"让我考虑一下。"

霍莉查到他要的信息,五分钟后电话就打了过来,他本来不该吃惊的,因为霍莉毕竟是霍莉,但他还是有点儿惊讶。"天哪,霍莉,已经查到了?"

霍莉不知道她几乎在逐字逐句地回应弗雷迪·林克莱特,她说:"下次问个比较难的问题。告诉你吧,'此时此刻'乐队在2013年解散。男孩乐队通常维持不了多久。"

"是啊,"霍奇斯说,"他们开始刮胡子,小女孩就会失去兴趣。"

"这我就不知道了,"霍莉说,"我一向是比利·乔尔的歌迷。还有迈克尔·波尔顿。"

天哪,霍莉,霍奇斯呻吟道。他不是第一次这么做了。

"从2007年到2012年,乐队做了六次全国巡演。赞助第一次巡演的是沙普燕麦,他们在演唱会现场发免费样品。最后两次,包括明戈演艺中心那次,由百事集团赞助。"

"没有日升解决方案。"

"没有。"

"谢了,霍莉。咱们明天见。"

"好的。你在吃晚饭吗?"

"刚坐下,正要吃。"

"那就好。还有,入院接受治疗前去看一看芭芭拉。她需要见到友善的面孔,因为无论她出了什么问题,影响都还没有消除。她说感觉就像脑袋里被留下了一道黏液痕迹。"

"保证一定去。"霍奇斯说,但他并没有能力真的实现这个承诺。

5

你是布莱迪吗？

菲利克斯·巴比纽，有时自称迈隆·扎基姆，有时自称 Z 医生，他对这个问题露出了微笑。笑容让他皱起了没有刮胡子的面颊，模样非常阴森可怖。今晚他戴的不是平时那顶呢帽，而是一顶毛茸茸的俄式军帽，白发乱蓬蓬地从底下挤出来。弗雷迪真希望她没有问那个问题，希望她没有开门让他进来，希望她根本没听说过这个人。假如他是布莱迪，那他就是一幢会走路的鬼屋了。

"别问我问题，我也不会对你撒谎。"他说。

她想换个话题，但就是做不到。"因为你说话像他。还有箱子送来后另外那个人拿给我的骇客工具……那是布莱迪发明的工具，我看见就认得出。就像有他的签名。"

"布莱迪·哈茨费尔德是个半紧张症患者，几乎没法走路，更别说写一个用在过时游戏机上的骇客工具了。其中一些游戏机不但过时，而且根本就是坏的。日升公司那群混蛋给我的东西不值我出的那些钱，这就气得老子要爆血管了。"

气得老子要爆血管了。布莱迪以前在赛博巡警的时候经常这么说，通常是骂他们的老板，或者把拿铁咖啡洒进 CPU 的某个白痴顾客。

"给你的酬劳很不错，弗雷迪，你的活儿都快做完了。咱们就别讨论这些了好不好？"

他没有等她回答，挤开她走进去，把手提箱放在台子上，啪的一声打开。他取出一个信封，信封上写着她的姓名缩写：FL。两个字母向后倾斜。在她担任赛博巡警的那几年里，她在数以百计的工单上见过同样的倾斜笔迹。它们都是布莱迪填写的工单。

"一万,"Z医生说,"最后一笔。快去做事吧。"

弗雷迪伸手去拿信封。"你要是不想留下就走吧。剩下的事情基本上是全自动的。就像设置闹钟。"

假如你真是布莱迪,她心想,你大可以自己动手。我擅长这些事情,但你做得更好。

他看着她的手指碰到信封,然后把信封收了回去。"我要留下。当然了,不是因为我不信任你。"

呵呵,弗雷迪心想。随你怎么说。

令人不安的笑容再次弄皱他的面颊。"谁知道呢?说不定咱们特别走运,能撞见第一个信号呢。"

"我敢打赌,收到战破天的大部分人早就扔掉了那东西。那是个该死的玩具,而且就像你说的,有一部分甚至没法开机。"

"那些就交给我担心吧。"Z医生说,面颊再次皱起和向后拉。他两眼通红,就好像吸过了可卡因。她想问他,他们到底在干什么,他希望完成什么目标……但她已经有了大致的念头,她难道真想确认吗?另外,假如他就是布莱迪,又有什么关系呢?他有成百上千个歪点子,全都是痴人说梦。

好吧。

大部分是。

她领他走进一个房间,这里原本是备用卧室,现在是她的工作室,一个电子隐修院,她从小就梦想能拥有这么一个地方,但一直花不起这个钱——好相貌、笑声有感染力、"人际技能"良好的格洛丽亚根本无法理解。这个房间的壁挂暖气几乎不起作用,房间里比公寓其他地方冷五度。电脑不在乎,电脑喜欢低温。

"去吧,"他说,"开始吧。"

她在顶级配置的 Mac 台式电脑前坐下,点亮 27 吋显示器,输入密码——任意组合的一串数字。桌面上有个文件夹,名称仅仅是一个字母 Z，她用另一个密码打开文件夹。文件夹里有两个文件，分别名为 Z1 和 Z2。她用又一个密码打开 Z2，然后噼里啪啦地敲键盘。Z 医生站在她的左肩后。刚开始他的存在让她心烦意乱，不过和平时一样，她很快就沉浸在了手头的事情里。

实际上也用不了多少时间；Z 医生将程序交给她，随便找个小孩都会运行程序。电脑右侧的架子上有一台摩托罗拉信号复示器。她最后同时按下 COMMAND 和 Z 键，复示器启动了。黄色点阵拼出四个字：**正在搜索**；它们闪烁得像是荒凉的十字路口交通灯。

两个人默默等待，弗雷迪发觉自己屏住了呼吸。她吐出一口长气，鼓起了瘦削的面颊。她想起身，Z 医生却按住她的肩膀。"多给它一点时间。"

他们给了它五分钟，房间里只能听见电脑设备柔和的呜呜运转声和从冰封湖面吹来的寒风呼啸声。**正在搜索**没完没了地闪烁。

"好吧，"他最后说，"我知道不该抱太大希望的。时间到了自然会有。弗雷迪，咱们回外面的房间去吧。我给你最后一笔钱，然后我就走——"

黄色的**正在搜索**忽然变成了绿色的**已找到**。

"看！"他喊道，她吓了一跳。"快看，弗雷迪！有第一个信号了！"

她最后的怀疑顿时消失，她百分之百地确定了。这一声得意的欢呼证明了一切。没错，就是布莱迪。他变成了一个活生生的俄罗斯套娃，头上那顶毛茸茸的俄罗斯军帽倒是正适合。巴比纽医生里面是 Z 医生，Z 医生里面是布莱迪·哈茨费尔德在操控所有开关。天晓得他是怎么做到的，但他就是做到了。

绿色的**已找到**变成红色的**正在载入**。过了几秒钟，**正在载入**又变成**任务完成**。信号复示器随即重新开始搜索信号。

"好极了，"他说，"我很满意。我该走了。今天晚上事情很多，我还没忙完呢。"

她跟着他回到客厅里，随手关上电子避难所的房门。她暗自下定决心,要做一件早就该做的事情。他一离开,她就关掉复示器,删除最后那个程序。做完这两件事情,她就收拾行李去汽车旅馆。明天她就逃出这个该死的城市,一路向南去佛罗里达。她受够了 Z 医生和他的跟班 Z 小子,还有中西部的严冬。

Z 医生穿上外套,但没有走向大门,而是踱到了窗口。"没什么风景嘛。挡视线的高楼太多。"

"是啊,非常没看头。"

"但还是比我那儿好,"他说,没有转身,"过去这五年半,我能看的只有一个停车库。"

她忽然被推到了极限。要是再和他在一个房间里待六十秒,她肯定会歇斯底里大发作。"把钱给我,然后给我滚出去。咱们两清了。"

他转过身,用来射杀巴比纽妻子的短管手枪握在手里。"你说得对,弗雷迪。咱们两清了。"

她立刻做出反应,一把拍掉他手里的枪,一脚踢中他的下体,等他弯下腰,像刘玉玲似的一记空手道劈砍砸下去,然后转身冲出大门,扯开嗓门尖叫。这段画面在她脑海里以全彩色和杜比全景声播放,实际上她像生了根似的站在原处。枪响了。她踉跄后退两步,撞在她看电视的安乐椅上,她倒下去翻过安乐椅,头朝下摔在地上。时间变暗,渐渐远去。她最后的感觉是温暖,上半身的暖意来自流血,下半身的来自膀胱失禁。

"最后一笔,我答应过的。"这几个字从遥远的地方飘来。

黑暗吞噬了世界。弗雷迪落入黑暗,一去不返。

6

布莱迪一动不动地站在那里,望着鲜血从她身体底下逐渐渗出。他等待着有人来敲门,问她是不是一切都好。他不认为这种事真会发生,但有备无患总是好的。

等了九十秒,他把手枪放回大衣的口袋里,贴着战破天放好。他忍不住要在离开前再看一眼电脑室。信号复示器还在无休止地自动搜索信号。无论结果如何,他都完成了一趟伟大的旅程。最终结果难以预测,但肯定会得到某种结果,会像硫酸似的吞噬退休老警探。复仇这盘菜,确实凉了最好吃。

下楼的时候,电梯里只有他一个人。大堂同样空无一人。他出去绕过街角,竖起巴比纽昂贵的大衣的领子以抵御寒风,用遥控器打开巴比纽的宝马车的车锁。他坐进车里,发动引擎,但只是为了开暖气。去下一个目的地之前,他还有事情要做。他并不想做这件事,因为巴比纽虽然做人失败,但头脑极为聪慧,而且有很大一部分依然完好无损。摧毁这个头脑就像 ISIS 那群迷信的白痴将无法替代的文化瑰宝砸成废墟。然而他还是必须这么做。他不想冒任何风险,因为这具躯体同样宝贵。是的,巴比纽血压偏高,近几年听力在走下坡路,但打网球和每周去两次医院健身房使得肌肉相当结实。他的心率为每分钟七十下,毫无失误。他没有坐骨神经痛、痛风、白内障和影响他同龄人健康的其他毛病。

另外,好医生是他目前唯一的资源。

想通了这一点,布莱迪投向内心,找到菲利克斯·巴比纽残存的核心意识——大脑中的大脑。布莱迪的屡次入侵使得它伤痕累累、日渐消损,但它依然存在,依然是巴比纽,依然能够(至少从理论上说）重新取得控制。但它毫无防备，就像被剥除甲壳的硬壳动物。它不完全是肉体的；巴比纽的核心自我更像一团密实缠结的光线。

布莱迪不无悔恨地用幽灵手抓住它，将它撕成了碎片。

7

霍奇斯慢吞吞地喝着酸奶，靠气象节目消磨晚间时光。天气频道的书呆子给这场冬季风暴起了个可笑的名字：尤金。它还在继续南下，预计将于明天晚些时候抵达本市。

"现在很难确定具体时间，"戴眼镜的秃头书呆子对穿红裙的金发美女播音员说，"这场风暴给走走停停这个词赋予了新的意义。"

美女播音员哈哈大笑，就好像她的气象学搭档说了什么特别俏皮的双关语，霍奇斯用遥控器让他们闭嘴了。

zapper，他心想，看着手里的遥控器。大家都这么叫它。仔细想来，这是个了不起的发明。你能遥控切换数以百计的电视频道。连屁股都不用抬。就好像你坐在电视机里，而不是家里的椅子上——或者同时身处两个地方。说真的，这简直像个奇迹。

他正要去卫生间刷牙，手机忽然开始振动。他望向屏幕，忍不住笑出了声，尽管现在大笑会让他腹部抽痛。此刻他待在自己的家里，享受着私密的环境，欢呼本垒打的短信通知不会打扰任何人，他的老搭档却打来了电话。

"嘿，彼得，很高兴知道你还记得我的号码。"

彼得没有浪费时间寒暄。"有件事情要告诉你，科密特，要是你决定揪住不放，那我就会变成《霍根英雄》里的舒尔茨军士。还记得他吗？"

"当然。"霍奇斯觉得肚子里此刻的感觉不是疼得抽筋，而是异常兴奋。真是奇怪，这两种感觉实在太相似了。"我啥都不知道。"

"对头。必须如此，因为就局里而言，玛蒂娜·斯托弗被谋杀和她母亲的自杀已经正式结案了。我们绝对不会因为巧合而重新开始调查,这是从最顶上下来的命令。你听清楚了吗?"

"清楚得都透明了,"霍奇斯说,"你说的是什么巧合?"

"凯纳脑外伤诊所的护士长昨天夜里自杀了。鲁丝·斯卡佩里。"

"我听说了。"霍奇斯说。

"你是不是又去朝拜咱们可爱的哈茨费尔德先生了?"

"对。"他没能见到可爱的哈茨费尔德先生,但这一点就不用告诉彼得了。

"斯卡佩里也有那种游戏机。战破天。她在流血至死前把它扔进垃圾筒,被一名鉴证人员发现了。"

"唔,"霍奇斯回到客厅坐下,弯腰时疼得龇牙咧嘴,"你觉得这是巧合?"

"我未必这么觉得。"彼得语气沉重。

"但是?"

"但是我想平安无事地退休,真该死!要是这个案子里有球需要接过去,那就应该交到伊兹的手上。"

"但是伊兹才不想接你这个黏糊糊的球呢。"

"对。队长也不想,局长更不想。"

听见这个,霍奇斯不得不略微提高了一点他对老搭档的评价,彼得的热情总算还没有完全冷却。"你真的找过他们?想让案子继续查下去?"

"我找过队长。请允许我补充一句,无视伊兹·杰恩斯的反对。她刺耳的反对。队长找过局长。今天傍晚我收到通知,命令我放弃,原因你很清楚。"

"当然。因为两件事都和布莱迪有关系。玛蒂娜·斯托弗是市民中心的受害者之一。鲁丝·斯卡佩里是他的护士。稍微有点儿脑子的记者只需要五分钟就能把线索联系起来,搞出一篇骇人听闻的吓人报道。佩德森队长就是这么对你说的吧?"

"一点儿不错。警局管理层谁也不希望聚光灯回到哈茨费尔德身上，尤其是法院依然裁定他丧失行为能力，无法为自己辩护，因而不能出庭受审。妈的，市政府里就没人想看到这种事发生。"

霍奇斯沉默下去，拼命思索——他这辈子都没这么认真过。他在高中里学到了"跨过卢比孔河"这个短语，不需要布莱德利夫人的解释就理解了它的意思：做出不能撤回的决定。他后来发现——有时候是懊悔地发现——你往往会毫无准备地面对卢比孔河。假如他告诉彼得，芭芭拉·罗宾逊也有一台战破天，逃学去下城区时很可能也在考虑自杀，彼得恐怕只能再去找一趟佩德森。两起自杀案都和战破天有关还能归为巧合，但三起呢？好吧，芭芭拉没能成功自杀，谢天谢地，但她是又一个与布莱迪有联系的人。别的不说，她毕竟就在"此时此地"演唱会的现场。还有希尔达·卡佛和戴娜·斯科特，她们也收到了战破天。然而，警方有可能相信正在他心中成形的念头吗？这个问题很重要，因为霍奇斯很喜欢芭芭拉·罗宾逊，除非掌握了切实的证据，否则绝对不希望见到她的隐私受到侵犯。

"科密特？你还在吗？"

"在。我在想事情。昨晚有人去找过斯卡佩里吗？"

"不知道，因为我们还没有问过邻居。是自杀，不是谋杀。"

"奥莉薇亚·特莱劳尼也是自杀，"霍奇斯说，"还记得吗？"

现在轮到彼得陷入沉默了。他当然记得，他还记得那是一起教唆自杀。哈茨费尔德在她的电脑上植入了恶意蠕虫，让她以为自己受到在市民中心遇害的一名年轻母亲的幽灵纠缠。她的自杀使得全城绝大多数人相信她对那场血案负有部分责任，因为她下车时忘了拔点火钥匙。

"布莱迪一向喜欢……"

"我知道他一向喜欢什么，"彼得说，"用不着你没完没了强调。要是你想知道，我还有一件事情可以告诉你。"

"当然想知道。"

"今天下午五点左右，我找到南希·埃尔德森谈了谈。"

好样的，彼得，霍奇斯心想。总算不像前几个星期那样每天打卡混时间了。

"她说埃勒顿夫人给女儿买了新电脑。为了女儿的线上课程。说电脑放在地下室楼梯背后，纸箱都没拆。埃勒顿打算下个月送女儿当生日礼物。"

"换句话说就是对未来还有打算。她不像一个要自杀的人，对不对？"

"对，我觉得不像。科密特，我得挂了。球在你的半场了。是打下去还是扔着不管都随你便。"

"谢谢，彼得。感谢提点。"

"真希望时间能回到从前，"彼得说，"咱们会一路追下去，查他一个水落石出。"

"可惜不是了。"霍奇斯又在揉侧腹部了。

"是啊，可惜不是了。你好好保重。他妈的长点儿肉。"

"我会尽量的。"霍奇斯说，但只是自言自语。彼得已经挂了电话。

刷完牙，他吞下一粒止痛片，慢吞吞地换上睡衣。他爬上床，盯着黑暗，等待睡眠或黎明的降临，只看它们哪一样先来了。

8

布莱迪穿上巴比纽的衣服，没有忘记从衣柜顶层抽屉里取出巴比纽的员工证，因为证件背面的磁条能打开医院里的每一扇门。晚上十点半，差不多就是霍奇斯再也忍受不了天气频道的那个时刻，他第一次使用了员工证，打开医院主楼背后员工停车场的铁门。停车场白天停满了车，但这个时间他可以随便选停车位。他尽可能远离弧光钠灯的刺眼亮光挑了个地方停下。他放下巴医生的豪华轿车的椅背，关闭引擎。

他飘进梦乡，发现自己在茫茫光雾中巡游，这些支离破碎的记忆片段是菲利克斯·巴比纽遗留下来的所有东西。他品尝他第一次亲吻的女孩的薄荷味润唇膏，玛乔丽·帕特森，密苏里州乔普林市的东区初中。他看见一个篮球，用斑驳的黑色字体印着 VOLT。他在祖母的沙发背后画涂色书，一头巨大的恐龙，身体是褪色的绿色拉绒，他感觉到一股暖意，他尿了裤子。

看来童年记忆是最后消失的。

两点刚过，他抽搐了一下，有一段记忆格外鲜明，他父亲扇他耳光，因为他在家里阁楼上玩火柴，他叫了一声，在宝马车的座位上陡然惊醒。那段记忆中最清晰的细节还残留了一瞬间：他父亲的脖子涨得通红，艾索德蓝色高尔夫衫的衣领上方，一根青筋跳动不已。

然后他又变成了布莱迪，只是套着巴比纽的人皮。

9

布莱迪绝大多数时间都被禁锢在 217 病房一具无法正常运转的躯体里，因此他有好几个月的时间供他策划、修订和重新修订计划。他一路上犯过各种错误（比方说，他真希望自己没有操纵 Z 小子通过蓝雨伞网站给霍奇斯发送消息，他应该等到解决了芭芭拉·罗宾逊再这么做），但他坚忍不拔，已经站在了成功的边缘上。

他在脑海里几十次排练过行动的这个阶段，此刻满怀信心地开始执行。拿着巴比纽的证件一扫，他打开了一扇标着**维修通道 A** 的门。在楼上，维持医院运转的各种机器的响声即便能听见，也仅仅是发闷的嗡嗡声。在这里，响声持续不断、震耳欲聋，铺着瓷砖的走廊热得令人窒息。正如他的预料，这条走廊空无一人。市区的医院从不陷入深度睡眠，但在凌晨时分也会闭上眼睛打盹儿。

维修人员的休息室同样空空如也，淋浴间和更衣室也是这样。有几个柜子用上了挂锁，但大部分都没锁。他一个一个试过去，查看衣服的尺寸，终于找到一件灰色衬衫和一条工装裤的尺码与巴比纽的接近。他脱掉巴比纽的衣服，换上维修工人的行头，没有忘记他从巴比纽家卫生间拿走的那瓶药片。瓶子里有巴比纽夫妇两人的药物。他在淋浴间旁的一个钩子上看见了最后一样道具：红蓝相间的土拨鼠棒球帽。他取下帽子，调整塑料松紧带，戴上后拉下来遮住整个额头，确保巴比纽的银发全都装进了帽子。

维修通道 A 走到尽头，他向右转，进入医院的洗衣房，这里闷热而潮湿。两个女工坐在两排巨型佛山干衣机之间的塑料椅上睡得正香，一个手里的动物饼干盒翻了，饼干撒在绿色尼龙裙包裹的大腿上。洗衣机的另一侧，两辆装纺织品的推车停在煤渣砖墙边。一辆装满了病号服，洗干净的床单在另一辆里堆得高高的。布莱迪抓起几件病号服放在叠得整整齐齐的床单上，然后推着小车穿过走廊。

他换了一次电梯，过天桥来到铁桶，一路上只看见四个活人。两个护士在医疗用品储藏室外低声聊天，两个实习生在医生休息室看着笔记本电脑嗤嗤笑。没有人多看值夜班的维修人员一眼，他低着头，推着装满衣物的小车向前走。

他最有可能被注意到（甚至被认出来）的地方是铁桶中央的护士站，但两个护士一个在电脑上玩纸牌，另一个用一只手支着脑袋，聚精会神地做记录。后者从眼角瞥见有动静，头也不抬地向他问好。

"嗯，很好，"布莱迪说，"不过今晚可真冷啊。"

"嗯哼，听说暴风雪要来了。"她打个哈欠，继续做记录。

布莱迪推着小车穿过走廊，在离217病房不远处停下。铁桶的小秘密之一是病房都有两扇门，一扇有标记，另一扇没有。没有标记的门通往储藏室，方便勤杂工在夜间补充床单和其他必需品，免得打扰患者的休息——或者他们失常的头脑。布莱迪拿起几件病号服，左右张望一圈，确保没有人在看他，然后从没有标记的那扇门钻了进去。片刻之后，他低头望着自己。这几年他一直在愚弄所有人，让他们相信布莱迪·哈茨费尔德确实是员工（仅仅在他们之间流传）所谓的植物人、木头或LOBNH：灯亮着但没人在家。不过此刻他确实不在家。

他俯身爱抚刚长出胡须碴的一侧面颊，用大拇指的指肚划过闭着的一片眼睑，感觉底下眼球隆起的弧线。抬起一只手，翻过来，轻轻地放在被单上，掌心向上。从灰色工装裤的口袋里取出药瓶，往掌心里倒了六粒药。拿起来，吃下去，他心想。这是我的肉身，因为你而变得残破。

他最后一次进入残破的肉身。他现在不需要战破天也能做到了，他也不需要担心巴比纽会抢回控制权，像姜饼人似的逃之夭夭。布莱迪的意识离开后，巴比纽变成了植物人。他的脑海里一片空白，只剩下父亲高尔夫球衫的记忆。

　　布莱迪在脑海里环顾四周，就像一个人在旅馆里住了很久，退房前最后才检查一遍。有没有东西忘在壁橱里？牙膏是不是忘在卫生间了？床底下会不会还有一副袖扣？

　　没了。行李全都收拾好了，房间已经搬空。他合拢手，手指迟缓的反应让他痛恨不已，关节里像是充满了泥浆。他张开嘴，抬起手，把药片放进嘴里。咀嚼。很苦。巴比纽像没了骨头似的瘫在地上。布莱迪吞咽一次。然后再一次。好了。吞下去了。他闭上眼睛，等他再次睁开眼睛，发现他在看床底下的一双拖鞋，布莱迪·哈茨费尔德再也不会穿上它们了。

　　他让巴比纽站起身，拍拍身上的灰尘，再次望向承载他这个意识将近三十年的那具肉体。自从在明戈演艺中心被砸了脑袋，那具躯体对他就没了用处，当时他险些就能引爆固定在轮椅底下的塑胶炸药了。有一瞬间，他担心这一步激烈的行动会造成危害，他的意识和那些宏大的计划会跟着肉身死去。但他很快就不担心了。脐带已经切断，他跨过了卢比孔河。

　　再见了布莱迪，他心想，很高兴认识你。

　　他推着小车再次经过护士站，玩纸牌的护士不见踪影，大概是上厕所去了。另一个趴在记事本上睡着了。

10

已经三点四十五分了,还有那么多事情要做。

布莱迪重新换上巴比纽的衣服,按原路离开医院,驾车驶向蜜糖高地。Z小子自制的消音器已经坏了,毫无掩饰的枪声若是在全城最富裕的区域响起,肯定会有人报警(一两个街区之内肯定有警惕安保公司的保安人员),路过山谷广场的时候,他拐了进去。停车场里没几辆车,他扫了一眼,没有看见警车,他拐弯绕向折扣家居用品的装卸区。

天哪,能出来走走可真是太好了。真他妈棒!

他走向宝马的车头,深吸一口冬季寒冷的空气,边走边用巴比纽昂贵的大衣袖子裹住点三二手枪的枪管。肯定不如Z小子的消音器好用,他知道有风险,但风险不会太高。只是一枪而已。他先抬头看了一眼,以为会见到满天繁星,但乌云遮住了天空。唔,好吧,还会有其他夜晚的。许多个夜晚。几千个夜晚。他毕竟没有被限制在巴比纽的躯体里。

他瞄准,开枪。宝马的挡风玻璃上多了一个小圆洞。现在又多了一个风险,他必须开完通往蜜糖高地的最后一英里路程,而挡风玻璃正对方向盘的位置有个弹孔,但深夜的这个时刻,城郊道路不可能更空旷了,警察多半在打盹,比较好的地段尤其如此。

路上两次有车头灯迎面而来,他屏住呼吸,但两次对方都没有放慢车速,而是直接开了过去。一月的冷风从子弹孔灌进来,发出轻微的嗖嗖声响。他一帆风顺地回到巴比纽的超级豪宅。这次不需要输入密码,只需要按一下别在遮阳板上的开门遥控器。他来到车道尽头,拐上白雪覆盖的草坪,压过一团冻结的积雪时颠簸了一下,擦过一小片矮树丛，然后停车。

回家了，又回家了，蹦蹦跳跳。

唯一的问题是他忘了带刀。他可以进去拿一把，他在里面还有另一件事情要做，但他不想跑两趟。他在睡觉前还有许多英里要跑，他迫不及待地想要上路。他打开储物箱翻找。巴比纽这么一个时髦人士肯定有备用的修剪工具，一把指甲刀就够用了……但他没有找到。他打开手套箱，发现放车辆证照的夹子（当然是真皮的）里有一张好事达保险公司的塑封卡片。够用了。他们毕竟是最可靠的帮手。[①]

布莱迪撩起巴比纽的开司米大衣和衬衫的袖子，用塑封卡片的一角划过前臂，但只留下了一条红色印痕。他再次尝试，这次用上了更大的力气，疼得他龇牙咧嘴。皮肤裂开，鲜血涌出。他举着胳膊下车，然后又探身到车里，先在座椅上滴了几滴血，又在方向盘下侧滴了几滴。血不多，但本来就不需要太多。挡风玻璃上有个子弹孔，血有几滴就足够了。

他跑上门廊台阶，每一步都是一场性高潮。科拉躺在门廊的衣帽钩底下，依然是一具尸体。图书馆艾尔还躺在沙发上。布莱迪抓住他摇了几下，他只是哼哼唧唧地嘟囔几声，布莱迪用双手揪住他，把他扔到地上。艾尔的眼睛睁开了一条缝。

"啊？怎么了？"

视线朦胧，但并非全无神采。遭到蹂躏的脑袋里已经没剩下多少艾尔·布鲁克斯了，但还有一丁点布莱迪创造的第二人格。够了。

"嘿，你好，Z小子。"布莱迪说，蹲了下来。

"嘿，"Z小子用沙哑的声音说，挣扎着想坐起来，"嘿，你好，Z医生。我在监视那幢屋子，就像你吩咐的那样。那个女人——还能走动的那个女人——一直在玩战破天。我在马路对面的车库里监视她。"

[①] 好事达公司的广告语。

"你已经不需要做这件事了。"

"不需要了？呃，咱们这是在哪儿？"

"我家，"布莱迪说，"你杀了我老婆。"

Z小子望着身穿大衣的白发男人，傻乎乎地张着嘴。他的呼吸很难闻，但布莱迪没有后退。Z小子的面孔慢慢皱了起来。感觉就像看慢镜头拍摄的车祸现场。"杀人？……我没有！"

"你杀了。"

"不！绝对不可能！"

"然而你就是杀了。但只是因为我命令你这么做的。"

"你确定？我不记得了。"

布莱迪抓住他的肩膀。"不是你的错。你被催眠了。"

Z小子顿时笑逐颜开。"被鱼洞！"

"对，被鱼洞。你被催眠以后，我命令你杀了巴比纽夫人。"

Z小子困惑而悲伤地看着他。"就算是我杀的，那也不是我的错。我被催眠了，自己都不记得。"

"拿着。"

布莱迪把枪递给Z小子。Z小子拿起枪，皱着眉头打量，就仿佛那是什么异国珍宝。

"放进你的口袋，把你的车钥匙给我。"

Z小子心不在焉地把点三二塞进裤袋，布莱迪看得直皱眉头，总觉得枪会突然走火，打穿老东西的腿。Z小子摸出车钥匙递给他。布莱迪收好钥匙，起身走向客厅的另一头。

"你去哪儿，Z医生？"

"我去去就来。你坐在沙发上等我回来好吗？"

"我坐在沙发上等你回来。"Z小子说。

"好主意。"

布莱迪走进巴比纽医生的书房。这里有一面展示自大的墙，挂满了带相框的照片，其中有一张是早几年的菲利克斯·巴比纽和第二位布什总统握手,两人笑得像一对白痴。布莱迪没有理会那些照片;过去这几个月,他一直在研究如何待在另一个人的躯壳里(他将这段时间视为他的试驾时代),因此已经无数次地见过了这些照片。他对书桌上的台式机也不感兴趣。他需要的是摆在书橱上的MacBook Air。他翻开笔记本电脑,打开电源,输入巴比纽的口令,这个口令是CEREBELLIN——脑百灵。

"你的药屁用也没有。"布莱迪对着点亮的主屏幕说。他实际上并不能确定,但他选择这么认为。

他的手指噼里啪啦地敲打键盘,巴比纽不可能用如此训练有素的速度使用电脑,一个隐藏程序跳了出来,它是布莱迪某次在好医生的脑袋里来到这里装上的。程序名为**鱼洞**。他继续敲键盘,程序连接上了弗雷迪·林克莱特的电脑避难所里的复示器。

正在运行,笔记本电脑上显示,底下是:**已发现 3 个**。

已发现三个!已经三个了!

布莱迪很高兴,但并不怎么吃惊,尽管此刻是静如坟场的凌晨时分,但每个群体里都会有几个失眠者,从网络 badconcert.com 收到战破天赠品的人群也不例外。还有什么比便携式游戏机更适合消磨黎明前无法入睡的漫长时光呢?在玩纸牌或愤怒小鸟之前,为什么不先打开鱼洞的演示画面找一找粉色小鱼呢?看看它们会不会在指尖点击下变成数字。正确的数字组合能赢得大奖,但在凌晨四点,奖品很可能不是首要的激励因素。凌晨四点醒来的人往往心情欠佳。不好的念头和悲观的想法会浮出水面,鱼洞的演示画面能安抚心灵。而且还会让人上瘾。艾尔·布鲁克斯在变成Z小子之前知道这一点;布莱迪第一次看见它知道了。只是一个幸运的巧合,但布莱迪从那以后的所作所为(他苦心孤诣准备的事情)可不是巧合,而是一个人被囚禁在病房和残躯中经过漫长而谨慎的策划而得到的结果。

他关闭笔记本电脑,夹在胳膊底下,转身离开书房。走到门口,一个主意浮上心头,他走到巴比纽的书桌前,拉开中间的大抽屉,找到了他需要的东西——他甚至不需要翻找。运气来了，谁也挡不住。

布莱迪回到客厅。Z小子坐在沙发上，垂着脑袋，耷拉着肩膀，双手吊在两腿之间，看上去疲惫到了极点。

"我得走了。"布莱迪说。

"去哪儿？"

"不关你的事。"

"不关我的事。"

"正是如此。你应该继续睡觉。"

"就在沙发上？"

"也可以去楼上找一间卧室。但你首先要做一件事情，"他把他在书桌里找到的记号笔递过去，"写下你的标记，Z小子，就像你在埃勒顿夫人家里那样。"

"我在车库监视的时候她们还活着，我非常确定，但现在大概已经死了。"

"对，恐怕已经死了。"

"不是我杀的，对吧？因为别的不说，看起来像是我至少去过她们家的卫生间。还在那儿画了个Z字。"

"不，不会的，不是那种……"

"我照你说的去找游戏机，我记得很清楚。我找得非常认真，但哪儿都找不到。我觉得说不定被她扔掉了。"

"已经无所谓了。你就在这儿留下你的标记，行不行？至少要在十个地方画，"他想到一点，"你还能数到十吧？"

"一……二……三……"

布莱迪看了一眼巴比纽的劳力士。四点十五分。铁桶的晨间巡视从五点开始。时间飞逝得像是长了小翅膀。"太好了。至少在十个地方画上你的标记。然后继续睡觉。"

"好的。我会在十个地方画上我的标记，然后去睡觉，然后开车去你要我监视的那幢屋子。还是说我现在不需要去了，因为她们已经死了？"

"我看你现在不需要去了。咱们复习一下好吗？谁杀了我老婆？"

"我，但不是我的错。我被催眠了，我甚至都不记得了，"Z小子开始哭，"Z医生，你会回来吗？"

布莱迪微笑，露出巴比纽昂贵的牙医成果。"当然。"说话的时候，他的视线移向左上方。

他望着老家伙走向固定在墙上的"上帝啊我真有钱"巨型电视，在屏幕上画了个大大的Z。谋杀现场到处都是Z字，这个细节并非必不可少，但布莱迪觉得这么做很有意思，尤其是等警察问曾经是图书馆艾尔的男人他叫什么，他会说他是Z小子。就像给精雕细琢的珠宝上再添一缕金丝细工装饰。

布莱迪走向前门，再次跨过科拉的尸体。他蹦蹦跳跳地跑下台阶，在最底下做了个舞蹈动作，用巴比纽的手指打着响指。有点儿疼，因为巴比纽患有初期关节炎，但又怎样呢？布莱迪知道什么是真正的疼痛，指骨里的几下轻微刺痛算不了什么。

他跑向艾尔的马里布轿车。比已故巴比纽医生的宝马差远了，但肯定能送他赶到他想去的地方。他启动引擎，仪表盘音箱里流淌而出的古典音乐让他皱起眉头。他换到BAM-100频道，发现正在放"黑色安息日"乐队的歌曲，而且还来自奥兹超牛逼的时代。他最后看了一眼在草坪上停得歪歪扭扭的宝马，然后就出发了。

他在睡觉前还有许多英里要跑，还有最后的一笔要画，就像冰激凌圣代上的那颗樱桃。他不需要弗雷迪·林克莱特做这件事，巴医生的MacBook就够了。他正在无拘无束地奔跑。

他自由了。

11

就在 Z 小子证明他依然能从一数到十的时候，弗雷迪·林克莱特被鲜血糊住的睫毛从被鲜血糊住的面颊上抬了起来。她发现自己盯着一只圆睁的棕色巨眼。过了漫长的好几秒钟，她才意识到那并不是眼睛，而是看似眼睛的一团木纹。她趴在地上，此刻的感觉像是这辈子最严重的一场宿醉，比庆祝二十一岁生日那场惊天动地的派对还可怕，当时她把冰毒和朗姆酒调成了一大杯，后来她觉得自己真是运气不错，居然能从那场小小试验中活了下来。此刻她甚至希望自己当时就死了，因为现在的感觉更加难受。剧痛的不止脑袋，胸口疼得像是马肖恩·林奇①拿她练习了擒抱。

她命令自己的手开始移动，双手不情愿地响应号召。她将双手摆成伏地挺身的姿势，然后用力一推。身体起来了，但最外面一层衬衫没有起来，将它粘在地面上的液体看似血液，闻起来却像苏格兰威士忌。所以她正在喝酒，结果一跤摔倒在地。撞到了脑袋。可是，亲爱的上帝，她到底喝了多少啊？

不，不是这样的，她心想，有人来过，而且你知道那是谁。

最简单的推理过程而已。最近她住在这儿，只有两名访客，两个人都自称 Z 啥啥，穿破风雪衣的老家伙有段时间没来过了。

她想站起来，刚开始却做不到，而且也只能轻轻地呼吸。深呼吸让她左乳上方痛得撕心裂肺。感觉像是有东西扎了进去。

我的酒壶？

我在转酒壶，等他露面。给我最后一笔钱，然后大家分道扬镳。

---

① 美国著名橄榄球运动员，身高一米八，体重九十八公斤。

"开枪打我，"她用嘶哑的声音说，"狗娘养的 Z 医生开枪打我。"

她跟跄着走进卫生间，不敢相信她在镜子里见到的车祸现场。鲜血覆盖了左脸，左侧太阳穴上方划破了一道口子，伤口隆起成紫色的一团，但这还不是最糟糕的。她的蓝色格子衬衫也浸透了鲜血——主要来自头部伤口，她希望如此，头部受伤总是血流如注——左胸口袋上有个圆形的黑窟窿。没错，他朝我开枪。她想起了砰然枪声和昏迷前闻到的硝烟气味。

她将颤抖的手指插进胸前口袋，依然只敢做浅呼吸，掏出那包特醇万宝路。M 字母的正中间有个弹孔。她把烟盒扔进水槽，颤颤巍巍地解开纽扣，听凭衬衫掉在地上。威士忌的气味更加浓烈了。里面是一件卡其布衬衫，胸袋上有翻盖的那种。她想掏出左侧胸袋里的酒壶，疼得低声呜咽起来——不做深呼吸，她只能发出这么多声音——不过取出酒壶以后，胸口的疼痛稍微减轻了一点儿。子弹也打穿了酒壶，靠近皮肤一侧迸裂的壳体沾着鲜血。她把被打穿的酒壶扔在烟盒上，解开卡其布衬衫的纽扣。这次花的时间更多，但最后这件衬衫也掉在了地上。底下是一件美国巨人 T 恤，胸前有个小口袋的那种。她从口袋里掏出薄荷糖的小铁盒。这个盒子上也有个窟窿。T 恤没有纽扣，于是她将小拇指插进弹孔，用力向外扯。T 恤破了，她终于看见了自己的皮肤，斑斑点点的鲜血溅在胸口。

她胸部的平缓弧线刚开始之处有个窟窿，她看见里面有个黑乎乎的东西。看着像只死虫子。她继续撕开 T 恤上的破口，用上了三根手指，然后抓住那只死虫子。她试着摇动它，就好像那是一颗松脱的牙齿。

"啊……啊……啊，我 ×……"

它出来了，不是虫子，而是子弹。她看了一会儿，然后也扔进水槽。尽管头痛欲裂，胸口抽痛不已，但弗雷迪意识到了自己的运气好得堪称荒谬。尽管那只是一把小手枪，但距离这么近，再小的枪也应该足以打死她。要不是百万分之一的好运，她本来也死定了。子弹先打穿烟盒，再打穿酒壶（真正的障碍就是它），接着打穿薄荷糖的小铁盒，最后才进入她的身体。离她的心脏有多远？一英寸？还是更近？

她胃里一阵痉挛，她想吐。她不会允许自己吐出来，绝对不能。胸口的弹孔又开始流血了，但这不是最重要的。脑袋疼得就快爆炸。这才是最重要的。

她的呼吸稍微顺畅了一点儿，因为酒壶连同它刺进肉里（但救了她一命）的裂口边缘都取了出来。她拖着沉重的双脚回到客厅里，望着地上那一摊鲜血和威士忌的混合物。要是他屈尊弯个腰，用枪口顶着她的后脖颈补上一枪……只是为了万无一失……

弗雷迪闭上眼睛，虚弱和恶心一波接一波地袭来，她努力保持意识清醒。等感觉稍微好一点儿了，她走到椅子前，以最慢的速度坐下。就像背疼的老太太，她心想。她望着天花板。现在怎么办？

她的第一个念头是报警，叫救护车来接她去医院，但她该怎么对警察说呢？说有人敲门，自称摩门教徒或耶和华见证人的传教士，她一开门就吃了他一颗子弹？他为什么对她开枪？理由何在？而她，一个独居的女人，晚上十点半陌生人敲门，她为什么会开门？

还不止这些。警察会上门。卧室里有一盎司大麻和八分之一盎司的可卡因。毒品可以扔掉，但电脑室里的那些鬼东西呢？她有半打非法的骇客工程正在运行，外加一大堆昂贵的设备，而且还都不是她购买的。警察会问，说起来啊，林克莱特女士，对你开枪的男人会不会和上述电子器材有什么关系呢？也许你欠了他的钱？也许你是他的同谋，窃取信用卡号码和其他个人信息？他们肯定不会放过信号复示器，小灯闪啊闪地像是赌城的老虎机，它一刻不停地通过无线网络发送信号，发现战破天开机就传输定制的恶意蠕虫。

这是什么，林克莱特女士？具体有什么功能？

她该怎么告诉他们？

她环顾四周，希望能看见装满现金的信封扔在地上或沙发上，但钱当然被他拿走了——前提是信封里确实装着钞票,而不是裁成相似大小的报纸。她在这个房间里,她吃了一颗子弹,她脑震荡(求你了,上帝,骨头千万别断),她几乎身无分文。她该怎么办?

首先当然是关掉复示器。布莱迪·哈茨费尔德钻进了 Z 医生的身体,而布莱迪就像一辆失控的摩托车。复示器肯定在做什么邪恶的事情。她一定要关掉那东西,对吧?细节还没想清楚,但大方向是一定的,对吧?关掉那东西,然后尽快离开,对吧?她没拿到最后一笔能帮她逃之夭夭的酬劳,尽管她花钱大手大脚,但银行里还有几千块存款,谷物信托银行九点开门。再说她还有提款卡呢。所以,关掉复示器,掐死那个让人毛骨悚然的 zeetheend 网站,洗掉脸上的血污,下楼他娘的一走了之。不能坐飞机,机场安检区如今就像诱捕陷阱,跳上大巴或火车,一路奔向金灿灿的西部。这个主意难道不好吗?

她站起来,拖着脚走向电脑室,这个主意为什么不好的理由跳进脑海。布莱迪离开了,但肯定会远程监控程序的运行情况,尤其是复示器,而远程监控大概是全世界最简单的事情了。他擅长电脑——才华横溢,尽管她非常不愿意承认——几乎可以肯定他在她的设置中留了后门。假如真是这样,那他随时随地都能查看情况,只需要一台笔记本电脑就行。假如她关闭了他的程序,他会立刻知道,也会知道她还活着。

他会回来找她。

"我该怎么办?"弗雷迪低声说。她蹒跚着走到窗口,浑身颤抖——入冬以后,这套公寓里太他妈冷了——望着外面的茫茫黑夜。"现在我该怎么办?"

12

霍奇斯梦到了波瑟，他小时候养的一条暴躁小狗。波瑟咬了送报少年，严重得需要缝针，尽管霍奇斯哭着恳求，但他父亲还是送波瑟去兽医院安乐死了。梦里，波瑟在咬他，咬他的侧腹部。小时候的比利·霍奇斯答应给它吃零食袋里最好吃的零食，而它就是不肯松口，剧痛折磨着他。门铃响了，他心想：送报少年来了，快去咬他，你该去咬他才对。

但等他从梦境游回现实，他意识到那声音不是门铃，而是床头柜上的电话。座机。他拿起听筒，一下没抓住，又从羽绒被上捡起来，含糊不清地说声哈啰。

"我猜你肯定把手机设成请勿打扰了。"彼得·亨特利说。他听起来很清醒，而且高兴得出奇。霍奇斯眯起眼睛看闹钟，但没有见到数字。已经空了一半的止痛药瓶子挡住了数字。天哪，他昨天到底吃了多少粒？

"这个我一样不会设置。"霍奇斯挣扎着坐起来。他不敢相信疼痛居然发展得这么迅速和凶猛，它仿佛一直在等待确诊，然后就伸出爪牙全力出击了。

"科密特，你得过点儿像样的日子了。"

稍微有点儿来不及了，他心想，把两条腿从床上放下去。

"你为什么……"他拿开药瓶，"大清早七点差二十打电话给我？"

"等不及要报告一个好消息了，"彼得说，"布莱迪·哈茨费尔德死了。护士清晨查房的时候发现的。"

霍奇斯腾地一下站了起来，几乎忘了由此而来的剧痛。"什么？

怎么回事？"

"今天晚些时候会有尸检，但确认死亡的医生倾向于认为是自杀。他的舌头和牙龈上有些残余物。医生取了样本，法医办公室的人这会儿也在取。他们会尽快分析，哈茨费尔德的待遇好比摇滚巨星。"

"自杀。"霍奇斯说，挠着他已经蓬乱的头发。这个消息很简单，但他依然难以接受。"自杀？"

"他向来迷恋自杀，"彼得说，"这话我记得好像是你说的，而且不止一次。"

"对，但是……"

但是什么？彼得说得对，布莱迪迷恋自杀，而且不仅是其他人的自杀。2009年，他做好了死在市民中心求职大会上的准备，可惜事与愿违，一年后，他坐在轮椅上来到明戈演艺中心，座位底下固定着三磅塑胶炸药。他自己的屁股就坐在起爆点上。但以前是以前，后来的情况不一样了。真的不一样吗？

"但是什么？"

"我不知道。"霍奇斯说。

"我知道。他终于找到了办法自杀。就这么简单。总而言之，假如你认为哈茨费尔德不知怎么与埃勒顿、斯托弗和斯卡佩里的死亡有关——我必须告诉你，我在这方面也有点想法——那现在就不用担心了。他已经是死蟹一只了，已经是烤熟的火鸡、烧透的秃鹫了，咱们就齐声欢呼吧。"

"彼得，我需要稍微想一想。"

"完全理解，"彼得说，"你和他的恩怨太久了。我还得打给伊兹呢。她这一天有的忙了。"

"等他吃了什么药的分析结果出来，能打电话告诉我一声吗？"

"当然没问题。不过，梅赛德斯先生，撒由那拉您了呐，对吧？"

"对，非常对。"

霍奇斯挂断电话，走进厨房，煮了一壶咖啡。他应该喝红茶，咖啡会让他濒死挣扎的可怜内脏灼痛难当,但这会儿他根本不在乎。另外,他不打算吃药,至少暂时不吃。他需要尽可能保持头脑清醒。

他拔掉手机上的充电器,打给霍莉。她立刻就接了,霍奇斯心想她到底是几点起床的呢?五点?甚至更早?有些疑问最好不要知道答案。他复述彼得的话,霍莉·吉伯尼有史以来第一次没有掩饰她的脏话。

"你他妈开什么玩笑?"

"除非彼得在骗我,我不认为他会这么做。他在下午三四点之前是不会开玩笑的,就算开也不怎么高明。"

沉默片刻,然后霍莉问:"你相信吗?"

"说他死了我当然相信。认错人几乎不可能发生。说他自杀嘛?要我说,似乎……"他搜肠刮肚寻找合适的词语,未果之下只好重复了不到五分钟前对老搭档说过的话,"我不知道。"

"事情结束了吗?"

"恐怕没有。"

"我也是这么想的,咱们必须搞清楚公司破产后战破天存货的下落。我不知道布莱迪能拿它们做出什么文章,但许许多多的线索都指回他身上,还有他企图引爆炸弹的演唱会。"

"我明白。"霍奇斯再次想到一张蛛网,一只满腹毒液的大蜘蛛盘踞在网中央。然而此刻这只蜘蛛死了。

咱们就齐声欢呼吧,他心想。

"霍莉,罗宾逊一家去接芭芭拉的时候,你能也跑一趟医院吗?"

"能。"她停顿片刻,又说,"我很愿意。我先打个电话给塔尼亚,确定一下行不行,不过我觉得肯定可以。有什么事吗?"

"向芭比出示一套六张的嫌犯照。五个年长的白人,穿正装,再加上菲利克斯·巴比纽。"

"你认为迈隆·扎基姆是哈茨费尔德的医生?战破天是他给芭芭拉和希尔达的?"

"暂时只能说我有这个直觉。"

然而这是轻描淡写的说法,事实上不只是直觉。巴比纽给了霍奇斯一通荒谬的说辞,不让他进布莱迪的病房,而后来霍奇斯问他好不好,他几乎暴跳如雷。另外,诺尔玛·威尔玛声称巴比纽在布莱迪身上做未授权的药物试验。去调查一下巴比纽,她在黑羊巴巴这么说。给他找点麻烦,就问你敢不敢吧。身为一个只剩几个月可活的人,他似乎没什么不敢的。

"好的。我尊重你的直觉,比尔,巴比纽医生肯定参加过医院经常举办的那种慈善活动,我一定能找到他的社交版标准照。"

"很好。破产托管人的名字,能再说一遍吗?"

"托德·施耐德。八点半给他打电话。要是我去找罗宾逊一家,回来就比较晚了。我会带着杰罗姆来找你的。"

"好的,很好。你有施耐德的电话号码吗?"

"我用电子邮件发给你了。你还记得怎么开电子信箱吧?"

"我得的是癌症,霍莉,不是阿兹海默症。"

"今天就是最后一天了。你给我记住。"

我怎么可能忘记?他们要送他进医院,而布莱迪就在那里死去;就这样了,霍奇斯扔下他的最后一案。他不喜欢这个想法,但无论如何也绕不过去。事情发展得太快。

"记得吃早饭。"

"我会的。"

他挂断电话,渴望地看着刚煮好的咖啡。那股香味太美妙了。他把咖啡倒进水槽,转身去穿衣服。他没有吃早饭。

13

没有了霍莉坐在接待区的前台，先到先得事务所显得空荡荡的，特纳大厦的七楼这会儿很安静，走廊尽头旅行社闹哄哄的员工再过一个小时才会到办公室。

霍奇斯面前放着一本黄色记事簿，有念头浮现就写下来，寻找线索之间的联系，画出一幅互相关联的图景，这是他最喜欢的思考方式。他当警察的时候就是这么破案的，他擅长在纷乱的头绪中找到联系。那些年他得到了许多嘉奖，但奖状没有挂在墙上，而是乱七八糟地堆在储藏室里的架子上。嘉奖对他来说毫无意义。真正的奖赏是联系拼合时的灵光一现。他发现自己无法放弃这个爱好，因此他没有洗手退休，而是开了先到先得事务所。

今天早晨的记事簿上没有笔记，只有各种涂鸦，有火柴人爬山，有独眼巨人，有飞碟。他很确定这道谜题的大多数片段都摆在了桌上，他现在要做的只是把它们拼成一幅图画，然而布莱迪·哈茨费尔德的死就像他个人的信息高速公路上的一起连环车祸，堵死了所有车道。每次低头看表，他都会发现又是五分钟徒劳流逝。很快他就要打电话给施耐德了。打完那个电话，闹哄哄的旅行社员工将陆续走进办公室。然后是芭芭拉和杰罗姆。静心思考的机会将一去不回。

想一想那些线索，霍莉说过，全都指回他身上，还有他企图引爆炸弹的演唱会。

是啊，确实如此。因为你必须证明你参加了"此时此地"演唱会（以小女孩为主，现在已进入青春期），才有资格从那个网站收到战破天，而网站现在已经关闭了。就像布莱迪，badconcert.com 已经是死蟹一只了，已经是烤熟的火鸡、烧透的秃鹫了，咱们就齐声欢呼吧。

最后他在涂鸦之间写下两个词，画圈以表示重要。一个是演唱会，另一个是残余物。

他打给凯纳纪念医院，请接线员转到铁桶。对方说是的，诺尔玛·威尔玛当班，但她正在忙，这会儿没法接电话。霍奇斯猜到她今天上午会很忙，希望她的宿醉别太严重。他留言请她有空就打给他，强调说有急事。

他继续涂鸦，熬到八点二十五分（现在他画的是战破天游戏机，很可能因为戴娜·斯科特那台就揣在大衣口袋里），然后打给托德·施耐德，接电话的是他本人。

霍奇斯自称他是商业改进会的消费者保护义工，说他负责调查近期出现在本市的一批战破天游戏机。他用轻松的语气说话，甚至接近随意。"没什么大事，尤其考虑到战破天是免费赠品，部分获赠者在一个叫什么日升读者群的地方下载书籍，结果得到的全是乱码。"

"日升读者群？"施耐德听上去很困惑，没有准备举起法律盾牌的征兆，这正是霍奇斯想要的效果，"日升解决方案的那个日升？"

"嗯，对，所以我才打电话给你。根据我找到的信息，日升解决方案并购了战破天有限责任公司，不过后来宣告破产了。"

"没错，日升解决方案的各种文件在我这儿堆成山了，但我不记得有什么日升读者群。要是有，会像大拇指受伤似的那么显眼。日升的主营业务就是并购小型电子公司，希望能撞见一两个一炮而红的。可惜他们到最后也没找到。"

"战破天俱乐部呢？有印象吗？"

"没听说过。"

"叫 zeetheend.com 的网站呢？"问题刚出口，霍奇斯气得猛拍脑门。他应该打开电脑查一查这个网站，而不是傻坐着胡乱涂鸦。

"没有，也没听说过，"法律的盾牌稍微动了动，"是欺诈消费者的投诉吗？破产法律在这方面有明确的规定，而……"

"不是那回事，"霍奇斯安慰他，"之所以会找到我们，唯一的原因就是下载到了乱码。另外，至少有一台战破天在送达时就无法开机。收货人想退还，最好能换个新的。"

"假如那台战破天来自最后一批货，收到就无法开机也没什么稀奇的，"施耐德说，"那批货有很多缺陷机，很可能达到了百分之三十。"

"允许我个人好奇一下，最后那批货有多少台？"

"具体数字我要查一下了，不过我记得大概在四万台左右。战破天起诉了制造商。我之所以可以告诉你，是因为整件事都已经尘埃落定了。"

"我懂了。"

"嗯，制造商叫义诚电子，他们掏出长枪大炮挡了回来。大概不是因为有可能赔偿的金额，而是他们担心自己的名声。不能怪他们，对吧？"

"不。"霍奇斯忍不住要减轻一下痛苦了。他掏出药瓶，抖出两粒，然后不情愿地拿起一粒放回去。他把药片放在舌头底下，希望直接溶化能更快见效。"肯定不能。"

"义诚声称缺陷机是运输途中损坏的，很可能是因为浸水。他们说假如是软件问题，所有的机器都会有缺陷。我觉得有点道理，不过我不是电子天才。总而言之，战破天完蛋了，日升解决方案决定放弃起诉。他们那时候已经有了更严重的问题。债权人撤资，投资者跳船。"

"最后一批货去了哪儿呢？"

"呃，那批货无疑是一项资产，但没什么价值，因为产品有缺陷。我跟踪了一段时间，我们在业内向专门经营折扣商品的零售公司打广告。一元店和省钱魔法之类的连锁企业。你知道这种公司吗？"

"知道。"霍奇斯在本地的一元店买过一双工厂处理的次等品船鞋，售价不止一块钱，但东西确实不坏，穿着很舒服。

"当然了，我们说得很清楚，十台战破天指挥官里可能有多至三台的缺陷机——指挥官是他们最后一代的迭代产品——也就是说每一台游戏机都必须手工验货。这就掐死了整批卖出的可能性。一台一台手工验货需要太多的劳动力。"

"嗯哼。"

"因此，作为破产受托人，我决定销毁这批货物，以扣税科目记账，数字加起来有……呃，相当大。不是通用汽车标准的那种大，不过也到六位数的中线了。为了平衡账目，你明白的。"

"当然，合情合理。"

"但就在我动手之前，我接到了一个电话，来电者代表一家名叫游戏无限（Gamez Unlimited）的公司，总部就在你们市。游戏那个词的结尾是个 Z。来电者声称他是首席执行官。一共只有三个人、在两间房公寓或车库办公的那种公司的首席执行官，"施耐德发出纽约大商人的嗤嗤笑声，"电脑革命开始以后，类似的公司像野草似的冒出来，虽说我没听说过有哪一家会免费赠送产品。感觉不像走正道的，你觉得呢？"

"对。"霍奇斯说。正在溶化的药片非常苦，但疼痛的减轻让人愉快。他觉得人生中有许多事情都是这样。《读者文摘》风格的鸡汤，但不等于不正确。"确实不像。"

法律盾牌已经不见踪影。施耐德说得兴致勃勃，沉浸在他的故事里。"那家伙说他要买八百台战破天，八十块一台，比建议零售价便宜近一百块。我们讨价还价一阵，最后说好一百。"

"每台。"

"对。"

"也就是八万美元。"霍奇斯说。他想到布莱迪，天晓得多少起民事案件向布莱迪索赔，总数要以千万美元计算。要是霍奇斯没记错，布莱迪的银行存款只有一千一百块左右。"你收到了一张这个数字的支票？"

他不确定对方会不会回答这个问题，很多律师说到此处肯定会结束对话，但这次他得到了答案。很可能因为日升公司破产案在法律方面已经系上了一个漂亮的蝴蝶结。对施耐德来说，这就像一场赛后访谈。"对。来自游戏无限公司的账户。"

"兑现了吗？"

托德·施耐德又发出大商人的嗤嗤笑声。"要是没有兑现，那八百台战破天早就和其他游戏机一样，循环利用变成新的电脑小玩意儿了。"

霍奇斯在满是涂鸦的记事簿上飞快计算。八百台里有百分之三十是故障机，那么还剩下五百六十台能正常运行，也许还要少一些，希尔达·卡佛得到的那台应该通过了检查——否则为什么会给她？——但根据芭芭拉，那台只闪过一道蓝光就死机了。

"于是你就发货了。"

"对，从特雷霍特的仓库通过 UPS 发出。小小的补偿，但聊胜于无嘛。霍奇斯先生，我们竭尽全力为客户服务。"

"我完全相信，"而我们齐声欢呼，霍奇斯心想，"你还记得那八百台战破天的收货地址吗？"

"不记得了，但档案里肯定有记载。给我一个邮箱，我很愿意找给你，只有一个条件，就是等你搞清楚游戏无限那帮人在搞什么欺诈勾当，千万要回来说给我听听。"

"非常乐意，施耐德先生。"收货地址肯定是个邮政信箱，霍奇斯心想，而信箱的租用者早就销声匿迹了。不过，查一查总没坏处。他进医院接受几乎肯定不会奏效的治疗之后，可以交给霍莉慢慢查。"您帮了我的大忙，施耐德先生。还有最后一个问题，问完我就不打扰您了。你会不会凑巧还记得游戏无限公司的首席执行官叫什么名字？"

"哈，记得，"施耐德说，"我猜那就是公司名字里不是 S 而是 Z 的原因。"

"我没听懂。"

"他叫迈隆·扎基姆。"

14

霍奇斯挂断电话,打开火狐浏览器。他输入 zeetheend.com,出现在他眼前的是个卡通男人在挥舞一个卡通铁镐。飞扬的尘土一遍又一遍地拼出一段文字:

抱歉,仍在建设中
但还是要常来看看!
"我们必须坚持,由此看清我们自己。"
——托拜厄斯·沃尔夫

又是一碗该上《读者文摘》的鸡汤,霍奇斯心想,走到窗口。南马尔伯勒街上,早晨的车流开得飞快。他惊讶而感激地发现侧腹部的疼痛近几天来第一次完全消失了。他几乎能够相信自己没有任何病痛,只可惜嘴里的苦味与此矛盾。

苦味,他想,残余物。

手机响了。诺尔玛·威尔玛,她的声音压得很低,他不得不抻着耳朵仔细听。"你不是要问那份访客名单吧?我还没找到机会去查。这儿到处都是警察和地检署的蹩脚西装。你见了会觉得哈茨费尔德不是死了,而是逃跑了。"

"不是名单,不过我还是需要那份资料,要是你今天能帮我搞到,我保证你能再收到五十块。中午之前,一百块。"

"我的天,一份名单有这么了不起吗?我问过乔治娅·弗雷德里克,过去这十年,她一直在骨科和铁桶之间换来换去,她说除你之外,她只见过一个有文身理平头的邋遢妹子来看哈茨费尔德。"

霍奇斯没有想起任何人,但似乎有点儿模糊的印象。不过他并不信任这种印象。他太想把线索拼凑起来了,意味着他下结论时必须格外小心。

"那你找我干什么?我躲在放床单的储藏室里,能热死人,而我头痛得厉害。"

"我的老搭档打过电话,说布莱迪服药自杀了。按照这个说法,他必须积攒相当长一段时间的药物才行。有这个可能吗?"

"有啊。就像整个机组都食物中毒死了,我也有可能驾驶波音767安全着陆,但这两件事的可能性都微乎他妈的其微。我对你说的话,我对警察和地检署两个最烦人的白痴也说过。布莱迪做理疗的日子吃萘普生,饭前一粒,晚间他有需要的话加一粒,但他很少会主动要。萘普生在止痛上比布洛芬强不到哪儿去,而布洛芬是非处方药。他的处方里也有超强版的泰诺,但他只要过很少的几次。"

"地检的人怎么说?"

"目前他们的推测是布莱迪吞了一大把萘普生。"

"但你不买账?"

"我当然不!那么多药片他能藏在哪儿?他皮包骨头长褥疮的屁股底下吗?我得挂了。搞到访客名单就打给你。当然了,前提是有这么一份名单。"

"谢谢,诺尔玛。你也吃两粒萘普生吧,治一治头疼。"

"去你妈的,比尔。"但她是笑呵呵地说的。

15

看见杰罗姆走进办公室,霍奇斯的第一个念头是:我×,小子,你长大了!

杰罗姆·罗宾逊为他做事的时候——刚开始是给他修草坪的小子,后来是什么都干的杂工,最后是保证电脑正常运转的技术天使——还是个瘦麻秆少年,身高五英尺八,体重一百四十磅。此刻站在门口的年轻巨人身高肯定有六英尺二,体重至少一百九十磅。他本来就很好看,但现在英俊和肌肉发达得像个电影明星。

年轻人绽放笑容,三两步穿过办公室,一把抱住霍奇斯。他使劲抱了一下,看见霍奇斯咧开嘴,连忙松开手。"天哪,对不起。"

"你没有弄疼我,只是很高兴看见你而已,我的好小子。"他的视线有点模糊,他用掌根擦了一下。"你的形象光辉得都刺眼了。"

"我也是。感觉怎么样?"

"这会儿还行。我有止痛片,但你是更好的良药。"

霍莉站在门口,厚实的冬季大衣拉开了拉链,小小的双手在腰间紧扣。她望着两个男人,微笑中没有快乐可言。霍奇斯不知道世上还有这种笑容,但看起来确实存在。

"快过来,霍莉,"他说,"保证没有集体拥抱。最近的事情你都告诉杰罗姆了?"

"他知道芭芭拉的那部分事情,剩下的还是你告诉他吧。"

杰罗姆用温暖的大手抓住霍奇斯的后脖颈。"霍莉说你明天进医院,接受进一步检查,制定治疗方案,要是你敢说半个不字,我的任务就是让你闭嘴。"

"不是闭嘴,"霍莉凶巴巴地瞪着杰罗姆,"我才不会这么说呢。"

杰罗姆微笑道:"你说的是让他安静,眼睛里的意思是闭嘴。"

"傻瓜。"她说,但笑容又回来了。我们欢聚一堂,霍奇斯心想,理由却让人哀伤。他挣脱这种古怪的悲喜交加感觉,问芭芭拉情况怎么样。

"挺好。胫骨和腓骨中段折断。足球场上或初学滑雪都有可能摔成这样。痊愈肯定不成问题。她打了石膏,已经开始抱怨里面怎么这么痒了。老妈去给她买痒痒挠了。"

"霍莉,你给她看六人一组的照片了吗?"

"看了,她指认了巴比纽医生。毫不犹豫。"

医生,我有几个问题想请教一下,霍奇斯心想,我希望能在最后一天结束前找到答案。要是我不得不逼着你吐露真相,让你的眼珠子稍微突出来一点,我似乎也不会介意。

杰罗姆在办公桌的一角上坐下,那是他最喜欢的位置。"从头开始仔细说给我听听。我说不定能看到一些新线索。"

霍奇斯负责讲述。霍莉走到窗口,望着底下的南马尔伯勒街,抱着双臂,两手抓住肩膀。她偶尔补充一些细节,大多数时候只是听霍奇斯说话。

等霍奇斯说完,杰罗姆问:"你对这个心灵控制物质的结论有多确定?"

霍奇斯思考片刻。"百分之八十。甚至更多。想法很疯狂,但支持性证据太多,无法否定。"

"假如真是他干的,那就是我的错,"霍莉说,没有从窗前转身,"我用简易警棍打他,有可能不知怎么重新排列了他的大脑,让他能够使用普通人从不使用的那百分之九十脑灰质。"

"有可能,"霍奇斯说,"但假如你没有打得他人事不省,你和杰罗姆早就死了。"

"还有其他很多人,"杰罗姆说,"而且你那一下和这件事只怕毫无关系。巴比纽喂他吃的东西除了把他从昏迷中唤醒,很可能还有什么其他功能。试验性药物有时候会产生意料之外的效果，你知道的。"

"也可能是两者的结合。"霍奇斯说。他不敢相信他们真的在讨论这个话题，然而另一方面，要是不讨论，那就完全违背了侦探这个行当的最高准则：线索带你去哪儿，你就必须去哪儿。

"他憎恨你，比尔，"杰罗姆说，"你没有像他希望的那样自杀，而是去抓他了。"

"而且还用他的武器去对付他，"霍莉补充道，依然没有转身，依然抱着自己，"你用黛比的蓝雨伞网站逼着他走到阳光底下。两天前夜里发消息给你的就是他，肯定是，我知道。布莱迪·哈茨费尔德，自称Z小子，"她转了过来，"明显得就像你脸上的鼻子。上次你阻止了他，在明戈……"

"不，当时我在楼下发心脏病。霍莉，是你阻止了他。"

她使劲摇头。"他不知道，因为他到最后也没看见我。你以为我会忘记那天晚上的事情吗？我永远也不会忘记。芭芭拉坐在过道另一头，只隔着几排座位，他在看她，而不是我。我朝他喊了一嗓子，他刚转头我就打中了他。然后我又给他来了一下。天哪，我下手那么重。"

杰罗姆走向她，但她示意他别过来。视线接触对她来说很困难，但此刻她直勾勾地望着霍奇斯，双眼闪闪发亮。

"你逼他走到阳光底下，是你猜到了他的密码，否则我们就不可能进入他的电脑，搞清楚他打算干什么。他一直认为都是你的错。我很清楚。然后你还经常去他的病房，坐在他旁边跟他说话。"

"你认为这就是他做现在这些天晓得什么事的原因？"

"不！"她几乎喊了出来，"他做这些事是因为他是个他喵的疯子！"她停顿片刻，然后怯生生地为高声说话而道歉。

"没什么对不起的，霍莉莓莉，"杰罗姆说，"你霸气凛然的时候让我心醉神迷。"

她朝杰罗姆做个鬼脸。杰罗姆嗤嗤地笑，问霍奇斯要戴娜·斯科特的战破天:"我想看一看。"

"大衣口袋里,"霍奇斯说,"当心鱼洞的演示画面。"

杰罗姆在霍奇斯的大衣口袋里翻找,没有理会一卷抗胃酸咀嚼片和老警探永远随身携带的笔记簿,最后掏出了戴娜的鲜绿色战破天。"天哪,我总觉得这种东西和录像机还有拨号猫一样,早就绝迹了呢。"

"确实如此,"霍莉说,"价钱更是雪上加霜。我查过,建议零售价是一百八十九美元,2012年。简直可笑。"

杰罗姆把战破天在两手之间扔来扔去。他脸色凝重,看上去很疲惫。唔,当然了,霍奇斯心想。他昨天还在亚利桑那盖房子,不得不火速赶回家,因为他平时总是兴高采烈的妹妹居然企图自杀。

杰罗姆大概看见了霍奇斯的表情。"芭比的腿没什么问题,我担心的是她的精神。她说起蓝色闪光,还说她听见了一个声音。来自游戏机。"

"她说声音还在她的脑海里,"霍莉补充道,"就像变成入耳魔音的一首歌。她的游戏机坏了,说不定过段时间就会好,但拿到游戏机的其他人怎么办?"

"badconcert 那个网站已经下线,该怎么搞清楚还有多少人拿到了游戏机?"

霍莉和杰罗姆面面相觑,同时摇了摇头。

"该死,"霍奇斯说,"虽说似乎没什么好吃惊的,但还是觉得……真该死。"

"这台会释放蓝色闪光吗?"杰罗姆还没有打开战破天的电源,只是在两手之间倒来倒去。

"不会,粉色小鱼也不会变成数字。你自己试试就知道了。"

杰罗姆依然没有开机,而是把游戏机翻过来,打开电池仓。"最传统的 AA 电池,"他说,"可充电的型号,没什么稀奇的。鱼洞的演示画面真让你昏昏欲睡?"

"反正对我有这个效果,"霍奇斯说,但没有说他当时吃了一大堆止痛药,"这会儿我更感兴趣的是巴比纽。他参与了这件事。我不知道他们为什么会变成同伙,但只要他还活着,就一定会告诉咱们。另外,他们还有一个同伙。"

"管家见过的那个男人,"霍莉说,"开一辆露出底漆的旧车。想知道我在想什么吗?"

"说来听听。"

"他们中的一个,不是巴比纽医生就是开旧车的男人,去找过那个护士,鲁丝·斯卡佩里。哈茨费尔德和她肯定有什么仇。"

"他怎么可能差遣任何人去任何地方?"杰罗姆问,把电池仓的盖子滑回原处,咔哒一声锁紧,"意识控制?按照你的说法,比尔,他的心灵什么能力顶多也就是打开卫生间的水龙头——虽说我已经有点难以解释了。有可能只是传闻而已。医院传奇,就像都市传奇那样。"

"肯定是游戏机,"霍奇斯边想边说,"他对游戏机动了什么手脚。不知道怎么增强了功能。"

"在他的病房里?"杰罗姆用眼神说他是认真的。

"我知道,听起来很荒唐,就算加上心灵致动能力也一样。但肯定是游戏机。必然是。"

"巴比纽会知道的。"霍莉说。

"她是个诗人,她都不知道。①"杰罗姆阴沉地说。他还在把游戏机扔来扔去。霍奇斯不禁觉得他在按捺冲动,否则就会把游戏机摔在地上,一脚踩烂——这么做自然也合情合理,毕竟一模一样的另一台游戏机险些害死他的妹妹。

不,霍奇斯心想。肯定不是一模一样的。戴娜这台上的鱼洞演示

---

① 英语中的俏皮话,You're a poet and don't know it cause your feet show it. They're longfellows.

画面能够产生轻度的催眠效果，并没有其他的作用。有可能……"

他突然直起腰，身体侧面一阵剧痛。"霍莉，你有没有在网上搜索过鱼洞游戏的信息？"

"没有，"她说，"从来没想到过。"

"现在能查一查吗？我想知道……"

"想知道有没有人在讨论演示画面。我应该想到的。我这就去查。"她快步走向外间办公室。

"我不明白的是，"霍奇斯说，"布莱迪为什么要在看见最终结果前自杀。"

"你指的是看见有多少个孩子自我了断吗？"杰罗姆说，"参加了那场该死的演唱会的孩子。咱们说的就是这个，对不对？"

"对，"霍奇斯说，"但现在还有太多的空白，杰罗姆，实在太多了。我甚至不知道他为什么自杀——假如他的死真是自杀。"

杰罗姆用掌根按住太阳穴，像是想把肿胀的大脑按回去。"别跟我说你认为他还活着。"

"不，他死了，这个我肯定。彼得不会犯这种错误。我想说的是他有可能是被谋杀的。就目前知道的情况而言，头号嫌犯是巴比纽。"

"我的天！"霍莉在隔壁叫道。

霍奇斯和杰罗姆恰好正在对视，两人忍俊不禁，这是一个神性的和谐时刻。

"怎么了？"霍奇斯喊道，否则他就会狂笑不止，不但伤害霍莉的感情，还可能引起侧腹剧痛。

"我发现有个网站就叫鱼洞催眠！首页提醒父母不要让孩子长时间盯着演示画面看！这个现象第一次被观察到是在2005年的'游戏小子'版上！公司修复了缺陷，但战破天……稍等一下……他们声称也修复了，实际上并没有！有个超长的帖子在说这件事！"

霍奇斯望向杰罗姆。

"她指的是线上讨论。"杰罗姆说。

"得梅因的一个孩子昏了过去,头部磕在桌子边缘上,导致颅骨骨折!"她的声音几近狂喜,她跳起来跑回霍奇斯的办公室,兴奋得面颊绯红。"肯定有人起诉了他们!我打赌这就是战破天公司关门的原因之一!甚至是日升公司破产的原因——"

她桌上的电话铃响了。

"噢,喵的。"她转身跑过去。

"就说我们今天不营业。"

霍莉说完"哈啰,这里是先到先得事务所",然后就沉默了下去,她听了一会儿,转过身,把听筒递给霍奇斯。

"是彼得·亨特利。他说他必须立刻和你谈谈,他听起来……很奇怪。像是难过或者生气或者其他什么的。"

霍奇斯来到外间办公室,去搞清楚彼得难过或者生气或者其他什么的原因。

他背后,杰罗姆终于打开了戴娜·斯科特那台战破天的电源。

弗雷迪·林克莱特的电脑避难所(弗雷迪吃了四粒埃克塞德林,在卧室里睡得正香),复示器屏幕上的**已找到44个**变成了**已找到45个**,然后变成**正在载入**。

最后变成了**任务完成**。

16

彼得没有打招呼，劈头就说："查下去，科密特。查下去，狠狠地查，直到水落石出。婊子和两个SKID在主宅里，我在外面一个什么鬼地方。大概是盆栽棚，他妈的能冻死人。"

霍奇斯惊讶得无法回答，不是因为彼得说有两个SKID（市局警察对州府犯罪调查局警察的统称缩写）出现在某个犯罪现场。他吃惊（更确切地说，目瞪口呆）是因为他们搭档了许多年，彼得只用婊子这个词称呼过一次现实中的活人。那次说的是他岳母，他岳母撺掇他妻子离开彼得，带着孩子一起去投奔她，而他妻子最后真的这么做了。今天他口中的婊子只可能是他的搭档，灰眼睛小姐。

"科密特？你还在吗？"

"我在，"霍奇斯说，"你在哪儿？"

"蜜糖高地。风景如画的丁香公路，菲利克斯·巴比纽医生的豪宅。妈的，更像是他的庄园。你知道巴比纽是谁，我知道你知道。对布莱迪·哈茨费尔德记得最仔细的就是你。有段时间他就是你该死的癖好。"

"我知道你说的是谁，但不知道你在说什么。"

"整件事要爆炸了，老搭档，伊兹不想被弹片打中。她野心勃勃，明白吗？十年内掌管警探局，十五年内整个警察局。我明白，但不等于我喜欢。她背着我打给豪根局长，豪根打给SKID。就算这会儿案子还不归他们管，到中午肯定就是了。他们已经锁定了嫌犯，但破事儿感觉不对劲。我知道，伊兹也知道。她只是不在乎而已。"

"你慢点儿说，彼得。告诉我到底发生了什么。"

霍莉焦急地在旁边走来走去。霍奇斯耸起肩膀，举起一根手指：

等一等。

"管家早上七点半过来,懂吗?名叫诺拉·艾佛利。来到车道顶上,她看见巴比纽的宝马停在草坪上,挡风玻璃上有个弹孔。她看了一眼车里,方向盘和座位上都有血,于是打电话报警。五分钟的车程内就有一辆警车——毕竟是蜜糖高地,五分钟内警车随叫随到——警察来了,发现艾佛利坐在她的车里,锁上了所有车门,抖得像一片树叶。警察叫她待着别动,然后进门去看。门没锁。巴比纽夫人,科拉,躺在门厅地上,死了,法医从她身上取出来的子弹和宝马车上挖出来的那颗肯定来自同一把枪。她的额头上——准备好了吗?——用黑墨水写了个Z。楼下还有好几个Z,连电视屏幕上都有一个。就像埃勒顿家的那个Z,估计就在这一刻,我的搭档决定不想掺和这件黏糊事了。"

霍奇斯说:"嗯,有道理。"只是为了让彼得说下去。他拿起霍莉电脑旁的记事簿,用特大号的黑体写下**巴比纽的妻子被谋杀**,就像报纸的头版标题。她抬起手捂住嘴。

"一个警察打电话给分局,另一个听见楼上传来鼾声。就像空转的链锯,他的原话。于是他们掏枪上楼,走进一间客房——有三间客房,数一数,三间,那地方太他妈大了——发现一个老东西睡得呼呼的。他们叫醒他,他说他叫艾尔·布鲁克斯。"

"图书馆艾尔!"霍奇斯喊道,"医院里的!我第一次见到战破天就是他拿给我看的!"

"对,就是他。他的衬衫口袋里有凯纳医院的胸章。我们都还没开始问,他就说他杀了巴比纽夫人,声称他是被催眠了才这么做的。警察给他戴上手铐,带他下楼,让他坐在沙发上。半个多小时后,伊兹和我赶到犯罪现场,见到他的时候他就是这个样子。我不知道他犯了什么毛病,是不是精神崩溃什么的,总之他根本不在地球上。他说话说着说着就离题万里,扯出各种奇奇怪怪的胡话。"

霍奇斯想起他最后一次去布莱迪的病房时艾尔对他说的话,应该是 2014 年劳动节周末前后的什么时候。"好得绝对不像你没见过的。"

"对，"彼得像是吃了一惊，"就是这种话。伊兹问是谁催眠了他，他说是小鱼。美丽大海边的小鱼。"

霍奇斯现在能听懂这句话了。

"进一步盘问之下——是我问的，伊兹估计正躲在厨房里忙着甩锅呢，也不问我答不答应——他说 Z 医生命令他，我引用原话，'留下你的标记。'十次，他说，没错，包括死者额头上的那个，一共有十个 Z 字。我问他 Z 医生是不是巴比纽，他说不，Z 医生是布莱迪·哈茨费尔德。很疯狂，对不对？"

"对。"霍奇斯说。

"我问他有没有朝巴比纽医生开枪。他只是摇头，说他想继续睡觉。这时候伊兹从厨房回来，说豪根局长给 SKID 打了电话，因为巴医生是重要人物，这个案子会是一桩要案，而且刚好有两位 SKID 探员就在本市，准备为某个案件出庭作证，你说是不是很巧啊？她不敢看我的眼睛，她脸涨得通红，我指着一个个 Z 字给她看，问她觉不觉得眼熟，她一句话也不肯说。"

霍奇斯第一次在老搭档的声音里听见这么强烈的愤怒和挫败。

"然后我的手机响了，是……还记得今天早晨我打电话给你的时候，说接诊医生取了哈茨费尔德嘴里残余物的样本吧？法医赶到之前？"

"对。"

"好的，电话是那位医生打给我的。他叫西蒙森。法医的结果最快也要两天以后才能送来，但西蒙森立刻就做了分析。哈茨费尔德嘴里的药物是维柯丁和思诺思的混合物。两种药都不在哈茨费尔德的处方上，他只怕也不可能自己走到最近的药柜旁边偷几粒藏起来，对吧？"

霍奇斯已经知道布莱迪吃什么止痛药了，他同意说确实不太可能。

"这会儿伊兹在屋里，多半躲得远远的，闭嘴看着SKID探员盘问布鲁克斯，老天在上，要是不提示一声，他连自己叫什么都记不起来。还有，他自称Z小子，简直像是从漫威漫画里蹦出来的。"

霍奇斯险些捏断手里的那支笔，他在记事簿上继续写大字，霍莉弯腰看着他写：**在黛比的蓝雨伞网站留言的是图书馆艾尔。**

霍莉瞪大眼睛看着他。

"就在SKID探员赶到前——哥们，他们来的那叫一个快——我问布鲁克斯他是不是也杀了布莱迪·哈茨费尔德。伊兹却对他说：'不要回答这个问题！'"

"她说什么？"霍奇斯惊呼。此刻他没什么心思去关心彼得和搭档的关系如何恶化，但还是吃了一惊。再怎么说，伊兹也是一名警察，而不是图书馆艾尔的辩护律师。

"你没听错。然后她看着我说，'你没宣读过他的权利。'于是我扭头问一名制服警察，'你们有没有对这位先生背过米兰达规则？'他们当然说背过了。我望向伊兹，她的脸色比刚才更红了，但不肯让步。她说：'我们要是搞砸了这个案子，黑锅不会扣在你头上，你反正过两个星期就退休了，而是会落在我头上，而且是很大很重的一个黑锅。'"

"然后州里的朋友就到了……"

"对，然后我就躲在已故巴比纽夫人的盆栽棚里打电话，冻得我屁股都快掉了。全城最有钱的地段，科密特，我这个窝棚比掘井人的皮带扣还他妈冷。我打赌伊兹知道我在给你打电话，向我亲爱的科密特老叔哭诉。"

彼得多半没猜错。不过，假如灰眼睛小姐真的死了心地要往上爬，她的用词多半会更难听：告密。

"这个叫布鲁克斯的家伙又傻又疯，等媒体开始报道他，他就是最合适不过的替罪羊。你知道他们会怎么编故事吗？"

霍奇斯知道，但还是让彼得说了下去。

"布鲁克斯发神经，当自己叫Z小子，是什么正义的复仇者。他来到这儿，巴比纽夫人给他开门，他先杀了她，巴比纽跳上宝马企图逃跑，他也杀了他。布鲁克斯然后开车去医院，喂哈茨费尔德吃了一把巴比纽家里的药物。最后这部分我倒是相信，因为他们家药柜满得都能开药房了。没错，布鲁克斯肯定能进脑创伤诊所，他有员工证，过去这六七年他一直是医院的吉祥物，但是为什么呢？他是怎么处理巴比纽的？因为尸体不在这儿。"

"问得好。"

彼得继续开机关枪："他们说布鲁克斯把尸体装上他的车，然后把车扔在了什么地方，很可能是一道山谷或某个涵洞里，很可能是他喂哈茨费尔德吃药后回来的路上，但既然他让那女人的尸体躺在门厅里，又为什么要这么做呢？还有一点，他为什么非要回这儿来？"

"他们会说……"

"对，会说他疯了！他们当然会这么说。完美地解释了所有说不通的地方！要是牵扯到埃勒顿和斯托弗的案子——他们多半不会这么做——他们就说她们也是他杀的！"

要是他们这么说，霍奇斯心想，南希·埃尔德森会支持这套说法，至少在一定程度上。因为她见到在山顶公路盯着她们家看的无疑就是图书馆艾尔。

"他们会榨干布鲁克斯，让媒体报道个够，然后就算是结案了。但事情没怎么简单，科密特，肯定没这么简单。要是你知道什么，哪怕只有一条线索能查下去，就一定要查下去。答应我，你不会放弃。"

我手头的线索岂止一根，霍奇斯心想，但巴比纽是个关键，而巴比纽失踪了。

"彼得，车里有多少血？"

"不多，但法医已经确定与巴比纽的血型相符。不是决定性的证据，但……妈的。我得挂了。伊兹和一个SKID刚从后门出来。他们在找我。"

"你先忙。"

"打电话给我。需要什么我能拿到的资料，说一声就行。"

"好的。"

霍奇斯挂断电话，抬起头，想把最新情况告诉霍莉，但霍莉已经不在他身旁了。

"比尔，"她的声音很轻，"你进来。"

他困惑地走向自己的办公室，却在门口站住了。杰罗姆在他的写字台前，坐在霍奇斯的旋转办公椅里，两条长腿叉开，盯着戴娜·斯科特的游戏机。他两眼圆睁，但眼神空洞，半张着嘴巴，下嘴唇上有几小滴唾沫。游戏机的小扬声器里传来悠扬的配乐，但不是昨晚他那首曲子——霍奇斯对此非常确定。

"杰罗姆？"他向前走了一步，正要迈出第二步，霍莉却抓住了他的腰带，力量大得惊人。

"别喊了，"她继续低声说，"不能惊醒他，他这个样子的时候不行。"

"那怎么办？"

"我三十多岁的时候接受过一年催眠治疗。当时我有些问题……呃，别管我有什么问题了。让我试一试。"

"你确定？"

她望着杰罗姆，脸色苍白，眼神恐惧。"不确定，但不能看着他变成这样，尤其是知道了芭芭拉身上发生的事情之后。"

杰罗姆无力地拿着战破天，游戏机发出一道明亮的蓝色闪光。杰罗姆毫无反应，甚至没有眨眼，只是盯着屏幕，而音乐叮叮咚咚响个不停。

霍莉向前走了一步，然后又是一步。"杰罗姆？"

没有回答。

"杰罗姆，你能听见吗？"

"能。"杰罗姆说，还是没有抬起头。

"杰罗姆，你在什么地方？"

杰罗姆答道："我的葬礼上。所有人都在。美极了。"

17

布莱迪在十二岁那年对自杀产生了迷恋，因为他读到了一本名叫《乌鸦》的真实罪案书籍，讲的是圭亚那琼斯镇的大规模自杀事件。九百多人（三分之一是儿童）喝下溶解了氰化物的果汁后死亡。除了死者数量高得令人振奋，更让布莱迪感兴趣的是最终高潮前的先导事件。在许多个家庭同时服毒和护士（真正的护士！）用注射器将死亡打进尖叫幼儿的喉咙前很久，吉姆·琼斯就开始用激烈的布道和自杀彩排（他称之为白色夜晚）帮助追随者做好集体升天的思想准备了。他首先用偏执狂想灌满他们的头脑，然后用死亡的美妙催眠他们。

高中毕业那年，布莱迪在名为《美国生活》的半吊子社会学课程上写了他唯一的 A 分论文，论文名叫《美式死亡手段：美国自杀的简要研究》。他在文中引用了 1999 年的统计数字，当时能查到这方面数字的最近年份就是 1999 年。那年有四万多人自杀身亡，以饮弹为主（最可靠的退场方式），服药以微弱劣势屈居第二，也有人上吊、投水、割腕、开煤气、自焚和开车撞桥墩。有个家伙特别有创意（布莱迪没有放进报告，那时候他已经很小心了，不希望被打上异类的标签），将 220 伏的电线插进直肠，电死了自己。1999 年，自杀是全美排行第十的死亡原因，要是把被归为意外或自然原因的一部分死者算在内，自杀无疑能够和心脏病、癌症及车祸相提并论——当然了，肯定不如它们多，但不会落后太多。

布莱迪引用加缪的名言："真正严肃的哲学问题只有一个，那就是自杀。"

他还引用著名精神病学家雷蒙德·卡茨的淡然陈述："每个人生来都有自杀基因。"布莱迪省去了卡茨原话的后半句，因为他觉得后半句减少了前半句的戏剧性:"但在我们大多数人身上,它是一个休眠基因。"

从高中毕业到在明戈演艺中心被打成残废的十年之间,布莱迪越来越迷恋自杀——也包括他本人的自杀,他向来将其视为某个历史性宏大事件的一部分。

尽管遇到了这样那样的困难,这颗种子如今终于盛开了花朵。

他将成为二十一世纪的吉姆·琼斯。

18

城区以北四十英里,他再也等不及了。布莱迪在 I47 公路的一个休息站停车,熄灭了操劳过度的马里布的引擎,打开巴比纽的笔记本电脑。这里没有无线网络——有些休息站就是这个鸟样——但感谢可亲可敬的威瑞森电信,四英里之内有一座手机信号塔在越来越浓重的乌云下傲然耸立。不需要离开几乎空空荡荡的停车场,巴比纽的 MacBook Air 就能带他去任何一个地方。他心想(不是第一次了),他那一丁点心灵致动能力在互联网的巨大力量前简直不值一提。他确定数以千计的自杀已经在无数社交媒体的魔力浓汤里酝酿,社交媒体是喷子的狂欢之地,网络霸凌随时随地都在上演。那是真正的意识战胜物质。

他敲键盘的速度不如预想中那么快,暴风雪即将到来,打前锋的湿气让巴比纽手指的关节炎愈加严重,不过笔记本还是连接上了弗雷迪·林克莱特电脑室里的高性能设备。他不需要长时间保持连接。他点击笔记本里的一个隐藏文件,某次他披着巴比纽的外壳使用电脑时安装了这个文件。

连接 ZEETHEEND?是 否

他将光标移到"是"上,按回车键,然后等待。等待图标转了一圈又一圈。就在他开始怀疑是不是哪儿出错了的时候,他等待的文字消息出现在了屏幕上:

ZEETHEEND 已激活

很好。zeetheend 只是蛋糕上的少许糖霜。他散发出去的战破天数量有限(老天在上,他收到的货物有很大一部分是缺陷机),但青少年是群体生物,群体生物在精神和情绪方面都会保持步调一致。这就是鱼和蜜蜂群聚的原因。这就是凤蝶每年飞回卡皮斯特拉诺的原因。就人类行为而言,这就是足球场和棒球场上能掀起"人浪"的原因。也是个人会仅仅因为人群的存在而迷失自我的原因。

少男倾向于穿款式相同的宽松短裤,留模样类似的面部须发,否则就会被群体排斥。少女往往穿风格相同的裙装,为同一个音乐团体而疯狂。今年流行的是"我们是你的好哥们",没多久以前是"此时此地"和"单方向",再早几年是"新街边男孩"。风潮像麻疹似的在青少年之间传染,而自杀时不时地会成为这种风潮中的一个。从2007年到2009年,南威尔士有几十名青少年自缢身亡,社交媒体网站上的消息更是推波助澜,就连他们的遗言也都是用网络流行语写的:Me2 和 CU L8er。

一根火柴扔进干草堆引发的野火能吞噬几百万英亩的土地。布莱迪用人肉无人机散发的战破天是几百根火柴,并不是每一根都能点燃,就算点燃也未必会一直烧下去。布莱迪很清楚这一点,但他还有 zeetheend.com 充当木柴和助燃剂。能成功吗?他离确定还差了十万八千里,但时间紧迫,他来不及仔细测试了。

再说万一成功了呢?

青少年自杀风潮席卷全州,甚至整个中西部,数以百计,甚至千计。前警探霍奇斯,喜不喜欢这个结果?爱管闲事的老杂种,退休生活是不是更惬意了?

他放下巴比纽的笔记本,拿起 Z 小子的游戏机。用这台游戏机显得很合适。他称之为"零号战破天",因为这是他见过的第一台战破天,艾尔·布鲁克斯带着它走进他的病房,觉得布莱迪有可能会喜欢它。他确实喜欢。对,哈哈,非常喜欢。

这台游戏机没安装带有数字小鱼和潜意识信息的定制程序,因为布莱迪不需要。这些东西完全是为目标准备的。他望着小鱼游来游去,用它们稳定情绪和集中精神,然后闭上眼睛。刚开始只有黑暗,但几秒钟过后,红色光点开始浮现——现在已经超过五十个了。它们像是电脑地图上的定位点,但不是固定不动的。它们游来游去,从左到右,从上到下,对角穿梭。他随便挑了个光点,紧闭的眼皮底下,眼珠向上翻去,他用意识跟随它的动作。光点放慢速度,越来越慢,越来越慢。它停下了,然后逐渐变大。它像花朵似的绽放。

他在一间卧室里。一个女孩呆呆地望着战破天屏幕上的小鱼,她这台是从 badconcert.com 免费领到的。她在床上,因为她今天没去上学。也许她是请了病假。

"你叫什么?"布莱迪问。

有时候他们只会听见游戏机里传来一个声音,但特别容易受影响的人能够看见他,就好像他是电子游戏里的某种角色。这个女孩属于后者,一个好兆头。不过,他们对自己的名字总是反应更强烈,因此他会不断用名字称呼他们。她望向坐在身旁床上的年轻男人,没有任何惊讶的表情。她脸色苍白,眼神呆滞。

"我叫爱伦,"她说,"我在找正确的数字。"

你当然是了,他心想,钻进她的脑海。女孩在他以南四十英里的地方,然而一旦演示画面开启他们的心灵之门,距离就不再重要了。他能控制她,将她变成他的无人机,但以前他更想做的是找个月黑风高的晚上溜进特莱劳尼夫人家,割了她的喉咙。谋杀不是控制,谋杀仅仅是谋杀。

但自杀是控制。

"你快乐吗,爱伦?"

"曾经很快乐,"她说,"只要能找到正确的数字,我就会重新变得快乐。"

布莱迪对她微笑,既悲伤又迷人。"对,但那些数字就像人生,"他说,"怎么加都不对,爱伦,是这样吧?"

"嗯哼。"

"来,爱伦,告诉我——你在烦恼什么?"他自己也能搞清楚,但让她说出来效果更好。他知道她肯定有烦恼,因为是人就有烦恼,青少年的烦恼尤其多。

"这会儿吗?SAT。"

啊哈,他心想,恶名昭彰的学术能力测验,饲育部用它区分绵羊和山羊。

"我的数学太烂了,"她说,"烂到发臭。"

"不擅长数字。"他说,同情地点点头。

"要是我的分数不到六百五,就进不了好学校。"

"你能拿到四百就很走运了,"他说,"是这样吧,爱伦?"

"是的。"泪水涌出眼眶,沿着面颊汩汩而下。

"然后你的英语也会考得很烂,"布莱迪说,他正在逐渐揭开她的疮疤,这是最美妙的时刻,就像剖开动弹不得但依然存活的动物,挖出它的内脏,"你会卡顿愣住的。"

"我很可能会卡顿。"爱伦说,她的哭泣声越来越清晰。布莱迪查看她的短期记忆,发现她父母都去上班了,她的弟弟在学校。因此哭泣没问题。小婊子愿意怎么闹腾就怎么闹腾吧。

"不是很可能。你就是会卡顿,爱伦,因为你应付不了压力。"

她继续啜泣。

"爱伦,说出来。"

"我应付不了压力。我会卡顿,要是我进不了好学校,我爸爸会失望,我妈妈会气疯。"

"要是你进不了任何一所学校怎么办?要是你只能找到打扫卫生或者在洗衣房叠衣服的工作怎么办?"

"我妈妈会恨死我的!"

"她本来就讨厌你,爱伦,对吧?"

"我不……我不觉得……"

"不,她讨厌你,她恨你。说出来,爱伦,说'我妈妈讨厌我'。"

"我妈妈讨厌我。天哪,我要吓死了,我的生活一团糟!"

战破天的催眠能力可以开启心灵之门,让人们进入容易接受暗示的状态,再加上布莱迪入侵意识的能力,两者的结合铸就了这种堪称伟大的异能。普普通通的恐惧就像令人不快的背景噪音,总是陪伴着每一个孩子的日常生活,却能够被他变成贪婪残暴的怪物。小气球般的忧虑在持续充气之下,会变成梅西百货感恩节大游行里的巨型气球。

"你可以变得不再害怕,"布莱迪说,"你还可以让你妈妈感觉非常、非常抱歉。"

爱伦在泪水中露出笑容。

"你可以抛开所有的烦恼。"

"我可以,我可以抛开这些烦恼。"

"你可以得到永远的平静。"

"平静。"她说,深深叹息。

多么美妙啊。玛蒂娜·斯托弗的母亲花了他几个星期,她总是关掉演示画面,去玩该死的纸牌。芭芭拉·罗宾逊花了她几天。鲁丝·斯卡佩里和粉红色少女卧室里的这个粉刺哭包?仅仅几分钟。不过嘛,布莱迪心想,我的学习曲线一向这么陡峭。

"爱伦,你的手机在身边吗?"

"在。"她从装饰性靠枕底下拿出同样是粉红色的手机。

"你该在脸书和推特上发一条。你所有的朋友都能读到。"

"我该发什么?"

"说,'我已经得到了永远的平静。你们也可以。请上 zeetheend.com 网站。'"

她照他说的做,但慢得像个泥人。他们处于这种状态下的时候,动作就会变得像是来到了水下。布莱迪提醒自己记住事情有多么顺利,尽量保持耐心。等她发完消息(又往火绒堆里扔了两根火柴),布莱迪建议她去窗口。"我觉得你该呼吸一下新鲜空气。也许能让你的头脑清醒过来。"

"我该呼吸一下新鲜空气。"她说,掀开鸭绒被,把光着的两只脚从床上放下去。

"别忘了你的战破天。"他说。

她拿着游戏机走向窗口。

"开窗之前,先回到主屏幕,就是有很多图标的那个屏幕。爱伦,可以吗?"

"好的……"漫长的停顿,小婊子比冻糖蜜流得还慢,"好了,我看见那些图标了。"

"很好。请找到《擦词》游戏,就是黑板和橡皮擦的那个图标。"

"我看见了。"

"爱伦,点击两次。"

她双击图标,战破天释放出表示接受指令的蓝色闪光。要是有人想再次使用这台游戏机,它只会再放出一道蓝色闪光,然后就此死机。

"现在请打开窗户。"

寒风灌进房间,将她的头发向后吹。她摇晃起来,似乎处于惊醒的边缘,布莱迪有一瞬间觉得她即将摆脱控制。哪怕处于催眠状态之下,远距离保持控制还是不太容易,但他确定自己能将这项技能磨练得足够锋利。所谓熟能生巧嘛。

"跳下去,"布莱迪轻声说,"跳吧,跳下去就不用参加 SAT 了。你妈妈也不会讨厌你了,她会觉得对不起你。跳下去,所有的数字都会变得正确。你会赢得大奖。奖品就是长眠。"

"奖品是长眠。"爱伦附和道。

"现在跳吧。"布莱迪喃喃道,他闭着眼睛坐在艾尔·布鲁克斯那辆旧车的驾驶座上。

向南四十英里之外,爱伦跳出了卧室的窗户。然而坠落的路程并不远,墙角还有清扫后堆在那里的积雪。积雪有了一段时间,冻得硬邦邦的,但依然缓冲了她的坠落势头,因此她没有摔死,仅仅摔断了一根锁骨和三条肋骨。她疼得尖叫,布莱迪被弹出她的大脑,就像绑在 F111 弹射座椅上的飞行员。

"×!"他尖叫道,猛捶方向盘。巴比纽的关节痛沿着手臂向上蔓延,他因此变得更加恼怒。"我 ×,×,×!"

19

布兰森公园优美的高级住宅区，爱伦·墨菲挣扎着站了起来。她最后的记忆是对母亲说她病得太厉害，今天没法上学了——她在撒谎，实际上是为了打开让人上瘾的鱼洞演示画面，点击粉色小鱼赢取大奖。她的战破天扔在一旁，屏幕裂了。她对它失去了兴趣。她没有捡起游戏机，光着脚跟跟跄跄地走向底楼正门。每次呼吸都让身体侧面一阵刺痛。

但我还活着，她心想。我至少还活着。我刚才在想什么？上帝啊，我到底在想什么？

布莱迪的声音还在她脑海里，就像她活吞了什么恐怖东西的恶心余味。

20

"杰罗姆?"霍莉问,"你还能听见我说话吗?"

"能。"

"我要你关掉战破天,把它放在比尔的写字台上,"她属于系皮带一定要搭配吊裤带的那种姑娘,因此又补充道,"面朝下。"

他宽阔的额头上出现了一道皱纹。"必须放下吗?"

"是的。就现在。不许再看那该死的鬼东西了。"

就在杰罗姆执行命令前的一瞬间,霍奇斯看了最后一眼小鱼游动的画面,又一道明亮的蓝光刚好闪过。眩晕感顿时席卷而来——有可能是因为止痛药,也有可能不是。然后杰罗姆就按下了游戏机顶端的按钮,小鱼随即消失。

霍奇斯感觉到的不是解脱,而是失望。也许很疯狂,但考虑到他目前的健康问题,也许并不疯狂。他不止一次见过专家用催眠帮助目击者恢复记忆,但在此刻之前,他并不理解催眠的力量究竟有多大。他有个想法,在现在的局势下似乎不太妥当:战破天里的小鱼或许比斯塔莫斯医生开的处方药更能止痛。

霍莉说:"我要从十数到一,杰罗姆。你每听见一个数字,都会稍微清醒一点。准备好了吗?"

杰罗姆有好几秒钟一言不发。他静静地坐在那里,魂游天外,说不定正在考虑能不能永远不回来了。霍莉却恰恰相反,她颤抖得活像调音叉,霍奇斯攥紧拳头,他能感觉到指甲嵌进了掌心。

杰罗姆终于说:"好的,应该可以。因为毕竟是你,霍莉莓莉。"

"那我开始了。十……九……八……你越来越清醒了……七……六……五……快醒了……"

杰罗姆抬起头。他的视线对着霍奇斯，但霍奇斯不确定年轻人有没有看见他。

"四……三……马上就好……二……一……醒来！"她忽然一拍巴掌。

杰罗姆猛地一抖。一只手扫过戴娜的游戏机，把它撞到了地上。杰罗姆望向霍莉，惊诧的表情异常夸张，换个环境会显得很可笑。

"刚才发生什么了？我睡着了吗？"

霍莉瘫坐在为客户保留的专座里。她深吸一口气，擦拭满是冷汗的面颊。

"这么说也行，"霍奇斯说，"游戏机催眠了你。就像它催眠你妹妹那样。"

"你确定吗？"杰罗姆问，看了一眼手表，"应该是的。我丢失了十五分钟。"

"将近二十分钟。你还记得什么？"

"点击粉色小鱼，把它们变成数字。出乎意料的困难。你必须仔细看着，聚精会神，蓝色闪光更是雪上加霜。"

霍奇斯捡起地上的战破天。

"千万别再打开了。"霍莉厉声道。

"不会的。但昨晚我打开过，我敢保证没有什么蓝色闪光，点粉色小鱼直到手指发木也不会出现任何数字。另外，配乐也不一样了。改变得不多，但肯定不太一样了。"

霍莉哼唱起来，音调非常准确："'在海边，在海边，在那美丽的大海边，你和我，你和我，噢我们将过得多么快乐。'我小时候我母亲经常唱给我听。"

杰罗姆望着她的眼神过于炽烈，超过了她的承受范围，她转开视线，涨红了脸。"怎么？怎么了？"

"有歌词，"他说，"但不是这些。"

霍奇斯没有听见歌词，只听见了音乐，但他没有开口。霍莉问杰罗姆还记不记得歌词了。

他的调子不如她那么准,但足以让他们确定这就是他们听见的配乐。"你睡吧,你睡吧,那是美丽的长眠……"他停下来,"我只记得这么多了。当然,假如不是我编出来的。"

霍莉说:"现在有一点可以肯定了。有人改造过鱼洞的演示画面。"

"满满地装上了坏种子。"杰罗姆补充道。

"你们到底在说什么?"霍奇斯问。

杰罗姆朝霍莉点点头,霍莉说:"有人在演示画面里加装了隐藏程序,而演示画面本来就有一定的催眠能力。战破天在戴娜手上的时候,程序处于休眠模式,你昨晚玩的时候也还是休眠的——比尔,算你走运——但有人在昨晚以后启动了程序。"

"巴比纽?"

"他,或者另外某个人,因为假如警察没搞错,那么巴比纽就已经死了。"

"也有可能是预设好的,"杰罗姆对霍莉说,然后对霍奇斯说,"就像闹钟那样,到时候自动打开。"

"让我理一理,"霍奇斯说,"程序一直在戴娜的游戏机里,但只有在今天开机后才激活?"

"对,"霍莉说,"很可能有一台复示器在运行,杰罗姆,你说呢?"

"是的。电脑程序不断推送更新,等待某个笨蛋——比方说,我——打开战破天并连接无线网络。"

"所有游戏机都可能发生这种事?"

"假如所有游戏机里都装了那个隐藏程序,是的。"杰罗姆答道。

"这是布莱迪的诡计,"霍奇斯开始踱步,一只手按住身体侧面,像是要抓住疼痛,把它塞回去,"布莱迪·他妈的哈茨费尔德。"

"怎么可能?"霍莉问。

"我不知道,但这是唯一说得通的解释。他企图在演唱会上炸掉明戈中心。我们阻止了他。观众活了下来,他们大多数是小女孩。"

"霍莉,是你救了他们。"杰罗姆说。

"你安静,杰罗姆。让他说完。"她的眼神证明她知道霍奇斯接下来会说什么。

"六年过去了。那些小女孩,2010年大部分在上小学或初中,现在都在上高中,甚至大学。'此时此地'乐队早就解散了,小女孩变成了年轻女子,投向其他种类的音乐,但这时候一个不可能拒绝的交易送到了她们手上。免费赠送的游戏机,她们只需要证明那天晚上她们参加了演唱会。游戏机对她们来说也许过时得就像黑白电视,但这并不重要,重要的是免费。"

"对!"霍莉叫道,"布莱迪还想杀死她们。这是他的复仇,但对象不止是她们。比尔,这是他在报复你。"

因此他就责怪我了,霍奇斯烦闷地心想。然而,我能怎么做呢?我们这几个人能怎么做呢?他企图炸掉整个演艺中心啊。

"巴比纽,化名迈隆·扎基姆,购买了八百台游戏机。肯定是他,因为他有钱。布莱迪破产了,图书馆艾尔从退休积蓄里只怕连两万块都挤不出来。那些游戏机已经分发出去了。假如他们一开机就会激活这个隐藏程序……"

"等一等,你前面说什么?"杰罗姆说,"一位德高望重的神外专家卷入了这堆烂事?"

"对,我就是这个意思。你妹妹指认了他,另外我们还知道一件事,那就是这位德高望重的神外专家用布莱迪·哈茨费尔德当小白鼠。"

"但哈茨费尔德已经死了,"霍莉说,"那就只剩下巴比纽了,但他有可能也死了。"

"未必,"霍奇斯说,"他的车上有血迹,但没有尸体。凶手企图假死也不是一次两次了。"

"我要用电脑查点儿东西,"霍莉说,"假如那些免费战破天今天激活了隐藏程序,那么有可能……"她快步走了出去。

杰罗姆开口道:"我无法想象这些事情怎么可能发生,但……"

"巴比纽会告诉我们的,"霍奇斯说,"只要他还活着。"

"对,但还有一点。芭比说她听见一个声音对她说各种各样难听的话。我没听见任何声音,而且我似乎也没有想了结自己的念头。"

"你说不定免疫。"

"不可能。演示画面抓住我了,比尔,我的意思是我被吸进去了。我在配乐里听见了歌词,蓝色闪光里似乎也有文字。就像潜意识灌输的信息。但是……没有人说话。"

各种各样的原因都有可能,霍奇斯信息,杰罗姆没听见教唆他自杀的声音不等于收到免费游戏机的其他孩子也听不到。

"那个什么复示器应该仅仅在过去十四个小时内才被打开,"霍奇斯说,"不可能早于我尝试戴娜那台游戏机的那段时间,否则我就会看见数字小鱼和蓝色闪光了。因此我有个问题:游戏机关闭的情况下有可能改造演示画面吗?"

"不可能,"杰罗姆说,"必须开机。然而只要开机……"

"上线了!"霍莉喊道,"他喵的 zeetheend 网站上线了!"

杰罗姆跑向外间办公室里她的写字台。霍奇斯的步伐要慢得多。

霍莉开大电脑的音量,音乐响彻先到先得事务所的办公室。但这次的音乐不是《在那美丽的大海边》,而是《不要害怕死神》。歌声流淌——每天四万个男人和女人,每天又是四万个——霍奇斯看见烛光闪烁的殡仪馆和鲜花簇拥的棺材。灵柩上方,微笑的年轻男女来来去去,从左到右,从上到下,时隐时现。有些人挥手,有些人做和平标志。灵柩底下,字母宛如缓缓跳动的心脏,时而收缩,时而膨胀,拼出一行又一行的文字。

结束痛苦

结束恐惧

不再愤怒

不再怀疑

不再挣扎

平静

平静

平静

然后是时断时续的蓝色闪光。闪光中嵌着文字，或者更确切地说：一滴一滴的毒液。

"关掉它，霍莉。"霍奇斯不喜欢她盯着屏幕看的样子：眼睛圆睁，目光呆滞，像极了几分钟前的杰罗姆。

她迟缓的动作也很像杰罗姆。他从她背后伸出手，直接关掉了电源。

"你不该这么关机，"她责怪道，"我会丢失数据的。"

"该死的网站就是干这个的，"杰罗姆说，"让你丢失数据。让你失去灵魂。我看见了最后那条信息，比尔。在蓝色闪光里，它说现在就动手。"

霍莉点点头。"还有一条是转告你的朋友们。"

"战破天引导他们做……做那件事吗？"霍奇斯问。

"不需要，"杰罗姆说，"因为发现网站的人——很多人会发现的，包括没有领到免费游戏机的孩子们——会在脸书和其他地方散播消息。"

"我想掀起自杀风潮，"霍莉说，"他通过某种手段启动了整件事，然后自杀了。"

"大概想先一步上路吧，"杰罗姆说，"到地狱门口迎接大家。"

霍奇斯说："难道你们要我相信一首摇滚老歌和一幅葬礼画面就能让孩子们自杀？说是那些战破天我能接受。我见过它们的威力。但这个？"

霍莉和杰罗姆对视一眼，霍奇斯很容易读懂这个眼神：该怎么解释给他听？一个人从没见过鸟类，你要如何解释知更鸟是什么？光是这个眼神就足以说服他了。

"青少年很容易受到这种东西的影响，"霍莉说，"当然不是所有的青少年，但确实很多。我十七岁的时候肯定是其中之一。"

"而且很有迷惑性，"杰罗姆说，"一旦开始了……要是真的开始了……"他最后只能耸耸肩。

"我们必须找到和关闭那台什么复示器，"霍奇斯说，"控制损害。"

"有可能就在巴比纽家里，"霍莉说，"打电话给彼得。让他看看巴比纽家里有没有电脑器材。要是有，就拔掉电源。"

"要是他和伊兹在一起，会直接转语音信箱的。"霍奇斯说，但还是打了过去，铃响一声彼得就接起电话。他告诉霍奇斯，伊兹和SKID探员回警局等法医初检报告了。图书馆艾尔·布鲁克斯被最初接警的警察带走收押了，破案的荣誉会分他们一杯羹。

彼得听上去很厌倦。

"我们吵了一架。我和伊兹。大吵一架。我把咱们刚开始搭档那会儿你说的话说给她听——案件是老大，带你去哪儿你就去哪儿。不能缩头，不能推诿，看见红色线头就捡起来，一路跟着走回家。她抱着胳膊站在那儿听，三秒钟点一下头。我还以为我真的说服她了呢。然后你知道她对我说什么吗？她问我知道上次有女人进入市警察局最高层是什么时候吗？我说我不知道，她说那是因为一直没有。她说她将成为第一个。朋友，我以为我了解她呢。"彼得发出霍奇斯这辈子听见过的最没有笑意的笑声。"我还以为她是个警察呢。"

以后要是有机会，霍奇斯一定会安慰一下他，但此刻他没有时间。他问有没有发现电脑器材。

"只有一台没电的平板电脑，"彼得说，"艾佛利，就是管家，说他的书房有一台笔记本电脑，几乎全新，但是不见了。"

"和巴比纽一样，"霍奇斯说，"也许在他身边。"

"有可能。你记住，科密特，只要我能帮忙——"

"我一定会打电话的，相信我。"

这会儿他需要他能找到的所有帮手。

21

从女孩爱伦身上得到的结果让人恼火,就像罗宾逊家小婊子的烂事再次上演,但最后布莱迪还是平静了下来。他毕竟成功了,这才是他需要集中精神对待的事情。坠落高度不足和墙角有积雪缓冲,仅仅是运气不好而已。有的是其他对象可供操纵。他有许多苦工要做,许多根火柴要点燃,不过嘛,等火烧起来后,他就可以舒舒服服坐下欣赏了。

大火会烧到烧无可烧才自己熄灭。

他发动 Z 小子的破车,开出休息区,汇入 147 公路向北的稀疏车流,第一片雪花从惨白的天空中盘旋下坠,落在马里布的挡风玻璃上。布莱迪加快车速。Z 小子的破车不适合在暴风雪里行驶,离开高速公路后,路面情况会越来越糟糕。他必须跑得比坏天气更快。

哦,我会打败天气的,没错,布莱迪心想,笑得像是想到了什么好主意。说不定爱伦会摔个高位截瘫,就像斯托弗臭娘们,变成木棍上的脑袋。可能性不大,但并非完全不可能,这是个令人愉快的白日梦,能够陪他消磨许多英里的路程。

他打开收音机,发现有个电台在播"犹大圣徒"乐队,他开大音量。这一点他和霍奇斯一样,也喜欢硬摇滚。

自杀王子

布莱迪在217病房打过许多场胜仗，但不得不把它们全藏在心里。从昏迷的活死人状态恢复意识；发现他仅仅靠思考就能移动小物体（因为巴比纽在他身上试验的药物，或者因为他的脑波发生了某种根本性改变，或者是两者的共同结果）；占据图书馆艾尔的大脑并在其中创造出第二人格：Z小子。哦，对了，绝对不能忘记报复那个胖警察，他居然敢在我无法自卫的时候打我的卵蛋。但最带劲的，百分之百最带劲的，还是教唆萨蒂·麦克唐纳自杀。那是他的异能。

他想再次使用这种能力。

这个欲望引发的问题很简单：接下来轮到谁？让艾尔·布鲁克斯跳天桥或喝通渠水实在易如反掌，但他会带走Z小子，没了Z小子，布莱迪就会被困在217病房里，这个病房等同于牢房，窗外只能看见一个停车库。不，就他的处境——还有他的身份——而言，他需要布鲁克斯。

更重要的问题是该怎么收拾把他送进这儿的老混蛋。厄苏拉·哈博，理疗科的纳粹头目，说康复需要GTG：成长目标。哈哈，他在成长，一点不错，向霍奇斯复仇是个值得努力的目标，但如何实现呢？诱使霍奇斯自杀不是答案，就算能找到办法尝试也不行。他已经和霍奇斯玩过自杀游戏了。输家是他。

弗雷迪·林克莱特带着他和母亲的合影来探望布莱迪的时候，他要再过一年半才会想到他应该如何收拾霍奇斯，不过弗雷迪的出现给了他一个他急需的启动契机。但他必须谨慎，非常谨慎。

走好每一步，夜深人静时，他清醒地躺在床上，他对自己这么说。每次只走一小步。我有庞大如山的障碍，但我也有超乎寻常的武器。

第一步是让艾尔·布鲁克斯偷走医院图书馆里剩下的战破天。他把那些游戏机带回他哥哥家，他住在哥哥家车库二楼的公寓里。这一步很容易，因为没有人要玩它们。布莱迪将它们视为弹药。他迟早会找到能发射它们的枪械。

布鲁克斯拿走游戏机是出于自主意识，但指挥他的命令（念头小鱼）来自布莱迪，布莱迪将命令植入了简单但极有用的Z小子人格。他对完全进入布鲁克斯的头脑并控制其身体越来越谨慎，因为这么做会太快耗尽老东西的脑细胞。他必须计算好完全投入的时间，明智地使用它们。真是可惜，因为在医院外度个小假能让他心情愉快，但人们开始注意到图书馆艾尔的脑袋不怎么灵光了。要是布鲁克斯变得过于糊涂，医院就会强迫他放弃这份志愿者工作。更坏的可能性是会被霍奇斯注意到。那可就不妙了。退休老警探愿意怎么收集心灵致动能力的传闻都随他的便，布莱迪对此并不在乎，但他不希望霍奇斯觉察到哪怕一丁点真实情况的影子。

2013年春，布莱迪冒着意识损耗的危险，完全控制了布鲁克斯的身体，因为他需要图书馆里的电脑。看电脑当然不需要完全投入，但用电脑就是另一码事了。再说那次拜访也很短暂。他想做的仅仅是设置一个谷歌提醒，关键词是战破天和鱼洞。

他每隔两三天派Z小子去检查一次提醒并向他报告结果。布莱迪的另一条命令是要是有人走过来看见你在干什么就切换到娱乐体育节目电视网站，不过很少有人看见他，图书馆狭小得像个储藏室，偶尔出现的访客通常在找隔壁的小礼拜堂。

查到的结果很有意思，发人深省。盯着鱼洞演示画面看了太长时间后进入催眠状态或发作癫痫的人似乎为数不少。效力比布莱迪预想中更加强大。《纽约时报》商业版甚至刊出一篇文章，公司也为此惹上了麻烦。

公司本已摇摇欲坠，最不想要的就是麻烦。你不是天才（布莱迪认为他就是天才)也看得出战破天有限责任公司势将破产,或者被一家更大的公司吞并。布莱迪的赌注压在破产上。他们制造的游戏机过时得让人绝望,价钱贵得荒谬,内置的一个游戏还有危险的缺陷,什么人会蠢到并购这么一家公司?

另一个问题是该怎么改装他手头的存货(藏在 Z 小子住处的壁橱里,但布莱迪认为那是他的财产),吸引使用者长时间地盯着屏幕看。弗雷迪来探望他的时候,他的思路正卡在死胡同里。她履行了一名基督徒的职责后离开(必须澄清一下,弗雷德里卡·比梅尔·林克莱特现在不是、过去也从来不是一名基督徒),布莱迪陷入了长时间的认真思考。

然后,2013 年 8 月底,退休警探一次格外恼人的探访之后,他派 Z 小子去了她的公寓。

弗雷迪数完钱,打量着面前的老家伙,他身穿绿色迪凯思工装裤,耷拉着肩膀,站在算是她家客厅的房间中央。钱来自艾尔·布鲁克斯在中西部联邦银行的账户。这是他第一次提取他那点儿微薄的储蓄,但远不是最后一次。

"两百块,就问几个问题?行啊,我接受。但你要找人给你吹箫的话,老东西,那还是另请高明吧。我是同性恋。"

"就问几个问题。"Z 小子说。他把一台战破天递给她,请她看鱼洞的演示画面。"但你顶多只能看三十秒左右。怎么说呢?很古怪。"

"古怪?"她宽容地对他笑了笑,望向游来游去的小鱼。三十秒变成了四十秒。根据布莱迪派他来完成这项使命(他总是称之为"使命",因为他发现布鲁克斯会将这个词与英雄主义联系在一起)时的命令,这是允许的。但四十五秒过后,他把游戏机收了回去。

弗雷迪抬起头,使劲眨眼。"哇。这东西能搞坏你的脑子,对吧?"

"嗯,确实有点儿。"

"我在《游戏编程》上读到过,《碎星大战》游戏也能产生类似的效果,但必须玩半小时以上才能见效。你这个快得多。大家知道这件事吗？"

Z小子没有理会这个问题。"我老板想知道你能不能改造一下这东西,让人们看演示画面的时间更长,而不是直接进入游戏。游戏就没有这个效果了。"

这时,弗雷迪第一次用上了假俄国口音："大无畏的领袖是谁,Z小子？好朋友,说给同志听一听？"

Z小子皱起眉头。"啥？"

弗雷迪叹息道："哥们,你的老板是谁？"

"Z医生。"布莱迪猜到会有这个问题——他早就认识弗雷迪了——这是他的另一条指令。布莱迪对菲利克斯·巴比纽有所盘算,但具体细节还很模糊。他尚在摸索阶段。靠仪表飞行。

"Z医生和他的帮手Z小子,"她说着点燃香烟,"踏上了统治世界之路。我的天,我的天。那我岂不成了Z小妹？"

布莱迪的命令里没有这一条,因此他保持沉默。

"当我没说,我懂,"她吐出一口烟,"你老板要个吸睛陷阱。办法是把演示画面本身变成一个游戏,但必须很简单。不能被许多复杂代码拖累得运行太慢,"她举起已经关掉的战破天,"这东西没啥智力可言。"

"什么样的游戏？"

"朋友,别问我。那是创意的活儿。不是我的强项。叫你老板去想清楚。总而言之,这东西开机启动、连接无线网络后,你必须给它安装解锁工具包。要我写下来吗？"

"不用。"布莱迪为这项任务在布鲁克斯快速减少的记忆存储空间里预留了一小块地方。另外,等需要做的事情安排好了,真正干活的会是弗雷迪。

"解锁包安装好之后,可以从另一台电脑下载源代码,"她又换上俄国口音,"从冰盖下的零号秘密基地。"

"这部分也要转告他吗?"

"不用。告诉他解锁包加源代码就够了。记住了?"

"记住了。"

"还有什么吗?"

"布莱迪·哈茨费尔德希望你能再去探望他。"

弗雷迪的眉毛挑得都快飞出发际线了。"他对你说话了?"

"是的。刚开始很难听懂,但适应一阵就可以了。"

弗雷迪环顾四周——她昏暗、逼仄的客厅,散发着昨晚中餐外卖的气味——仿佛忽然对房间有了兴趣。她发觉这场谈话越来越让人毛骨悚然了。

"我说不准,朋友。我发过善心了,我可从来没当过女童子军。"

"他会给你钱的,"Z小子说,"不多,但……"

"多少?"

"一次五十块?"

"为什么?"

Z小子不知道,但2013年的时候,艾尔·布鲁克斯的脑壳里还装着不少他自己的意识,因此他反而知道原因。"我认为……因为你是他的人生的一部分。你知道的,你和他曾经一起给别人修电脑。以前的好时光。"

布莱迪对巴比纽医生的恨意远不如他对科密特·威廉·霍奇斯的那么强烈,但不等于巴医生没有上他的黑名单。巴比纽当他是小白鼠,这已经很糟糕了。见到药物试验似乎没有成功,他对布莱迪丧失了兴趣,这就更糟糕了。最糟糕的是,布莱迪恢复意识后,他立刻又开始给布莱迪注射药物,而只有老天才知道那些药有什么作用。它们有可能杀死他,但对于一个热衷于追寻灭亡的人来说,这个可能性倒是不至于让他辗转难眠。他真正恐惧的是药物或许会干扰他新获得的能力。巴比纽在公开场合嘲笑布莱迪有超能力的说法，但私底下他相信心灵确实有可能控制物质，尽管巴比纽多次要求他表演一下，布莱迪却一直没有向医生展示过他的新天赋。巴比纽认为他的心灵致动能力也是他所谓"脑百灵"神药的效果。

CAT 扫描和 MRI 也在持续进行。"你是世界第八大奇迹。"某次检查后，巴比纽这么说，那是 2013 年的秋天。勤杂工用轮椅推着布莱迪回 217 病房，巴比纽走在他身旁。巴比纽的表情在布莱迪看来只能用洋洋自得形容。"目前的组合疗法不但阻止了脑细胞的衰亡，还刺激你长出了新的脑细胞。更加强健的脑细胞。你知道这有多么了不起吗？"

你说我知不知道，王八蛋，布莱迪心想。扫描结果你千万收好。要是被地检署发现，我就有麻烦了。

巴比纽拍了拍布莱迪的肩膀，仿佛布莱迪是他的所有物。仿佛他在爱抚宠物狗。"人类的大脑由大约一千亿个神经细胞组成。你大脑的布罗卡区严重受损，但现在已经恢复了。事实上，那里产生了我从未见过的新神经元。有朝一日你会再次出名，但不是一个夺走他人生命的凶手，而是拯救他们的勇士。"

就算有那么一天，布莱迪心想，你也不会活着看见了。

狗娘养的，信不信由你。

创意从来不是我的强项，弗雷迪对 Z 小子说。确实如此，然而创意是布莱迪的强项，2013 年变成 2014 年，他有充足的时间去思考该如何改造鱼洞的演示画面，变成弗雷迪所谓的"吸睛陷阱"。但他想出来的办法似乎都不够好。

她来看他的时候，他们从不讨论战破天的催眠效应，而是以缅怀赛博巡警的往事为主，绝大多数时候当然是弗雷迪在说话。他们登门服务时遇到的各种疯子。还有安东尼·"东尼斯"、弗罗比舍，他们的混账老板。弗雷迪时常提起那家伙，幻想她当年该把什么话丢在他脸上。弗雷迪的探访很单调，但挺安慰人，平衡了那些绝望的夜晚——在那些夜晚，他觉得他会在 217 病房度过余生，听凭巴比纽医生和所谓"维生素针"的摆布。

我必须阻止他，布莱迪心想。我必须控制他。

为了实现这个目标，演示画面的增强版必须足够强大。要是搞砸了第一次进入巴比纽头脑的机会，他很可能不会再找到第二次机会。

217 病房的电视每天至少播放四个小时。这是巴比纽的命令，他对赫尔明顿护士长说，他在"向哈茨费尔德先生展示外部刺激"。

哈茨费尔德先生不介意看午间新闻（世界的某个角落总会发生令人兴奋的爆炸事件或大规模惨剧），但其他节目——烹饪节目、脱口秀、肥皂剧、江湖医生——就太无聊了。然而有一天，他坐在窗口的椅子里看《惊喜大奖》（至少他眼睛在看电视的方向），忽然得到了天启。闯到附加赛一关的参加者有机会赢得乘私人喷气机去阿鲁巴度假的大奖。主持人要她看超大号的电脑屏幕，上面有许多五颜六色的大圆点在飘来飘去。她的任务是点击五个红色圆点，圆点会变成数字。假如她点击出来的数字加起来不超过 100，那她就赢了。

布莱迪望着她瞪大眼睛，视线在屏幕上来回扫动，顿时知道了他苦苦寻觅的答案。粉色小鱼，他心想。粉色小鱼移动得最快，另外，红色是愤怒的颜色。而粉色……什么呢？怎么说来着？他想到了，他露出微笑。一个灿烂的笑容，让他看上去又回到了十九岁。

粉色让人安心。

弗雷迪来看他的时候，Z 小子偶尔会把推车留在走廊里，进病房和他们一起聊天。2014 年夏天，某次这种时候，他递给弗雷迪一份电子菜谱。这东西是用图书馆电脑写的，录入它的时候，布莱迪没有给艾尔·布鲁克斯下命令，而是直接跳上了驾驶座，他已经很少这么做了，但这次必须如此，因为文字必须准确无误，其中容不下任何错误。

弗雷迪扫了一眼，被提起了兴趣，仔细地读了起来。"哎呀，"她说，"非常狡猾嘛。加上潜意识消息就更酷了。下作，但确实酷。是那位神秘的Z医生想出来的？"

"是的。"Z小子说。

弗雷迪转向布莱迪。"你知道这位Z医生是谁吗？"

布莱迪缓缓摇头。

"真不是你？因为看上去很像你的作品。"

布莱迪只是空洞地望着她，直到她转开视线。他允许她看见的东西比他允许霍奇斯或护士和理疗人员看见的多，但他并不想让她看穿自己。至少现在不行。她说漏嘴的可能性太大了。另外，他还没想明白自己到底要干什么。俗话说造个好捕鼠夹，世界会开出一条路通到你家门口，但他还不知道这个捕鼠夹能不能抓住老鼠，因此暂时还是低调点为妙。另外，Z医生还没有诞生。

但他会诞生的。

弗雷迪收到解释如何改造鱼洞演示画面的电子菜谱后没多久的一个下午，Z小子走进了菲利克斯·巴比纽医生的办公室。医生在医院里的绝大多数日子里都会在那里待一个小时，喝咖啡，看报纸。窗口有一套室内高尔夫球练习台（巴比纽的窗外可不是停车库），他有时候会在房间里练习短杆。Z小子没有敲门，直接走进房间，这时候他就在练习台上。

巴比纽冷冷地看着他。"有什么事情吗？你迷路了？"

Z小子将零号战破天递给他，弗雷迪已经升级了里面的软件（她买了几个新的电脑元器件，钱来自艾尔·布鲁克斯飞速缩水的储蓄账户）。"你看这个，"他说，"我告诉你该怎么做。"

"你给我出去，"巴比纽说，"我不知道你的脑子里进了什么水，但这儿是我的私人空间，现在是我的私人时间。还是说你要我叫保安？"

"看屏幕，否则你就会在晚间新闻里见到自己。'名医在杀人狂布莱迪·哈茨费尔德身上试验未经检测的南美药物。'"

巴比纽目瞪口呆地看着他，基本上就是布莱迪蚕食他核心意识后的模样。"我不知道你在说什么。"

"我在说脑百灵。就算美国食品药物管理局（FDA）能批准，人体试验也是好几年以后的事情。我翻过你的文件，用手机拍了二三十张照片。我还拍了你私藏的脑部扫描照片。你违反了许多条法律，医生。看游戏机，我就不说出去。拒绝，你的职业生涯就结束了。我给你五秒钟决定。"

巴比纽接过游戏机，看着小鱼游来游去。配乐叮咚作响。蓝光时而闪过。

"点击粉色的小鱼，医生。它们会变成数字。在脑袋里把数字加起来。"

"我要这么做多久？"

"你会知道的。"

"你疯了吗？"

"你不在的时候会锁好办公室，这很明智，但医院里有许多张磁卡能打开所有的门。另外，你从来不关电脑，我觉得这才叫发疯。看小鱼。点粉色的。加数字。你需要做的事情就是这些，我保证不会再来烦你。"

"你这是勒索我。"

"不，勒索是为了求财。咱们这只是一场交易。看小鱼。我不会再重复一遍了。"

巴比纽低头看小鱼。他点击一条粉色的，没有点中。他再次点击，还是没有点中。他嘟囔道："妈的！"玩起来比看起来要难，他开始感兴趣了。蓝色闪光按理说应该很烦人，其实并不会，事实上还能帮他集中精神。老东西对他知根知底引起的惊恐开始消退，隐没在他思绪的背景之中。

他成功地点中一条粉色小鱼,没有让它从屏幕左侧游出去,他得到一个 9。很好。一个好开始。他忘记了自己为什么在点屏幕。抓住粉色小鱼就是此刻最重要的事情。

配乐继续演奏。

一层楼以上的 217 病房,布莱迪盯着自己的战破天,感觉到自己的呼吸越来越慢。他闭上眼睛,望着孤零零的一个红点。那是 Z 小子。他等待……默默等待……就在他开始怀疑目标会不会不受影响的时候,第二个红点出现了。刚开始很黯淡,逐渐变得明亮而清晰。

就像欣赏一朵玫瑰的绽放,布莱迪心想。

两个红点游来游去嬉戏。他将注意力放在巴比纽的那个红点上。红点放慢速度,最后停下了不动了。

逮住你了,布莱迪心想。

但他必须谨慎。这是一项隐秘使命。

他睁开的眼睛属于巴比纽。医生依然盯着小鱼,但已经不再点击屏幕。他变成了……他们用的那个词是什么来着?植物人。他变成了植物人。

布莱迪没有在此多做停留,他很快就意识到他开启了何等的奇迹之门。艾尔·布鲁克斯是个小扑满,而菲利克斯·巴比纽是一座宝藏。布莱迪翻看他的记忆、他储藏的知识、他的各种技能。在艾尔的身体里,他可以重接电路。但是在巴比纽的身体里,他可以做开颅手术,重接大脑的回路。更重要的是,他证明了他的理论猜测,实现了他的白日梦想:他能够远距离侵占别人的大脑。只需要用战破天诱发的催眠状态打开他们的心灵。弗雷迪改装的战破天是个行之有效的吸睛机器,而且,老天在上,见效的速度快得惊人。

他等不及要用在霍奇斯身上了。

离开之前,布莱迪在巴比纽的脑海里释放了几条思想小鱼,仅仅几条而已。他打算非常谨慎地对付医生。在布莱迪现身之前，巴比纽必须完全适应这台游戏机——催眠专家会称之为"诱发装置"。那天他释放的思想小鱼之一是布莱迪的 CAT 扫描没有产生值得关注的结果，因此不该继续下去了。脑百灵注射也应该停止了。

因为布莱迪的情况没有实质性地好转。因为我是个死胡同。还因为我有可能被发现。

"被发现就糟糕了。"巴比纽喃喃道。

"是的，"Z 小子说，"被发现对你我来说都很糟糕。"

巴比纽已经扔下了他的推杆。Z 小子捡起来放在他的手里。

炎热的夏天过去，寒冷而多雨的秋天到来，布莱迪持续增强他对巴比纽的控制。他小心翼翼地释放思想小鱼，就像狩猎监督员在池塘里储存鲑鱼。巴比纽不顾被投诉性骚扰的风险，对几个年轻护士产生了毛手毛脚的冲动。巴比纽偶尔用一个虚构医生的磁卡（布莱迪通过弗雷迪·林克莱特搞的小名堂）打开铁桶的药物分发柜，窃取止痛药。尽管做多了迟早会被抓住，而且巴比纽也有其他更安全的办法能弄到药物，但他就是要这么做。某天他在神经外科的医生休息室偷了一块劳力士手表（尽管他自己也有一块），放在办公桌最底下的抽屉里，然后蓄意忘记了这件事。布莱迪·哈茨费尔德（他勉强能够挪动几步了）一点儿一点儿地占据了医生的心灵，而这位医生曾经拥有他的肉体，布莱迪将巴比纽塞进了遍布利齿的罪责陷阱。要是他做点儿什么蠢事，比方说企图告诉别人正在发生什么，这个陷阱就会立刻咬合。

与此同时，他开始塑造 Z 医生的人格，比起他对图书馆艾尔做的事情，这次他要谨慎小心得多。首先，他现在更擅长这件事了。其次，他有更好的材料供他雕琢。那年十月，巴比纽的脑海里已经有几百条思想小鱼游来游去了，他能够随心所欲地控制医生的肉身，外出的距离也越来越远。有一天，他坐上巴比纽的宝马，一口气开到俄亥俄州的边界，只是想看看距离会不会削弱他的控制力。结果并没有。

看起来，只要进来了就会一直待下去。另外，这是一趟很美好的郊游。他在路边餐厅停车，狼吞虎咽地吃洋葱圈。

何等的美味！

2014年圣诞季越来越近，布莱迪发现自己陷入了他从童年早期就不再熟悉的一种状态。这种感觉太陌生了，他甚至没有回过神来，圣诞装饰就取了下来，而情人节正在一天一天走向他。

他觉得心满意足。

他有一部分自我在抗拒这种感觉，将其视为小规模的死亡，但也有一部分自我想接受它。甚至投向它。为什么不呢？他反正又没有被困在217病房里，甚至根本不在自己的躯体里。他想出去就能出去，无论是作为乘客还是亲自驾驶。他只需要注意一点，那就是坐上驾驶座的次数不能太频繁，也不能待得太久。核心意识是一种有限资源，消耗掉是不会再生的。

真是糟糕。

要是霍奇斯继续来骚扰他，布莱迪就会多一个侵蚀对象了——让他看抽屉里的战破天，进入他的脑海，植入自杀的思想小鱼。就像再一次使用黛比的蓝雨伞，但这次的暗示会更加强烈。不，不完全是暗示，而是指令。

这个计划唯一的障碍就是霍奇斯不来了。劳动节后他露过一面，还是唠叨平时那些屁话——我知道你在，布莱迪，我希望你在受苦，布莱迪，你真的能不触碰就移动东西吗，布莱迪，要是可以，就让我开开眼界吧——但从此就再也不出现了。布莱迪得出结论，霍奇斯从他的生活中消失就是这种不寻常但不尽可喜的满足感的真实源头。霍奇斯就像马鞍下的一根刺，撩拨他，驱使他飞奔。现在这根刺消失了，只要他愿意，就可以自由自在吃草了。

他大致也是这么做的。

布莱迪不但控制了巴比纽医生的意识，也控制了他的银行账户和证券投资，于是掀起了一场电脑配件购买狂潮。巴比纽负责取钱和购物，Z小子送设备去弗雷迪·林克莱特的狗窝。

她该升级一下居住条件了，布莱迪心想。我该为此做点什么。

Z小子把他从图书馆搜刮来的那些战破天都拿给了她，弗雷迪改造了所有游戏机里的鱼洞演示画面……当然了，是在一定的代价之下。尽管要价很高，布莱迪还是毫不犹豫地给了她。反正是巴比纽的钱。至于该怎么使用这些增强版游戏机，布莱迪还没有想好。他迟早会想再发展一两架人肉无人机的，但目前找不到理由要这么做。他开始理解满足感的本质了：情绪上的无风带，所有的风都停歇了，你只能随波逐流。

一个人丧失成长目标就会变成这样。

这种状态一直持续到2015年2月13日，《午间新闻》的一条消息房获了布莱迪的注意力。播音员正看着憨态可掬的熊猫宝宝笑得开心，背后的电视墙忽然从熊猫变成了心碎图标，他们立刻换上"我操，这他妈太可怕了"的表情。

"对塞威克利市郊的居民来说，这将是一个悲伤的情人节。"二人转里的女角说。

"是啊，贝蒂，"男角附和道，"市民中心血案的两位幸存者，二十六岁的克丽丝塔·康垂曼和二十四岁的凯斯·弗雷斯，在康垂曼家中一同自杀。"

轮到贝蒂了。"肯，双方的父母都倍感震惊，称他们打算今年五月结婚，但两人都在布莱迪·哈茨费尔德实施的袭击中严重受伤，持续性的生理痛苦和心理煎熬显然超过了承受范围。请弗兰克·邓顿继续为您报道。"

布莱迪进入了红色警戒状态，尽可能地在椅子上坐得笔直，两眼闪闪放光。这两条命可以算在他头上吗？他觉得可以，也就是说他在市民中心的得分从八变成了十。离一打还差一点儿，不过嘛，嘿嘿！不错不错。

记者弗兰克·邓顿同样满脸"我操"表情，叽里咕噜说了一阵，画面切给康垂曼小姐的可怜老爹，他对着镜头朗读两人的自杀遗言。他从头到尾都口齿不清，不过布莱迪还是听懂了个大概。他们对来世有着美妙的幻想，他们的创伤将被治愈，痛苦的重负将被卸下，他们将恢复完全的健康，耶稣基督，他们的上主和救星，将为他们主持婚礼。

"唉，真是太让人悲伤了，"报道结束时，男播音员评论道，"真的让人悲伤。"

"是啊，肯。"贝蒂说。他们背后的电视墙上换了张照片，一群傻蛋身穿婚礼服装站在游泳池前，她悲伤的表情顿时消散，重新戴上快乐的面具。"不过这条消息会让大家高兴起来——二十对新人决定在克利夫兰的一个游泳池里结婚，而当地气温只有二十度！"

"希望他们的爱火能驱走严寒，"肯咧嘴笑道，露出完美的全口齿冠，"噗——！请帕蒂·纽菲尔德为你讲述详细情况。"

我还能弄死几个人？布莱迪心想。他欲火焚身。我有九台增强版战破天，外加两架人肉无人机一人一台，还有我抽屉里的一台。谁说我已经放过那帮求职的混球了？

谁说我不能继续得分了？

布莱迪在休眠期间持续关注战破天公司的情况，每周派Z小子查看一两次谷歌提醒的结果。有关鱼洞画面导致催眠（还有呼哨小鸟的演示画面，不过效果稍差）的议论逐渐平息，取而代之的是这家公司将在何时倒闭的猜测——会不会倒闭已经不是问题了。日升解决方案吞并战破天后，一个自称"电子旋风"的博客作者写道："哇！感觉就像两个只剩六周可活的癌症患者决定私奔。"

巴比纽的隐蔽人格已经完工，Z医生代替布莱迪调查市民中心血案幸存者的现状,他列出其中的一部分人,他们受伤最严重,因此也就最容易受到自杀念头的蛊惑。有几个人还坐在轮椅上,例如丹尼尔·斯塔尔和茱蒂丝·洛玛。洛玛有可能离开她的轮椅,但斯塔尔肯定没戏。还有玛蒂娜·斯托弗,从颈部以下高位截瘫,和母亲一起住在里奇代尔。

我这是在帮他们的忙,布莱迪心想。千真万确。

他觉得斯托弗的母亲会是个绝妙的起点。他的第一个念头是让Z小子用邮包寄给她一台战破天("一件免费的礼物!"),但如何能保证她不会随手扔掉呢?他只有九台游戏机,不想冒浪费其中一台的风险。改装游戏机花了他(好吧,巴比纽)很大一笔钱。派巴比纽亲自去执行这项使命似乎更好。穿上他定制的正装,打一条庄重的暗色领带,看上去比穿皱皱巴巴的迪凯思绿裤子的Z小子更值得信任,再说他恰好是斯托弗母亲会有兴趣勾搭的那种年长男子。布莱迪只需要编个可信的故事就行了。比方说,营销调查?读书俱乐部?有奖竞猜?

他还在琢磨场景的时候(他不赶时间),谷歌提醒发布了一条意料之中的死讯:日升解决方案完蛋了。这是四月初的事情。债权人指定托管人处理剩余资产,所谓"可折现存货"的清单很快会出现在常用的抛售网站上。假如你等不及了,可以去破产文件里查看不可处置资产的清单。其中说不定有许多箱全新的战破天,不过他本来就有九台游戏机,而九台已经足够他玩了。

一个月后,他改变了主意。

《午间新闻》最受欢迎的段落叫《杰克一句话》。杰克·奥马利是一头肥胖的老恐龙,从黑白电视时代就在这个行当里混饭吃了,他会在每次节目结束时东拉西扯五分钟,剩下那点儿脑细胞想到什么就说什么。他戴一副偌大的黑框眼镜,说话时下巴抖得像果冻。平时布莱迪觉得他挺好玩,算是轻松一刻,但今天的《杰克一句话》没有任何可笑之处，而是为布莱迪打开了新世界的大门。

"本台不久以前报道了克丽丝塔·康垂曼和凯斯·弗雷斯的不幸遭遇后，哀悼像潮水般淹没了他们的家人，"杰克用他安迪·鲁尼式的愠怒声音说，"他们不能承受无休无止、难以缓解的痛苦折磨，因此决定自己的生命，这引发了一场有关自杀伦理的辩论。同时也让我们再次想起——非常不幸地再次想起他们无休无止、难以缓解的痛苦从何而来，那是一个懦夫，一个怪物，名叫布莱迪·威尔逊·哈茨费尔德。"

岂不就是我吗？布莱迪喜滋滋地心想。他们愿意念全你的中名，足以证明你是一个不折不扣的恶魔了。

"假如还有来世，"杰克说（安迪·鲁尼式浓眉失控地皱成一团，面颊的赘肉左右乱甩），"等布莱迪·威尔逊·哈茨费尔德去了那里，他会为自己的罪孽付出代价。另一方面，也请我们想一想这团可怖乌云四周的金线，因为它确实存在。

"布莱迪·威尔逊·哈茨费尔德，这个胆小鬼在市民中心的杀人狂欢后躲藏了一年，企图犯下更加邪恶的巨大罪行。他携带大量塑胶炸药混进明戈演艺中心的一场演唱会，想杀死几千名正在享受美好时光的青少年。这次阻止他的是退休警探威廉·霍奇斯和一位名叫霍莉·吉伯尼的勇敢女士，她砸碎了这个嗜血废物的脑壳，没有让他引爆……"

布莱迪忽然什么也听不见了。一个叫霍莉·吉伯尼的女人打他的脑袋，险些杀了他？霍莉·吉伯尼是谁？自从他被她关了灯，扔进这间病房，时间已经过了五年，为什么谁也没有告诉过他这件事？这怎么可能？

答案很简单，他想通了。报道铺天盖地而来的时候，他处在昏迷中。后来，他心想，我想当然地以为凶手不是霍奇斯就是他的黑鬼小工。

找到机会，我要上网查一查这个叫吉伯尼的女人，不过她并不重要。她属于过去。未来是个灿烂夺目的新点子，他最优秀的发明总是这么跳进脑海：完整而彻底，只需要一丁点小小的修正就能变得无懈可击。

他打开战破天的电源，找到Z小子（正在向妇产科的候诊患者分发杂志），派他去图书馆开电脑。Z小子在电脑前坐下，布莱迪一把将他从驾驶座上推开，自己抓住方向盘，他趴在键盘上，眯着艾尔·布鲁克斯的近视眼看显示器。他在"破产拍卖2015"网站上找到了日升解决方案留下的所有物资。来自十几家子公司的破烂按字母顺序列在清单上。战破天在最后一位，但在布莱迪眼中，绝对不是最不重要的。打开战破天公司的资产，第一条就是45872台战破天指挥官游戏机，建议零售价189.99美元。它们按四百、八百和一千台批量出售。底下是一行红色的警告文字，称部分商品是缺陷机，但"大部分运行良好"。

布莱迪的兴奋让图书馆艾尔衰老的心脏不堪重负。他的双手离开键盘，攥成拳头。比起此刻忽然占据他心灵的宏大计划，唆使市民中心幸存者继续自杀的念头黯然失色，他要完成那天晚上企图在明戈中心做的事情。他能看见自己在蓝雨伞网站写信给霍奇斯：你以为你阻止了我？再想一想吧。

那会是多么美好啊！

他确定巴比纽有足够的钱，可以给那晚在场的每个人买一台战破天，但布莱迪在同一个时间只能操控一个目标，因此做这么激进的事情也毫无用处。

他让Z小子带巴比纽来见他。巴比纽不想来。他现在很害怕布莱迪，布莱迪觉得乐趣无穷。

"你要去买一些货物。"布莱迪说。

"买一些货物。"温顺。不再害怕。走进217病房的是巴比纽，耷拉着肩膀站在布莱迪的椅子前的却是Z医生。

"是的。你会想要把钱转进一个新账户。至于户主，咱们就叫它

'游戏无限'好了。'游戏'（Gamez）的结尾是个 Z。"

"是个 Z。就像我。"凯纳医院神经外科的主任挤出一个茫然的微笑。

"非常好。先存个十五万美元吧。你还要帮弗雷迪·林克莱特安排一套更大的新公寓，好让她接收和改装你购买的货物。这姑娘会忙得不可开交。"

"我要帮弗雷迪·林克莱特安排一套更大的新公寓，好让……"

"闭嘴，听我说。她还会需要其他的设备。"

布莱迪坐了起来。他能看见光明的未来在前方等待，退休老警探以为游戏已经结束后的好几年，布莱迪·威尔逊·哈茨费尔德将赢得桂冠。

"其中最重要的一件叫复示器。"

/
头与皮

1

唤醒弗雷迪的不是疼痛,而是膀胱,憋得就快爆炸了。下床是一项艰苦的工作。她的脑袋咣咣咣地抽痛,胸前像是上了石膏,并不算特别疼,只是觉得特别僵硬和无比沉重。每次呼吸都仿佛在抓举杠铃。

卫生间活像血浆电影里的布景,她坐在马桶上,立刻闭上眼睛,免得看见无所不在的血污。我能活下来真是走运啊,她心想,仿佛有十加仑那么多的尿液喷涌而出。太他妈走运了。我怎么会陷在这堆烂事的正中央?就因为我送了一张照片给他。我老妈说得对,好心没好报。

不过,这会儿她的头脑倒是前所未有地清晰,她不得不承认,送照片给布莱迪并没有带着她来到这个鬼地方,坐在血海似的卫生间里,脑袋上有大包,胸口有个弹孔。她会有此刻的处境,都是因为她后来又去了,她之所以会再去看布莱迪,是因为去了就有钱拿——每次五十块。因此我也算某种应召女郎吧,她心想。

你知道这些名堂都是为了什么。你可以骗自己说直到你打开 Z 医生给你的 U 盘才知道,也就是激活了那个恶心网站的 U 盘,但你给那些战破天安装更新程序的时候就知道了,对不对?你就像一条生产线,每天四五十台,非缺陷机到最后都成了装配好引信的地雷。五百多台。你从头到尾都知道那是布莱迪,而布莱迪·哈茨费尔德是个疯子。

她提起裤子,冲水,走出卫生间。照进客厅窗户的光线很黯淡,但眼睛看见了还是一阵生疼。她眯起眼睛,发现外面下雪了,她蹒跚着走进厨房,艰难地呼气吸气。她冰箱里塞满了吃剩下的中餐外卖,不过饮料架上还有两罐红牛。她拉开一罐，一口气喝掉一半，觉得稍微好了一点儿。也许是心理作用，不过聊胜于无。

我该怎么办？老天在上，我该怎么办？我有办法摆脱这个烂摊子吗？

她走进电脑室，步伐略略快了一点儿，她点亮屏幕，打开 zeetheend 网站，希望看见的是卡通小人挥舞卡通铁镐，但她的心立刻沉了下去，因为出现在屏幕上的却是烛光映照下的殡仪馆——她插入 U 盘后没有听从直接导入的命令，而是偷看了一眼启动屏幕，她看见的就是此刻这个画面。配乐是"蓝牡蛎异教"乐队那首傻乎乎的歌曲。

她向下拉屏幕，跳过棺材底下的文字（每一条都时而膨胀时而缩小，就像缓慢的心跳：**结束痛苦，结束恐惧**），点击**发表评论**按钮。弗雷迪不知道这颗电子毒丸激活了多久，但显然已经久得引来了数以百计条评论。

熄灯 77：这个网站敢于说出真相！

爱丽丝离开 401：真希望我有这个胆量，家里的情况实在太糟糕了。

猴子沃巴娜：熬过痛苦吧，朋友们，没有勇气的人才自杀！！！

绿眼凯蒂猫：不，自杀没有痛苦，它能带来许多改变。

出言反对的不止猴子沃巴娜一个，但弗雷迪不需要拉到底就知道他或她属于极少数派。这东西会像流感一样扩散，弗雷迪心想。

不，更像埃博拉。

她抬头去看复示器，恰好看见**已找到 171 个**变成了 **172**。小鱼变数字的消息传得飞快，到今天晚上，改装过的战破天应该都会开机。演示画面将催眠使用者，让他们准备好接受指令。干什么呢？唔，比方说，上 zeetheend 网站。也许战破天持有者根本不需要打开网站。也许他们会直接抹脖子。人们会接受催眠命令去自杀吗？肯定不会的，对吧？

对吗?

弗雷迪不敢冒着引来布莱迪的风险关闭复示器,但网站呢?

"你就去死吧,狗娘养的。"她说完,开始噼里啪啦地敲打键盘。

不到三十秒后,她难以置信地望着屏幕上的一行文字:**无权限执行此命令**。她伸出手想再试一次,但立刻停下了。就她所知,对网站再次出手说不定会核平她的一切,不仅是电脑设备,还有她的信用卡、银行账号、手机,甚至驾驶他妈的执照。世上要是有人会用程序实现这么邪恶的目标,弗雷迪肯定是其中之一。

妈的。我还是能走多远就走多远吧。

她要拿几件衣服扔进行李箱,叫车去银行,提取所有存款。应该有四千块左右。(她心里知道,其实只有三千。)离开银行就去长途汽车站。窗外纷飞的雪花应该是暴风雪的前奏曲,说不定会阻止她脚底抹油的大计,但即便要在车站等几个小时,她也愿意等。妈的,就算不得不在车站睡觉,她也愿意。这可是布莱迪的勾当啊。他会搞出一整套环环相扣的琼斯镇规程,改装战破天只是其中的一小部分,而她居然帮助了他。弗雷迪不知道布莱迪的计划能不能奏效,但她更不想留在这儿看结果。有些人会被战破天吸进去,看到该死的zeetheend网站后会尝试自杀,而不是仅仅想想而已,她觉得很对不起他们,但她首先必须照顾好自己。其他人绝对不会帮你这个忙。

弗雷迪以最快速度回到卧室,从壁橱里取出陪伴她多年的新秀丽行李箱。无法深呼吸和过度兴奋导致血氧不足,她双腿发软,只好挪到床边,垂着脑袋坐下。

悠着点儿,她心想。调整呼吸。事情要一件一件做。

然而,由于企图关闭网站的愚蠢举动,她不知道自己还有多少时间了,《喇叭小子布基伍基》忽然在梳妆台上忽然奏响,吓得她轻声尖叫。弗雷迪不想接电话,但还是站了起来。有时候你必须了解情况。

2

布莱迪从 7 号出口离开州际公路时雪还很小,开上 79 号州内公路——他来到了乡村地带——雪势逐渐变大。湿漉漉的沥青路面还能看见,但积雪很快就会越来越深,而他离他打算蛰居忙碌的地方还有四十英里。

查尔斯湖,他心想,真正的乐趣将在那里开始。

就在这时,巴比纽的笔记本电脑忽然自己唤醒,响了三次——这时布莱迪设置的一个警报。因为安全永远好过后悔。他在和暴风雪赛跑,没时间停车,但他无法承担意外的后果。前面右边有一幢建筑物,窗门用木板钉死,两个铁皮姑娘穿着生锈的比基尼站在屋顶上,手里的标牌写着**色情宫殿**、**限制级**和**我们敢脱**。泥地停车场里(白雪已经给地面洒上了一层糖霜)竖着"待售"标牌。

布莱迪开进去停车,打开笔记本电脑。屏幕上的消息像闪电似的劈在好心情的正中央。

上午 11:04:修改 / 关闭 ZEETHEEND.COM 的未授权请求已被拒绝
网站服务运行中

他打开马里布的手套箱,拿出艾尔·布鲁克斯的破手机,他总是把手机放在那儿。很好,因为布莱迪忘记带巴比纽的手机了。

那又怎样,他心想。一个人不可能面面俱到嘛,再说我那么忙。

他没有翻通讯录,而是凭记忆直接打给弗雷迪。自从折价电子城的时代到现在,她始终没有换过号码。

3

霍奇斯说声对不起，走向卫生间，杰罗姆等他离开办公室后才走向霍莉，霍莉站在窗口看下雪。城区的天还没黑，雪花在空中飞舞，像是不受重力的摆布。霍莉的胳膊又抱在了胸前，两手抓住双肩。

"他的情况有多糟？"杰罗姆压低声音问，"因为他的脸色很不好。"

"胰腺癌，杰罗姆。得了这个病，脸色不可能好。"

"他能熬过今天吧？因为他想盯到底，而且我也认为应该给他一个交待。"

"你指的是哈茨费尔德对吧？布莱迪·他喵的哈茨费尔德。虽说已经他喵的死了。"

"对，我就是这个意思。"

"我认为情况很糟糕，"她转身面对杰罗姆，强迫自己望着他的眼睛，这么做总是让她觉得被剥光了衣服，"你看见他总是按着侧腹部的样子了吗？"

杰罗姆点点头。

"他这么做已经有好几个星期了，一直说他消化不良。我没完没了唠叨他，他这才去看医生。知道病情之后，他还企图骗我。"

"你没有回答我的问题。他能熬过今天吗？"

"应该可以。希望可以。因为你说得对，他需要这个。但我们必须跟着他，我们两个。"她松开一侧肩膀，抓住杰罗姆的手腕，"答应我，杰罗姆。别打发皮包骨头的姑娘回家，好让男生在树屋里玩个痛快。"

他拉开她的手握住，使劲捏了捏。"别担心，霍莉莓莉。没有人能打散这个乐队。"

4

"哈啰?是你吗,Z医生?"

布莱迪没时间和她玩游戏。每耽搁一秒钟,积雪就会变厚一丁点。Z小子破旧的马里布没装雪地轮胎,里程表上已经过了十万公里,暴风雪一旦真的开始,它肯定熬不过去。换个环境,他会想知道她是怎么活下来的,但此刻他没兴趣回去拨乱反正,这个问题也就没有实质意义了。

"你知道我是谁,我知道你想干什么。再试一次,我就派监视这幢楼的人马上去。你运气很好,活了下来,弗雷迪。换了是我,绝对不会再次试探命运。"

"对不起。"几近耳语。这可不是布莱迪的赛博巡警同事,那个×你也×你老妈的天不怕地不怕的姑娘。另一方面,她还没有完全吓破胆,否则就不会乱动电脑了。

"你告诉别人了吗?"

"没有!"她似乎被这个念头吓了一跳。惊恐,很好。

"你会告诉别人吗?"

"不会!"

"这个答案很正确,因为你敢说出去,我就会知道。弗雷迪,有人在监视你。你给我记住。"

他没有等她回答,直接挂断电话,他很生气,不仅因为她还活着,更是因为她企图做的事情。她会相信有几个子虚乌有的黑衣人在监视那幢楼吗?哪怕他扔下她躺在地上等死?他认为她会相信的。她和Z医生还有Z小子都打过交道,天晓得还有多少架人肉无人机听他使唤?

再者说，现在他也没什么可做的了。布莱迪将自己的问题推到别人头上的历史可谓长而又长，此刻他责怪弗雷迪，因为一个该死的人居然没死。

他把排挡打回前进挡，踩下油门。色情宫殿的停车场已经覆盖了薄薄的一层白雪，轮胎有些打滑，不过开上州内公路后就又吃住了路面，棕色的泥土路肩正在变成白色。布莱迪逐渐加速到六十迈。这个车速很快就会不适合路况，但他要尽可能让指针在那儿多停留一会儿。

5

先到先得事务所与旅行社共用七楼的卫生间,不过这会儿男厕所里只有霍奇斯一个人,他觉得这样很好。他趴在一个洗手池上,右手抓住水槽边缘,左手按住侧腹部。他没有解开腰带,口袋里的东西(零钱、钥匙、钱包、手机)坠得裤子直往下掉。

他来卫生间是为了拉屎,平平常常的排泄行为,他从小到大每天都做。然而他刚开始拉,左腹部就像爆了核弹一样。相比之下,以前的疼痛就像音乐会开始前的暖场音符,现在已经这么难受了,他不敢想象在前方等着他的会是什么。

不,他心想,说"不敢"就太轻描淡写了,惊恐才是正确的措辞。这辈子第一次,我想到未来就惊恐,现在和过去的我所代表的一切将被吞没和抹去。就算疼痛本身做不到,医生给我的强效药物也能做到。

此刻他明白胰腺癌为何被称之为隐形癌症和致死率为何那么高了。它会悄然潜伏,培植军队,向肺部、淋巴结、骨骼和大脑派遣秘密使节,然后突然发动闪电战,迅速而愚蠢的它并不明白,胜利就等于它本身的灭亡。

霍奇斯心想,除非这就是它想做的事情。也许它是个自我厌恶的怪物,本性让它不但要杀死宿主,也要灭亡自己。因此癌症才是真正的自杀王子。

他打了个长长的响嗝,天晓得为什么,感觉稍微好了一些。肯定不会持久,但舒服一会儿是一会儿吧。他抖出三粒止痛药(感觉像用玩具枪打狂奔而来的大象),就着自来水吞了下去。他捧了些凉水浇在脸上,想搓出几分血色来,可惜未能如愿,他用力扇了自己几下——左右脸各两巴掌。不能让霍莉和杰罗姆知道情况有多糟糕。他保证过今天是最后一天,他打算利用好每一分钟。迫不得已的话,他要坚持到半夜十二点。

他转身准备离开卫生间,提醒自己要挺直腰杆,别总是按着侧腹部,这时手机响了。大概又是彼得,他心想,继续抱怨那个臭娘们如何如何。实际上并不是,而是诺尔玛·威尔莫。

"我找到那份文件了,"她说,"已故的伟大的鲁丝·斯卡佩里——"

"对,"他说,"访客名单。上面都有谁?"

"没有名单。"

他靠在墙上,闭上眼睛。"啊哈,那——"

"只有一份备忘录,用的是巴比纽的信笺。上面说,我引用原话'无论在不在探视时间内,都允许弗雷德里卡·林克莱特进入病房。她在帮助布·哈茨费尔德恢复'有用吗?"

一个海军陆战队发型的姑娘,霍奇斯心想,一个邋遢姑娘,有好几个文身。

先前霍奇斯没有想到任何人,但有点模糊的印象,此刻他知道原因了。2010年,他、杰罗姆和霍莉就快查到凶手是布莱迪时,他在折价电子城遇到过一个皮包骨头的短发姑娘。即便六年时间已经过去,他依然记得她如何描述她的赛博巡警同事:肯定和他老妈有关,我敢打赌。他对她怪怪的。

"你还在吗?"诺尔玛听起来不太高兴。

"在,不过我得挂了。"

"你不是说过有额外奖金……"

"当然。诺尔玛,我说话算话。"他挂断电话。

止痛药开始发挥效力,让他以中等快的速度走回办公室。霍莉和杰罗姆在窗口看南马尔伯勒街的风景,听见开门的声音,他们转过头来,霍奇斯看得出他们正在谈论他,但此刻他没时间多想或者计较了。这会儿他在想那些改装过的战破天。自从他们开始拼凑起线索之后，他们考虑的问题一直是布莱迪明明困在病房里，几乎无法走路，怎么可能和改装游戏机扯上关系呢？但他知道还有一个人肯定拥有同样的技能，可以替布莱迪做这件事，对吧？布莱迪以前的同事。这个人经常来铁桶探望布莱迪，而且得到了巴比纽的书面许可。一个朋克小妞，有很多文身，脾气大得不得了。

"布莱迪的访客，他唯一的访客，是个女人，名叫弗雷德里卡·林克莱特。她……"

"赛博巡警！"霍莉几乎尖叫起来，"他的同事！"

"对。还有第三个人——他们的老板，我猜。你们谁还记得他叫什么？"

霍莉和杰罗姆对视一眼，同时摇头。

"很久以前了，比尔，"杰罗姆说，"当时我们的注意力都放在哈茨费尔德身上。"

"对。我记得林克莱特是因为你很难忘记她这个人。"

"能用一下你的电脑吗？"杰罗姆问，"霍莉找那姑娘的地址，我试试能不能查到那家伙叫什么。"

"当然，随便用。"

霍莉已经在电脑前坐得笔直了，鼠标点得飞快。她边想边说，她每次聚精会神做事就会这样。"喵的。黄页上没有号码和地址。可能性不大，不过，很多单身女性都不……等一等，他喵的给我等一等……找到她的脸书了……"

"我对她的暑假自拍不感兴趣，也不在乎她有多少个朋友。"霍奇斯说。

"你确定吗？因为她只有六个朋友，其中之一名叫安东尼·弗罗比舍。我确定他就是……"

"弗罗比舍！"杰罗姆在霍奇斯的办公室里喊道，"安东尼·弗罗比舍是赛博巡警的第三个人！"

"我赢了，杰罗姆，"霍莉得意扬扬地说，"我又赢了。"

6

安东尼·弗罗比舍和弗雷德里卡·林克莱特不同,黄页里能查到他,而且有两个条目,一个是他本人,一个是"电脑上师为你效劳"。两个条目的号码相同,霍奇斯估计是他的手机。他把杰罗姆从他的椅子上赶开,小心翼翼地慢慢坐下。坐在马桶上的爆炸性剧痛还记忆犹新。

铃响第一声,对方接起电话。"我是电脑上师,托尼·弗罗比舍。有什么能为您效劳的?"

"弗罗比舍先生,我是比尔·霍奇斯。你很可能不记得我了,但……"

"啊,我记得你,当然记得,"弗罗比舍听上去很警惕,"找我干什么?要是和哈茨费尔德有关……"

"我在找弗雷德里卡·林克莱特。你有她现在的地址吗?"

"弗雷迪?我为什么会有她的地址?自从折价城关门,我就没再见过她。"

"是吗?根据她的脸书页面,你和她是好友来着。"

弗罗比舍气笑了。"她还能和谁是好友?金正恩?查尔斯·曼森?听我说,霍奇斯先生,那个嘴贱娘们没有朋友。最像她朋友的那个人就是哈茨费尔德,我的手机刚收到推送新闻,说哈茨费尔德死了。"

霍奇斯不知道推送新闻是什么,也没兴趣了解。他说声谢谢,挂断电话。他估计弗雷迪·林克莱特的六个脸书好友都不是真正的朋友,她关注他们只是不想彻底变成社交弃儿。以前的霍莉说不定也会这么做,但她现在有真正的朋友了。算她走运,也是她的朋友们走运。然而问题还是没有解决:该怎么找到弗雷迪·林克莱特?

他和霍莉的小事务所取名叫"先到先得"不是毫无理由的,他们特别定制了多种搜索引擎,专用于寻找有一群坏朋友、大量警方记录和各色通缉令的坏蛋。他能找到她,如今是电脑时代,很少有人能不留下任何踪迹,但此刻他需要以最快速度找到她。每次有一个孩子打开免费赠送的战破天,它就会调出粉色小鱼、蓝色闪光和(根据杰罗姆的经验)潜意识信息,建议使用者上 zeetheend 网站看一看。

你是一名侦探。你得了癌症不假,但依然是一名侦探。所以请你忘记无关紧要的事情,好好侦察一下。

但他很难做到。想到那些孩子,布莱迪企图在"此时此地"演唱会屠杀的那些孩子,他就难以集中精神。杰罗姆的妹妹是其中之一,要不是德瑞斯·内维尔,芭芭拉这会儿恐怕已经死了,而不止是一条腿打上石膏。也许她的战破天是个测试模型。也许埃勒顿老太太那台也是。这个想法有几分道理。然而现在他面对的是许许多多台游戏机,仿佛泛滥的洪水,该死的,它们必定有一个出处。

想到这里,他脑海里的电灯泡总算亮了。

"霍莉!我需要一个号码!"

7

托德·施耐德在办公室，声音和蔼可亲。"霍奇斯先生，据说你们那儿在刮好大一场暴风雪。"

"据说如此。"

"运气如何？找到那些缺陷机了吗？"

"我打电话来就是为了这个。你会不会还留着那批战破天指挥官的发运地址？"

"当然还留着。我查到了打给你。"

"你别挂，我等着好了。事情挺急的。"

"消费者投诉也能这么急？"施耐德像是被逗笑了，"听起来很不美国嘛。我来查查看吧。"

咔哒一声，霍奇斯开始等待，听筒里想起了悠扬的轻音乐，但无法宽慰他的焦虑。霍莉和杰罗姆都在办公室里，围着他的写字台。霍奇斯尽量克制住用手按住侧腹部的冲动。时间一秒一秒过去，变成了一分钟。然后是两分钟。霍奇斯心想，他可能在接另一个电话，可能已经忘了我，也可能找不到了。

等待音乐戛然而止。"霍奇斯先生？还在吗？"

"在，当然在。"

"我找到地址了。公司叫游戏无限——游戏的结尾是个 Z，还记得吧？——临海公路 442 号。由弗雷德里卡·林克莱特女士代收。有用吗？"

"太有用了。施耐德先生，谢谢。"他挂断电话，望着两位同伴，一个身材瘦削,肤色苍白,一个在亚利桑那盖房子,体格健壮。加上他的女儿艾丽——她最近住在这个国家的另一头——他们就是他在生命终点最喜爱的人了。

他说:"孩子们,咱们出去逛逛。"

8

布莱迪拐下 79 号州内公路，开上溪谷路，经过瑟斯顿修车店时看见好几个附近的年轻除雪工，他们或者在给卡车加油，或者在往车上装融雪盐沙，或者站在一旁喝着咖啡聊天。布莱迪有点想停车，看看能不能给图书馆艾尔的马里布换上钉头雪地轮胎，然而暴风雪让那么多人躲进了修车店，说不定要等一个下午才能换完轮胎。他离目的地已经不远了，于是决定坚持下去。等他到了地方，就算被大雪困住，又有谁会在乎呢？反正他不会。他去过两次那个营地，主要是为了勘察地形，第二次去的时候还留下了不少给养。

溪谷路上的积雪足有三英寸深，路面滑溜溜的。马里布失控了好几次，有一次险些开进排水沟。他满身大汗，布莱迪死死地抓住方向盘，巴比纽有关节炎的手指阵阵抽痛。

他总算看见了高耸的红色柱子，那个地标就是他的终点。布莱迪轻点刹车，以步行速度拐弯。最后两英里在营地内，是一段单车道的无名小路，感谢头顶上搭成拱形的树枝，这是一小时来他开得最轻松的一段路。许多地方的路面甚至没有积雪。等暴风雪的大部队抵达，路况就不可能这么好了，根据收音机里的天气预报，那是今晚八点左右的事情。

他来到一个分岔路口，两个木板箭头钉在一棵历史悠久的巨大冷杉上，分别指着两个方向。指向右侧的写着**大鲍勃猎熊营地**，左侧的写着**头与皮**。箭头以上十英尺左右，监控探头对着底下的路面，探头上已经有薄薄的一层积雪了。

布莱迪向左转，终于允许双手放松下来。就快到了。

9

市区，雪还很小。路面干净，车流正常，但杰罗姆那辆牧马人里的三个人依然把安全摆在第一位。临海公路442号是一幢高级公寓楼，欣欣向荣的八十年代，这种建筑物在湖的南岸像雨后春笋似的生长。当时还挺抢手的，但现在有一半房间空置着。他们走进门厅，杰罗姆发现**弗·林克莱特**住在6A。他伸手去按门铃，但霍奇斯在他按下前拦住了他。

"怎么了？"杰罗姆问。

霍莉一板一眼地说："多看多学，杰罗姆，我们是这么做事的。"

霍奇斯另外挑了几个按钮，试到第四个，对讲机里传来一个男人的声音。"什么事？"

"联邦快递。"霍奇斯说。

"谁会用联邦快递寄东西给我？"男人听起来很困惑。

"这我就说不上来了，朋友。我不制造消息，只是个送信的。"

通往大堂的门发出难听的咣当咔嗒响声。霍奇斯推开门，拉住等另外两个人进来。大堂里有两台电梯，一台的门上贴着故障告示。完好那台的门上贴着个字条：**四楼谁家的狗叫个不停？老子会找到你的。**

"看着挺瘆人的。"杰罗姆说。

电梯门开了，三个人鱼贯而入，霍莉在手包里翻出尼古丁口香糖，往嘴里扔了一块。电梯来到六楼，开门时霍奇斯说："要是她在，让我和她谈。"

6A正对着电梯。霍奇斯敲敲门。没人开门，他使劲拍了几下。还是没人开门，他用拳头砸了几下。

"滚开。"门里的声音微弱而虚弱。像是得了流感的小女孩,霍奇斯心想。

他又砸了几下。"林克莱特女士,开门。"

"你是警察?"

他可以说是,退休后他冒充警察也不是一次两次了,但本能说这次不行。

"不是。我叫比尔·霍奇斯。我们在2010年见过一面。当时你在……"

"嗯,我记得你。"

一道门锁转动的声音,然后是另一道。门链拨开放下。门开了,浓烈的大麻气味扑面而来。一个女人出现在门口,左手拇指和食指之间夹着一个吸到半截的烟卷。她瘦得只能用憔悴形容,皮肤惨白得像牛奶。她穿一件吊带衫,胸前印着**坏小子保释服务,布拉登顿,佛罗里达**。底下是公司口号:**进监狱了?咱来保你!**但这几个字难以分辨,因为上面血迹斑斑。

"我该打电话给你的,"弗雷迪说,尽管她看着霍奇斯,但天晓得她正在和谁说话,"真的应该,可惜我没想到。你曾经阻止过他,对吧?"

"天哪,女士,发生什么了?"杰罗姆问。

"我的行李好像太多了,"弗雷迪指着背后客厅里两个不配套的行李箱说,"我应该听我老妈的。她总说你该轻装旅行。"

"我觉得他说的不是行李箱。"霍奇斯用大拇指指着弗雷迪胸口的新鲜血迹说,他走进房间,杰罗姆和霍莉紧随其后。霍莉关上门。

"我知道他在说什么,"弗雷迪说,"狗娘养的朝我开枪。我把行李箱从卧室里拖出来,结果又开始出血了。"

"让我看看。"霍奇斯说,他走向弗雷迪,她却后退一步,抱起胳膊挡在胸前,这个姿态很像霍莉,触动了霍奇斯的心灵。

"不。我没戴胸罩。太疼了。"

霍莉从霍奇斯身旁挤上去。"带我去卫生间。我来看看。"霍奇斯觉得她听上去很镇定，不过也能看见她在使劲嚼尼古丁口香糖。

弗雷迪抓住霍莉的手腕，领着她走过行李箱，暂停片刻，吸了一口大麻卷。她说话时吐出一团又一团的烟雾。"设备在备用卧室里。右手边。仔细看看吧，"然后继续念叨之前的话题，"要是我的行李没这么多，现在都走远了。"

霍奇斯表示怀疑。他觉得她多半会昏倒在电梯里。

10

头与皮没有巴比纽的蜜糖高地豪宅那么宽敞，但已经很接近了。这是一幢狭长的低矮建筑物，连绵不断地修了好大一片。屋子背后，白雪覆盖的山坡一直通往查尔斯湖，从布莱迪上次来到现在之间的某个时候，湖面封冻了。

他在屋前停车，小心翼翼地绕到西侧，巴比纽昂贵的船鞋踩在积雪上直打滑。这个狩猎营地位于林间空地中，因此周围的积雪比较厚。他觉得脚腕要被冻断了。他埋怨自己没有想到穿雪地靴，然后再次提醒自己，你不可能想得面面俱到。

他从电表箱里取出发电机小屋的钥匙，从小屋里取出主屋的钥匙。这是一台顶级配置的 Generac 守护神发电机。此刻它很安静，但说不定很快就会启动。荒郊野外的，每逢暴风雪就会断电。

布莱迪回车上去拿巴比纽的笔记本。营地有无线网络，只要电脑在手，他就能连接上正在运行的系统，跟踪事态的最新进展。当然了，还有他那台战破天。

他的老伙伴，零号战破天。

房间里黑洞洞、冷飕飕的，进屋后他首先做的是每一个屋主都会做的平凡琐事：开灯，开暖气。起居室很宽敞，镶着松木墙板，吊灯是用驯鹿头骨抛光后制作的，来自这片森林里还有驯鹿活动的年代。粗石壁炉像个洞窟，大得足以用来烤犀牛。屋顶下是纵横交错的梁桁，被壁炉经年累月的烘烤熏成黑色。一面墙边有个樱桃木餐具柜，长度与房间的宽度相同，里面摆着至少十五瓶酒，有些几乎见底，有些还没启封。奢华的家具有些年头了，不是成套的——舒适的安乐椅，许多年来肯定有许多对男女在巨大的沙发上打过炮。除了打猎和钓鱼,这里也是无数痴男怨女的偷情地点。壁炉对面的皮子来自埃尔顿·马钱特医生打死的一头熊,这位医生已经去了天上的手术室。墙上的兽头和鱼类标本是另外十几位医生的战利品,他们有些已经过世,有些还活着。其中有一头特别漂亮的十六叉雄鹿是巴比纽打死的,当然了,那时候他还是巴比纽本人。不在打猎季节之内,但管他的。

布莱迪把电脑放在房间尽头的古董拉盖书桌上,开机后脱掉外套。他先看了一眼复示器的运行情况,愉快地发现此刻的读数是**已发现 243 个**。

他以为他很清楚吸睛陷阱的威力有多大,也知道演示画面哪怕没改装过就多么让人上瘾,但此刻的成功还是超过了他最狂野的梦想。远远超过。zeetheend 没再响过警报,但他接下来还是打开了网站,只是为了看一看情况如何。他的期待再次被打破了。访客人数已经超过七千。七千,而且数字就在他眼前继续上升。

他放下大衣,在熊皮地毯上跳了会儿单人舞。他很快就累了——下次换身体,一定要找个二三十岁的年轻人——但身体还是暖和了起来。

他拿起餐具柜上的电视遥控器,打开超级大的平板电视,这是营地对二十一世纪为数不多的让步之一。卫星天线能收到天晓得多少个频道,高清画面清晰得纤毫毕现,但布莱迪今天更感兴趣的是本地节目。他按住遥控器上的搜索按钮,直到屏幕上出现营地通往外部世界的那条小路。他觉得应该不会有别人来,但接下来的两三天会很忙碌,将是他一生中最重要和最有生产力的一段时间,要是有人企图从中作梗,他希望能预先知道一下。

枪柜是个可以走进去的壁橱,步枪靠着节瘤松木的护墙板摆成一排,装在皮套里的手枪挂在墙上。就布莱迪而言,其中最合眼缘的是一把 FN SCAR 17S①，手枪握柄，每分钟能发射六百五十颗子弹，非法改装成全自动，改装者是一位肛肠病专家，他同时也是一名枪械狂。这是机枪中的劳斯莱斯。布莱迪取出这把枪、几个备用弹夹和几盒沉重的温彻斯特点三零八子弹，他将枪靠在壁炉旁的墙上。他想了想要不要生火（烘干的木柴已经堆在炉膛里了），但他还有另一件事情要先做。他打开本市新闻播报网站，飞快地从上到下拉了一遍，寻找自杀的消息。还没有，但他能够补救。

"就让战破天成为风潮吧。"他笑嘻嘻地说，启动了游戏机。他舒舒服服地坐进一把安乐椅，眼睛开始盯着粉色小鱼看。他闭上眼睛，小鱼还在眼前——至少刚开始还在，但很快就变成了黑色背景中移动的红点。

布莱迪随便挑了一个红点，前去完成他的事业。

---

① 一种突击步枪。

11

霍奇斯和杰罗姆盯着数字显示器上的**已发现 244 个**，这时霍莉带着弗雷迪走进了电脑室。

"她没事，"霍莉小声对霍奇斯说，"不该没事的，但确实没事。她的胸口有个窟窿，看着就像……"

"就像我说过的。"弗雷迪的声音稍微有了点力气。她眼睛通红，但多半是因为吸了大麻。"他朝我开枪。"

"药柜里有些小号卫生巾，我贴了一块在伤口上，"霍莉说，"太大了，邦迪贴不住。"她皱起鼻子。"哎呀。"

"狗娘养的开枪打我。"弗雷迪像是在边说边整理思路。

"你说的是哪个狗娘养的？"霍奇斯问，"菲利克斯·巴比纽？"

"对，就是他。他妈的 Z 医生。但他其实是布莱迪。另一个也是。Z 小子。"

"Z 小子？"杰罗姆问，"Z 小子又是谁？"

"一个老头？"霍奇斯问，"比巴比纽更老？白发蓬乱？开一辆底漆都露出来的破车？是不是还穿一件贴着胶带纸的风雪衣？"

"开什么车我不知道，但风雪衣没错，"弗雷迪说，"就是咱们的 Z 小子。"她在 Mac 台式机前坐下——分形屏保正在屏幕上闪动——最后吸了一口大麻卷，然后在装满万宝路烟头的烟灰缸里揿熄。她依然脸色苍白，但霍奇斯记忆中的"去你妈的"态度回来了一些。"Z 医生和他忠心耿耿的狗腿子，Z 小子。但其实都是布莱迪。他们就是两个俄罗斯套娃。"

"林克莱特女士？"霍莉说。

"女什么士，就叫我弗雷迪好了。你见过我那对小茶杯似的奶子，当然可以叫我弗雷迪。"

霍莉涨红了脸，但没有退缩。只要抓住线索，她就会变成这个样子。"布莱迪·哈茨费尔德死了。昨天晚上或今天凌晨，药物过量。"

"埃尔维斯退场了？"弗雷迪考虑片刻，然后摇头道，"假如是真的就好了。可惜不是。"

假如我能肯定她是个疯子就好了，霍奇斯心想。

杰罗姆指着巨型显示屏上的读数问："那是搜索结果还是下载进度？"此刻屏幕上是**已发现 247 个**。

"都是，"弗雷迪自然而然地按着衣服底下的临时绷带，动作让霍奇斯想起了他自己，"那是个复示器。我可以关掉它——至少我觉得我可以——但你们必须保证一件事，有人在监视这幢楼，你们要保护我。但那个网站……很难。我有 IP 地址和登录口令，但还是无法关闭服务器。"

霍奇斯有一千个问题，但眼看**已发现 247 个**变成了 **248 个**，其中只有两个似乎特别重要。"它在搜索什么？又在下载什么？"

"你们先答应你们会保护我。你们必须带我去个安全的地方。证人保护，随便什么。"

"他什么都不需要向你保证，因为我已经知道了，"霍莉说，语调里没有任何恶意，甚至令人安心，"比尔，它在搜索战破天。每次有人开机，就会被复示器发现并升级鱼洞的演示画面。"

"把粉色小鱼变成数字小鱼，添加蓝色闪光，"杰罗姆帮腔道，他望着弗雷迪，"这就是它的功能，对不对？"

她抬起手，去摸额头上结着血痂的紫色肿包。指尖刚碰到肿包，她就疼得龇牙咧嘴，手连忙缩了回去。"对。共有八百台战破天发送到这里，其中两百八十台是缺陷机。要么无法开机，要么第一次运行游戏就死了。其他的都没问题。我一台一台安装解锁工具包，又累又无聊，就像在生产线上装配零件。"

"所以有五百二十台游戏机能正常运行。"霍奇斯说。

"这位朋友会做减法,给他一根雪茄,"弗雷迪看了一眼读数,"差不多一半已经更新好了。"她干笑两声,其中毫无笑意可言。"布莱迪疯归疯,但很会造东西,不得不承认吧?"

霍奇斯说:"关掉它。"

"没问题,只要你答应会保护我。"

杰罗姆对战破天起效的速度有第一手体验,也知道它会在意识里植入什么样的可怕念头,他没兴趣站在旁边听弗雷迪和比尔讨价还价。他在亚利桑那时腰带上总有一把瑞士军刀,飞机落地后他从行李里取出来装进了口袋。他打开最大的刀刃,把复示器从架子上推下去,割断连接复示器和电脑的导线。复示器哐当一声掉在地上,桌子底下的电脑主机开始滴滴报警。霍莉弯下腰,按下某个按钮,警报声随即停止。

"有开关的,白痴!"弗雷迪喊道,"你怎么这么野蛮!"

"我就有这么野蛮,"杰罗姆说,"那些该死的战破天里有一台险些害死我妹妹。"他走向弗雷迪,弗雷迪吓得直往后缩。"你难道不知道他在干什么?他妈的完全不知道?我觉得你肯定知道。你看起来晕乎乎的,实际上并不傻。"

弗雷迪哭了起来。"我不知道。我发誓我不知道。因为我不想知道。"

霍奇斯深吸一口气,结果唤醒了疼痛。"从头说起,弗雷迪,仔细说说清楚。"

"而且请尽可能快。"霍莉跟着说。

12

杰米·温特斯和母亲去看"此时此地"演唱会时只有九岁。那晚在场的十岁以下男孩寥寥无几,他是其中之一;他那个年纪的大多数男孩将这个乐队视为女孩才喜欢的东西。但杰米不一样,他就是喜欢女孩才喜欢的东西。九岁的他还不确定自己是不是同性恋(甚至不太明白这个词是什么意思),他只知道看见乐队主唱凯姆·诺尔斯让他心里有一种别样的感觉。

现在他就快十六岁了,很清楚自己的身份。和学校里的某些男孩在一起的时候,他总是省去名字的最后一个字母,因为和那些男孩在一起的时候,他更愿意当杰美[①]。他父亲也知道他的身份,将他视为某种怪物。莱尼·温特斯,男子汉里的男子汉,有一家颇为成功的建筑公司,但今天温特斯建筑的四个项目同时停工,因为一场暴风雪正在逼近。莱尼待在家中的办公室里,把自己埋在文件堆里,研究满满一屏幕的电子表格。

"爸爸!"

"干什么?"莱尼头也不抬地吼道,"你为什么不在学校?学校放假了?"

"爸爸!"

莱尼终于扭头望向他偶尔称之为"家养小基"的儿子(当然,是在他认为杰米听不见的时候)。他首先注意到的是儿子涂着口红、腮红和眼影,然后是裙子。莱尼意识到那是他老婆的裙子。他儿子个头太高,裙子下摆只到大腿根。

[①] 杰米(Jamie)去掉结尾的 e 后是个女孩的名字。

"他妈的搞什么!"

杰米笑得喜不自禁。"我就要这么下葬!"

"你说……"莱尼腾地一下站了起来,撞翻了椅子。这时他看见了儿子手里的枪,肯定是从莱尼那半个主卧壁橱里拿出来的。

"看好了,爸爸!"他依然笑嘻嘻的,像是要表演一个特别酷的魔术。他举起枪,用枪口顶住右侧的太阳穴,手指钩住扳机。指甲上涂着闪闪发亮的指甲油。

"放下枪,儿子!放下……"

杰米(或者杰美,他简短遗书的落款就是杰美)扣动了扳机。这是一把点三五七手枪,枪声震耳欲聋。鲜血和脑浆以扇形崩开,给门框涂上了一层俗气的颜色。这个少年用母亲的裙子和化妆品装饰了自己,他向前倒去,左脸像气球似的鼓了起来。

莱尼·温特斯颤抖着发出高亢的尖叫,他叫了一声又一声,叫得像个小姑娘。

13

杰米·温特斯对着脑袋扣动扳机的那一刻，布莱迪断开了和他的连接，子弹打进被他搞乱的大脑时假如他还在里面会发生什么？他不敢往下想了，事实上是想一想就觉得惊恐。他会像西瓜籽似的被吐出来（就像给217病房拖地的那个傻子在半催眠状态下那样），还是会和少年一起死去？

有一瞬间，他觉得他离开得太晚了，耳畔持续不断的叮叮咚咚是所有人辞世时都会听见的声音。但紧接着他回到了头与皮的起居室里，战破天游戏机握在松软无力的手中，巴比纽的笔记本电脑摆在面前。叮咚响声就来自笔记本电脑。他望向屏幕，看见了两条消息。第一条是**已发现248条**。这是好消息。第二条是坏消息：

复示器已离线

弗雷迪，他心想。真是不敢相信，你居然有这个胆量。没想到啊没想到。

你个臭婊子。

他的左手在桌上摸索，抓住装满钢笔和铅笔的陶瓷颅骨。他拿起笔筒，想砸在屏幕上，摧毁这条让人愤怒的消息。阻止他的是一个想法。一个可怕的想法，但说得通。

也许她确实没这个胆量。也许关掉复示器的是另一个人。这个人会是谁呢？霍奇斯，当然了。退休老警探。他狗娘养的宿敌。

霍奇斯知道他的脑袋里不太对劲，已经知道了好几年，也明白很可能只是疑心病在作怪。但这个解释依然有几分道理。霍奇斯从一年半以前就不再得意洋洋地来看他了，但根据巴比纽的说法，霍奇斯昨天就在医院四周闻来闻去。

他早就知道我在装病，布莱迪心想。他每次来都会说：我知道你在，布莱迪。地检署的西装有时候也会这么说，但对他们来说只是一种渴望，他们想送他上法庭，了结这个案子。但霍奇斯嘛……

"但他说得斩钉截铁。"布莱迪说。

也许这个消息没那么可怕。由弗雷迪改装和巴比纽分发的战破天有一半已经开机，其中绝大多数人会向他敞开意识之门，就像他刚灭掉的那个小基佬。再说还有那个网站。等战破天用户开始纷纷自杀（当然，有布莱迪·威尔逊·哈茨费尔德的一份功劳），网站会把其他人推下悬崖：猴子有样学样。刚开始肯定只是离风暴中心最近的那些人会自杀，但其他人会效仿榜样，很快就会有更多的人。他们会排着队结束生命，就像野牛成群结队跳下悬崖。

但即便如此。

他还是忘不了霍奇斯。

布莱迪记得他小时候贴在房间里的一张海报：人生给你柠檬，你就做柠檬汁！了不起的人生信条，尤其是你很清楚想做柠檬汁就必须使出浑身解数压榨柠檬。

他拿起 Z 小子虽旧但依然能用的翻盖手机，再次凭记忆拨打弗雷迪的号码。

14

公寓里的某个地方忽然响起《喇叭小子布基伍基》,吓得弗雷迪尖叫了一声。霍莉轻轻地按住她的肩膀,疑惑地望向霍奇斯。霍奇斯点点头,走向音乐响起的地方,杰罗姆跟着他。她的手机放在梳妆台上,护手霜、卷烟纸、大麻卷和足足两小袋大麻包围着它。

屏幕上的来电者是"Z小子",但Z小子就是图书馆艾尔·布鲁克斯,他已经被警方拘捕,不太可能打电话。

"哈啰?"霍奇斯问,"巴比纽医生,是你吗?"

没有声音……几乎没有——霍奇斯能听见呼吸声。

"还是应该叫你Z医生?"

没有声音。

"要么布莱迪?这样总可以了吧,"尽管弗雷迪从头到尾都交待清楚了,但他还是不敢完全相信,不过他能相信巴比纽的神经搭错了,认为他就是布莱迪本人,"是你吗,混账东西?"

呼吸声又持续了两三秒就消失了。电话被挂断了。

15

"当然有可能,你知道的,"霍莉说,她跟着他们走进了弗雷迪乱糟糟的卧室,"我说的是那确实就是布莱迪。人格投射有许多案例可查。事实上,这是所谓恶魔附体的第二常见原因。第一常见原因是精神分裂。我看过一部纪录片,说……"

"不,"霍奇斯说,"不可能。绝对不可能。"

"不要刻意回避这个想法。别学灰眼睛小姐。"

"这话什么意思?"天哪,疼痛的触手伸下去捏住了他的卵蛋。

"意思是你不能仅仅因为证据指向你不想去的地方就对它们视而不见。你知道布莱迪苏醒后不一样了。他产生了绝大多数人没有的某些能力,心灵致动很可能只是其中之一。"

"我从没亲眼见过他移动任何东西。"

"但护士见过,你相信他们,对吧?"

霍奇斯没有说话,低着头认真思考。

"回答她的问题。"杰罗姆说。他的语气很温和,但霍奇斯能听见底下的不耐烦。

"对。有几个护士我确实相信。头脑清醒的那些,例如贝姬·赫尔明顿。他们的说法彼此吻合,因此不可能是编造的。"

"你看着我,比尔。"

这个请求,不,命令,来自霍莉·吉伯尼,它实在太不平常,霍奇斯不得不抬起了头。

"你是否真的相信巴比纽改装了战破天并搭设了那个网站?"

"我不需要相信。他把这些事情交给弗雷迪去做。"

"网站和我没关系。"一个疲惫的声音说。

他们扭头去看，见到弗雷迪站在门口。

"假如是我搭的，我也可以关掉它。Z 医生给了我一个 U 盘，整个网站都在里面。插进电脑，自动上传。但他离开后，我做了一点儿小小的调查。"

"首先是 DNS 查找，对吧？"霍莉说。

弗雷迪点头道："这姑娘有两手嘛。"

霍莉对霍奇斯说："DNS 是域名服务器的缩写。请求从一个服务器跳到另一个服务器，询问'你知道这个网站吗？'就像踩着踏脚石过河，直到找到正确的服务器为止。"然后对弗雷迪说："但就算找到了 IP 地址，你还是进不去？"

"是的。"

霍莉说："我确定巴比纽非常了解人类大脑，但我不怎么相信他的电脑技术高超到了知道怎么保护一个网站的地步。"

"我只是收钱干活的苦力，"弗雷迪说，"Z 小子把改造战破天的程序拿给了我，写得明明白白，就像咖啡蛋糕的食谱，我敢赌一千块，他对电脑的了解仅限于如何开机——前提是他能找到机箱背后的按钮——然后上他最喜欢的色情网站。"

霍奇斯相信她在这方面的判断。等他们逮住那个怪物，他不确定警察会不会相信，但霍奇斯真的相信。还有……别学灰眼睛小姐。

刺痛。扎心的刺痛。

"另外，"弗雷迪说，"程序指南的每一步后面都有个双点符。布莱迪以前就是这样。我猜那是他在高中电脑课上养成的习惯。"

霍莉抓住霍奇斯的手腕。她的一只手上有血迹，那是她为弗雷迪包扎伤口时沾上的。霍莉的怪毛病固然很多，但她是个热爱干净的人，忘记洗手已经足以说明她对此刻正在做的事情有多么狂热。

"巴比纽在哈茨费尔德身上用试验性药物，确实不符合伦理，但他没有做其他的事情，因为他只在乎能不能让布莱迪恢复正常。"

"你不可能百分之百确定这一点。"霍奇斯说。

她依然抓着他不放,主要是用眼神,而不是双手。因为她平时总是避免视线接触,你很容易就会忘记她认真起来那双眼睛会变得多么灼人。

"真正的问题其实只有一个,"霍莉说,"这个故事里的自杀王子是谁?是菲利克斯·巴比纽还是布莱迪·哈茨费尔德?"

弗雷迪用梦呓般单调的声音说:"有时候Z医生只是Z医生,有时候Z小子只是Z小子,但这种时候他们两个都像是嗑了药。然而完全清醒的时候,他们都不是自己。他们清醒的时候,里面其实是布莱迪。信不信由你,但肯定是他。不仅因为双点符和后斜字体,而是所有的细节。我当过那个×妈怪胎的同事。所以我知道。"

她走进房间。

"假如你们三位业余侦探都不反对,请让我给自己再卷一根。"

16

布莱迪用巴比纽的双腿在头与皮宽敞的起居室里踱来踱去，发疯般地思考。他想返回战破天的世界，想挑选一个新的目标，品尝将一个人推下悬崖的美妙体验，但他必须冷静平和才能进入那个世界，而他的情绪离那个方向还差得远呢。

霍奇斯。

霍奇斯在弗雷迪的公寓里。

弗雷迪会一五一十地交待吗？街坊邻居们，太阳从东方升起吗？

在布莱迪看来，他面临着两个问题：第一个是霍奇斯能不能关闭网站；第二个是霍奇斯会不会发现他躲在荒郊野外的这个地方。

布莱迪认为两个问题的答案都是肯定的，然而在这段时间里，他制造出的自杀事件越多，霍奇斯就会越痛苦。往光明的一面看，他觉得霍奇斯一路找到这儿来也不是坏事。这个柠檬一样能榨出柠檬水。再说他还有充足的时间。他在城区以北许多英里的郊外，而且暴风雪尤金也站在他这一边。

布莱迪回到笔记本电脑前，确认 zeetheend 还在正常运行。他看了一眼访客数量。已经超过九千人次，大多数（但肯定不是全部）应该是对自杀感兴趣的青少年。自杀冲动在每年一、二月份达到高峰，因为这个季节的夜晚总是早早降临，春天像是永远不会来了。另外，他还有零号战破天，影响他们容易得就像桶里射鱼。

粉红色的小鱼，他心想，嗤嗤怪笑。

他逐渐冷静下来，于是看到了应付退休老警探的好办法，就算霍奇斯像约翰·韦恩西部片最后一幕里的骑兵似的突然冒出来，他也不需要慌张。布莱迪拿起战破天打开电源。他盯着小鱼，高中时学过的诗歌片段出现在脑海里，他大声朗诵。

"唉，不要问那是什么，让我们快点儿去做客。"

他闭上眼睛。游来游去的粉色小鱼变成了游来游去的红色小点，每个小点都是一个曾经看过那场演唱会的年轻人，此刻盯着各自手中免费游戏机的屏幕，希望能赢得大奖。

布莱迪挑了一个，让它停止游动，然后望着它缓缓绽放。

就像一朵玫瑰。

17

"对,警局确实有个电脑鉴证小组,"霍奇斯在回答霍莉的问题,"假如三个兼职书呆子加起来也能算个小组的话。不,他们不会听我的。现在我只是一个普通平民。"这还不是最糟糕的。他是一个当过警察的平民,退休警察企图插手警方事务会被称为"叔叔",这可不是什么表示尊重的称呼。

"那就打电话给彼得,让他帮忙,"霍莉说,"因为我们必须关掉那个他喵的自杀网站。"

他们两个又回到了弗雷迪·林克莱特的任务控制室。杰罗姆在客厅陪着弗雷迪。霍奇斯不认为弗雷迪会逃跑,因为她想到驻守在公寓楼外的神秘人(多半是布莱迪编造的)就吓得要死,但谁也没法预测吸嗨了大麻的人的行为——除了他们往往还想吸得更嗨之外的行为。

"打电话给彼得,请他找个电脑怪客打电话给我。随便找个书呆子,只要有点大脑就能用 doss 封掉那个网站。"

"doss 是什么?"

"拒绝服务攻击的缩写。让他连上一个自动程序(BOT)网络,然后……"她看见了霍奇斯的茫然表情,"不仔细解释了。总之就是用几十万几百万个服务请求淹没自杀网站,闷死他喵的服务器。"

"你能做到吗?"

"我不行,弗雷迪也不行,但警局的电脑怪客肯定能搞到足够的资源。就算警局电脑做不到,他也能请国土安全部帮忙。因为事关国家安全,对不对?许多条生命危在旦夕。"

确实如此,霍奇斯打电话给彼得,但被转到了语音信箱。接下来他打给老朋友凯西·辛,但接电话的警员说凯西的母亲糖尿病急性发作，凯西送她去医院了。

他别无选择，只好打给伊莎贝拉。

"伊兹，是我，比尔·霍奇斯。我在找彼得，但……"

"彼得走了。没了。句号了。"

有一个惊恐的瞬间，霍奇斯以为她的意思是彼得死了。

"在我桌上留了个字条。说他要回家，关手机，拔电话线，睡上二十四个小时。他还说今天是他在警局工作的最后一天。他可以这么做，甚至不需要动用他积累了许多年的休假。他有足够多的事假可以一直请到退休。另外，我看你可以从日历上划掉他的退休派对了。那天晚上你和你的怪胎搭档手拉手去看电影好了。"

"你在责怪我？"

"你，还有你对布莱迪·哈茨费尔德的迷恋。你感染了彼得。"

"不。他想追查这个案件，而你想甩掉它，然后躲进最近一个狐狸洞。我不得不说，这件事我站在彼得那一边。"

"你看看，你看看。我说的就是这种态度。醒一醒，霍奇斯，这是现实世界。我最后一次警告你，别再乱伸你的长脖子了，不是你的事情就——"

"而我要说，假如你真想捞到一个他妈的晋升机会，那就把脑袋从屁眼里拔出来，仔细听我说。"

这句话没过脑子就脱口而出，霍奇斯担心她会挂断电话，要是她真的挂电话，接下来他还能找谁？但他得到的是一阵震惊的沉默。

"自杀。你从蜜糖高地回来以后，有没有人报告自杀？"

"我不知道——"

"那就去查一查！快！"

他听见伊兹敲键盘的微弱声音，五秒钟之后："刚收到一起报案。雷克伍德有个孩子开枪自杀。就在他父亲面前，报警的是他父亲。歇斯底里，可想而知。但这有什么关系——"

"请在现场的警察找一找战破天游戏机。就像霍莉在埃勒顿家发现的那一台。"

"怎么又是这个？你就像一张旧唱片……"

"他们肯定会找到的。今天还会有更多的战破天自杀案。很可能非常多。"

网站！霍莉比嘴型，告诉她有个网站！

"另外，有个叫zeetheend的自杀网站。今天刚上线，必须关闭它。"

她叹了口气，像哄孩子似的说："各种各样的自杀网站数不胜数。我们去年收到过青少年服务部的备忘录。它们像蘑菇似的在网上冒出来，创建者往往是穿黑T恤、总是窝在房间里的那种孩子。有很多恶心的诗歌和无痛自杀的介绍资料。当然了，还有父母如何不了解他们的抱怨。"

"这个网站不一样。它能够引起雪崩。网站上有许多潜意识信息。你找个电脑鉴证科的人，立刻打电话给霍莉·吉伯尼。"

"这么做不合规定，"她冷冰冰地说，"我必须先看一看，然后通过正常渠道报批。"

"你必须在五分钟内找个局里的外包电脑技师打电话给霍莉，否则等自杀事件开始喷发——我确定肯定会——我会逢人就说我向你反映过，而你根本不当一回事。我的听众会包括日报和电视台。警察局在这两个地方都没什么朋友，尤其是去年夏天警察在马丁·路德·金大道打死一个手无寸铁的黑人小孩之后。"

沉默。然后，她用比较柔和的声音（甚至是受到伤害的声音）说："你应该站在我们这一边的，比利，你为什么要这么做？"

因为霍莉没有看错你，他心想。

但他说出来的是："因为没时间了。"

18

客厅里，弗雷迪正在卷又一根大麻卷。她一边舔卷烟纸的边缘，一边抬头望向杰罗姆。"块头很大嘛，是吧？"

杰罗姆没有吭声。

"多重？两百一？两百二？"

杰罗姆还是没有回答。

她不为所动，点燃烟卷，吸了一口，然后递给杰罗姆。杰罗姆摇摇头。

"你的损失，大个子。正宗好货。闻着像狗尿，我知道，但确实是好货来着。"

杰罗姆一言不发。

"猫咬掉了你的舌头？"

"没有。我在想我高中三年级念的一门社会课。我们做了四个星期的自杀研究，有个统计结果我一直忘不掉。每一起登上社交媒体的青少年自杀都会引发七个人尝试自杀，其中五起为了唤起注意，两起真的想死。也许你该想一想这个，而不是努力表演你的女汉子人格。"

弗雷迪的下嘴唇在颤抖。"我不知道。真的不知道。"

"你当然知道。"

她低头盯着大麻卷。现在轮到她一言不发了。

"我妹妹听见一个声音。"

弗雷迪猛地抬起头。"什么样的声音？"

"来自战破天，对她说各种各样的难听话。比方说她如何想活得像个白人，她如何拒绝承认自己的肤色，她这个人多么糟糕、多么一文不值。"

"这些话让你想起了某个人?"

"对。"杰罗姆想到奥莉薇亚·特莱劳尼死去很久以后,他和霍莉在那位不幸女士电脑上听见的苛责尖叫。尖叫来自布莱迪·哈茨费尔德编写的程序,目的就是迫使特莱劳尼一步步走向自杀,就像驱赶牛只走下屠宰场的坡道。"确实想起了某个人。"

"布莱迪痴迷于自杀,"弗雷迪说,"他总在网上找自杀的资料。他想在演唱会上自爆,不但为了杀死其他人,也是为了杀死他自己,你知道吗?"

杰罗姆当然知道。他就在现场。"你真认为他通过心灵感应接触了我妹妹?战破天是他的……怎么说呢?某种媒介?"

"假如他能占据巴比纽和另外那个老头的躯体——他确实做到了,信不信由你——那么,对,我认为他有这个本事。"

"还有改装版战破天的其他持有者?另外那两百四十几个人?"

弗雷迪在面纱般的烟雾中望着他,没有回答。

"就算我们关闭了网站……他们怎么办?等那个声音开始说你们是世界鞋跟下的狗屁,唯一的解决方法就是提前结束自己的性命?"

霍奇斯抢在她之前回答了他的问题:"咱们必须阻止那个声音。也就是阻止他。走,杰罗姆,咱们回办公室。"

"我怎么办?"弗雷迪可怜巴巴地问。

"你也一起来。另外,我有个问题。"

"什么?"

"大麻能止痛,对不对?"

"这方面看法不一,你想也想的到,狗屁国家的权威人士总是这么回事,所以我只能说,对我而言,它能让我每个月难熬的那几天不那么难熬。"

"那就带上,"霍奇斯说,"还有卷烟纸。"

19

他们坐上杰罗姆的吉普车,赶回先到先得事务所。车厢里塞满了杰罗姆的破烂,所以弗雷迪只能坐在某个人的大腿上。不可能是霍奇斯,他目前的状态不允许。因此霍奇斯开车,杰罗姆分到了弗雷迪。

"哎呀,简直像是和约翰·夏福特约会嘛,"弗雷迪笑嘻嘻地说,"大块头私家侦探,性爱机器,姑娘见了就腿发软。"

"你别得寸进尺。"杰罗姆说。

霍莉的手机响了。来电者叫特雷弗·杰普森,属于警局的电脑鉴证小组。霍莉很快就开始用霍奇斯听不懂的术语和他讨论起来,机器人程序(BOTS)和暗网之类的云云。对方的反馈显然让她心情愉快,因为挂断电话时她面带微笑。

"他从没 doss 过网站,这会儿开心得像个圣诞节早晨的孩子。"

"需要多久?"

"我们已经有了登录口令和 IP 地址,用不了太久。"

霍奇斯停进特纳大厦门前的一个半小时免费停车位。应该不需要太长时间——要是运气好的话,考虑到他最近持续不断的坏运气,他觉得宇宙欠他一个好转折。

他走进他的房间,关上门,在破旧的地址簿里寻找贝姬·赫尔明顿的号码。霍莉说可以帮他把地址簿录入手机,但霍奇斯一次又一次地拒绝了她。他喜欢他的旧地址簿。大概永远也不会改变这个习惯了吧,他心想。特伦特的最后一案,等等等等。

贝姬接起电话就提醒霍奇斯,她已经不在铁桶工作了。"还是说你忘记了?"

"我没忘记。你知道巴比纽的事情吗?"

她压低声音说:"天哪,知道。听说艾尔·布鲁克斯,图书馆艾尔,杀了巴比纽的妻子,很可能也杀了他。真是不敢相信。"

我还有很多你不敢相信的事情可以告诉你呢,霍奇斯心想。

"先别当巴比纽死了,贝姬,我认为他多半已经潜逃。他给布莱迪·哈茨费尔德用某种试验性药物,哈茨费尔德死亡的部分原因很可能就是那些药物。"

"天哪,真的吗?"

"真的。但他跑不远,因为暴风雪就要来了。你能想到他有可能去什么地方吗?巴比纽有没有避暑木屋之类的房产?"

她连想都不需要想。"不是森林木屋,而是狩猎营地。但不完全属于他,而是四五个医生的共同财产,"她的声音再次压低成咬耳朵的悄悄话,"听说他们在那儿不止打猎。你明白我的意思吧?"

"在哪儿?"

"查尔斯湖。营地有个装腔作势的恶心名字。我这会儿不记得了,但我打赌维奥莱特·特朗赫记得。她在那儿住过一个周末,说那是她这辈子醉得最厉害的四十八小时,而且还感染了衣原体。"

"能帮我问一下吗?"

"当然。但假如他要潜逃,说不定已经坐上飞机了,对吧?去加州甚至出国。今天上午航班还在正常起降。"

"警察在找他,我觉得他恐怕不敢去机场碰运气。谢了,贝姬,等你电话。"

他走到保险箱前,输入密码。装满轴承滚珠的袜子(也就是简易警棍)放在家里,但他的两把枪都在这个保险箱里。一把格洛克点四零,他当警察时的佩枪。另一把是点三八"胜利"左轮,他父亲传给他的。他拿出保险箱顶层架子上的帆布袋,将两把枪和四盒子弹装进去,然后使劲一拉系口绳。

布莱迪,这次心脏病不会来阻止我了,他心想。这次只是癌症而已,我受得住。

这个想法让他吃惊，继而变成大笑。很疼。

另一个房间里传来三个人鼓掌的声音。霍奇斯很确定那代表着什么——他没有猜错，霍莉的电脑屏幕上有一行文字：ZEETHEEND **遇到了技术故障。**底下是：**请拨打电话 1-800-273-TALK。**

"杰普森那家伙的主意，"霍莉说，没有停下手中的事情，"那是全国自杀干预中心的热线电话。"

"好主意，"霍奇斯说，"那些也很好。你是个有着隐藏天赋的女人。"霍莉面前摆着一溜大麻卷。她放下手里的一个，加起来刚好一打。

"她很麻利，"弗雷迪敬佩地说，"而且卷得非常整齐。就像从机器里出来的。"

霍莉挑衅地瞪了霍奇斯一眼。"我的治疗师说偶尔抽点大麻没什么不好。只要别上瘾就行。就像某些人那样。"她的视线滑向弗雷迪，然后又回到霍奇斯身上。"再说也不是我抽，而是给你的，比尔。假如你需要的话。"

霍奇斯说声谢谢，思考了一瞬间他们这对搭档居然走了这么远，而且大体而言这一程走得非常令人愉快。美中不足的是太短了，实在太短了。他的手机就在此刻响起。贝姬。

"那地方叫头与皮。我说过它有个装腔作势的恶心名字。维不记得怎么去了，我猜她那一路上灌了不止一杯，只是为了让她别歇火。不过她记得他们在高速公路上向北走了很远，下高速后在一个叫瑟斯顿修车店的地方停车加油。有用吗？"

"当然，太有用了。贝姬，不胜感激。"他挂断电话。"霍莉，帮我找瑟斯顿修车店，在市区以北。然后打电话给机场的赫兹，租一辆最大的四轮驱动车。咱们要跑一趟远路了。"

"我的吉普——"杰罗姆说。

"太小，太轻，也太旧，"霍奇斯说……但这些都不是他需要一辆雪地车辆的真正理由，"但足够送我们到机场。"

"我呢？"弗雷迪问。

"证人保护计划，"霍奇斯说，"答应过你的。那就像美梦成真。"

20

　　珍妮·艾尔斯布里出生时完全正常，六磅九盎司，事实上还稍微有点轻，但到了十一岁，她重达九十磅，已经熟悉了直到今天依然偶尔在梦中纠缠她的歌谣：胖子胖子两百四，挤不进，厕所门，只好拉在地板上。2010年6月，她母亲带她去看"此时此地"演唱会，这是她的十五岁生日礼物，当时她体重两百一十磅。进厕所门对她来说不成问题，但系鞋带已经有点困难了。如今她二十岁，体重升到了三百二十磅，她通过邮包收到的免费战破天里忽然有个声音对她说话，它说的每一句话都让她觉得非常有道理。这个声音低沉、冷静、有条理。它说没有人喜欢她，所有人都嘲笑她。它指出她无法停止进食，哪怕是此时此刻，眼泪顺着她的脸蛋流淌，她还在狼吞虎咽一大包巧克力旋涡曲奇，而且是塞满了棉花糖软馅的那种。就像《圣诞颂歌》里的鬼魂向史古基指出人生真相，这个相比之下更加温柔的声音描绘了她的未来，简而言之就是胖、更胖、胖无可胖。山里人天堂的卡宾街，她和父母住在没电梯的公寓楼里，她无论走到哪儿都被人嘲笑。厌恶的表情。恶意的玩笑，例如：固特异飞船来了，你当心点儿，别让她砸在你身上！这个声音用逻辑和情理向她解释：永远不会有人愿意和她约会，永远不会有好工作雇用她，因为政治正确已经导致马戏团级的胖女人绝迹了，她到了四十岁就只能坐着睡觉，因为她硕大无朋的乳房会压得肺部无法呼吸，在她五十岁心脏病发作之前，她必须用手持吸尘器才能清理脂肪堆的深深褶皱里的饼干屑。她对那个声音说她可以减掉一些体重，甚至去一家体重控制诊所，那个声音没有笑。它只是温柔而怜悯地问她，钱从哪儿来？她父母的微薄收入加起来只勉强能够满足她永远也填不满的胃口。那个声音说要是没了她,她父母肯定会过得更好,她只能表示赞同。

珍妮,卡宾街居民口中的"胖子珍妮",拖着沉重的身体走进卫生间,取出她父亲用来对付背部疼痛的一瓶奥施康定。她数了数药片。一共有三十粒,完成任务应该绰绰有余。她一次五粒地用牛奶送服,每吞一口就吃一块巧克力棉花糖曲奇。她觉得自己飘了起来。这下我可以控制住饮食了,她心想。我可以长时间地控制住饮食了。

太对了,战破天里的声音说。而且这次你绝对不会作弊了,珍妮,对吧?

她吞下最后五粒奥施康定。她想拿起战破天,但手指已经抓不住小小的游戏机了。有什么关系呢?反正她在这种情况下也不可能抓住飞快游动的粉色小鱼。还是看看窗外吧,大雪正在埋葬世界,白茫茫一片真干净。

不用再听胖子胖子两百四了,她心想,滑向无意识的深渊,她解脱了。

21

快到赫兹的时候,霍奇斯开着吉普车进了机场希尔顿饭店门前的回车场。

"这就是你的证人保护计划?"弗雷迪问,"就这个?"

霍奇斯说:"我手头没有安全屋可供随意使用,所以只能先这儿了。我用我的名字给你登记。你进房间,锁好门,看电视,等事情结束再出来。"

"别忘了换绷带。"霍莉说。

弗雷迪没有理会她,眼睛盯着霍奇斯。"还有多少麻烦要落在我头上啊?等事情结束?"

"不知道,这会儿也没时间和你讨论。"

"叫客房服务总可以吧?"弗雷迪充血的眼睛里闪出微弱的光芒,"我这会儿不怎么疼了,很想狠狠吃一顿垃圾快餐。"

"随你便。"霍奇斯说。

杰罗姆补充道:"但开门前先好好看一眼窥视孔,以确定不是布莱迪·哈茨费尔德的黑衣人。"

"你在开玩笑,"弗雷迪说,"对吧?"

暴风雪来临的下午,饭店大堂空无一人。霍奇斯觉得此刻像极了三年前彼得打电话吵醒他的那次,他走到前台,完成登记,回去找另外三个人。他们坐在沙发上等他,霍莉在平板电脑上点点戳戳,没有抬起头。弗雷迪伸手接门卡,但霍奇斯把门卡递给了杰罗姆。

"522房间。送她上去,可以吗?我想和霍莉聊几句。"

杰罗姆挑起眉毛,霍奇斯没有解释,他耸耸肩,抓住弗雷迪的胳膊:"约翰·夏福特护送你去你的套房。"

她推开杰罗姆的手。"能有个水吧就算我走运了。"但她还是站了起来，和杰罗姆一起走向电梯。

"我找到瑟斯顿修车店了，"霍莉说，"城北五十六英里，I47公路上，非常不幸，恰好是暴风雪来的方向。下了I47走79号州内公路。但这个天气看起来非常不妙——"

"没问题的，"霍奇斯说，"赫兹给我们留了一辆福特征服者。性能很好的重型车。在路上你可以给我指点方向。我想和你谈的是另一件事。"他温柔地拿开她手里的平板电脑，关闭屏幕。

霍莉望着他，双手互握放在膝头，等他开口。

22

布莱迪从山里人天堂的卡宾街回来，心旷神怡，精神抖擞——肥妞艾尔斯布里真是既简单又好玩。他琢磨着要几条大汉才能把她的尸体从三楼抬下来。他估计至少要四个人。再想一想她的棺材！巨型！

他查看网站，发现网站已经下线，情绪再次崩塌。对，他猜到霍奇斯会想到办法关闭网站，但他没料到会这么迅速。屏幕上的电话号码和他们第一次交锋时霍奇斯在蓝雨伞网站的滚蛋回复一样让人生气。那是自杀干预热线的号码。他连查都不需要查。因为他知道。

还有，对，霍奇斯会来找他。凯纳纪念医院有许多人知道这个地方，它算是一个传奇。但他会径直闯进来吗？布莱迪并不这么认为。首先，退休老警探知道很多猎人会把武器留在营地（尽管很少有营地会像头与皮这样储备充足）。其次，更加重要的是，退休老警探是一条狡诈的土狼。比布莱迪刚遇到他时老了六岁，呼吸肯定没那么顺畅了，四肢也没那么有力了，但肯定依然狡诈。就像奸猾的食腐动物，它不会正面攻击你，而是会在你望向别处时扑向你的脚筋。

所以，假如我是霍奇斯，我会怎么做？

仔细考虑过这些之后，布莱迪走向壁橱，他只需要大致查看巴比纽的记忆（残存的记忆）就找到了他所栖息的这具躯体使用的装备。所有衣物都完全合身。他加了一副手套，保护有关节炎的手指，然后开门出去。雪还不算大，树枝一动不动。很快就会改变的，但这会儿绕着营地走一圈还挺令人愉快。

他走向木柴堆，保护木柴的旧油布上已经积了几英寸粉雪。木柴堆的另一侧是两三英亩老松树和云杉，将头与皮和大鲍勃猎熊营地分开。堪称完美。

他要去一趟放枪的壁柜。突击步枪好是很好，但枪柜里还有他用得上的其他东西。

啊哈，霍奇斯警探，布莱迪心想，沿着来路飞快地向回走。我给你准备了一个惊喜。好大一个惊喜。

23

杰罗姆认真听完霍奇斯对他说的话,然后摇头道:"没门,比尔,我必须去。"

"你必须做的事情是回家陪你的家人,"霍奇斯说,"尤其是应该陪着你妹妹。她昨天真是九死一生。"

他们坐在希尔顿接待区的角落里,尽管前台已经不见踪影,但他们还是压低声音交谈。杰罗姆俯身向前,双手按着大腿,满脸横眉立目的固执表情。

"既然霍莉能去——"

"我们不一样,"霍莉说,"杰罗姆,你必须明白。我和我母亲合不来,向来如此。我每年顶多见她一两次。我很高兴能离开家里,我确定她也乐于见到我离开。至于比尔……你知道他会尽其所能拼杀到底,但我和他都知道机会有多大。你的情况和我们不一样。"

"他非常危险,"霍奇斯说,"我们无法靠奇袭取胜。他肯定知道我会找到他,因为他不蠢。他从来都不蠢。"

"明戈中心是咱们三个,"杰罗姆说,"你喘不上气以后,只剩下了霍莉和我。我们干得很不错。"

"那次不一样,"霍莉说,"那时候他还没有心灵控制的怪能力。"

"我还是要去。"

霍奇斯点点头,说:"我明白,但管事的还是我,管事的说不行就是不行。"

"但是——"

"还有一个原因,"霍莉说,"一个更重要的原因。复示器关闭了,网站下线了,但还有近两百五十台战破天已被激活。已经至少有一个人自杀了，我们没法把所有事情全告诉警察。伊莎贝拉·杰恩斯认为比尔是个捣蛋鬼，其他人会觉得我们疯了。要是我们有个三长两短，就只能指望你了。你明白吗？"

"我只知道你们不想带我去。"杰罗姆说，语气像极了霍奇斯多年前雇来清理草坪的那个瘦长孩子。

"还有一点，"霍奇斯说，"我很可能必须杀死他。事实上，我认为这是最有可能的结果。"

"天哪，比尔，我知道。"

"但在警察和大众眼中，我杀死的是菲利克斯·巴比纽，备受尊重的神经外科专家。开设先到先得事务所之后，我好不容易才从几个很难转身的法律角落里脱身，但这次的情况不一样。你难道想被指控为过失杀人的共犯，本州对此的定义是出于严重疏忽而不计后果地杀死一名人类？甚至一级谋杀？"

杰罗姆不安地换个坐姿。"但你愿意让霍莉冒这个风险。"

霍莉说："但你有大把青春年华等着你过呢。"

霍奇斯俯身向前，忍住这个动作带来的剧痛，搂住杰罗姆宽阔的后脖颈。"我知道你不喜欢这样。我料到你肯定不会喜欢。但这么做更正确，有着所有正确的道理。"

杰罗姆思考片刻，叹息道："我明白你的意思。"

霍奇斯和霍莉等他说下去，知道他还没说完。

"好吧，"杰罗姆最后说，"我不喜欢，但只能这样了。"

霍奇斯站起来，一只手按住侧腹部止痛。"咱们去取 SUV 吧。暴风雪要来了，我想在撞上暴风雪之前尽量在 I47 上多开一段路。"

24

杰罗姆靠在牧马人的引擎盖上,看着他们走出租车行办公室,霍奇斯拿着四轮驱动的征服者的钥匙。他拥抱霍莉,在她耳边说:"再给你一次机会。带上我。"

她贴着杰罗姆的胸口使劲摇头。

杰罗姆松开她,望向霍奇斯,旧软呢帽的帽檐已被雪花染白。霍奇斯伸出手,说:"换了平时,我也愿意抱一个,但今天就算了吧。"

杰罗姆使劲握住他的手,眼睛里泛着泪光。"当心点儿,老头子。保持联系。带着霍莉莓莉回来。"

"我也有这个打算。"霍奇斯说。

杰罗姆目送他们爬上征服者,比尔坐进驾驶座,显然不太舒服。杰罗姆知道他们说得对:三个人里面,他是最输不起的。但这不等于他喜欢这样,他觉得自己像个被打发回家找妈妈的小孩。他想跟着他们去,他心想,但霍莉在空旷的饭店大堂里说的话也很有道理。要是我们有个三长两短,就只能指望你了。

杰罗姆坐进吉普车,驶向他家。开上穿城高速,一个强烈的预感笼罩了他:他将再也不会见到这两个好朋友了。他想说服自己相信这只是迷信的屁话,却不怎么成功。

25

霍奇斯和霍莉从穿城高速拐上 I47 公路向北而去，雪势已经不小了。开进暴风雪让霍奇斯想起他和霍莉一起看的一部科幻电影：星舰进取号进入超光速飞行的那个瞬间。限速牌在闪动**大雪预警**和**最高四十迈**，但他把车速维持在六十迈，直到不得不减速为止，他开出了三十英里。也可能只有二十。普通车道上有几辆车朝他鸣笛，提醒他放慢速度。他们超过几辆十八轮重型卡车，每一辆背后都拖着仿佛公鸡尾巴般的雪雾，这是个控制恐惧的好练习。

过了近半个小时，霍莉终于打破沉默。"你带枪了，对吧？拉绳袋里装的是枪，对吧？"

"是的。"

她解开安全带（他不禁有些紧张），转身拿起后座上的口袋。"上膛了吗？"

"格洛克上膛了。你自己给点三八装子弹。那是你的。"

"我不会开枪。"

霍奇斯问过她一次要不要去射击场，那是申请隐藏持枪证书的第一步，但遭到了她的激烈拒绝。他再也没有问过她，认为她应该永远不会需要带枪。认为他绝对不会置她于那样的险境。

"你能搞明白的。不是很难。"

她开始研究胜利左轮，双手不碰扳机，枪口远离面部。过了几秒钟，她知道了该如何转动弹筒。

"好的，然后是子弹。"

口袋里有两盒温彻斯特点三八子弹，一百三十格令，全金属外壳。她打开一盒，看着宛若迷你导弹的一颗颗子弹，做个鬼脸。"哇哦。"

"能行吗？"他超过又一辆卡车，征服者被雪雾包裹。普通车道上还能看见裸露在外的条状路面，但超车道已经积满了白雪，他们右侧的卡车似乎长得没有尽头。"实在不行也没问题。"

"你不是在说我能不能装子弹吧，"她听起来很生气，"一看就会好不好，小孩子也能行。"

有时候确实如此，霍奇斯心想。

"你在说我能不能朝他开枪。"

"很可能不会走到那一步，但要是有这个必要，你能行吗？"

"能。"霍莉说，装满了胜利左轮的六个弹膛。她小心翼翼地把弹筒推回原位，抿紧嘴唇，眼睛眯成缝，像是担心枪会在手里爆炸。"所以保险在哪儿？"

"没有。左轮没有保险。别把撞捶扳起来，这就是你需要的保险了。放进你的手包，还有子弹。"

她照霍奇斯说的做，然后把手包放在双脚之间。

"别咬嘴唇，再咬就破了。"

"我尽量，但这个局面让我非常紧张。"

"我知道。"他们又回到了普通车道上。里程标牌在窗外掠过，速度慢得让人心焦，侧腹部的疼痛仿佛炽热的水母，触角伸到了身体的每个角落，甚至包括喉咙口。二十年前，他在一片建筑空地堵住了一个盗贼，盗贼开枪打中他的一条腿。当时的疼痛就是这个感觉，但那次的伤口很快就愈合了。他不认为这次的剧痛还有可能消失。止痛药会暂时麻痹感官，但效果只怕不会持久。

"要是我们找到那个地方，但他不在，咱们该怎么办？比尔，你想过吗？想过这种可能吗？"

他想过，完全不知道接下来该怎么办。"车到山前必有路。"

他的手机响了。手机在大衣口袋里，他掏出来递给霍莉，眼睛始终盯着前方的道路。

"哈啰，我是霍莉。"她听了一会儿，比着嘴型说灰眼睛小姐。

"嗯哼……是的……好的，我明白……不，他不能接，他这会儿腾不出手，我会转告他的。"她又听了一会儿，然后说，"我可以告诉你，伊兹，但你不会相信的。"

她啪地一声合上手机，把它塞回霍奇斯的口袋里。

"自杀？"霍奇斯问。

"已经三起了，包括在父亲面前自杀的那个男孩。"

"战破天？"

"三起中的两个现场都有。第三起的接警人员还没时间勘查现场。他们在抢救那孩子，但已经来不及了。他上吊自杀。伊兹听起来快要急疯了。她想知道所有事情。"

"要是咱们发生意外，杰罗姆会告诉彼得的，而彼得会告诉她。我觉得她应该做好思想准备了。"

"我们必须在他杀死更多人之前阻止他。"

此刻他很可能正在杀人，霍奇斯心想。"我们一定会的。"

里程标牌一个一个在车窗外掠过。霍奇斯不得不将车速减到五十。征服者在一辆沃尔玛双厢卡车的尾迹中有点左摇右摆，霍奇斯将车速降到了四十五。时间刚过三点，天色在大雪中开始变暗，霍莉再次开口："谢谢你。"

他侧了侧头，疑惑地看着她。

"因为你没有要我恳求你带上我。"

"我只是在做你的治疗师想做的事情，"霍奇斯说，"让你了结这堆烂事。"

"你这是在开玩笑吗？我总是听不出你是不是在开玩笑。比尔，你的幽默感特别冷。"

"不是开玩笑。这是咱们的事情，霍莉。不是其他人的。"

白茫茫的天地之间浮现出一块绿色标牌。

"SR-79，"霍莉说，"咱们的出口。"

"谢天谢地，"霍奇斯说，"我最讨厌在没太阳的时候开高速公路。"

26

根据霍莉的平板电脑,沿州内公路向东十五公里就是瑟斯顿修车店,但这段路他们开了足足半个小时。征服者应付积雪路面不成问题,但这会儿风越来越大——根据电台预报,到八点钟风力将达到八级——阵风裹着大片积雪滚过路面,每逢这种时刻,霍奇斯就将车速降到十五,直到能看清道路为止。

他拐向巨大的黄色壳牌标志,霍莉的手机响了。"你接电话,"他说,"我去去就来。"

他跳下车,用力拉下软呢帽,免得被大风吹走。他踩着积雪走向修车店的办公室,风吹得衣领像机关枪似的拍打脖子。整个中腹部都在抽痛,感觉像是吞了滚烫的火炭。除了空转的征服者,加油泵前和相邻的停车场里都空空如也。铲雪工人已经离开,今年第一场暴风雪肆虐的这个夜晚是他们的挣钱良机。

有一个诡异的瞬间,霍奇斯觉得柜台里的男人就是图书馆艾尔。同样的绿色迪凯恩工装裤,同样的散乱白发在约翰迪尔便帽四周向外炸开。

"天气这么差的一个下午,你何苦要出门呢?"老男人问,然后望向霍奇斯的背后,"还是说已经晚上了?"

"下午晚上都沾点儿边吧。"霍奇斯说。他没时间聊天——城里的孩子很可能正在跳楼或吞药——但不聊天就无法打听事情。"你是瑟斯顿先生吗?"

"活生生地正是在下。你没有去拿加油枪,我都快怀疑你是不是要抢劫我了,但你看着太有钱,不像那种货色。城里人?"

"是的,"霍奇斯说,"而且有点儿着急。"

"城里人嘛,都是这个样子,"瑟斯顿放下他在读的《田野与溪流》杂志，"有何贵干？问路？老兄，看暴风雪越来越大的架势，希望你要去的地方别太远。"

"应该不远。一个狩猎营地，名叫头与皮。有印象吗？"

"哦，当然，"瑟斯顿说，"几个医生的地盘，就在大鲍勃猎熊营地旁边。开的不是捷豹就是保时捷，进进出出总在我这儿加油。"他说保时捷的语气就像在说老农民傍晚垫在屁股底下看日落的东西。"但最近谁也不会去那儿。狩猎季节到十二月九号结束——这还是弓箭狩猎。枪弹狩猎到十一月最后一天结束，而那些医生只会用长枪。大口径的那种。我猜他们喜欢假装自己在非洲。"

"今天早些时候有没有人来过？开一辆旧得露出了底漆的破车？"

"没。"

一个年轻人从修车区出来，边走边用抹布擦手。"爷爷，我看见那辆车了。雪佛兰。它经过的时候，我正好在店门口和蜘蛛威利斯聊天。"他转向霍奇斯，"我会注意到是因为他去的那个方向啥也没有，而且车没装雪地轮胎，不像你外面那辆。"

"能告诉我怎么去那个营地吗？"

"全世界最简单的事情，"瑟斯顿说，"不过要天气好才行。你按你现在的方向继续开，走个……"他转向年轻人，"多远，道恩？三英里？"

"四英里吧。"道恩说。

"好吧，折中一下，就当三英里半，"瑟斯顿说，"你注意找左手边的两根红色木柱。很高，六英尺左右，但州里的除雪队已经走过两次了，所以你要仔细看，因为柱子大概被埋得差不多了。然后你要撞开路边的雪堤开进去，明白吗？除非你带了铁锹。"

"我觉得我能直接开过去。"霍奇斯说。

"嗯，应该没问题，不会损伤你的SUV，因为积雪还没来得及上冻。总而言之，你往里开一英里，顶多两英里，那条路就分岔了。一条去大鲍勃的营地，另一条去头与皮。我不记得谁左谁右了，但岔路口以前有箭头指示牌的。"

"现在也还有，"道恩说，"大鲍勃在右边，头与皮在左边。我当然知道，去年十月我给大鲍勃·洛温重铺过屋顶。你肯定有什么要紧事，先生，对吧？否则何必挑这么个天气去那儿。"

"你觉得我的 SUV 能跑那种路段吗？"

"没问题，"道恩说，"树木挡住了大部分降雪，而且去湖边的是下坡路。出来的时候倒是会有点麻烦。"

霍奇斯从臀袋里取出钱包——天哪，连这个动作都很疼——掏出盖了退休钢印的警官证，然后又加上一张先到先得事务所的名片，将两者并排放在柜台上。"二位先生能帮我保守秘密吗？"

两人点点头，满脸好奇。

"我有张传票要发，明白吗？民事案件，牵涉的钱达到七位数。你看见的那个人，开破旧雪佛兰的那个人，他是一个医生，叫巴比纽。"

"每年十一月份都会看见他，"老瑟斯顿说，"趾高气扬的，明白吗？总是用鼻孔看人。但他开的是一辆宝马。"

"今天他能找到什么车就开什么车了，"霍莉说，"要是传票在午夜之前无法送到，这个案件就完蛋了，有一位没什么积蓄的老太太就领不到钱了。"

"医疗事故？"道恩说。

"不能说，但我必须进去。"

你们会记住这个的，霍奇斯心想，还有巴比纽的名字。

老瑟斯顿说："店后面有两辆雪地摩托。你需要的话我可以借你一辆，北极猫的挡风玻璃特别高。路上肯定会很冷，但保证你能回得来。"

修车店老板向一个陌生人提出如此建议，霍奇斯觉得很感动，但还是摇了摇头。雪地摩托是吵闹的怪兽。他觉得此刻躲在头与皮的那个人（布莱迪或巴比纽或两者的结合体）知道他要来。霍奇斯的优势之一是猎物不知道他什么时候会到。

"我的搭档和我能进去，"他说，"出来的事情回头再担心吧。"

"悄悄摸进去,对吧?"道恩说,用手指封住嘴唇,露出你知我知的笑容。

"就是这个意思。要是我被困在里面了,有什么求助电话可以打吗?"

"就打给我们好了。"瑟斯顿从收音机旁的塑料小碟里拿起一张名片递给他。"我会派道恩或者蜘蛛威利斯去接你们。到今天深夜都没问题,会花你四十块,但你这个案子价值几百万,我看你应该付得起。"

"这附近有手机信号吗?"

"天气再差也有五格,"道恩说,"湖岸南边有个信号塔。"

"太好了。谢谢你。谢谢二位。"

他转身准备离开,老瑟斯顿说:"你那顶帽子不适合这个天气。给你这个。"他拿着一顶针织帽,顶上有个偌大的橙色绒球,"但鞋我就没办法了。"

霍奇斯说声谢谢,接过帽子,摘掉软呢帽放在柜台上。觉得像是坏运气;觉得像是就该这么做。"抵押物。"他说。

两个瑟斯顿同时微笑,年轻那位露出的牙齿比较多。

"挺好,"老瑟斯顿说,"但你百分之百确定你想开车去湖边吗,"他看一眼先到先得事务所的名片,"霍奇斯先生?因为你看上去有点儿虚弱。"

"支气管炎,"霍奇斯说,"每年冬天都他妈中招。谢谢你们二位。万一巴比纽医生打电话到这儿……"

"才不会让他称心如意呢,"瑟斯顿说,"他是个傲慢的混球。"

霍奇斯走向门口,前所未有的剧痛从天而降,刺穿腹部一直抵达下巴。感觉像是被燃烧的长箭扎中了身体,他踉跄两步。

"你确定你没事吗?"老瑟斯顿说,从柜台后面向外走。

"嗯,没事,"他离没事天晓得有多远,"腿抽筋了,开车开的。我会回来取帽子的。"

要是运气好,他心想。

27

"怎么进去那么久?"霍莉说,"希望你给他们编了个好故事。"

"传票。"霍奇斯不需要说完,他们不止一次用过传票的借口。所有人都愿意帮忙,只要收传票的不是他们就行。"谁打过电话?"他觉得肯定是杰罗姆,问他们情况如何。

"伊兹·杰恩斯。又有两起自杀报案,一起未遂,一起成功。未遂的是个女孩,从二楼窗户跳出去。落在积雪上,只断了几根骨头。另一个是个男孩,在壁橱里上吊。留了张遗书放在枕头上。只有一个名字,贝丝,底下画了颗破碎的心。"

霍奇斯挂上倒车挡,开回州内公路上,征服者的车轮稍微有点打滑。他不得不打开近光灯,光线将大雪变成了闪闪发亮的白色墙壁。

"只能靠咱们两个了,"她说,"假如真是布莱迪,没有人会相信我们。他会假装自己是巴比纽,编故事说他如何害怕,吓得逃跑了。"

"图书馆艾尔开枪打死他老婆,而他忘记打电话报警了?"霍奇斯说,"未必能混过去吧。"

"也许不能,但假如他能再跳到其他人身上呢?既然他能跳进巴比纽的脑袋,凭什么不能再跳走呢?咱们必须了结这件事,哪怕最后因为杀人而被捕。比尔,你觉得有这个可能性吗?你觉得呢觉得呢觉得呢?"

"回头再担心这些好了。"

"我不确定我能不能朝别人开枪。连布莱迪·哈茨费尔德也不行,假如他看上去完全是另一个人。"

他重复道:"回头再担心这些好了。"

"好的。这顶帽子从哪儿来的?"

"用我的软呢帽换的。"

"顶上的绒球傻乎乎的,但看上去很暖和。"

"你要吗?"

"不。但是,比尔?"

"天哪,霍莉,怎么了?"

"真的很难看。"

"拍马屁对我没用。"

"我那是挖苦你。算了。咱们要走多远?"

"修车店里达成的一致意见是这条路走三英里半,然后拐上营区的小路。"

两人沉默下去,在呼啸风雪中慢慢地开了五分钟。暴风雪的主体还没到呢,霍奇斯提醒自己。

"比尔?"

"又怎么了?"

"你没穿靴子,我的尼古丁口香糖吃完了。"

"点一根大麻卷好了。但眼睛盯着点儿,路左边有两根红色木柱。应该很快就能看见了。"

霍莉没有点大麻卷,而是坐了起来,眼睛盯着路左边。征服者再次打滑,车尾先向左后向右摆动,她似乎没有注意到。一分钟过后,她指着前方说:"是那个吗?"

没错,就是。扫雪车扬起的积雪埋得它们只剩下十八英寸左右露在外面,但亮红色不可能看漏也不可能看错。霍奇斯轻踩刹车,征服者缓缓停下,然后打方向盘,让车头对准雪堤。他对霍莉说:"咬紧你的假牙。"他带女儿去雷克伍德游乐园坐转转杯的时候,他就会这么对女儿说。

霍莉一向从字面理解意思。"我没有假牙。"她说,但还是用一只手抓住了仪表盘。

霍奇斯轻踩油门,驶向雪堤。他没有等来预想中的砰然撞击,瑟斯顿说得对，积雪还没有压实和变硬。雪堤在车两侧炸开，雪溅到挡风玻璃上，一时间遮住了视线。他把雨刷打到最大一挡，玻璃擦干净以后，他发现征服者开上了单车道的营地小路，大雪正在飞快地填满这条路。他没有看见车辙，但不等于不存在。就算曾经有，现在也已经被盖住了。

他熄灭车头灯，以极慢的速度向前开。树木之间的白色雪带勉强可见，为他指引方向。小路似乎无穷无尽，时而下坡，时而折回，时而爬坡，但最后他们还是来到了一个三岔路口。霍奇斯没有下车看箭头，因为左前方的白雪和树木中透出了一丝微弱的光线。那就是头与皮，而且屋里有人。他转动方向盘，慢慢驶上向右的岔路。

两人都没有向上看，因此未能发现监控探头，但探头看见了他们。

28

霍奇斯和霍莉撞开扫雪车留下的雪堤时，布莱迪坐在电视前，巴比纽的冬季大衣和皮靴穿在身上。他没戴手套，说不定要用上突击步枪，因此他不想戴手套。他的大腿上放着一顶黑色滑雪头罩，到时候他要用头罩遮住巴比纽的面容和白发。他目不转睛地盯着电视，紧张地搅动着陶瓷头骨里的钢笔和铅笔。敏锐的视线必不可少。等霍奇斯来到附近，他肯定会熄灭车头灯。

他会不会带着黑鬼小工？布莱迪心想。那就太好了，买一送……他来了！

雪越来越大，他担心他会看漏退休老警探的车，但事实证明这个担心毫无必要。雪是白色的，那辆SUV是在白雪中缓缓移动的黑色实心方块。布莱迪坐起来，眯着眼睛，但看不清车里到底有一个人还是两个人还是他妈的半打人。他有突击步枪机枪，迫不得已的情况下可以干掉一整个小队，但那么做就会毁掉乐趣。他想要一个活着的霍奇斯。

至少别一上来就死了。

所以只剩下了一个问题：他会左转直接进来，还是会右转？布莱迪打赌科密特·威廉·霍奇斯会选择通往大鲍勃营地的岔路，事实证明他没猜错。SUV消失在大雪中（霍奇斯拐过第一个弯的时候，车尾灯短暂地闪了一下），布莱迪把颅骨笔筒搁在电视遥控器旁边，拿起咖啡桌上的另一样东西。百分之百合法，但前提是使用得当……但巴比纽和他那帮人从来不会那么用。他们固然是优秀的医生，但进了森林就会变成一群坏小子。他把这件昂贵的设备套在脖子上，让弹性头带挂在大衣的胸口。他戴上滑雪头罩，拎起突击步枪，走向室外。他的心脏跳得又快又重，巴比纽手指的关节炎似乎不药而愈了，至少暂时如此。

复仇是个婊子，这个婊子来了。

29

霍莉没有问霍奇斯为什么走右侧的岔路。她神经质,但并不傻。他以步行速度开车,望向左边,确定灯光与车辆之间的角度。与灯光平行之后,他停下 SUV,关闭引擎。外面一片漆黑,他扭头望向霍莉,她有一瞬间觉得他的头部变成了骷髅。

"待在这儿,"他压低声音说,"发短信给杰罗姆报平安。我从树林里摸过去抓他。"

"你不是打算留他一命吧?"

"只要他手上没拿战破天,"就算他拿着我也未必会放过他,他心想,"不能冒险。"

"那么你相信就是他了。布莱迪。"

"即便是巴比纽,他也和事情有关系。有很大的关系。"但是,对,从某种程度上说,他越来越相信布莱迪·哈茨费尔德的意识正在操纵巴比纽的身体。直觉过于强烈,不容忽视,而且事实也偏向这个判断。

要是我杀了他,而我弄错了,那就只能祈求上帝原谅了,他心想。然而我怎么能够知道呢?我怎么能够肯定呢?

他以为霍莉会反对,会说她要一起去,但她只是说:"要是你出了什么事情,比尔,我不认为我能把这辆车开出去。"

他把瑟斯顿的名片递给她。"要是我十分钟内不回来——不,十五分钟好了——就打电话给这家伙。"

"要是我听见枪声呢?"

"假如是我开的枪,我没事,就会按图书馆艾尔那辆车的喇叭。飞快的两下。要是你没听见喇叭声,就一直开到另一个营地,大鲍勃的啥啥啥。破门而入，找个地方躲起来，打电话给瑟斯顿。"

霍奇斯俯身隔着中控台亲吻她的嘴唇，自从认识她到现在，这是他第一次这么做。她过于诧异，没有回吻霍奇斯，但也没有退开。他退了回去，霍莉脑子里一片混乱，低头望去，跳进脑海的第一句话脱口而出："比尔，你穿的是皮鞋！你会冻坏的！"

"树林里没多少积雪，只有几英寸。"事实上，脚部失温是他最小的一个烦恼。

他找到开关，关闭车内照明灯。他爬出车门，按捺住疼痛，闷哼一声，霍莉听见风吹过冷杉的飒飒声越来越响了。要是用情绪来形容，霍莉觉得应该是哀悼。车门随即关上了。

霍莉坐在原处，望着他的黑色身影逐渐融入黑色树影，她等到两者无法区分之后也下了车，跟着他的足迹向前走。二十世纪五十年代（彼时蜜糖高地还是森林）霍奇斯父亲当巡警时用过的胜利点三八就装在她的衣袋里。

30

霍奇斯一步一个脚印地摸向头与皮的灯光。雪花打在他脸上，盖住了他的眼皮。燃烧的长箭又回来了，从内到外灼烧他，煎烤他，冷汗沿着面颊滴落。

然而我的脚怎么不热呢？他心想，然后就被一截白雪覆盖的木头绊倒了。他用双手使劲压住左侧腹，把脸埋在大衣的袖管里，否则就会惨叫出来。热烘烘的液体泡湿了裆部。

我尿裤子了，他心想，像小孩似的尿裤子了。

剧痛稍微消退了一点，他将双腿收拢在身体底下，努力想站起身，但他做不到。尿湿的地方变得冰冷，他能感觉到阳具在蜷缩起来逃避寒意。他抓住一根低垂的树枝，想借力站起来，然而树枝折断了。他傻乎乎地看着手里的树枝，觉得自己像个卡通角色——威利狼，比方说——无奈地扔到一旁。就在这时，一只手钻进了他的腋窝。

他诧异得险些叫出来，还好霍莉及时在他耳边说："别害怕，比尔。快起来。"

在霍莉的帮助下，霍奇斯总算站了起来。灯光已经不远了，隔着掩映树影顶多只有四十码。他看见白雪染白了她的头发，冻得她面颊绯红。他忽然想起古董书商安德鲁·哈利迪的办公室，他、霍莉和杰罗姆发现死去的哈利迪躺在地上。他命令他们后退，但……

"霍莉。下次我叫你后退的时候，你能不能照着做？"

"不行，"她悄声说，两人都在耳语，"你多半要朝他开枪，但没人帮忙，你都没法走到那儿。"

"你应该是我的后援，霍莉，我的保险措施。"黏腻如油的冷汗涌出身体。谢天谢地,还好他的大衣比较长。他可不想让霍莉看见他尿了裤子。

"杰罗姆是你的保险措施,"她说,"我是你的搭档。所以你才带我来,无论你明不明白。而且我也想这么做。我只想这么做。来吧。靠在我身上。咱们结束这件事。"

他们慢慢地穿过剩下的一段树林。霍奇斯不敢相信她居然能撑住他那么重的身体。他们在环绕屋子的空地边缘停下。有两个房间亮着灯。离他们比较近的一个房间的光线比较黯淡,霍奇斯估计那是厨房。大概只有一盏灯,很可能在炉灶上方。另一个房间的光线有点闪烁不定,很可能生着壁炉。

"咱们去那儿,"他指着一个地方说,"接下来我们要像士兵夜间执行任务那样走了,也就是爬。"

"你行吗?"

"当然,"事实上,他觉得爬应该比走更轻松,"看见吊灯了吗?"

"看见了。像是用骨头做的。可怕。"

"那是起居室,他很可能就在那儿。要是不在,咱们就等他露面。要是他手里拿着战破天,那我就朝他开枪。不喊举起手来、趴在地上、把手放在背后。反对吗?"

"当然不。"

他们双手双膝着地。霍奇斯把格洛克留在大衣口袋里,免得在雪地里被弄湿。

"比尔。"她的声音很低,在呼啸寒风中几乎听不见。

他转身望向霍莉。霍莉把一只手套递给他。

"太小了。"他说,想到约翰尼·柯克伦的名言:手套不合适?那就摘了呗。真是疯狂,一个人的脑子在这种时刻竟然会想到这种东西。不过话也说回来,他这辈子还有过类似的这种时刻吗?

"使劲套上,"她耳语道,"握枪的手必须保持温暖。"

她说得对,霍奇斯勉强塞了大半只手进去。她的手套太短,放不下他的一整只手,但护住了他的手指,而这就足够了。

他们爬向灯光,霍奇斯稍微领先一点。疼痛依然很剧烈,但趴下毕竟比站着舒服,肚子里的长箭不再燃烧,而是变成了闷烧。

肯定能帮我省下一点儿力气,他心想,够用就行。

从树林边缘到里面是吊灯的窗户有四五十英尺,爬到一半的时候,他没戴手套的那只手已经完全失去了感觉。他不敢相信自己竟然把最好的朋友带进了此时此地的险境,他们在雪地里爬行,就像两个玩打仗游戏的孩童,离最近的帮手也有几英里之遥。他有他的理由,在机场希尔顿饭店时似乎完全成立。但现在就未必了。

他向左望去,看见了图书馆艾尔那辆马里布的沉默轮廓。他向右望去,看见了白雪覆盖的木柴堆。他再次望向前方的起居室窗户,但猛地又扭头望向木柴堆,警铃响得稍微迟了几秒钟。

雪地里有脚印。角度歪斜,从森林边缘看不见,但这会儿能看清了。脚印从屋后通向烧壁炉用的木柴堆。他走厨房门出来,霍奇斯心想,所以厨房才亮着灯。我应该能猜到的。要不是我病得太厉害,我肯定能猜到的。

他伸手去抓格洛克手枪,但过小的手套使得动作慢了一拍,等他终于握住枪柄向外拔的时候,枪却卡在了口袋里。与此同时,一个黑影从木柴堆背后站了起来,它和他们仅仅隔着十五英尺,黑影只用四大步就跑完了这段距离。黑影的面部就像恐怖电影里的怪物,没有五官,两只圆形的眼睛向外突出。

"霍莉,当心!"

她刚抬起头,突击步枪的枪托就落下来砸在她头上。随着令人惊恐的咔嚓一声,她面朝下趴在了雪地里,两条胳膊伸在身体的左右两侧,仿佛被割断了绳索的木偶。霍奇斯总算掏出了口袋里的格洛克,但枪托就在此刻再次落下。霍奇斯同时听见和感觉到他的手腕断了,他看见格洛克掉在地上,几乎被白雪盖住。

霍奇斯跪在地上,抬起头,看见一个高大的男人站在一动不动的霍莉旁边。他带着滑雪头罩和夜视仪。

我们刚从树林里出来,他就看见了我们,霍奇斯茫然地想着。说不定我们在树林里的时候他就看见了,甚至看见了我如何戴上霍莉的手套。

"哈啰,霍奇斯警探。"

霍奇斯没有回答他。他在想霍莉是不是还活着,假如活着,她还能不能从刚才那一击中恢复过来。当然了,这么想毫无意义。布莱迪不会给她机会让她恢复的。

"你们要跟我进去,"布莱迪说,"问题是要带上她,还是把她扔在这儿,看她变成冰棍。"他仿佛看懂了霍奇斯的心思(在霍奇斯看来,他说不定真有这个能力):"哦,她还活着,至少这会儿还活着。我能看见她的后背在上下起伏。不过嘛,挨了刚才那么一下,脸埋在雪地里,天晓得她还能活多久。"

"我抱她。"霍奇斯说,他一定要做到,无论会引起何等的剧痛。

"行啊。"没有停下来思考,霍奇斯知道布莱迪料到他会这么做,也希望他这么做。他领先我一步。他一直领先我一步。请问这到底是谁的错呢?

我的。完全是我的。这就是我再次扮演孤胆英雄的代价……但我还能怎样呢?谁会相信我的话呢?

"你抱她,"布莱迪说,"看看你有没有这个本事。因为啊,我实话实说,我觉得你有点儿虚弱哎。"

霍奇斯将手臂插到霍莉的身体底下。在树林里,他倒下后甚至站不起来,但此刻他聚集起剩下的全部力气,抱着瘫软的霍莉做了个抓举动作。他踉跄两步,险些摔倒,好不容易重新站稳。燃烧的长箭不见了,被它在霍奇斯的身体里引燃的熊熊山火烧成了灰。霍奇斯将她抱在胸口。

"很好,"布莱迪由衷地敬佩道,"现在看你能不能走到屋子里吧。"

历经千辛万苦,霍奇斯也做到了。

31

壁炉烧得很旺,投射出的热量让人昏昏欲睡。霍奇斯累得气喘吁吁,借来的帽子上的积雪开始融化,水混着泥土在脸上淌成了小河,他走到房间中央,跪倒在地,他的手腕断了,所以他只能用肘弯护住霍莉的脖子,手腕已经肿得像一根香肠。他总算没有让霍莉的脑袋撞在硬木地板上,这就很好了。她的脑袋今晚已经受够了虐待。

布莱迪已经脱掉大衣、夜视仪和滑雪头罩。表面上是巴比纽的面容和巴比纽的银发(此刻乱蓬蓬的,和平时不一样),但底下确实就是布莱迪·哈茨费尔德。霍奇斯最后的一点儿疑虑也消失了。

"她有枪吗?"

"没有。"

披着菲利克斯·巴比纽外表的男人微笑道:"唔,比尔,我告诉你我要怎么做。我翻她的口袋,要是发现有枪,我就把她的小屁股轰到隔壁州去。你说怎么样?"

"有一把点三八,"霍奇斯说,"她用右手,所以如果她带在身上,就应该在大衣的右侧口袋里。"

布莱迪弯下腰,突击步枪的枪口始终瞄准霍奇斯,手指放在扳机上,枪托顶着右胸。他找到点三八,检查一番,插在后腰的皮带里。尽管剧痛且绝望,但霍奇斯还是有点儿想苦笑,布莱迪大概在几百部电视剧和动作片里看过各种硬汉这么做,但后腰插枪只适合枪身平坦的自动武器。

躺在钩针编织地毯上的霍莉从喉咙深处发出呼噜一声。一条腿抽搐了一下,然后又安静下去。

"你呢?"布莱迪问,"还有别的武器吗?脚腕上没有一把专供投降时使用的短枪？"

霍奇斯摇摇头。

"为了安全起见，不如你挽起裤腿让我看看？"

霍奇斯挽起裤腿，露出湿透的皮鞋和袜子，除此之外没有其他东西了。

"很好。现在脱掉大衣，扔在沙发上。"

霍奇斯拉开拉链，脱衣服时尽量不发出声音，但扔大衣的时候，一根牛角从腹股沟顶到了心脏，他痛得呻吟了出来。

巴比纽瞪大了眼睛。"真疼还是装的？现场还是录音？你的体重似乎掉得很厉害，看起来似乎是真的。怎么了，霍奇斯警探？你这是怎么了？"

"癌症。胰腺癌。"

"哎呀我的天，太糟糕了。连超人也打不败这个敌人。但你高兴一点儿，我说不定能缩短你的痛苦。"

"愿意怎么对付我都随便，"霍奇斯说，"但请你放过她。"

布莱迪带着极大的兴趣望向地上的女人。"这一位不会凑巧就是砸烂了我以前那个脑袋的人吧？"他的措辞让他自己觉得很好玩，他不由放声大笑。

"不是。"他像是在相机镜头中看世界，随着起搏器辅助但依然操劳过度的心脏的每一次跳动，他的视野时而放大时而缩小。"打你的人是霍莉·吉伯尼，她回俄亥俄州陪父母去了。这位是卡拉·温斯顿，我的助手。"这个名字天晓得是从哪儿蹦出来的，他说出来的时候一瞬间也没有犹豫。

"一个助手，居然决定陪你来执行出生入死的使命？我觉得有点儿难以相信。"

"我答应给她奖金。她需要钱。"

"那么，请你告诉我，你的黑鬼小工在哪儿？"

霍奇斯想了想要不要说实话：杰罗姆在城里，而且知道布莱迪很可能在狩猎营地,他很快就会向警方通报这件事,说不定已经打过电话了。但这些话有可能拦住布莱迪吗?当然不可能。

"杰罗姆在亚利桑那造房子。仁爱之家的义工。"

"多么有社会良知的小伙子啊。我还希望他和你一起来了呢。他妹妹受的伤严重吗?"

"断了一条腿。用不了几天就能下地走路。"

"真是可惜。"

"她是你的实验对象之一,对不对?"

"对,她拿到的是一台原始版战破天。一共有十二台。就像十二门徒,走遍各地传道。霍奇斯警探,来,坐在电视机前面的椅子里。"

"算了吧。我喜欢的剧都在星期一。"

布莱迪礼貌地笑了笑。"请坐。"

霍奇斯坐下,用没受伤的手按住椅子旁边的桌子。坐下的过程很痛苦,但坐下以后感觉倒是好了些。电视没开,但他还是望着屏幕。"监控探头在哪儿?"

"三岔路口的标牌柱上。箭头上面的高处。你没看见也不用难过。它被雪盖住了,只剩下镜头露在外面,而且当时你还没开车头灯。"

"你的脑袋里还有残存的巴比纽吗?"

他耸耸肩。"断断续续的片段吧。有些部分以为自己还活着,时不时会惨叫一两声。不过很快就会消失的。"

"天哪。"霍奇斯嘟囔道。

布莱迪单膝跪地,突击步枪的枪管放在大腿上,依然对准霍奇斯。他拉起霍莉的大衣,看着内侧的名牌。"H. 吉伯尼,"他说,"用洗不掉的墨水写的。非常有条理。进了洗衣房不会被洗掉。我喜欢能照顾好自己东西的那些人。"

霍奇斯闭上眼睛。疼痛异常剧烈,只要能够赶走疼痛,能够阻止接下来会发生的事情,他愿意付出他拥有的一切。他愿意付出一切,让他一睡不醒好了。但他还是睁开了眼睛,强迫自己望着布莱迪,因为这场游戏你必须玩到底。人生就是这样：玩到底。

"接下来的四十八到七十二小时里，我有许多事情要做，霍奇斯警探，但那些事情都可以放一放，因为我要先处理你。你是不是觉得自己很特殊啊？应该的。你×翻了我，我就欠你这么多。"

"请你记住一点，是你来招惹我的，"霍奇斯说，"是你犯蠢写了一封得意扬扬的信给我，否则怎么会有后来那些事？不是我，是你。"

巴比纽的脸色变得阴沉，这张皱纹丛生的脸属于一位年长的性格演员。"你说的大概挺有道理，但请你看一看现在谁占上风。霍奇斯警探，看一看现在是谁赢了。"

"假如你管驱使一群头脑混乱的傻孩子自杀叫赢了，那就算你赢了呗。要我说，我觉得这种事的挑战性和三振投手差不多。"

"这是控制！我坚持的控制！你企图阻止我，但你失败了！你连一点机会都没有！她也一样！"他踢了霍莉的侧腹部一脚。霍莉的上半身像没骨头似的朝壁炉翻了过去，随即落回原处。她脸色惨白，紧闭的双眼深陷于眼窝之中。"她实际上让我变得更强大了！前所未有的强大！"

"那你就别踢她了！"霍奇斯吼道。

布莱迪的愤怒和兴奋让巴比纽的脸涨得通红，双手紧紧抓住突击步枪。他深吸一口气镇定心神，然后又做了一次深呼吸。最后露出笑容。

"吉伯尼女士是你的软肋，对不对？"他又踢了霍莉一脚，这次踢的是臀部，"你在×她对不对？她的长相似乎没啥好说的，不过到了你这把年纪，大概已经饥不择食了吧。知道有句老话怎么说吗？拿面旗帜盖住脸，×她彰显美国雄风。"

他又踢了霍莉一脚，朝霍奇斯龇牙咧嘴，他大概觉得这是在微笑。

"你问过我是不是在睡我老妈，记得吗？你来病房探望我那么多次，问我是不是在睡全世界唯一在乎我的人。说她看上去多么火辣，说她是个酒鬼老妈。问我是不是在装病？说你多么希望我在受苦。而我只能坐在那儿听你说。"

他准备再踢一脚可怜的霍莉。为了引开他的注意力，霍奇斯说："有个护士。萨蒂·麦克唐纳。你唆使她自杀了，对不对？是你吧？她是第一个。"

布莱迪喜欢这个话题，巴比纽昂贵的牙医成果进一步展现出来。"不费吹灰之力。从来都很简单，你只需要钻进去，拉几根操纵杆。"

"布莱迪，你到底是怎么做到的？你是怎么钻进去的？你怎么从日升公司搞到那些战破天改装它们的？哦，还有网站，那又是怎么一回事？"

布莱迪放声大笑。"你读了太多的悬疑小说，聪明的私家侦探诱使杀人狂说个没完，等待援兵赶到。或者等杀人狂注意力涣散，私家侦探跳起来和他扭打，抢走他的武器。我看恐怕不会有援兵赶来，而你似乎连一条金鱼也打不过。另外，大部分细节你已经知道了。要是不知道，你也不会出现在这儿。弗雷迪全交待了，她会为此付出代价的——我这么说像不像鞭子斯奈利[①]？迟早而已。"

"她声称网站不是她架设的。"

"我不需要她架网站。我自己一个人完成的，在巴比纽的书房里，用巴比纽的笔记本电脑，利用了我离开217病房外出兜风的一次假期。"

"那么……"

"闭嘴。霍奇斯警探，看见你旁边的桌子了吗？"

桌子是樱桃木的，更像个餐具柜，看起来很昂贵，因为长年累月不隔杯垫放杯子，所以桌面上有很多褪色的圆圈。拥有狩猎营地的医生们在手术室里肯定一丝不苟，但来到这儿就成了几个邋遢鬼。桌子上放着电视遥控器和陶瓷头骨造型的笔筒。

[①] 《骑警杜德雷》漫画里主角的宿敌。

"拉开抽屉。"

霍奇斯拉开抽屉。抽屉里，一台粉色战破天指挥官游戏机放在一本多年前用休·劳瑞当封面的《电视指南》上。

"拿出来，打开。"

"不。"

"行啊。那我就开始收拾吉伯尼女士了，"他垂下枪管，指着霍莉的后脖颈，"全自动，我扣下扳机，她的脑袋就分家了。会飞进壁炉里吗？想不想知道？"

"好吧，"霍奇斯说，"好吧，好吧，好吧。你住手。"

他拿起战破天，按下游戏机顶上的电源按钮。欢迎画面随即出现；红色 Z 字的斜线逐渐充满屏幕。他应该滑动屏幕，打开游戏主页。布莱迪没有开口，他就这么做了。汗水在脸上滚滚淌下。他从没感觉这么热过。折断的手腕抽痛不已。

"看见鱼洞图标了吗？"

"看见了。"

打开鱼洞游戏是他最不想做的一件事，但另一个选择是坐在椅子上，忍受手腕折断和肿胀腹部的抽痛，看着大口径子弹将霍莉的头部与瘦削的身体分开。不，不可能。另外，他读到过文章，说你不可能违背一个人的意愿催眠他。没错，戴娜·斯科特的游戏机险些催眠他，但当时他毫无防备。现在他知道会发生什么。假如布莱迪以为他进入恍惚状态，但实际上并没有，那么也许……有一丝可能性……

"相信你已经知道该怎么做了。"布莱迪说。他的双眼炯炯有神，充满活力，就像一个孩子即将点燃蜘蛛网，然后看蜘蛛会有什么反应。会在着火的网上惊慌乱跑，寻找逃生之路，还是会一起被火焰点燃？"点击图标。小鱼会游来游去，配乐会开始播放。点击粉色小鱼，累加数字。想赢这个游戏，你必须在一百二十秒内加出一百二十分。成功了，我就让吉伯尼女士活下去。失败了，咱们就看看这支可爱的自动武器有什么本事吧。巴比纽见过它摧毁一摞水泥块，所以你想一想子弹碰到血肉之躯的后果。"

"就算我打到五千分,你也不会让她活下去,"霍奇斯说,"你的话我连一秒钟也不信。"

巴比纽假装气恼,瞪大了那双蓝眼睛。"但你必须信!现在这个我,全都拜趴在我面前的这个女人所赐!我至少可以饶过她一条性命。当然了,前提是她没有脑出血,这会儿不是已经奄奄一息了。别拖延时间了,给我好好玩游戏。你的手指碰到图标,一百二十秒就开始倒计时。"

霍奇斯别无选择,只能点击鱼洞的图标。屏幕闪了一下。蓝光亮得他眯起眼睛,小鱼出现了,左右游动,上下游动,对角线游动,拖出银色的气泡轨迹。配乐奏响:在海边,在海边,在那美丽的大海边……

然而配乐不仅是音乐。里面还有其他字词。蓝色闪光里也有文字。

"十秒钟过去了,"布莱迪说,"嘀嗒,嘀嗒。"

霍奇斯点击一条粉色小鱼,没有点中。他惯用右手,每次点击都让手腕内部的抽痛更加剧烈,但比起此刻从腹股沟到喉咙炙烤他的剧痛根本算不了什么。第三次尝试,他点中了一条小粉——这是他给它们起的名字:小粉——粉色小鱼变成数字5。他大声念出来。

"二十秒才五分?"布莱迪说,"警探啊,你要务把力了。"

霍奇斯点得更快了,眼睛上下左右转动。蓝光闪现的时候他不再眯眼,因为他已经习以为常。事情越来越简单了。小鱼变得越来越大,游得越来越慢。配乐听起来也没那么单调,不知怎的变得更丰满了。你和我,你和我,噢我们将过得多么快乐。跟着音乐唱的是布莱迪的声音吗?还是说只是我的想象?现场还是录音?没时间考虑这个了。光阴似箭。

他点中一条七分的小鱼,然后是一条四分,然后——中奖了!——这条变成十二分。他说:"我有二十七分了。"算得对吗?他已经记不清了。

布莱迪没有告诉他,他只是说:"还有八十秒,"他说话时似乎有点回声,像是从一条漫长走廊的尽头传来的。与此同时,一件美妙的事情正在发生:他腹部的剧痛开始消退。

哇,他心想,应该告诉美国医药协会。

他又点中一条小粉。小鱼变成2。不太好,但还有更多的粉色小鱼。许许多多,许许多多。

就在这时,他忽然觉得某种像手指似的东西在脑袋里轻轻翻弄,这不是他的想象。他被入侵了。不费吹灰之力,布莱迪提到麦克唐纳护士时这么说。从来都很简单,你只需要钻进去,拉几根操纵杆。

布莱迪打算什么时候开始拉他的操纵杆?

他会像跳进巴比纽脑海那样跳进我的脑海,霍奇斯心想,但这个认知此刻就像歌声和音乐一样,也来自一条漫长走廊的尽头。这条走廊的尽头是217病房的房门,那扇门此刻敞开着。

他为什么要这么做?为什么想钻进一具已是癌痛工厂的躯体?因为他想让我杀死霍莉。但不能用枪,他不可能信任一个拿着枪的我。他会用我的双手掐死霍莉,尽管我断了一只手腕。然后他会留下我去面对我做的事情。

"成绩越来越好了嘛,霍奇斯警探,你还剩下一分钟。放松,继续点。放松下来比较容易点中。"

声音不再从走廊里传来;虽然布莱迪就站在他面前,但声音似乎来自一个遥远的银河系。布莱迪弯下腰,急不可耐地盯着霍奇斯的脸。两人之间只隔着游来游去的小鱼。小粉,小蓝,小红。因为霍奇斯已经掉进了鱼洞。底下其实是个水族箱,他是其中的一条鱼。他很快就会被吃掉。被活活吃掉。"别停下,比利小子,点粉色的小鱼!"

我不能让他进入我,霍奇斯心想,但我挡不住他。

他点击一条粉色小鱼,小鱼变成数字9,此刻他感觉到的不只是手指在拨弄他的大脑,而是另一个意识正在侵入他的脑海。这个意识像墨汁在水中似的扩散。霍奇斯尝试抵抗,但知道自己不可能赢。入侵人格强大得难以想象。

我要淹死了。淹死在鱼洞里。被布莱迪·哈茨费尔德淹死。

在海边,在海边,在那美丽的……

玻璃破碎的声音陡然响起。紧接着是一群男孩齐声欢呼:"一个本垒打!"

出乎意料的震惊打破了霍奇斯和哈茨费尔德之间的联系。霍奇斯在椅子里猛地挺身,抬头望向布莱迪,而布莱迪踉跄着退向沙发,诧异得目瞪口呆。他仅凭短短的枪管插在后腰(弹仓太粗,插不进去)的胜利点三八从皮带里掉了出来,沉重地掉在熊皮地毯上。

霍奇斯没有卡顿,他把战破天扔进壁炉。

"你怎么敢!"布莱迪怒吼,转过身,举起突击步枪,"你他妈的怎么敢……"

霍奇斯抓住离他最近的东西:不是点三八,而是陶瓷笔筒。他的左手腕没有受伤,两人之间的距离也很短。他将笔筒掷向布莱迪偷来的那张脸,他使出了浑身力气,笔筒正中目标。陶瓷头骨碎了。布莱迪惊叫一声——因为疼痛,但更因为惊讶——鼻血喷了出来。他开始抬起突击步枪的枪管,霍奇斯猛地踹出双腿,忍受着牛角再次捅穿身体,脚底狠狠地落在布莱迪的胸口上。布莱迪踉跄后退,险些站稳,但被一个坐垫绊了一下,摔倒在熊皮地毯上。

霍奇斯想从椅子上跳起来,结果撞翻了旁边的咖啡桌。他跪在地上,布莱迪坐起来,调转突击步枪的枪口。但他还没来得及瞄准霍奇斯,房间里就响起了一声枪响,布莱迪再次大叫。这次纯粹是因为疼痛。他难以置信地望向自己的肩膀,鲜血从衬衫上的一个洞眼里喷涌而出。

霍莉坐了起来,左眼周围是一大片丑陋的淤青,与弗雷迪额头上的伤口位置相仿。她充血的左眼红通通的,但右眼明亮而警觉。她用双手抓着胜利点三八。

"继续开枪！"霍奇斯吼道，"霍莉，快开枪！"

布莱迪跳起来——一只手捂着肩头的伤口，另一只手抓着突击步枪，脸上写满了难以置信——霍莉又开了一枪。这一枪瞄得太高，子弹打中炉火上方的粗石烟囱弹飞了。

"够了！"布莱迪叫道，弯腰躲闪，挣扎着想举起突击步枪，"你给我住手，臭……"

霍莉第三次扣动扳机。布莱迪衬衫的袖子陡然一抖，他惨叫一声。霍奇斯不确定她有没有再次打中布莱迪，但至少擦伤了他。

霍奇斯爬了起来，想扑向布莱迪，布莱迪又在企图举起自动步枪，但动作缓慢而艰难。

"你挡住我了！"霍莉喊道，"比尔，你他喵的挡住我了！"

霍奇斯跪倒在地，缩起脖子。布莱迪转身逃跑。点三八的枪声再次响起。布莱迪右侧一英尺处的门框炸得木屑飞溅。再一瞬间，他不见了。前门洞开。冷风灌进室内，炉火兴奋地蹿了起来。

"我没打中他！"霍莉悔恨地叫道，"又笨又没用！又笨又没用！"她扔下胜利左轮，扇自己的耳光。

霍奇斯抓住她的手，没让她打第二下，他在霍莉身旁跪下。"不，你至少打中了他一枪，有可能两枪。咱们能活着，多亏了你。"

但能活多久呢？布莱迪拿着一把该死的冲锋枪，可能有一个或两个备用弹夹，霍奇斯知道突击步枪17S能打碎水泥块的说法并不是吹牛。他在胜利县郊外的私人射击场见过 HK 416——同级别的突击步枪——如何打碎水泥块。那次他是和彼得一起去的，回城路上还开玩笑说 HK 应该成为警局的标准装备。

"咱们该怎么办？"霍莉问，"现在该怎么办？"

霍奇斯捡起点三八，打开弹筒。还剩两颗子弹，而且点三八只适合短距离射击。霍莉至少被打成了脑震荡，而他几乎丧失了行动力。苦涩的真相摆在面前：他们有过机会，却被布莱迪逃掉了。

他拥抱霍莉，说："我不知道。"

"咱们也许应该躲起来。"

"恐怕行不通。"他说，但没有解释原因，霍莉没有问，他松了一口气。那是因为他的脑海里还残存着一丁点儿布莱迪。未必会一直存在下去，但此刻肯定没有消失，霍奇斯觉得它就像一个归航信标。

32

布莱迪跌跌撞撞地跑过深至小腿的积雪，难以置信地瞪大眼睛，巴比纽六十三岁的心脏在胸膛里怦怦猛跳。他嘴里有一股金属味道，肩膀像是着了火，脑袋里不断循环的念头是：那个婊子，那个婊子，那个鬼鬼祟祟的肮脏婊子，我有机会的时候为什么不宰了她？

战破天也没了。美好的零号战破天，也是他身边唯一的战破天。没了它，他就无法接触其他战破天持有者的意识了。他气喘吁吁地站在头与皮的屋前，他没穿大衣，狂风和暴雪席卷而来。Z小子那辆车的钥匙在口袋里，口袋里还有一个备用弹夹，但车钥匙有什么用呢？破铁皮盒子连第一道坡都爬不完就会陷在雪地里。

我必须干掉他们，他心想，不仅因为他们欠我的。想离开这里，霍奇斯开来的SUV是唯一的出路，钥匙肯定在他或那个臭婊子的身上。也有可能留在了车上，但我无法承担猜错的风险。

另外，直接去车上就意味着要放过他们的小命。

他知道他必须怎么做，将冲锋枪的火力控制拨到全自动。他用没受伤的肩膀抵住枪托，然后开始射击，他左右扫射，但火力集中在起居室，也就是他扔下他们的地方。

枪口的火焰照亮夜色，将迅疾的飘雪变成一系列闪光灯快照。彼此交叠的枪声震耳欲聋。窗户向室内炸裂。墙板像蝙蝠似的飞出外立面。他逃跑时没有关上的正门被完全打开，反弹后重新关上。完全属于布莱迪的喜悦和仇恨扭曲了巴比纽的面容，他没有听见背后越来越近的马达声和不锈钢履带的转动声。

33

"卧倒!"霍奇斯喊道,"霍莉,卧倒!"

他没有等着看她会不会听从命令,干脆扑上去用身体盖住了她。飞溅木屑、破碎玻璃和烟囱石屑如风暴般席卷了整个起居室。一只麋鹿头从墙上掉下来,砸在壁炉上。一颗子弹打烂了一只玻璃眼珠,麋鹿头像是在朝他们眨眼。霍莉尖叫。餐具柜上的五六个酒瓶炸成碎片,波本和金酒的浓郁气味散发出来。一颗子弹打中炉膛里一根燃烧的木柴,木柴被劈成两半,火星冲天而起。

求你了上帝,希望他只有一个弹夹,霍奇斯心想,要是他瞄得比较低,请让他打中我,而不是霍莉。然而他很清楚,温彻斯特点三零八子弹若是打中他,就肯定会穿过两个人的身体。

枪声停下了。他在换弹夹,还是打光了子弹?现场还是录音?

"比尔,你起来,我没法呼吸了。"

"你先趴着,"他说,"我——"

"那是什么?那是什么声音?"然后她回答了自己的问题,"有人来了!"

霍奇斯的耳力稍微恢复了一些,他也听见了。刚开始他以为肯定是瑟斯顿的孙子开着老瑟斯顿提到过的那种雪地摩托,小伙子即将因为想行善而惨遭杀害。然而似乎不是。越来越近的马达声太响了,不可能是雪地摩托。

明亮的黄白色灯光照进破碎的玻璃窗,像是警用直升机上的探照灯。但来的并不是直升机。

34

布莱迪把备用弹夹拍进枪身,这时终于听见了车辆驶近的隆隆声和铿锵碰撞声。他转过身,受伤的肩膀像蛀牙似的抽痛,一个庞然黑影出现在营地小路的尽头。车头灯照得他睁不开眼。天晓得是什么的怪物隆隆驶向被他打烂的屋子,铿锵作响的履带掀起漫天雪絮,他的影子在闪亮的积雪上拖得很长。它不仅对准屋子而来,更是瞄准了他。

他扣动扳机,突击步枪再次轰然鸣响。这时他看清楚了,来的是一辆除雪机械,亮橙色的驾驶室位于呼呼转动的履带之上。挡风玻璃炸成碎片,开车的人跳出驾驶座的车门,逃向安全的地方。

庞然怪物继续向前开。布莱迪想逃跑,但巴比纽昂贵的船鞋滑了一下。他挥动胳膊想保持平衡,眼睛望着越来越近的车头灯,向后摔倒在雪地上。橙色的入侵者在他面前越来越巨大。他看见不锈钢履带朝着他碾来。他企图推开它,就像他有时候在病房里推动各种东西——百叶窗,床单,卫生间的门——但那就像用牙刷抵挡扑向你的猛狮。他抬起一条胳膊,吸气想尖叫。但还没等他喊出声,塔克雪猫铲雪车的左侧履带就碾过他的中腹部,划破了他的身体。

35

霍莉对拯救者的身份没有任何怀疑,她毫不犹豫地爬起来,穿过到处都是弹孔的前厅,跑出正门,一遍又一遍地呼喊他的名字。杰罗姆从地上爬起来,像是在糖霜里打了几个滚。霍莉又哭又笑地扑进杰罗姆的怀里。

"你怎么会知道?你怎么会来找我们?"

"我不知道,"他说,"是芭芭拉。我打电话回家说我要回去,她说我必须去找你们,否则布莱迪会杀了你们……但她管他叫'那个声音'。她都快急疯了。"

霍奇斯踉跄着慢慢走向两人,他离他们很近,听见了杰罗姆的话,他想起芭芭拉对霍莉说,教唆她自杀的声音还有一部分留在她脑海里。就像一道黏液痕迹,她说。霍奇斯知道她在说什么,因为他自己的脑海里也有这种令人恶心的思想残渣,至少暂时如此。也许芭芭拉还留着足够的联系,知道布莱迪准备伏击他们。

或者,妈的,也许只是女性的本能。霍奇斯确实相信这种东西的存在,他比较老派。

"杰罗姆,"他说,声音嘶哑而含糊,"好兄弟。"他的膝盖发软,身体瘫软下去。

杰罗姆挣脱霍莉的拥抱,在霍奇斯倒下前用一条胳膊挽住他。"你还好吧?我是说……我知道你不好,但你没中弹吧?"

"没,"霍奇斯搂住霍莉,"我早该知道你们会来。你们两个的脑子加起来都没三两重。"

"总不能连告别演唱会都没举办就解散乐队吧?"杰罗姆说,"咱们扶你上——"

他们左边传来动物的号叫声，从喉咙深处挤出来的吼声想拼凑字词，然而无论如何都做不到。

霍奇斯这辈子从没这么疲惫过，但他还是走向了那个呻吟声。因为……

唔，因为什么呢？

他和霍莉来这儿的路上，他是怎么对霍莉说的来着？了结，对不对？

布莱迪劫持的躯体被撕扯得露出了脊椎骨。内脏散落在他的四周，仿佛一头红龙的翅膀。冒着热气的血泊浸透了积雪。但他睁着眼睛，意识清楚，霍奇斯立刻感觉到了脑海里的手指。这次它们不是在懒洋洋地探查。此刻它们疯狂地扒挠，寻找能够抓住的东西。霍奇斯轻而易举地把它们弹了出去，就像拖地的清洁工将他赶出脑海那次一样。

他像吐西瓜子似的吐掉了布莱迪。

"救命啊，"布莱迪气若游丝道，"你们必须帮帮我。"

"我看你已经没救了，"霍奇斯说，"你被车压了，布莱迪，被一辆很重很重的车压了。现在你知道那是什么感觉了吧？"

"疼。"布莱迪有气无力地说。

"对，"霍奇斯说，"我猜也是。"

"要是不肯帮我，就打死我吧。"

霍奇斯伸出手，霍莉把点三八放进他的手里，样子就像护士给医生递手术刀。他转动弹筒，取出剩下两颗子弹中的一颗。他将弹筒压回去。尽管他浑身上下都疼得要命，霍奇斯还是屈膝跪下，把父亲的左轮放在布莱迪手中。

"你自己来吧，"他说，"你不是一直有这个念头吗？"

杰罗姆站在一旁做好准备，以防布莱迪决定把最后一颗子弹用在霍奇斯身上。但布莱迪没有，他试着将枪口对准自己的头部，但做不到。他的胳膊抽搐了几下，却抬不起来。他再次呻吟。鲜血漫过下嘴唇，从菲利克斯·巴比纽完美的齿冠之间渗出来。你甚至都快觉得他可怜了，霍奇斯心想，假如你不知道他在市民中心做了什么，又企图在明戈演艺中心干什么，还有他今天启动了什么样的自杀机器。动力源已经关闭，那台机器会慢慢减速，最终停下，但在停下前还会吞噬几个可怜的年轻人。霍奇斯确信如此。自杀或许并非全无痛苦，但很有传染性。

假如他不是恶魔，你甚至会可怜他，霍奇斯心想。

霍莉也跪下，抬起布莱迪的手，将枪口对准他的太阳穴。"现在，哈茨费尔德先生，"她说，"剩下的只能靠你自己了。愿上帝怜悯你的灵魂。"

"还是算了吧。"杰罗姆说。雪猫的车头灯照耀下，他的面容宛如石雕。

有很长的一个瞬间，天地间只剩下了铲雪车隆隆的引擎声和暴风雪尤金的呼啸风声。

霍莉说："唉。他的手指都不在扳机上。你们谁帮帮我，我觉得我没——"

然后，一声枪响。

"布莱迪最后的把戏，"杰罗姆说，"天哪。"

36

霍奇斯不可能自己走回车上，杰罗姆用蛮力把他架进了雪猫的驾驶室。霍莉坐在他旁边的车外，杰罗姆爬进驾驶座，打到倒车挡。他从巴比纽残余的尸体上退开，兜了个大圈绕过去，但还是叫霍莉别看，至少等他们爬过第一段上坡路再说。"车留下了血印子。"

"呕。"

"是啊，"杰罗姆说，"确实恶心。"

"瑟斯顿说他有雪地摩托，"霍奇斯说，"没说他还有谢尔曼坦克。"

"这是塔克雪猫，你没有掏出万事达当抵押物。更别提还有一辆带我来这个荒郊野外的全新牧马人了，谢谢。"

"他真的死了吗？"霍莉问，抬起苍白的脸对着霍奇斯，额头上的巨大肿包像是在搏动，"真的百分之百确定吗？"

"你看见他把一颗子弹打进了大脑。"

"是的，但他死了吗？真的确定死了吗？"

他无法说出的答案是没有，现在还没有。他在天晓得多少个人的大脑里留下了黏液痕迹，要等大脑了不起的自愈能力清除掉那些痕迹才行。但再过一个星期，顶多一个月，布莱迪就将彻底消失。

"对，"他说，"还有，霍莉？谢谢你设置的短信提醒。男孩喊本垒打那个。"

她微笑道："什么短信？我是说，那个短信说什么？"

霍奇斯从大衣口袋里掏出手机，检查短信，说："真该死。"他不禁大笑，"我都忘干净了。"

"什么？给我看给我看给我看！"

他侧过手机屏幕，给霍莉看他女儿艾莉森从加州发来的短信，那里肯定阳光灿烂：

生日快乐，老爸！七十岁仍然结实的老爸！我要去超市，回头打电话给你。爱你，艾莉

杰罗姆从亚利桑那回来后第一次，泰隆·好心情·狂欢冒了出来。"你看着哪儿像七十呐，霍奇斯先撒？天啦！看着顶多六十五！"

"够了，杰罗姆，"霍利斯说，"我知道你自己很开心，但这么说话显得你特别无知，傻乎乎的。"

霍奇斯放声大笑。很疼，但他忍不住要笑。他坚持着保持清醒，一直撑到了瑟斯顿修车店，甚至还吸了几口霍莉点燃后递给他的大麻卷。随后黑暗开始笼罩下来。

这样也不错，他心想。

祝我生日快乐，他心想。

然后他就失去了意识。

余　波

四天后

彼得·亨特利不像老搭档那样熟悉凯纳纪念医院,霍奇斯曾许多次朝圣般地来这里探望一位现已故去的长期住院病人。彼得一路上停下两次——一次在主问询台,一次在肿瘤科——然后才找到了霍奇斯的病房,他推开病房的门,却发现里面没有人。一把写着"老爸生日快乐"的气球系在病床的扶手上,气球漂浮在离天花板不远处的半空中。

一个护士探头进来,看见他望着空荡荡的病床,对他微笑道:"走廊到头的阳光房,他们在开一个小派对,估计你还赶得上。"

彼得走了过去。阳光房的天花板上有天窗,到处摆着植物,也许是为了调节患者的心情,也许是为了多提供一点氧气,也许两者都是。一面墙边,四个人在打牌。其中两个没有头发,一个的胳膊在打点滴。霍奇斯坐在天窗底下,正在切蛋糕递给他的伙伴们:霍莉、杰罗姆、芭芭拉。科密特似乎在留胡子,新长出来的胡子是雪白的,彼得有一瞬间想到了他带孩子去购物中心看圣诞老人。

"彼得!"霍奇斯笑呵呵地说,他想站起来,彼得挥挥手叫他坐下,"来坐下,吃块蛋糕。艾莉在巴图尔蛋糕店买的。她从小到大最喜欢去的就是那儿。"

"她在哪儿?"彼得问,拖了一把椅子过来放在霍莉身旁。她的头部左侧包着绷带,芭芭拉的一条腿打着石膏。只有杰罗姆看上去既健康又精神,但彼得知道这孩子险些在狩猎营地被打成肉酱。

"她今天上午回东海岸去了。她顶多只能请到两天假,三月有三周的年假,她说一定会来。当然了,前提是我需要她。"

"感觉如何?"

"还行,"霍奇斯说,眼神飞向左上方,但只停留了半秒钟,"有三位癌症专家在盯我的案子,第一次检查结果说挺好。"

"那就太好了,"彼得接过霍奇斯递给他的一块蛋糕,"也太大了吧。"

"拿出点男子汉的勇气来,"霍奇斯说,"我说,你和伊兹……"

"我们已经谈妥了,"彼得说,他咬一口蛋糕,"哎,真好吃。没有什么比胡萝卜蛋糕撒奶酪粉更能提升血糖的了。"

"所以退休派对……"

"又要开了。从官面上说就根本没有取消过。我还指望你敬第一轮酒呢。但是要记住……"

"好的,好的,前妻和现任都在场,别说太出格的话。我懂,我都懂。"

"反正话我要先说清楚。"太大的那块蛋糕变得越来越小。芭芭拉敬佩地望着他狼吞虎咽。

"我们有麻烦吗?"霍莉问,"有麻烦吗,彼得,有麻烦吗?"

"没有,"彼得说,"清清白白。我来主要就是想说这个。"

霍莉往后一靠,长出一口气,吹开了额头上的刘海。

"我打赌他们把所有的黑锅全扣在巴比纽头上了。"杰罗姆说。

彼得用塑料叉指着杰罗姆说:"真相你说出了,年轻的绝地武士。"

"你或许有兴趣知道,给尤达大师配音的是著名的木偶师弗兰克·奥兹,"霍莉说,环顾四周,"好吧,我觉得很有意思。"

"我觉得蛋糕比较有意思,"彼得说,"能再给我点儿吗?一丁点儿?"

芭芭拉荣幸地为他服务,而且切了不止一丁点儿,但彼得没有反对。他咬一口蛋糕,问她最近怎么样。

"很好,"杰罗姆抢在芭芭拉之前答道,"交了个男朋友。小伙子叫德瑞斯·内维尔。篮球大明星呢。"

"闭嘴,杰罗姆,他不是我男朋友。"

"他来看你的次数却很像男朋友嘛，"杰罗姆说，"我说的可是自从断腿以来的每一天。"

"我们有很多事情要谈。"芭芭拉用矜持的语气说。

彼得说："还是先说巴比纽吧，医院行政部门拿出一段安保录像，他妻子被杀的那天夜里，他从后门离开医院。他换了一身维修人员的制服。很可能是从更衣室的柜子里顺来的。他离开后过了十五二十分钟回来，换回原先的衣服，然后正式离开。"

"没有其他的录像了吗？"霍奇斯问，"比方说铁桶内部的？"

"有是有，但录像里看不清他的脸，因为他戴了一顶土拨鼠棒球帽，而且也没有拍到他进入哈茨费尔德病房。辩护律师可以抓住这些细节做文章，但既然巴比纽不可能出庭受审……"

"大家也就无所谓了。"霍奇斯替他说完。

"正确。市警察局和州警察局都乐于让他承担罪责。伊兹很高兴，我也一样。我可以问你——就咱们几个随便说说啊——死在树林里的是不是真的是巴比纽，但我其实并不想听到答案。"

"那么图书馆艾尔在这出戏里扮演什么角色？"霍奇斯问。

"什么角色都不扮演，"彼得放下纸托盘，"艾尔·布鲁克斯昨天夜里自杀了。"

"唉，我的天，"霍奇斯说，"在县拘留所里？"

"对。"

"没有监控他预防自杀？死了这么多人还是不长记性？"

"有监控，同牢房的狱友都没有能用来切或捅的东西，但他不知从哪儿弄到一支圆珠笔。有可能是某个警卫给他的，也有可能是某个狱友。他把Z字画遍了所有墙壁、他的整个床铺和他的全身上下。然后他取出那支笔的金属套筒，插……"

"够了，"芭芭拉说，冬天的阳光从上方洒向他们，她的脸色显得异常苍白，"我们知道你的意思了。"

霍奇斯说："那么定论是……什么？他是巴比纽的同谋？"

"完全受他的唆使，"彼得说，"也可能他们两个都完全受另外某个人的唆使，但咱们就别往那个方向想了，可以吗？现在的重点是你们三个都没事了。然而这次不会有表彰会，也不会有市政府的免费服务——"

"没关系，"杰罗姆说，"我和霍莉的公共汽车免费票至少还有四年能用呢。"

"你很少待在家里，根本不用你那张，"芭芭拉说，"你应该给我才对。"

"那是不可转让的，"杰罗姆得意扬扬地说，"还是我拿着吧。不希望你在法律方面惹上任何麻烦。另外，你很快就要和德瑞斯到处跑了。不过嘛，尽量别走太远，你明白我什么意思。"

"你太幼稚了，"芭芭拉扭头问彼得，"一共有多少起自杀？"

彼得叹道："过去五天共十四起。其中九人有战破天，游戏机现在和它们的主人一样没戏了。年纪最大的二十四岁，最小的十三岁。有个男孩的家庭是——按照邻居的说法：非常古怪的宗教狂，基督教基要派相比之下都是自由主义者了。他带着父母和弟弟一起上路了。霰弹枪。"

五个人一时间沉默下去。左手边打牌的那帮人因为什么事情爆发出一阵大笑。

彼得打破沉默。"还有四十多起自杀未遂。"

杰罗姆吹声口哨。

"唉，我知道。报纸没有报道，电视台压下了消息，连'杀人和伤害'也一样。"那是警方给WKMM起的绰号，他们是一家独立电视台，信奉只要流血就有文章可做的教条。"但其中很多起——甚至大多数——都在社交媒体网站上传得沸沸扬扬，从而孕育出更多起事件。我讨厌那些网站。不过终究会平息下去的。自杀潮总是这样。"

"迟早的事，"霍奇斯赞同道，"但是，无论有没有社交媒体，无论有没有布莱迪，自杀都是个严酷的现实问题。"

他说着望向了隔壁桌的那帮牌友，特别是其中的两位女士。一个看上去还不错（霍奇斯本人的那种看上去还不错），但另一个脸色惨白，眼窝深陷。一只脚踏进坟墓，另一只脚踩着香蕉皮，霍奇斯的父亲会这么说。此刻涌上心头的感觉过于复杂，混合了太多可憎的愤怒和哀伤，难以用语言表述。因为有些人会毫不在意地挥霍其他人愿意出卖灵魂换取的东西：没有痛苦的健康肉体。为什么？因为他们过于盲目，情感创伤过于严重，过于自我中心，视线无法越过地球黑暗的弧度，看见下一次日出。但只要你继续呼吸，下一次日出就一定会到来。

"再来点儿蛋糕？"芭芭拉问。

"免了。我得走了。不过要是可以的话，我愿意在你的石膏上签个字。"

"来来来，"芭芭拉说，"写点俏皮话。"

"那就远远超出彼得的工资水平了。"霍奇斯说。

"科密特，嘴巴别太坏。"彼得单膝跪地，活像一个求爱的情郎，认真地在芭芭拉的石膏上写了几个字。写完之后，他站起来看着霍奇斯。"现在跟我说实话，你感觉怎么样？"

"好极了。我用的是药贴，控制疼痛比口服药管用太多了，他们明天让我滚蛋。我都等不及想回自己床上睡觉了，"他顿了顿，然后说，"我能打败这个鬼东西。"

彼得在等电梯，霍莉追了上来。"你来看他，还有你仍旧想请他敬第一轮酒，"她说，"对比尔来说都很重要。"

"情况不太好，对吧？"彼得说。

"是的。"他伸手想拥抱她，但霍莉退开了。她只允许他抓住她的手并轻轻握一下。"不太好。"

"该死。"

"是啊，该死。确实该死。这种事不该发生在他身上。但事情已经发生了，他需要朋友的支持。你会支持他的，对吧？"

"当然。而且别放弃他，霍莉。只要活着就有希望。我知道这么说很老套，但……"他耸耸肩。

"我当然有希望。我有神圣的希望①。"

你不能说她和以前一样古怪，彼得心想，但肯定还是很特别。实话实说，他还挺喜欢的。"总之保证他能好好地给我祝酒，可以吗？"

"当然。"

"还有，呃——他比哈茨费尔德活得久。其他的暂且不说，他至少做到了这一点。"

"孩子，我们将永远拥有巴黎。"霍莉学着亨佛利·鲍嘉的口音说。

对，她还是那么特别。独一无二，事实上。

"听我说，吉伯尼，你自己也好好保重。无论发生什么，他都不愿意看见你太难过。"

"我知道。"霍莉说，转身走向阳光房，她和杰罗姆要收拾生日派对的各种杂物。她对自己说，这未必是霍奇斯的最后一个生日，她尽量说服自己相信。她没有完全成功，但依旧怀有神圣的希望。

---

① 神圣的（Holy）音同霍莉。

八个月后

葬礼两天后,上午十点,杰罗姆走进费尔劳恩公墓,霍莉已经到了,她跪在霍奇斯的墓前。她没有在祈祷,而是在种一株菊花。杰罗姆的影子落在她的影子上,她没有抬起头,因为她知道来的是谁。两个人早就约好了,她对杰罗姆说过,她不确定自己能不能撑到葬礼结束。"我会努力的,"她说,"但我不擅长这种他喵的事情。我也许只能结束了再来。"

"这种花要秋天种,"她说,"我不太懂园艺,所以找了一份指南。文笔非常一般,但步骤很容易看懂。"

"很好。"杰罗姆盘腿在墓穴与草坪的接壤处坐下。

霍莉小心翼翼地用双手挖土,依然没有望向他。"我说过我也许只能结束了再来。我离开的时候所有人都瞪着我,但我实在待不住。要是我留下,他们会要我站在灵柩前聊聊他的事迹,但我做不到。我没法当着这么多人的面说话。我打赌他女儿肯定气疯了。"

"未必。"杰罗姆说。

"我讨厌葬礼。我来这座城市就是为了参加葬礼,你知道吗?"

杰罗姆知道,但没有说话,而是等她说完。

"我姨妈去世了。她是奥莉薇亚·特莱劳尼的母亲。我在葬礼上认识了比尔。那场葬礼我也跑了出去。我坐在殡仪馆后门外抽烟,心情非常糟糕,然后他找到了我。你明白吗?"她终于抬起头看着杰罗姆。"他找到了我。"

"我明白,霍莉。真的明白。"

"他为我打开了一扇门。通往这个世界的门。他让我做的事情改变了一切。"

"对我来说也一样。"

她气冲冲地擦了擦眼睛。"这事情太他喵的不公平。"

"确实如此,但他不会希望你走回头路。绝对不希望。"

"我不会的,"她说,"知道吗?他把事务所留给了我。保险金和其他财产留给艾莉,但公司是我的。我一个人撑不下来,所以我问彼得能不能来帮我。兼职就行。"

"他怎么说?"

"他说好的,因为他已经觉得退休生活很无聊了。应该没什么问题。我用电脑查保释逃犯和欠债者的下落,他出去抓他们。或者送传票。但不会像以前那样了。为比尔做事……和比尔共事……是我这辈子最快乐的一段时间。"她思考片刻,"大概是我这辈子唯一的快乐时间吧。我觉得……我说不清……"

"自己有价值?"杰罗姆提示道。

"对!有价值。"

"你应该有这种感觉,"杰罗姆说,"因为你确实非常有价值。现在也还是。"

她最后挑剔地看了一眼那株植物,拍掉手上和膝头的泥土,过来坐在杰罗姆身旁。"他很勇敢,对吧?我说的是最后那段时间。"

"是的。"

"是啊,"她微笑道,"比尔会这么说——不是'是的',而是'是啊'。"

"是啊。"他赞同道。

"杰罗姆?你能搂住我吗?"

他抬起胳膊搂住她。

"我第一次遇见你——我们在奥莉薇亚表姐的电脑上发现了布莱迪安装的隐藏程序——我很害怕你。"

"我知道。"杰罗姆说。

"不是因为你是黑人……"

"黑就是好，"杰罗姆微笑道，"我记得咱们从一开始就有这个共识了。"

"——而是因为你是陌生人。你是外来者。我害怕外来者和外来事物。现在也还是，但不像以前那么害怕了。"

"我知道。"

"我爱他。"霍莉望着那株菊花说。灰色的墓碑下，橙红色的花朵分外显眼，墓碑上的文字很简单：**科密特·威廉·霍奇斯**，生卒日期底下是四个字：**警戒解除**。"我那么爱他。"

"是啊，"杰罗姆说，"我也是。"

她抬头看着杰罗姆，表情羞怯而渴望——开始变白的刘海底下是一张孩童的脸。"你永远会是我的朋友，对吧？"

"永远。"他使劲搂了搂她的肩膀，她瘦得让人心痛。霍奇斯生命的最后两个月里，她掉了十磅体重，那是她难以承担的损失。他知道他母亲和芭芭拉都在等着帮她补充营养呢。"霍莉，我永远是。"

"我知道。"她说。

"那你为什么还要问？"

"因为我想听你这么说。"

解除警戒，杰罗姆心想。他讨厌这句话，但事实如此。事实如此。另外，此刻的感觉比葬礼要好。阳光灿烂的夏末上午，和霍莉坐在草地上，感觉比葬礼好得多。

"杰罗姆？我不抽烟。"

"那就好。"

两人又沉默地坐了一会儿，望着菊花在墓碑前炽烈绽放。

"杰罗姆？"

"霍莉，怎么了？"

"能陪我看一场电影吗？"

"好的，"他说，然后纠正自己，"好啊。"

"咱们中间留个空座位，用来放爆米花。"

"行。"

"因为我不喜欢放在地上,地上说不定有蟑螂,甚至老鼠。"

"我也不喜欢。你想看什么?"

"能让我们笑个不停的。"

"我也这么想。"

他对霍莉微笑,霍莉也对他微笑。两人离开费尔劳恩公墓,一起走向外面的世界。

2015 年 8 月 30 日

后　记

　　感谢本书的编辑南·格拉汉姆，感谢斯克里布纳出版社的其他朋友，包括但不限于卡洛琳·雷迪、苏珊·梅朵尔、萝丝·力普尔和凯蒂·莫纳汉。感谢查克·维瑞尔，我多年的经纪人（重要）和多年的朋友（更加重要）。感谢克里斯·洛茨，他负责销售我的作品的海外版权。感谢马克·利文福斯，他监管我的商业往来，同时照看避难所基金会（帮助时运不济的自由职业艺术工作者）和金氏基金会（帮助学校、图书馆和小城镇的消防部门）。感谢玛莎·菲利波，我能力非凡的个人助理，感谢茱莉·尤格利，玛莎不做的事情全都交给她。没了她们我肯定会迷路。感谢我的儿子欧文·金，他审读原稿，提出很有价值的建议。感谢我的妻子塔比莎，她同样提出了很有价值的建议……包括事实证明非常恰当的书名。

　　特别感谢罗斯·的尔，他放弃了身为助理医师的职业生涯，担当我的素材搜集大师。他在这本书上多走了一英里，耐心地教导我电脑程序如何编写、重写和散播。没了罗斯，《警戒解除》肯定没这么好看。必须补充一句，在某些地方，我存心改变了一些电脑协议，以满足小说的需要。热爱技术的读者肯定会看出来，没关系。别责怪罗斯就行。

　　还有最后一点，《警戒解除》是小说，但高涨的自杀率是无比真实的事实——无论是在美国还是在阅读本人小说的其他国家。书中给出的全国自杀干预热线的号码同样是真实的：1-800-273-TALK。假如你心情烂得像屎（霍莉·吉伯尼会这么说），请打电话给他们。因为事情是能好起来的，给他们一个机会，事情总是能好起来的。

斯蒂芬·金